GW01045670

COLLECTION FOLIO

Antoine Bello

Les producteurs

Gallimard

Né à Boston en 1970, Antoine Bello vit à New York. Il a déjà publié aux Éditions Gallimard un recueil de nouvelles, *Les funambules*, récompensé par le prix littéraire de la Vocation Marcel Bleustein-Blanchet 1996, une trilogie : *Les falsificateurs*, *Les éclaireurs,* prix France Culture - *Télérama* 2009, et *Les producteurs*, ainsi que plusieurs romans : *Éloge de la pièce manquante*, *Enquête sur la disparition d'Émilie Brunet*, *Mateo*, *Roman américain* et *Ada*.

RÉSUMÉ DES *FALSIFICATEURS* ET DES *ÉCLAIREURS*

En 1991, Sliv Dartunghuver, jeune Islandais diplômé en géographie, est embauché par le cabinet de conseil environnemental Baldur, Furuset & Thorberg. Son supérieur, Gunnar Eriksson, lui révèle que le cabinet abrite les activités d'une organisation secrète, le Consortium de Falsification du Réel. Les agents du CFR, disséminés dans des centaines de bureaux et d'antennes à travers le monde, produisent des scénarios qu'ils s'efforcent ensuite d'installer dans la réalité en créant de fausses sources ou en altérant des documents existants. Ainsi, par exemple, la chienne Laïka, censée avoir fait le tour de la Terre à bord d'un satellite Spoutnik, n'a jamais existé. Malgré l'insistance de Sliv, Gunnar refuse de dévoiler la finalité du CFR et l'identité de ses dirigeants.

Sliv accepte de rejoindre le CFR, sans bien réaliser toutes les implications de sa décision. Il montre vite des dispositions de scénariste exceptionnelles, son premier dossier (la description des manœuvres d'une multinationale pour exproprier le peuple Bochiman de ses terres ancestrales) décrochant même le prix du meilleur premier scénario. Lors de la remise des prix à Hawaï, il rencontre le Camerounais ANGOUA DJIBO, président de la direction du Plan du CFR, ainsi que deux jeunes agents, l'Indonésienne MAGAWATI DONOGURAI et le Soudanais YOUSSEF KHRAFEDINE, qui vont devenir ses meilleurs amis.

En 1993, Sliv prend un nouveau poste à Córdoba, en Argentine. Le bureau de Córdoba est spécialisé dans les opérations de falsification, un domaine qui constitue le point faible de Sliv. Celui-ci travaille sous les ordres de LENA THORSEN, une Danoise à peine plus âgée que lui qui l'avait précédé chez Baldur, Furuset & Thorberg. Une saine émulation s'installe entre Sliv, le scénariste surdoué mais désinvolte, et la belle Lena, qui maîtrise comme personne l'art de créer des sources de référence. Un jour, pressé de partir en vacances avec Maga et Youssef, Sliv omet de vérifier une source dans un dossier portant sur le galochat, un poisson qui serait mystérieusement apparu dans les eaux du Pacifique. Par malchance, le gouvernement néo-zélandais s'empare justement de la question du galochat, qu'il rapproche des essais nucléaires français dans le Pacifique. Pris de panique à l'idée d'être découvert, Sliv tente de recouvrir ses traces mais ne réussit qu'à attirer un peu plus l'attention sur lui. Lena se voit obligée d'appeler les Opérations spéciales à la rescousse. Deux agents particulièrement inquiétants, JONES et KHOYOULFAZ, débarquent le lendemain. Thorsen, inquiète pour sa carrière, enfonce Sliv dont les dénégations énergiques ne peuvent faire oublier qu'il a, par son imprudence, compromis la sécurité du CFR. Le verdict tombe : il faut supprimer un fonctionnaire néo-zélandais, John

Harkleroad, pour circonscrire les risques. Lena signe l'ordre de mission mais Sliv s'y refuse et tempête : personne ne lui avait jamais dit que le CFR était parfois amené à tuer. Thorsen dénonce la naïveté de Sliv : s'il avait réfléchi deux minutes, il aurait compris que le caractère clandestin de l'organisation l'obligeait parfois à des mesures radicales. Pour finir, Khoyoulfaz assomme Sliv. Quand celui-ci se réveille, il est trop tard : Harkleroad est mort.

Sliv démissionne et quitte Córdoba sans revoir Thorsen. Il trouve refuge chez sa mère en Islande où il s'abrutit dans les tâches physiques pour oublier son crime. Il réalise cependant que la falsification est une drogue et supplie Gunnar de le réintégrer. Quelques jours plus tard, il reçoit sa nouvelle affectation : il part pour Krasnoïarsk, en Sibérie, suivre les cours de l'Académie qui forme les futurs dirigeants du CFR.

L'ambiance à Krasnoïarsk est studieuse et compétitive. À la fin de la première année, les meilleurs étudiants peuvent choisir de rejoindre l'un des trois corps d'élite, le Plan, l'Inspection générale ou les Opérations spéciales. Sliv se maintient facilement dans le peloton de tête et rédige à ses heures perdues un dossier très abouti sur les archives de la Stasi, la police secrète est-allemande. Alors qu'il se destinait initialement au Plan, dirigé par son mentor, Angoua Djibo, il opte sur un coup de tête pour les Opérations spéciales, dont le directeur n'est autre que Yakoub Khoyoulfaz qui l'avait assommé un an plus tôt à Córdoba. L'inévitable Lena Thorsen l'accompagne.

Dans la foulée, Gunnar révèle à Sliv que l'épisode de Córdoba était une mise en scène. John Harkleroad n'est pas mort. Le CFR a voulu montrer à Sliv à quels dangers sa désinvolture pouvait exposer l'organisation. Sliv en veut d'abord à Gunnar mais réalise que celui-ci a agi pour son bien.

Sliv apprend énormément au contact de Khoyoulfaz. Pendant deux ans, il sillonne le réseau du CFR et démine des dizaines de situations délicates sans jamais tuer personne. Il règle un vieux dossier, la carte du Vinland (les Vikings auraient découvert l'Amérique cinq siècles avant Christophe Colomb), et en tire la conviction que le CFR doit arrêter la falsification physique et se concentrer sur son pendant électronique, moins dangereux. Le Comité exécutif du CFR (Comex) valide l'analyse de Sliv et lui demande de faire le tour des bureaux pour expliquer la réforme. L'autre grand projet de Sliv – aider les Bochimans à se constituer en État indépendant – est en revanche rejeté.

À sa sortie de l'Académie, Lena s'installe à Los Angeles et ne donne aucune nouvelle. Sliv, lui, pose ses bagages à Reykjavík, près de Gunnar qui a perdu sa femme. Il renoue avec une camarade d'université, NINA SCHOEMAN, qui est devenue une sorte de militante professionnelle volant au secours de toutes les injustices. Bien qu'attiré par Nina, Sliv juge son activisme un peu ridicule.

Le 11 septembre 2001, il se trouve au Soudan pour le mariage de Youssef et Maga et est témoin des scènes de liesse qui suivent l'effondrement des Twin Towers. Convoqué à son retour à New York, il apprend que le CFR conspire depuis vingt ans pour faire admettre au sein de l'ONU le Timor-Oriental, une ancienne colonie portugaise. Le CFR, qui finance en sous-main la candidature du Timor, en escompte d'énormes bénéfices, notamment la possibilité de disposer d'une couverture diplomatique dans toutes les capitales mondiales. Mais, depuis le 11 Septembre, les États-Unis, préoccupés par l'explosion des mouvements autonomistes à travers le monde, font pression sur les Nations unies pour durcir les critères d'admission. Inquiet à l'idée de voir vingt ans de travail partir en fumée, Djibo envoie Sliv au Timor renforcer l'équipe existante en vue de la visite du comité d'évaluation des Nations unies.

Sur place, Sliv découvre avec stupéfaction que c'est son éternelle rivale, Lena Thorsen, qui dirige les opérations. Le comité d'évaluation présidé par un Turc, BURUK, rend un avis préliminaire négatif. Cela n'empêche pas Sliv et Lena d'unir leurs forces pour peindre le Timor sous les couleurs d'une nation presque prospère, au bord du décollage économique. Sliv touche à une forme d'état de grâce : l'espace d'une semaine, il se prend pour Dieu et accomplit miracle sur miracle. Le comité renverse sa décision et la candidature du Timor est acceptée.

Les relations entre Sliv et Lena, qui s'étaient améliorées à la faveur de leur coopération, se détériorent à nouveau quand Sliv s'arroge la responsabilité de leur succès commun devant le Comex. Il se voit proposer une place dans l'équipe que monte Yakoub Khoyoulfaz, et qui a pour mission de contenir le risque d'embrasement entre l'Occident et le monde arabe. Cela n'entre pas dans les attributions habituelles du CFR mais Angoua Djibo confesse que le CFR se sent une responsabilité dans les attaques du 11 Septembre. Dans les années 90, il a attisé l'antiaméricanisme des groupuscules islamistes pour faire prendre conscience à la Maison Blanche du rejet qu'inspirait sa politique dans le monde arabe. Le plan du CFR a lamentablement échoué : loin d'apaiser les tensions entre l'Islam et l'Occident, il les a exacerbées.

Au cours des mois qui suivent, Sliv voit l'administration Bush faire feu de tout bois pour justifier ses plans d'invasion de l'Irak. Pour avoir étudié la question en profondeur, Sliv est pourtant certain que l'Irak ne dispose pas d'armes de destruction massive et n'a pas pris part aux attaques du 11 Septembre. Mais il y a plus grave : certains documents sur lesquels s'appuient les néoconservateurs semblent avoir été fabriqués par des agents du CFR. Sliv interroge Djibo : il veut savoir si le CFR exécute les basses œuvres de la CIA. Djibo nie. Les deux hommes se rendent à l'évidence : il y a un traître au sein du CFR. Djibo charge Sliv de le démasquer. Sliv s'adjoint les services de Gunnar, Youssef et Maga. Lena quant à elle refuse de travailler sous ses ordres.

Quand Youssef comprend que les États-Unis s'apprêtent à partir en guerre sur la base d'informations falsifiées par le CFR, il menace de tout révéler à la presse afin de stopper le conflit. Sliv le supplie de n'en rien faire en invoquant l'intérêt supérieur du CFR. Mais, faute de connaître la finalité de leur employeur, Sliv et Youssef sont incapables de juger si celui-ci vaut bien une guerre. Finalement, Sliv, Youssef et Djibo passent un accord : la semaine suivante, le secrétaire d'État américain Colin Powell doit présenter les preuves de l'existence d'armes de destruction massive devant l'assemblée des Nations unies. S'il n'apporte pas de nouveaux éléments au dossier, Djibo révélera la mission du

CFR à Sliv, charge à ce dernier de décider en son âme et conscience si le CFR mérite de survivre.

Le 5 février 2003, Colin Powell perd son honneur en défendant l'indéfendable position américaine face aux caméras du monde entier. Devant les membres du Comex réunis, Sliv, une nouvelle fois en état de grâce, réfute implacablement chaque argument de Powell, en montrant comment même les services secrets américains ne sont pas dupes de leur propre discours.

Djibo honore sa promesse et raconte à Sliv comment le CFR a été créé deux siècles plus tôt par un gentilhomme français du nom de Pierre Ménard qui, pétri des idéaux du siècle des Lumières et des Pères fondateurs américains, a consacré sa fortune à la création d'une société de gens de bonne volonté. Ménard avait conscience qu'aucun projet, si noble et ambitieux fût-il, ne pourrait fédérer des centaines d'individus de races et de cultures différentes. Aussi, après avoir recruté ses trois premiers agents, a-t-il mis en scène sa propre mort pour donner à son œuvre une chance de lui survivre. Sliv est pris de vertige : ainsi le CFR n'a pas de but. Djibo et surtout Gunnar l'aident à comprendre que c'est précisément ce qui fait sa beauté : il est un projet, un outil entre les mains de ceux qui veulent faire le bien.

Reste à statuer sur le sort du CFR. Le Comex entend d'abord la confession de Lena Thorsen. Car c'est elle, le traître qui a fourni des rapports trafiqués aux Américains. Elle dit avoir voulu protester contre le favoritisme éhonté dont bénéficient les scénaristes (notamment incarnés par Sliv) au sein du CFR et accepte crânement sa mise en détention. On passe au vote. Trois voix se prononcent en faveur de la disparition du CFR, trois voix pour sa survie. Le vote décisif revient à Sliv, qui vient d'être coopté membre du Comex. Il voit l'occasion de donner une nouvelle impulsion au CFR : celle de porter la vérité et non plus seulement de la réécrire. Il vote pour le maintien du CFR et saute dans un avion pour Londres afin de participer aux côtés de Nina à une manifestation contre la guerre.

À Julien

PREMIÈRE PARTIE

Hollywood

1

La sonnerie du téléphone me réveilla vers cinq heures. Je tendis le bras en pestant contre les fâcheux qui témoignaient si peu d'égards pour mon sommeil. Ne sachant jamais sur quel continent je me trouvais, mes proches avaient pris la déplorable habitude d'appeler à n'importe quelle heure du jour et de la nuit. À leur décharge, ils ignoraient que le règlement du CFR m'interdisait d'éteindre mon portable.

— Allô, fis-je en me demandant dans quelle langue j'allais insulter l'importun.

Après un court silence, une voix métallique récita :

— Votre présence est requise à une réunion extraordinaire qui se tiendra aujourd'hui à 0600. Aucune excuse ne sera tolérée. Fin du message. Pour réécouter cet enregistrement, tapez « étoile ».

Je gardai le combiné contre mon oreille, attendant en vain un complément d'information, jusqu'à ce qu'un clic mette abruptement fin à la communication. Yakoub avait mentionné un jour l'existence d'une procédure permettant de convoquer d'urgence les membres du Comex, mais en cinq ans il n'y avait jamais eu recours.

Qu'a-t-il pu arriver ? pensai-je en filant sous la douche. Je passai en revue les opérations en cours, à la recherche de celle qui avait pu dérailler. Aucune n'était particulièrement délicate. Quand bien même les Nations unies s'apercevraient que le bilan du cyclone Nargis était largement exagéré, elles soupçonneraient le Myanmar d'avoir voulu attendrir l'opinion internationale. De même, le Politburo chinois n'avait pas réagi quand nous avions piraté le fil de l'agence de presse Xinhua pour annoncer qu'en considération du tremblement de terre qui avait frappé leur province les habitants du Sichuan se verraient exceptionnellement autorisés à avoir un deuxième enfant. Mais huit ans aux Opérations spéciales m'avaient appris que les problèmes ne surgissent jamais où on les attend.

Je descendis au parking. À cette heure-ci, le trajet me prendrait à peine dix minutes. Je réglai la radio sur BBC International. Le speaker psalmodiait les nouvelles de la nuit avec cette distinction flegmatique qui entretiendrait encore longtemps l'illusion de la grandeur britannique. Ehoud Barak, le ministre de la Défense israélien, réclamait la démission du chef du gouvernement pour corruption ; l'Assemblée constituante népalaise se réunissait pour la première fois aujourd'hui ; des chercheurs néerlandais avaient réussi à séquencer l'ADN d'une femme. L'actualité était relativement calme. De coup d'État, d'arrestation de faussaires ou d'espèce disparue qui pullulait en fait dans la forêt amazonienne, il n'était pas question. Je commençai à envisager l'éventualité d'un exercice – ou d'une mauvaise farce de Youssef.

Le CFR occupait dans le quartier d'affaires de

Toronto une tour de verre et d'acier dont la construction avait duré des années et coûté plusieurs centaines de millions. Une deuxième surprise m'attendait dans la cabine d'ascenseur. Le voyant lumineux placé sous le bouton de fermeture des portes brillait d'un rouge menaçant. Je ne l'avais jamais connu que vert, même en 2004 aux pires heures de la commission d'enquête du Congrès sur les armes de destruction massive irakiennes.

L'hypothèse de l'exercice s'évanouit pour de bon quand je découvris ma secrétaire Jessica devant mon bureau. « Ils n'auraient pas poussé le vice jusqu'à convoquer les assistantes », pensai-je en suspendant mon manteau. Jessica me tendit un mug de café.

— Je me suis dit que vous en auriez besoin.

— Merci. Que se passe-t-il ?

— J'espérais que vous le sauriez. Yakoub m'a demandé de le prévenir de votre arrivée. Il est en haut avec les autres.

De plus en plus inquiet, je montai au dernier étage dans la salle du conseil où nous nous réunissions en moyenne trois fois par semaine. En me voyant, Yakoub Khoyoulfaz, qui était au téléphone, congédia son correspondant et s'avança à ma rencontre.

— Merci d'être venu, dit-il en en me prenant par l'épaule. Nous n'attendions plus que toi.

Je regardai autour de moi. Nous n'étions pas au complet.

— Ching et Martin ne viennent pas ?

— Ching a sauté dans le premier avion pour Londres et Martin est en vacances dans les Caraïbes avec sa famille. Il se joindra à nous par visioconférence.

— Londres ? rebondis-je en fouillant dans mes souvenirs. Ça concerne Lady Di ?

— Non. Patience, tu seras bientôt fixé.

Il prit un nouvel appel en me faisant signe de l'excuser. J'en profitai pour aller saluer mes collègues. Zoe Karvelis, la Grecque qui dirigeait les ressources humaines de la maison, avait une tête de déterrée. Habituellement si élégante, elle avait à peine eu le temps de se coiffer et portait un pull troué au coude qui devait appartenir à son mari. Sophie Onobanjo, la Nigériane qui avait succédé à Claas Verplanck, ne montrait à l'inverse aucun signe de fatigue. Il se disait qu'elle n'avait besoin que de deux ou trois heures de sommeil par nuit. Elle était sans doute déjà levée quand le téléphone avait sonné.

Soudain, le visage de Martin Suarez apparut à l'écran. L'Américain était douché et rasé de frais. En ancien marine, il avait probablement aussi fait son lit au carré et nettoyé son arme.

— Bonjour Martin, dit Yakoub tandis que nous prenions nos places habituelles autour de la table en forme de fer à cheval. Nous allions justement commencer.

Suarez fit un petit geste de la tête. Il ne gaspillait jamais sa salive.

— Ce matin vers trois heures GMT, commença Yakoub, Nigel Jones, un agent de classe deux du centre de Londres, a oublié sa sacoche dans le taxi qui venait de le déposer dans le quartier de Knightsbridge. La sacoche contenait plusieurs documents inoffensifs et un qui l'était moins, à savoir la liste des cinquante scénarios qui seront soumis au prochain comité d'examen des dossiers.

— Pardon ? suffoqua Onobanjo. Comment un AC2 a-t-il pu… ?

— Il ne fait aucun doute que Jones a enfreint plusieurs consignes de sécurité, l'interrompit Yakoub. Seuls les agents de classe trois ont accès aux documents préparatoires du comité, qu'ils ne peuvent du reste sortir du bureau sauf à les avoir préalablement encryptés…

— Parce que la liste est en lecture directe ? hoqueta Onobanjo.

— J'en ai bien peur. Que les choses soient claires : des erreurs ont été commises et des têtes tomberont. Mais la priorité consiste à récupérer cette sacoche avant que quelqu'un ne parvienne à l'ouvrir.

L'inquiétude d'Onobanjo n'avait échappé à personne. En tant que patronne de l'Inspection générale, la branche du CFR qui édictait les procédures internes et veillait à leur application, elle aurait sans doute à rendre des comptes.

— Combien de temps la sacoche peut-elle résister aux efforts d'un voleur ? demandai-je.

— Difficile à dire. La serrure chiffrée est conçue pour se bloquer pendant une heure au bout de trois tentatives infructueuses. L'armature peut encaisser une charge de plusieurs tonnes et une scie sauteuse n'arriverait même pas à entailler le revêtement en fibre de carbone. Ne nous faisons pas d'illusions cependant : plus l'attaché-case paraîtra indestructible, plus il attisera la convoitise.

— La sacoche est-elle équipée d'un mouchard ? demandai-je.

— Hélas non, ou je ne vous aurais pas tirés du lit.

— La prochaine génération le sera, promit Onobanjo. On pourra suivre n'importe quel agent à la trace.

— S'il en reste, lâcha Yakoub d'un ton amer.

Chacun préparait déjà ses arguments en vue de l'enquête à venir. Yakoub reprocherait à l'Inspection d'avoir tardé à mettre en place un système de localisation simple et efficace, tandis qu'Onobanjo se réfugierait derrière les coupes budgétaires que le Comex avait imposées à son département.

— Quand Jones a-t-il signalé la perte de la sacoche ? demanda Suarez de sa chambre d'hôtel aux Caraïbes.

— C'est la deuxième déveine, soupira Yakoub. Ce crétin a mis une heure à s'apercevoir de sa boulette et une demi-heure supplémentaire à réaliser qu'il ne parviendrait pas à la réparer tout seul. Il a appelé la compagnie de taxis en lui fournissant le numéro de voiture qui figurait sur sa fiche. Le chauffeur prétend ne pas avoir trouvé la sacoche. Il a chargé quatre passagers après Jones : trois hommes et une femme.

— Se rappelle-t-il où il les a conduits ?

— À peu près.

— C'est déjà ça, dit Suarez avec un optimisme un peu forcé.

— Nous disposons donc de cinq suspects, dit Karvelis. Les quatre clients plus le chauffeur.

— Commençons par le chauffeur, suggéra Onobanjo. Au moins nous connaissons son nom.

Yakoub leva la main pour couper court à nos spéculations.

— Vous vous doutez bien que nos équipes à Londres suivent déjà toutes ces pistes. La question qui se pose dans l'immédiat est de savoir si nous signalons le vol à Scotland Yard.

— Sûrement pas ! s'exclama Onobanjo. Pour que la

police établisse un lien entre la sacoche et un employé du CFR…

— Il est peut-être déjà trop tard, fis-je remarquer. Sait-on si Jones a laissé son nom à la compagnie de taxis ?

— Non, répondit Yakoub. Il a eu la présence d'esprit d'appeler d'une cabine et d'utiliser un pseudonyme.

— Alors à quoi bon alerter la police ? Ils ne feront rien pour retrouver cette sacoche à moins que nous ne leur en révélions le contenu.

— Menons notre propre enquête, renchérit Suarez. Nos moyens dépassent largement ceux de Scotland Yard.

— Zoe ? demanda Yakoub.

— Je partage l'avis général.

— Bien, nous sommes donc d'accord. Ching et moi avons défini plusieurs axes de recherche avant son départ. À l'heure où je vous parle, nos informaticiens s'introduisent dans le système de télésurveillance londonien. Avec plus de 300 000 caméras, c'est le réseau le plus dense du monde ; nous parviendrons avec un peu de chance à reconstituer l'itinéraire du taxi et à identifier les quatre passagers. Nous allons aussi infiltrer les serveurs de la centrale de réservation, au cas où l'un des passagers aurait commandé sa voiture par téléphone ou le taxi serait équipé d'une puce qui aurait enregistré son itinéraire.

Je hochai machinalement la tête. Yakoub n'avait pas perdu son temps.

— Nous avons placé le chauffeur sous surveillance : allées et venues, lignes téléphoniques, mouvements bancaires, rien ne nous échappe. Si, comme je le pense, il est innocent, nous l'approcherons pour qu'il nous aide à établir le portrait-robot des passagers. Avez-vous d'autres suggestions ?

— Oui, dit Suarez. Essayons d'ouvrir nous-mêmes une de ces foutues sacoches. Cela nous donnera une indication du temps dont nous disposons.

— Bonne idée. Autre chose ?

— Passons une annonce dans les journaux en promettant une forte récompense à qui rapporterait la sacoche intacte, proposai-je.

— Excellent. Nous le ferons dès demain.

— Pourquoi pas ce soir ? L'*Evening Standard* ne doit pas boucler avant une heure ou deux.

— Tu as raison.

Quand Yakoub eut appelé son assistante sur l'intercom pour lui confier ses instructions, Zoe Karvelis posa la question qui nous taraudait tous.

— Quid si nous ne retrouvons pas la sacoche ?

Soucieux d'endiguer la panique, Yakoub avait à l'évidence préparé sa réponse.

— Je vous rappelle d'abord que le CFR n'utilise jamais de papier à en-tête et que, sauf très rares exceptions, aucun document n'est signé. La liste que transportait Jones est malheureusement assez explicite. Elle donne pour chaque dossier l'entité géographique dont il émane, le titre de la falsification et un résumé de quelques lignes. Par exemple : « Entité : bureau de Prague – Intitulé : Lauda et Ferrari ont triché en 1976 – Description : septembre 1976, Ferrari fait pression sur Niki Lauda pour qu'il s'aligne à Monza, six semaines seulement après l'accident qui a failli lui coûter la vie au Grand Prix d'Allemagne. Lauda, qui a besoin de points s'il veut remporter le championnat du monde, ne se sent pas prêt à courir. C'est donc Carlos Reutemann, le troisième pilote de Ferrari, qui prend le départ, en se substituant discrètement à Lauda sur la grille. Il termine à la quatrième place, rapportant trois points précieux dans la course au titre. »

Yakoub, doté d'une mémoire photographique, s'exprimait toujours sans notes.

— Même si les mots « trucage » ou « falsification » ne sont pas employés, n'importe quel amateur de Formule 1 voit tout de suite que ça ne tient pas debout, dis-je.

— Or celui qui trouvera la sacoche connaîtra forcément un ou deux des cinquante sujets, ajouta Zoe.

— Je sais, dit Yakoub. Au risque de paraître solennel, je crois pouvoir dire qu'il s'agit d'une des crises les plus graves que nous ayons eu à affronter. Je n'ose imaginer ce qui arriverait si cette sacoche tombait en de mauvaises mains : journalistes, maîtres-chanteurs, police, services secrets… Le CFR n'y survivrait sans doute pas. J'ai donc décrété l'alerte rouge : dès ce matin, des exercices se dérouleront dans toutes les unités afin de vérifier que les locaux peuvent être abandonnés et les documents compromettants détruits en moins de quatre-vingt-dix minutes. Nous allons également renforcer notre sécurité informatique, diversifier nos placements bancaires et revoir les procédures d'exfiltration du personnel.

Le terme « exfiltration » avait été jugé préférable à celui de « débandade ». L'idée était pourtant la même : en cas d'urgence, nous étions censés nous volatiliser dans le maquis grâce au passeport timorais que chacun d'entre nous s'était vu remettre en 2004. J'avais rangé le mien au fond d'un tiroir. Je n'aurais pas juré qu'il était à jour.

— Enfin, reprit Yakoub, je suis sûr que vous approuverez ma décision de suspendre temporairement tous les dossiers cités dans la liste.

— Cela va de soi, dit bruyamment Onobanjo, espérant faire oublier par son zèle la bévue coupable de ses équipes.

Tandis que nous opinions du chef à tour de rôle, je songeai avec mélancolie aux agents qui avaient sué sang et eau sur ces dossiers. Ils avaient choisi un sujet au prix de tourments insensés, noirci des centaines de pages de notes, accouché d'un premier jet pétri de bonnes intentions et bien souvent ridicule, intégré les remarques plus ou moins amènes de leur officier traitant et regardé enfin avec béatitude l'imprimante cracher ces quelques feuilles dont dépendaient leur avenir et – certains en étaient convaincus – celui du monde. Je me souvenais comme si c'était hier du jour où j'avais remis mon scénario sur les Bochimans à Gunnar Eriksson afin qu'il le transmette à Londres. Qu'aurais-je pensé à l'époque si un imbécile l'avait laissé traîner à l'arrière d'un taxi ?

— Combien de premiers dossiers dans la liste ? demandai-je.

— Quatre, répondit Yakoub, qui avait dû avoir le même réflexe que moi.

Ma gorge se noua.

— Je les appellerai aujourd'hui. Ils risquent d'en avoir besoin.

2

Deux jours plus tard, la sacoche demeurait introuvable. Nos informaticiens avaient bien retrouvé un enregistrement vidéo du taxi à partir du lieu et de l'heure approximative où Jones en était descendu mais ils n'avaient pu suivre le véhicule plus d'une minute ou deux. Le chauffeur s'était engagé dans un de ces dédales de ruelles dickensiens qui échappent encore – pour combien de temps ? – à la surveillance des caméras. La voiture était réapparue une heure plus tard du côté de Westminster, pour se volatiliser presque aussitôt. Du passager, absorbé dans la lecture du *Financial Times*, l'on ne distinguait que la main gauche. Il portait une gourmette mais pas d'alliance. C'était un début.

Nos annonces parues dans le *Times*, le *Guardian* et quelques titres moins respectables étaient restées sans réponse. Quant au chauffeur de taxi, nous l'avions rapidement mis hors de cause. Il menait une existence rangée et économisait depuis des lustres pour acheter sa licence. Il avait plusieurs fois rapporté des sacs à main, des téléphones et même des portefeuilles.

Il avait accepté, moyennant finances, d'établir le portrait-robot de ses clients. Rarement ressources du CFR furent si mal dépensées. Le chauffeur se piquait d'être physionomiste. Plutôt que de répondre à nos questions, il invoquait des ressemblances avec les personnalités les plus diverses. La femme qu'il avait conduite de Saint-Pancrace à Victoria Station avait selon lui la bouche de Britney Spears, le nez de Keira Knightley, les cheveux de Victoria Beckham et le menton de Margaret Thatcher. Quand nous lui présentâmes le résultat – assez monstrueux, il faut bien le dire – il insulta notre expert.

Nos soupçons portaient en priorité sur le deuxième passager, un homme tatoué d'une trentaine d'années qui s'était fait déposer à Soho, au coin d'Oxford Street et de Tottenham Court Road. Il s'était contorsionné pour descendre de voiture, comme s'il cherchait à dissimuler un objet encombrant, alors que notre chauffeur se rappelait l'avoir vu monter les mains vides. Plusieurs milliers de personnes empruntaient chaque jour l'intersection en question. Elle était couverte par une douzaine de caméras, dont nous analysâmes en vain les enregistrements. Le Tatoué semblait s'être évanoui dans la nature.

Dans les couloirs du CFR, la tension était palpable. L'exercice d'exfiltration ordonné par Yakoub avait frappé les esprits. Les assistantes passaient des heures dans la cuisine, à comparer leurs versions des événements et à spéculer sur les chances d'une descente des Mounties. Un mystérieux virus choisit ce moment pour décimer les effectifs. Les agents foudroyés partaient se reposer au fond des bois voire, pour les plus aventureux, dans des pays n'ayant pas de convention d'extradition avec le Canada. L'inquiétude n'épargnait pas les unités. Disposant d'encore moins d'informations que leurs collègues de Toronto, les employés des bureaux de Paris, Bangkok ou Lima échafaudaient les scénarios les plus alarmistes, que nous nous ingéniions à battre en brèche au cours de visioconférences interminables.

Le danger semblait d'autant plus menaçant que nous ignorions la forme qu'il prendrait. Jessica me bombardait de questions. Que se passerait-il si la sacoche tombait entre les mains d'une organisation criminelle ? Le Comex accepterait-il de verser une rançon pour protéger ses agents ? Un journaliste entrerait-il en contact avec le CFR avant de porter son existence sur la place publique ? Autant de questions pertinentes, auxquelles je prétendais n'être pas autorisé à répondre et que je me posais au moins aussi souvent qu'elle.

Nous redoutions par-dessus tout un coup de filet du FBI, l'exemple de Guantánamo prouvant le peu de cas que les Américains faisaient de l'*habeas corpus* en cas d'atteinte à leur sécurité. Yakoub, que la perspective d'un gel des avoirs du CFR terrifiait, avait demandé à la direction financière de rapporter la moindre activité suspecte sur nos comptes bancaires. Il s'était fait installer un lit de camp dans son bureau et passait ses nuits au téléphone à rassurer les chefs de bureaux.

Ching Shao rentra de Londres le troisième jour, d'une humeur exécrable et tonnant contre l'effarante désinvolture des Anglais. Comme Onobanjo, elle devait se sentir sur la sellette. Le centre de Londres, chargé de l'approbation des nouveaux dossiers, dépend en effet du Plan, dont elle assumait la direction depuis la démission de Djibo. En dépit des risques que comportait pour elle un tel aveu, Ching nous confia qu'elle avait perdu espoir de retrouver la sacoche. Jones avait donné l'alerte trop tard et le chauffeur n'aurait pas reconnu la reine d'Angleterre si celle-ci avait honoré son taxi de son auguste patronage. Les scalps de Nigel Jones, de son supérieur direct et du directeur de Londres, qu'elle avait rapportés dans ses valises, ne changeraient, hélas, rien à l'affaire.

Ching avait suivi le conseil de Martin Suarez. Elle avait recruté la meilleure équipe de perceurs de coffres-forts de l'empire britannique et l'avait mise au défi d'ouvrir une sacoche du modèle de celle de Jones, sans occasionner de dégâts à son contenu. Sept heures plus tard, elle résiliait le contrat du CFR avec le malletier qui prétendait ses produits inviolables.

Après cet exposé particulièrement décourageant, Yakoub reprit la parole. Si, comme le pronostiquait Ching, nous ne retrouvions jamais la sacoche, nous devions nous préparer au pire. Il chargea Suarez et Zoe Karvelis d'envisager un éventail de mesures allant jusqu'à la dissolution pure et simple du CFR.

Je me tins volontairement en retrait durant cette période. Cet épisode regrettable ne faisait que confirmer les craintes que je nourrissais depuis quelques années. Le CFR de Djibo, et peut-être même celui de Khoyoulfaz, avait vécu. Trop de menaces pesaient sur lui.

La falsification physique, à l'origine de nos plus grands faits d'armes, n'était tout simplement plus possible. J'en avais acquis la conviction en 1999, quand on m'avait chargé de tenir le CFR à l'écart des rumeurs entourant la fausse carte du Vinland. Cette *mappa mundi* censée dater du XVe siècle était en fait l'œuvre d'un de nos agents qui, en y faisant figurer le continent nord-américain, souhaitait accréditer la thèse selon laquelle les Vikings avaient découvert l'Amérique avant

Christophe Colomb. Bien qu'ayant réussi par un tour de passe-passe à faire attribuer la carte à un autre faussaire, je m'étais convaincu que les jours de la falsification physique étaient comptés. « La production de faux capables de résister à un examen physique approfondi va devenir de plus en plus difficile, pour ne pas dire impossible. Des dossiers comme la carte du Vinland n'ont plus leur place dans notre organisation. Ils la mettent en danger pour des victoires qui seront de plus en plus éphémères », avais-je écrit à l'époque. Dans la foulée, le Comex avait prononcé l'interdiction pure et simple de la falsification physique ou, plus exactement, l'interdiction d'en faire l'axe central d'un dossier. On pouvait toujours fabriquer une fausse pierre tombale à l'appui d'une légende, mais plus mettre en circulation le nouveau suaire de Turin.

Si j'avais fait preuve d'une certaine prescience dans la première partie de mon mémo, j'avais en revanche commis un énorme contresens dans la seconde. Internet, écrivais-je alors, allait décupler les opportunités des agents CFR tout en réduisant leurs risques d'être démasqués. C'est tout le contraire qui s'était produit. Internet avait rendu impossibles des falsifications qu'il y a dix ans encore on citait en exemple à l'Académie. Ajouter une œuvre à la bibliographie d'un dramaturge danois sur Wikipédia ne présentait guère de difficultés ; infléchir de façon significative la biographie d'un leader politique ou d'une star de la chanson relevait en revanche de la gageure tant leurs admirateurs veillaient au grain.

Ce n'était pas le pire. Entre 1994, année qui marquait l'avènement de l'Internet grand public, et 2003, date à laquelle le Comex avait mis le holà aux pratiques les plus dangereuses, certains agents avaient falsifié à tout va sur la Toile, inconscients des dangers qu'ils couraient. Leurs pataquès allaient de l'anodin (mon successeur à Reykjavík avait procédé de son domicile à des milliers de modifications sur Wikipedia dans neuf langues différentes) au gravissime (le chef du bureau de Lima avait laissé son adresse IP sur les serveurs du KGB). Depuis un an ou deux, les Opérations spéciales passaient le plus clair de leur temps à réparer les boulettes de ces apprentis sorciers.

Enfin, pour couronner le tout, des hackeurs redoutables traînaient sur la Toile, à la recherche de numéros de cartes de crédit, de secrets industriels ou de toute autre information susceptible d'être monnayée auprès de la mafia russe ou du gouvernement chinois. Le CFR consacrait des sommes toujours croissantes à sa sécurité, ce qui ne l'empêchait pas de faire l'objet d'attaques régulières.

Mais le danger principal d'Internet était selon moi d'une tout autre nature. La rumeur lancée par un gamin sur son téléphone portable avait presque autant de chances de faire le tour du monde qu'un dossier ayant demandé des mois de travail. Les théories du complot fleurissaient dans les forums, recueillant un succès inversement proportionnel à leur plausibilité. Des sites en recensaient des pages entières, parmi lesquelles le visiteur pouvait choisir celles qui confortaient ses préjugés ethniques, politiques ou religieux : le FBI avait orchestré les attaques du 11 Septembre, un petit nombre de patrons présidait aux destinées du monde, le gouvernement américain avait favorisé la propagation du sida au sein de la communauté noire, etc. Ces sornettes ne dataient pas d'hier mais Internet avait à la fois accéléré leur propagation et assis leur légitimité. Le concept de vérité n'avait jamais semblé si relatif. La Toile fournissait des arguments aux champions de toutes les causes, aux sionistes comme à ceux qui cherchaient des raisons de casser du Juif, aux tenants de l'évolution comme à ceux du créationnisme. Tout était vrai et donc rien n'était vrai ; tout était faux et donc rien n'était faux. Pour le CFR, dont le fonds de commerce reposait sur cette distinction fondamentale, l'essor d'Internet représentait une catastrophe.

Je sentais, en tant que plus jeune membre du Comex, qu'il me revenait de jeter les bases d'un nouveau modèle. Khoyoulfaz, Karvelis et Ching appartenaient à l'ancienne génération. Suarez manquait d'imagination. Quant à Onobanjo, l'Inspection générale qu'elle dirigeait avait pour fonction même de s'opposer au changement.

Conscient de la difficulté de réformer un système dont on est le produit, j'oscillais constamment entre la tentation de m'immerger dans les minuties du CFR et celle de garder mes distances, une position schizophrène qui me mettait souvent en porte-à-faux avec mes collègues. Pendant les douze années qu'il m'avait fallu pour atteindre le sommet de la pyramide, je m'étais naïvement figuré que le rôle des membres du Comex consistait à réactualiser en permanence les missions du CFR, à deviser doctement sur le pouvoir et les limites de la falsification comme vecteur du progrès humain. Rien n'était plus faux. Nous étions d'abord et avant tout des supermanagers, les dirigeants d'une organisation de plusieurs dizaines de milliers de personnes. Je passais mon temps en réunions budgétaires, à réviser des mémos préparés par d'autres ou à me demander si le responsable du bureau de Taipei devait rapporter à Pékin ou à Toronto. Je n'incriminais personne. Les chefs d'unité faisaient dans l'ensemble correctement leur travail ; ils prenaient l'immense majorité des décisions et ne sollicitaient notre arbitrage qu'une ou deux fois par an sur les sujets les plus délicats, ceux qui relevaient du symbole ou risquaient de créer un précédent. Hélas, avec 20 centres, 150 bureaux et presque 1 000 antennes, leur exception devenait notre règle. D'une certaine façon, mon métier s'apparentait à celui des juges de la Cour suprême américaine qui doivent choisir dans le flot continu de requêtes qui leur parviennent celles qui méritent leur attention.

S'ajoutait à cela le problème de mon âge. J'avais parfois l'impression que Khoyoulfaz et Shao, à qui je rendais presque quinze ans, ne me prenaient pas au sérieux. On me refilait systématiquement les projets dont personne ne voulait, une forme de bizutage que j'estimais de moins en moins justifiée.

Je n'avais jamais eu autant besoin de réfléchir et je n'avais jamais eu aussi peu de temps pour le faire. J'étais débordé mais jamais fatigué. Et comme les magistrats de la Cour suprême, je rendais la justice du matin au soir, sans avoir le temps de réfléchir au sens que je donnais à ce mot.

3

Le lendemain, le voyant rouge de l'ascenseur était encore allumé. Je pressentais qu'il le resterait longtemps.

En me remettant les clés de ce qui avait été son bureau, Djibo y avait ajouté un somptueux cadeau, une carte du XVIe siècle représentant l'île imaginaire de Frisland. Faute de temps et de goût, je m'étais contenté d'un ameublement spartiate. Quelques bibelots rapportés de mes voyages ainsi que la sculpture de verre que m'avait value mon premier dossier égayaient un peu les étagères.

Deux rapports m'attendaient sur mon bureau. Le premier provenait de notre centre à Jakarta et traitait de la situation économique du Timor-Oriental. Sept ans plus tôt, j'avais participé au volet final d'une des plus vastes initiatives de l'histoire du CFR. En échange d'avantages substantiels pour notre organisation, Lena Thorsen et moi avions accompagné le pays dans sa marche vers l'indépendance. Convaincre les experts des Nations unies que l'économie timoraise présentait les garanties requises n'avait pas été chose facile. J'avais dû trafiquer des statistiques, maquiller des bordereaux d'exportation, gonfler des projections de royalties pétrolières et même engager des figurants pour donner l'illusion qu'une carrière de marbre tournait à plein régime. Le chef de la délégation onusienne était reparti persuadé que le Timor-Oriental était le prochain dragon asiatique. Je n'avais de cesse depuis de lui donner raison.

Malgré d'indéniables progrès, la situation du Timor restait pourtant préoccupante. Un tiers à peine des foyers avaient l'électricité, la moitié de la population savait lire et l'on mourait encore dans les campagnes en cas de mauvaise récolte. Les exportations de café se développaient, mais à un rythme très insuffisant pour élever le niveau de vie général. Les entreprises étrangères boudaient le pays, effrayées par l'absence de lois sur la propriété intellectuelle.

Maussade au début, le rapport devenait carrément déprimant au fur et à mesure de la lecture. Le pays commençait à exploiter ses énormes réserves pétrolières et gazières. Cette nouvelle bienvenue, sur laquelle nous avions bâti notre scénario de décollage économique, était ternie par le fait que seule une faible part des recettes était reversée au budget de l'État. Le reste s'évaporait entre les mains de dirigeants corrompus dont nous avions indirectement renforcé le pouvoir. Un système judiciaire dépravé ouvrait la porte à toutes les exactions : un fermier pouvait se voir dépossédé du jour au lendemain de son exploitation, les décisions de justice se vendaient au plus offrant, et tout à l'avenant. Pour comble de malheur, le gouvernement installé en 2007 chancelait déjà sur ses bases ; le président Ramos-Horta et le Premier ministre Gusmão venaient tous les deux d'échapper de peu à des tentatives d'attentats.

Le CFR avait incontestablement beaucoup gagné dans ce dossier. Nous disposions désormais d'un réseau d'une cinquantaine d'ambassades de par le monde, nous avions des oreilles dans les grandes organisations internationales et tous les agents du CFR possédaient un passeport timorais à utiliser en cas d'urgence. Cependant, bien que mon rôle consistât d'abord et avant tout à défendre les intérêts de mon employeur, je me sentais une responsabilité envers les Timorais. Le moins qu'on puisse dire, c'est que je n'étais pas certain à ce stade de les avoir mis sur le bon chemin.

Le second rapport, consacré aux Bochimans, traînait sur mon bureau depuis une semaine. Je n'avais pas encore trouvé le courage de l'ouvrir, pressentant qu'il ressemblerait à tous les précédents. Depuis vingt ans, le nombre de Bochimans vivant dans le désert du Kalahari se réduisait comme peau de chagrin, sous l'effet conjugué des évictions répétées, de l'alcool et des maladies sexuellement transmissibles. Les enfants, qui n'apprenaient plus à chasser, se préparaient à une vie placée sous le signe de l'assistanat, avec la bénédiction du gouvernement botswanais qui guignait depuis longtemps ces territoires riches en diamants et minerais de toutes sortes.

J'allai directement à la conclusion du rapport, œuvre d'une respectable fondation allemande. « Force est de constater que les stratégies des différentes associations internationales n'ont produit aucun des effets escomptés. Les Bochimans sont aujourd'hui à la fois moins nombreux, moins bien armés et plus dépendants à l'égard du pouvoir central qu'à aucun autre moment de leur histoire. Les patriarches que nous avons rencontrés doutent qu'il soit possible de renverser la tendance. Les plus pessimistes parlent même de leurs enfants comme de "la dernière génération des Bochimans du Kalahari". »

Je refermai le rapport en soupirant. Voilà deux dossiers auxquels j'avais consacré plusieurs mois de ma vie, qui m'avaient valu honneurs et promotions, et que j'en étais presque à regretter d'avoir produits. Non, décidément, nous étions bien moins puissants que nous n'aimions le croire.

Jessica passa la tête par la porte pour m'informer que Yakoub souhaitait me voir. Je traversai le couloir et poussai la porte de son bureau. Adossé à la fenêtre, il devisait avec Lena Thorsen.

Lena était comme moi basée à Toronto. Après qu'elle eut reconnu, ou, pour être exact, qu'elle se fut vantée d'avoir trahi le CFR, le Comex avait bien été obligé de statuer sur son sort. Yakoub, Claas Verplanck et Pierre Ménard étaient partisans d'emprisonner la Danoise pour une durée indéterminée, sans plus de considération pour ses droits civiques que l'administration Bush n'en montrait vis-à-vis des détenus de Guantánamo. Zoe et Ching se seraient contentées d'une démission. Moi seul avais recommandé la clémence, en considération des aptitudes exceptionnelles de Thorsen et des services qu'elle pouvait rendre.

Mes nouveaux collègues – ma cooptation ne remontait qu'à quelques heures – n'avaient guère goûté mon appel à la miséricorde. Fidèle à son tempérament, Lena ne m'avait pas facilité la tâche, répétant à qui voulait l'entendre qu'elle préférait mourir plutôt que de présenter ses excuses. J'avais rencontré les membres du Comex un à un pour plaider la cause d'une agente qui, non contente de conspirer à ma perte, venait de plonger le CFR au cœur d'un des plus graves scandales de son histoire. Au prix de trésors de diplomatie, j'avais réussi à rallier une majorité de membres à une motion intermédiaire : Lena resterait à Toronto en conservant son rang d'agent de classe trois ; elle n'aurait pas de contacts avec les unités et serait affectée au service exclusif des membres du Comex ; elle répondrait de ses déplacements devant Yakoub et serait libre de produire des dossiers dans un cadre financier strict, conçu pour entraver sa liberté d'action. En entérinant cet arrangement, Yakoub avait été très explicite sur le fait que je venais de dépenser l'intégralité de mon capital politique auprès du Comex.

Heureusement pour nous deux, Lena avait rempli sa part du contrat. Elle avait vendu son appartement à Los Angeles et trouvé une location à deux pas du bureau. Comme je l'avais craint, mes collègues ne s'étaient initialement pas bousculés pour lui confier du travail. Je lui avais sous-traité quelques dossiers, ce qui, pour être honnête, m'avait permis de me concentrer sur mes nouvelles responsabilités. Lena s'était acquittée de ces menues tâches avec son efficacité habituelle, sans se plaindre d'officier sous mes ordres mais sans me remercier non plus.

Au fil des mois, mes collègues avaient appris à reconnaître les mérites de la Danoise. Tous avaient fait appel à ses services au moins une fois, le plus souvent sur des sujets liés à l'informatique, un domaine dans lequel elle nous surpassait tous de plusieurs coudées. Elle avait appris au contact des hackeurs américains à pirater les serveurs réputés imprenables et à maquiller des données sans laisser de traces. Quand une effraction se révélait un peu plus ardue, elle écrivait un programme ad hoc dans un des dizaines de langages qu'elle maîtrisait, vomissant des milliers de lignes de code en moins de temps qu'il n'en fallait à Jessica pour m'apporter mon café.

— Ah Sliv, très bien, dit Yakoub en se redressant.

J'adressai un léger signe de tête à Lena. Le sien dut être plus léger encore car je ne le remarquai même pas.

— Tu as besoin de moi ? demandai-je à Yakoub.

— De tous les deux en fait.

Nous prîmes place autour de sa table de réunion. L'air préoccupé de Yakoub laissait présager de mauvaises nouvelles.

— Nous avons reçu ce matin un dossier Safe Haven, déclara-t-il.

En novembre 2007, le Comex avait adressé une circulaire à toutes les unités. Les agents soupçonnant qu'un de leurs dossiers antérieurs à 2003 ne présentait pas toutes les garanties de sécurité étaient invités à se rapprocher du centre de Hong Kong. Afin de faire sortir tous les loups du bois, le président du CFR garantissait personnellement aux agents concernés qu'ils n'encourraient aucune sanction.

Quatre-vingt-sept dossiers nous étaient parvenus à ce jour, dont les deux tiers environ avaient fait l'objet d'une reprise approfondie. Dans tous les cas sans exception, Lena et son équipe de Mozarts de l'informatique avaient réussi à circonscrire la menace. Le flot de dossiers s'était progressivement tari. Nous n'avions plus rien reçu depuis un mois.

— Klaus Würth, allemand, quarante-quatre ans, AC2 à Helsinki, récita Yakoub.

— C'est maintenant qu'il se réveille ? grogna Lena.

— Il était basé à Dortmund à l'époque, continua Yakoub sans relever l'interruption. Les faits remontent à 1995, quand M. Würth, convaincu de la responsabilité humaine dans le réchauffement climatique, s'est mis en tête de falsifier la base de données de températures du National Climatic Data Center américain. Son plan ne manquait pas d'audace. Il avait remarqué qu'un tiers environ des températures du NCDC se présentaient sous forme de nombres entiers, l'explication conventionnelle voulant que, jusque dans les années 70, beaucoup de petites et moyennes stations ne relevaient pas les températures au dixième de degré. Quelques mois plus tard, un consultant extérieur à la solde de Würth attira l'attention des informaticiens du NCDC sur un bug qui leur avait échappé : une erreur de formatage les empêchait de voir les vraies données qui, toutes ou presque, avaient un chiffre après la virgule !

— Et comme par hasard, dis-je, les nouvelles données allaient dans le sens du réchauffement climatique…

— Évidemment. Le 14 °C de 1880 s'était transformé en 13,7 °C, tandis que le 16 °C de 1978 était devenu 16,2 °C, voire 16,4 °C. Les évolutions climatiques sont tellement lentes qu'une simple variation de deux à trois dixièmes de degrés sur un siècle suffit à dessiner une tendance.

Je laissai échapper un sifflement admiratif. L'idée était magnifique. Dommage que la réalisation n'ait pas suivi.

— Comment a-t-il falsifié les champs ? demanda Lena que je désespérais de voir un jour s'émerveiller de l'habileté d'un scénariste. Ce genre d'organismes n'a pas pour habitude de conserver ses données en un seul endroit.

— C'est la première chose qu'a dite Hong Kong. Ils nous envoient tout ce qu'ils ont par la valise diplomatique : les versions intermédiaires du dossier, les analyses de risques de l'époque, les protocoles informatiques du NCDC, etc. Quant à Würth, il attend votre appel. Ménagez-le, il paraît qu'il n'en dort plus la nuit.

— S'il a respecté le règlement, il n'a aucun souci à se faire, répondit Lena sans se rendre compte que c'était précisément le genre de phrases qui risquait de terrifier le malheureux Klaus.

— Quel centre a contrôlé son travail à l'époque ? demandai-je.

Les dossiers suivent un parcours immuable. Après un premier filtre effectué par les directeurs d'unité, ils sont transmis à Londres, qui statue sur la qualité du scénario, puis de là à l'un des trois centres spécialisés dans la falsification des sources, Hong Kong, Córdoba ou Vancouver.

— Córdoba, répondit Yakoub de mémoire. Visa délivré le 17 décembre 1995.

Lena me regarda. Elle pensait manifestement à la même chose que moi. En 95, elle était directrice adjointe du centre de Córdoba quand elle avait été brutalement suspendue pour une faute dont j'étais seul responsable. Sans ma maladresse, elle aurait traité elle-même le dossier de Würth et nous n'en serions pas là. Elle eut l'élégance de ne pas le faire remarquer.

— Que se passe-t-il Yakoub ? demandai-je. Évidemment, un Safe Haven n'est jamais une bonne nouvelle. Mais celui-ci a presque quinze ans. Que craignez-vous au juste ?

— Le comportement de Würth ne me dit rien qui vaille. Voilà six mois qu'il doit ruminer cette histoire. S'il se décide à casser le morceau le jour où Jones perd sa sacoche, c'est qu'il a commis une sacrée bourde ou qu'il pressent que ses données vont bientôt être soumises à un sérieux examen.

— Difficile de trouver un sujet plus médiatisé que le réchauffement climatique en effet.

— Il risque de le devenir encore davantage maintenant qu'Al Gore a obtenu le prix Nobel et qu'on projette son film dans les écoles. Sans parler des États-Unis qui refusent de ratifier le protocole de Kyoto tant que la communauté scientifique reste divisée.

— Elle n'est pas divisée. L'immense majorité des climatologues soutient les prémisses de Kyoto.

— Des prémisses qui reposent en partie sur les chiffres de Würth. Tu imagines le tollé s'il était prouvé qu'ils sont faux ? Le lobby pétrolier et les scientifiques opposés au consensus actuel s'en donneraient à cœur joie – et ils auraient raison.

— Les mouvements écologiques ne s'en relèveraient pas, murmurai-je.

— Vu les intérêts en jeu, je suis prêt à parier que tôt ou tard, et plutôt tôt que tard, les données du NCDC seront épluchées à la louche. Je détesterais qu'elles contiennent notre signature.

Lena était restée silencieuse durant cet échange. Nos considérations épistémologiques lui passaient au-dessus de la tête. Seule l'intéressait sa mission. Cela avait toujours été sa force – et sa faiblesse.

— Qu'attendez-vous de nous ? demanda-t-elle.

— Que vous effaciez toutes traces de notre passage, quitte à rétablir les données historiques si vous le jugez nécessaire.

— Et moi ? demandai-je.

— Tu rescénariseras en cas de besoin. Fais passer Würth pour un illuminé s'il le faut.

— Et si les données d'origine contredisent l'hypothèse du réchauffement climatique ?

— La sécurité du CFR avant tout, dit Yakoub.

Il se leva. Il n'y avait rien à rajouter.

4

L'Islandais guette l'arrivée du printemps avec une ferveur difficilement compréhensible pour les continentaux. Ce n'est pas tant la douceur – toute relative – des températures ou l'explosion de la flore qui le mettent en joie, que l'allongement spectaculaire des jours et le recul de la nuit. Dès la mi-mai, le soleil se lève à quatre heures ; cafés et boulangeries ouvrent leurs portes ; alors qu'Amsterdam ou Milan s'éveillent, chacun à Reykjavík vaque déjà à ses affaires.

L'anniversaire de ma mère me fournissait chaque année le prétexte idéal pour rentrer au pays et oublier l'espace de quelques jours la grisaille de Toronto.

Après un arrêt à Húsavík, la minuscule bourgade dans le nord de l'île où Maman élève ses moutons, je passais rituellement chez Baldur, Furuset & Thorberg saluer Gunnar Eriksson et mes anciens collègues. Ceux d'entre eux qui ignoraient la véritable nature de mes activités me croyaient manager dans un cabinet anglo-saxon de conseil environnemental. Connaissant les liens qui m'unissaient à Gunnar et, dans une moindre mesure, à Per Baldur, certains me soupçonnaient de négocier mon retour à un poste de direction.

C'est Margrét, la secrétaire et désormais l'épouse de Gunnar, qui vint me chercher à la réception. Après avoir claqué deux bises sonores sur mes joues, elle recula d'un pas et me détailla de pied en cap.

— Toi, tu as mauvaise mine, décréta-t-elle. Et tu as pris quelques kilos. Non, non, ne proteste pas, j'ai l'œil pour ces choses-là.

À la mort de Kristin, sa première femme bien-aimée, Gunnar avait sombré dans une profonde neurasthénie. Comme il préférait aux anxiolytiques les succulents beignets au miel de Bernhöftsbakari, il n'avait pas tardé à développer une bedaine de sénateur. Margrét était partie en guerre contre les calamiteuses habitudes alimentaires de son patron. Elle vidait son sucrier, confisquait les friandises qu'il planquait dans ses tiroirs et téléphonait ses instructions draconiennes aux restaurants alentour. Gunnar avait fini par comprendre que la sollicitude de Margrét – divorcée et elle aussi sans enfants – s'expliquait par les sentiments qu'elle lui portait. Ils s'étaient mariés peu après et semblaient très heureux.

— Sliv ! s'exclama Gunnar en se levant de son bureau et en venant à ma rencontre. Quel plaisir ! Veux-tu dîner à la maison ce soir ? Le mardi, c'est bœuf mironton.

— Ce serait avec plaisir, mais je suis déjà pris.

— Demain alors ?

— Je serai rentré à Toronto.

— Quelle vie ils te font, maugréa Gunnar comme si l'élaboration de mon emploi du temps était l'affaire d'un collège de bureaucrates sadiques.

— L'avion ne m'a jamais dérangé, dis-je en souriant.

— Je l'ai en horreur à présent ; tu verras quand tu auras mon âge. Mais assieds-toi, je vais nous faire chauffer de l'eau.

Je pris place dans le confortable fauteuil en cuir chocolat dans lequel j'avais passé tant d'heures. Autour de moi, rien n'avait changé, hormis la collection de thés exotiques que j'enrichissais au gré de mes pérégrinations. La façon dont celle-ci gagnait partout du terrain sur les dossiers du cabinet en disait long sur la motivation déclinante de Gunnar. Il décomptait les jours jusqu'à son départ à la retraite, prévu pour la fin de l'année. S'ouvrirait alors, à l'entendre, une ère de félicité sans pareille, où ses journées se partageraient entre la lecture du journal, les matchs de hockey à la télévision et la dégustation des petits plats mitonnés par Margrét.

— Nous sommes en train d'acheter un chalet à Dyrholaey au bord de la réserve naturelle, dit-il en me tendant un présentoir contenant au bas mot une centaine de sachets. Margrét se passionne pour les oiseaux ; elle s'est mis en tête d'aménager un observatoire. Personnellement, je trouve ça un peu crétin d'immobiliser du capital. Avec ce que les marchés rapportent en ce moment… Tu te rappelles quand j'ai quitté l'appartement de Leifsgata en 2003 ? J'ai confié le produit de la vente à mon banquier. Eh bien, en cinq ans, j'ai pratiquement doublé ma mise.

— Vraiment ? dis-je, en me reprochant une fois de plus de gérer trop prudemment mes finances.

— Mais oui, ce n'est pas sorcier. Tous les actifs montent en ce moment. C'est grâce à Internet à ce qu'il paraît : la productivité des entreprises explose et les profits avec. Non vraiment, entre notre petit pactole et nos deux retraites, nous allons avoir la belle vie.

Le tour que prenait l'existence de Gunnar me désolait. Comment quelqu'un ayant visité cent pays, œuvré à la chute du mur de Berlin et à la construction de la station spatiale internationale pouvait-il se recroqueviller sur la performance de son livret d'épargne ou le passage de six à huit clubs de la ligue de hockey islandaise ? Ce rétrécissement d'horizon ne datait, hélas, pas d'hier. Depuis la mort de Kristin, Gunnar avait nettement levé le pied. Il n'avait pas recruté un agent depuis 2000 et je ne me rappelais même plus à quand remontait son dernier dossier. Il ne voyageait qu'en cas de force majeure, et dans des conditions de luxe extravagantes qui faisaient grincer des dents jusqu'à Toronto. Ses sujets de conversation s'étaient eux aussi considérablement réduits. Revenaient sans cesse dans sa bouche la fierté d'avoir formé une douzaine d'agents d'élite ; la déception que lui avait infligée Lena Thorsen en coupant abruptement les ponts après son passage par l'antenne de Reykjavík ; la satisfaction d'avoir percé par la seule force de la réflexion le secret du CFR sur lequel tant de brillants sujets s'étaient cassé les dents. Je ne tenais pas Margrét pour responsable de cette évolution. Gunnar s'ennuyait, tout simplement. Il avait perdu le goût de l'excitation ; ne lui restait que celui de la jouissance.

— Alors, il paraît que tu vas être nommé vice-président du Plan, lança Gunnar en choisissant pour lui un thé noir de Madagascar.

— Comment le savez-vous ? Ce ne sera annoncé que lundi.

— Bah, j'ai mes informateurs, dit-il en faisant un

geste vague qui signifiait qu'il n'en dirait pas davantage. Tu travailleras pour Shao, n'est-ce pas ?

— Mais oui, elle dirige le Plan depuis le départ de Djibo.

La démission d'Angoua Djibo en 2003, suivie, trois ans plus tard, par la mort de Pierre Ménard, avait créé à la tête du CFR un jeu de chaises musicales qui venait seulement de prendre fin. Claas Verplanck, le patron de l'Inspection générale, avait tenté une nouvelle fois de se faire porter à la tête du Comex, sans plus de succès que les précédentes. Mes collègues et moi nous étions ralliés derrière la candidature de Yakoub Khoyoulfaz, le charismatique directeur des Opérations spéciales. Face à un tel désaveu, Verplanck avait fait valoir ses droits à la retraite de façon anticipée. Nous avions nommé pour lui succéder – tant à l'Inspection générale qu'au Comex où les dirigeants des trois grands corps siègent automatiquement – Sophie Onobanjo, une Nigériane de quarante-trois ans, jusqu'alors chef du bureau de Paris. Pour la première fois en deux cent vingt ans, les dirigeants du CFR se partageaient également entre hommes (Yakoub Khoyoulfaz, Pierre Ménard et moi-même) et femmes (Zoe Karvelis, Ching Shao et désormais Sophie Onobanjo).

La composition du Comex était cependant appelée à évoluer sous peu. Pierre Ménard souffrait depuis des années d'un cancer des os qui, selon les médecins, était entré dans sa phase terminale. Ménard, qui ne se faisait plus d'illusions sur ses chances de guérison, avait abandonné son traitement et maigrissait à un rythme effrayant. Il continuait cependant d'assister à nos séances, renversé dans son fauteuil, les yeux mi-clos. Il n'intervenait plus dans les débats techniques ou administratifs, préférant réserver ses forces pour le point culminant de l'ordre du jour, la revue des falsifications en cours. Qu'il fût question de la création d'un dieu africain ou de la rédaction d'un pseudo-code d'honneur de la mafia calabraise, il apercevait dans chaque dossier un angle qui nous avait échappé, une faille qui le menaçait d'insignifiance ou, au contraire, un axe qui, bien exploité, en décuplerait l'intérêt. Rendu presque aphone par la maladie, il me bêlait ses remarques dans l'oreille, que je répétais pour l'assistance en singeant malgré moi son comique accent français.

Notre doyen s'accrochait d'autant plus à son fauteuil que nul ne le poussait vers la sortie. Depuis deux siècles, un Pierre Ménard siégeait au Comex, une tradition qui s'éteindrait à la mort de notre collègue, qui n'avait pas d'enfants. Une telle fidélité méritait quelques égards. Bien que nous attendant à tout moment à voir le Français piquer du nez au milieu d'une tirade grinçante sur la proportion de faux dans la section d'égyptologie du Louvre, nous n'évoquions jamais sa succession.

Cependant les mois passaient et Ménard restait en vie. Son état de santé avait cessé de se dégrader, un phénomène que les médecins qualifiaient d'« heureux concours de circonstances », d'« anomalie clinique » ou, pour les plus directs, de « putain de miracle ». J'attribuais pour ma part la résilience de mon aîné à son goût immodéré pour la bonne chère. Il saucissonnait pendant nos séances, se rinçant ensuite la bouche avec un verre de sauternes qu'il dégustait à petites gorgées en faisant claquer sa langue. Robert, son infirmier français, le sortait le soir en fauteuil roulant dans les meilleurs restaurants de Toronto où il avait table ouverte. Sa cave contenait, disait-on, plus de 6 000 bouteilles.

Je gardais un mauvais souvenir de cette période censément transitoire qui dura presque quatre ans. Nous savions tous que le CFR ne pourrait entamer sa reconstruction qu'avec un Comex délivré des liens du passé. Au lieu de quoi, nous étions suspendus à l'état de santé d'un vieillard dont nul évidemment ne souhaitait la mort mais dont nous espérions tout de même qu'il aurait le bon goût de ne pas se dresser trop longtemps en travers du train de l'histoire.

Pour finir, Ménard s'était éteint dans son lit le 24 décembre 2006 alors que Robert lui ouvrait des huîtres. En m'annonçant la nouvelle, Yakoub avait eu du mal à cacher son soulagement.

Une semaine plus tard, nous cooptions Martin Suarez pour lui succéder. Suarez, un des deux vice-présidents des Opérations spéciales, présentait le double intérêt d'être américain, une nationalité traditionnellement sous-représentée au Comex, et d'avoir des origines hispaniques – ses parents mexicains s'étaient installés en Arizona peu après sa naissance. Diplômé de West Point, il avait passé dix ans chez les marines et participé à plusieurs opérations militaires dans le golfe Persique. C'est Yakoub en personne qui l'avait recruté, avec un luxe de précautions à la hauteur du risque qu'ils couraient tous les deux. Le jeu en valait incontestablement la chandelle, la connaissance de Martin des circuits de décisions militaires américains s'étant révélée plusieurs fois décisive.

— Alors, dit Gunnar en s'asseyant en face de moi, quoi de neuf à Toronto ?

— Pas grand-chose, j'en ai peur.

— C'est la paperasse, n'est-ce pas ? La paperasse et la politique ? Dès qu'une administration atteint une certaine taille, c'est la même chose. Très peu pour moi ! Yakoub pourrait me supplier à genoux, je resterais bien au chaud en Islande.

Encore une antienne de Gunnar, celle peut-être qui m'exaspérait le plus. Tout au long de sa carrière, il avait décliné les promotions par attachement à son confort. Résultat, il faisait le même travail depuis trente ans, entouré d'un patron – Baldur – qui venait en culotte de golf au bureau et de collaborateurs qui, lui devant tout, ne risquaient pas de le remettre en question. Encore aujourd'hui, Gunnar essayait régulièrement de me convaincre que j'avais fait une erreur en rejoignant « le siège ».

— C'est toi qui as choisi le Plan ? demanda-t-il.

— Disons que trois postes sont subitement devenus vacants et que Ching m'en a proposé un.

Gunnar en fit trembler sa tasse, qui coula sur son pantalon. Il épongea la tache machinalement avec sa cravate.

— Elle a viré les trois VP nommés par Djibo ?

Je hochai la tête.

— Elle les a convoqués ensemble dans son bureau. En deux minutes, c'était plié. Il paraît qu'ils n'ont rien vu venir.

— Elle leur a donné un motif ?

— Le même qu'au Comex : elle avait perdu confiance dans les cadres installés par Djibo.

— Et ?

— Le Comex a compris, dis-je sobrement.

Ma remarque eut l'air de secouer Gunnar. Il savait que ma position m'interdisait la moindre confidence sur des sujets touchant à la sécurité ou aux instances dirigeantes du CFR. Cependant, certaines rumeurs concernant son vieux camarade avaient nécessairement dû parvenir jusqu'à lui. Pendant ses quinze ans de règne au Plan et treize au Comex, Djibo avait procédé à des centaines de nominations dans lesquelles, nous nous en étions aperçus après son départ, la compétence ne jouait pas toujours le premier rôle. Les seules qualités de certains chefs d'unité et d'au moins un directeur fonctionnel semblaient être leur loyauté envers Djibo ainsi que la servilité avec laquelle ils exécutaient ses instructions, quand bien même celles-ci contrevenaient aux circuits de décision habituels. Les vice-présidents du Plan (à l'exception notable de Ching, qui avait été imposée à son poste par le précédent président du Comex) jouaient un rôle capital dans le dispositif de Djibo. En cautionnant les analyses géopolitiques du Camerounais, ils donnaient de l'épaisseur aux scénarios souvent hasardeux que ce dernier soumettait ensuite au Comex. C'est ainsi qu'étaient nés la fausse fatwa de Ben Laden contre l'Amérique ou les atermoiements de l'Union européenne sur la réponse à apporter au démantèlement de l'ex-Yougoslavie, deux épisodes dont le moins qu'on puisse dire est que le CFR n'était pas sorti grandi.

Mais je ne gagnerais rien à déballer le linge sale du Comex devant Gunnar.

— Alors, Akureyri a remporté le championnat cette année ? dis-je en me penchant en avant pour signifier que je ne serais pas opposé à entendre le récit des péripéties ayant émaillé la marche triomphale des Vikings vers leur treizième titre national.

Le visage de Gunnar s'illumina.

— Tu as vu ça ? La saison avait pourtant sacrément mal commencé… À la première minute du match d'ouverture, Gudmundsson se fait expulser pour une faute inexistante et Skúlason se troue sur un tir lointain. Non mais tu imagines ?

Je fis signe que j'imaginais très bien, tout en portant mon thé à mes lèvres. Il était encore brûlant. Heureusement, il avait le temps de refroidir.

5

Gunnar n'avait consenti à me libérer qu'en apprenant que j'avais rendez-vous avec Nina Schoeman.

— À la bonne heure ! Depuis le temps qu'elle en pince pour toi, s'exclama-t-il en me gratifiant d'un clin d'œil égrillard.

J'avais rencontré Nina à la fac de Reykjavík où nous étudiions tous les deux la géographie. Nos chemins s'étaient recroisés en 2001 quand elle avait effectué une mission d'intérim chez Baldur, Furuset & Thorberg. Ayant gardé d'elle le souvenir d'une fille brillante et déterminée, j'avais été surpris de la retrouver dans un job si peu en rapport avec ses capacités. Mais sa vie, m'avait-elle expliqué, était ailleurs. Elle militait, à titre bénévole, au sein de plusieurs associations ; l'intérim ne servait qu'à payer les factures. Je l'avais revue quelques fois avant que ma mutation à Toronto ne nous sépare à nouveau.

Elle avait récemment rejoint Jöro, la plus grande – la seule, auraient dit les mauvaises langues – association environnementale islandaise, avec le titre aussi vague que prometteur de directrice du développement. J'étais curieux de voir comment elle s'était glissée dans le moule du salariat.

Sachant que les convictions de Nina lui interdisaient de dépenser en un repas l'équivalent du revenu mensuel d'une famille burkinabé, j'avais réservé dans une cantine bon marché de Vonarstraeti spécialisée dans le poisson grillé. On m'installa à une table heureusement assez loin du bar où un groupe d'employés de bureau fêtaient bruyamment le licenciement de leur chef.

Il me fallut quelques secondes pour reconnaître Nina. La dernière fois que je l'avais vue, elle distribuait des tracts sur un marché en salopette et bottes de caoutchouc. La jeune femme qui fendait l'assistance à ma rencontre était vêtue d'un jean sombre, d'une chemise blanche ajustée et d'une veste cintrée ocre du meilleur effet. Quelques centimètres de talons accusaient judicieusement sa silhouette athlétique.

— Je sais, quelle transformation, n'est-ce pas ? dit-elle en posant une bise sur ma joue.

— C'est stupéfiant. Si on m'avait dit qu'un jour tu porterais du daim…

— Qu'est-ce que tu racontes ? (Elle me força à toucher sa manche.) C'est du synthétique. Je n'ai pas encore complètement vendu mon âme au diable. Bon, qu'est-ce qu'on mange ? J'ai une dalle pas possible…

J'observai Nina à la dérobée tandis qu'elle parcourait le menu. La métamorphose ne se limitait pas à sa garde-robe. Elle avait laissé pousser ses cheveux châtains, réunis ce soir-là en une queue-de-cheval impeccable qui dégageait son visage. Ses sourcils étaient épilés. Enfin, mais je n'en aurais pas juré, il me semblait qu'elle portait une touche de mascara.

Elle referma le menu.

— Flétan pour moi. Tu as choisi ?

— Euh non, pas encore.

— Prends ton temps. Moi je ne peux pas attendre.

Elle héla le serveur et lui passa commande d'une assiette d'amuse-gueules et d'un pichet de bière.

— C'est moi qui t'invite, dit-elle d'un ton qui ne laissait aucune place à la contestation.

— En quel honneur ?

— Pour te remercier des conseils, pas toujours sollicités d'ailleurs, que tu m'as prodigués au fil des ans. J'ai fini par décider de t'écouter et de m'engager à plein temps dans une association.

Pendant quinze ans, Nina s'était dispersée entre des causes toutes plus nobles les unes que les autres. Elle pouvait dans la même semaine défiler contre les pluies acides, faire circuler une pétition réclamant l'intervention des casques bleus au Darfour et lever des fonds pour éradiquer la malaria au Sahel. Les associations, qui savaient qu'elle ne refusait jamais son aide, abusaient de sa gentillesse, l'appelant à toute heure du jour et de la nuit pour un conseil, un contact au gouvernement ou pour coller des timbres. Elle ne donnait jamais moins que le meilleur d'elle-même, trimait comme une damnée et se nourrissait presque exclusivement de pâtes et de riz. Quand les huissiers tambourinaient à sa porte, elle se renflouait avec une mission d'intérim. Les entreprises qui l'accueillaient cherchaient souvent à la retenir, mais en vain.

J'avais tenté d'expliquer à d'innombrables reprises à Nina qu'à embrasser trop de causes, elle n'en servait efficacement aucune, un point de vue j'en conviens prosaïque mais qui me paraissait frappé au coin du bon sens. Hélas, si sur le papier Nina et ses amis admettaient la justesse de mon raisonnement, ils retombaient dans leurs travers à la première catastrophe. Il suffisait que la terre tremble au Pakistan ou que la famine redouble au Soudan pour qu'ils laissent tout en plan et partent agiter leurs sébiles dans Laugavegur. C'est ainsi que bien qu'animés des meilleures intentions, ils ne parvenaient jamais à rien.

— J'ai vu passer l'annonce de ta nomination, dis-je en faisant signe au serveur. C'est eux qui t'ont approchée ?

— Oui. Je leur avais donné un coup de main en 2002. Tu te souviens ? Le sit-in à Húsavík contre la chasse à la baleine ? J'avais logé chez ta mère.

— C'est possible, dis-je d'un ton évasif.

Je ne voyais pas l'intérêt de raconter à Nina que Maman ne gardait pas un aussi bon souvenir qu'elle de son passage à la maison. Dans sa bouche, le sit-in se transformait en émeute, les manifestants en beatniks et Nina en Rosa Luxemburg.

— Nous sommes restés en contact. Je leur rédigeais des notes de lecture, ils me donnaient accès à leurs bases de données. Et puis début mars, ils m'ont offert de les rejoindre comme directrice du développement. C'est une création de poste. Je me suis rappelé tes conseils et j'ai accepté.

— Combien êtes-vous de permanents ?

— Vingt-deux.

— Pour un budget de ?

— Cinq millions de dollars. Je parle en dollars car environ la moitié de nos donateurs sont étrangers.

— Scandinaves ?

— Principalement, mais nous avons aussi des Anglais, des Allemands, même quelques Américains.

— La patronne est toujours Johanna Briem ?

— Mais oui, dit Nina d'un air surpris. Tu la connais ?

— J'ai eu affaire à elle plusieurs fois chez Baldur.

— Quand tu représentais des pollueurs et des constructeurs d'autoroutes ?

— Tout juste. Johanna et ses amis cherchaient à nous mettre des bâtons dans les roues. Je ne leur jette pas la pierre, ça fait partie du jeu.

— On dirait pourtant que tu ne l'aimes pas beaucoup…

— Peu importe mon opinion sur elle. En revanche, je peux te dire ce que je pense de Jöro si ça t'intéresse.

— Ça m'intéresse.

— À l'époque où je les fréquentais, je leur trouvais une fâcheuse tendance à l'éparpillement.

— Comme moi, en somme…

— Johanna et son conseil d'administration n'arrivent pas à choisir une mission et à s'y tenir. En marketing, on dirait qu'ils souffrent d'un défaut de positionnement. C'est peut-être la rançon de leur statut de première association du pays : ils courent trop de lièvres à la fois. Un jour, ils sont des acteurs islandais pure souche qui se battent pour la protection des baleines ou la classification du Vatnajökull en réserve naturelle. Le lendemain, ils publient un livre blanc sur les gaz à effet de serre. Ça ne tient pas debout.

— Pourquoi ? Au nom de quoi devrions-nous rester en dehors des débats planétaires ? Notre insularité ne nous protège pas du réchauffement climatique.

— Non, évidemment. Mais il y a des limites à ce qu'on peut accomplir avec vingt permanents et 400 000 dollars de budget mensuel. Ces débats planétaires, comme tu les appelles, se jouent au niveau des États, des Nations unies ou des mastodontes comme Green Cross ou le WWF. Votre impact n'est même pas faible, il est nul, voire négatif si l'on considère ce que vous auriez pu faire avec cet argent.

Le serveur déposa les hors-d'œuvre entre nous. Nina n'y toucha pas. J'eus peur de l'avoir vexée.

— Je te choque ?

— Pas du tout. Figure-toi que c'est justement pour ça que j'ai été embauchée. Les administrateurs font le même constat que toi. Ils m'ont chargée d'arrêter les axes de communication de la prochaine campagne de souscription.

— Ce qui dans une ONG revient à définir les missions de l'association. Je préfère ça : en voyant ton titre, je craignais que tu ne lances Jöro à l'assaut d'un énième moulin à vent.

— Pas de danger de ce côté-là. (Elle croqua dans un beignet de crevette.) Puisque nous sommes en phase sur les objectifs, que me conseilles-tu ?

— Sans hésitation, de recentrer Jöro sur l'Islande.

— Pourquoi ?

— Simple question d'utilité marginale : c'est le seul domaine où vous pouvez faire bouger les lignes. Entre les espèces menacées, la pollution des rivières et la préservation des paysages, vous avez du pain sur la planche pour quinze ans.

— Tu penses que les souscripteurs étrangers nous suivront ?

— Ils vous applaudiront des deux mains. Je suis prêt à parier que ce sont des amoureux de la nature, qui souhaitent pouvoir continuer à gravir des volcans et se baigner dans des sources thermales.

Je compris à la moue dubitative de Nina qu'elle avait espéré une autre réponse.

— Falleg Ísland ou Náttúra occupent déjà ce créneau.

— Avec des moyens dix fois inférieurs et quasiment aucun donateur privé. Vous ne boxez pas dans la même catégorie. Or l'argent va à l'argent, dans l'associatif comme partout.

— Je sais. En même temps, je crains que nos permanents ne vivent ce recentrage comme un aveu d'impuissance. Mon rôle est de les inspirer, pas de les démoraliser.

J'attrapai ma chope de bière. Je connaissais assez Nina pour savoir que le sujet était clos. Elle m'avait entendu mais, au bout du compte, elle n'en ferait qu'à sa tête. Ça ne me posait pas de problème. C'était sa vie, pas la mienne.

— Assez parlé de moi, dit Nina en raflant le dernier amuse-gueule. Comment vas-tu ?

— Très bien, je rentre de mon pèlerinage annuel à Húsavík.

— Ta mère travaille encore ?

— Elle parle régulièrement de vendre son cheptel – elle a trois cents moutons, tu te souviens ? – mais les repreneurs ne se bousculent pas au portillon. Tiens, la transmission des exploitations agricoles : encore un sujet dont vous pourriez vous emparer.

— Et ta sœur ? continua Nina sans mordre à l'hameçon.

— Toujours en Allemagne avec son crétin de mari. Leurs enfants ne parlent même pas islandais, ça me navre.

— Et toi Sliv, tu as découvert le sens de la vie ?

Certaines phrases de Nina avaient le don de me mettre en alerte. Je la soupçonnais parfois de n'être pas entièrement dupe de ma couverture de consultant environnemental.

— Pourquoi cette question ? demandai-je prudemment.

— Parce que tu m'as dit un jour qu'avant de mourir ton père t'avait chargé de le trouver pour lui.

Je baissai un peu ma garde. Je me souvenais maintenant avoir eu cette conversation avec Nina. Très peu de gens connaissaient cet épisode de ma vie.

— Toujours pas, non. J'ai compris certaines choses mais je ne suis pas encore en paix avec moi-même.

— La faute de ton job, déclara Nina, péremptoire. Tu pourrais faire tellement plus. Tiens, Greenpeace cherche son responsable pour l'Europe. Veux-tu que je souffle ton nom ?

— Sans façon, merci.

— Tu ne vas quand même pas finir tes jours à conseiller des fabricants d'usines d'incinération ?

— Et pourquoi pas ?

— Parce qu'ils se fichent de l'environnement comme d'une guigne. C'est pour eux une nuisance, une épine dans le pied dont ils se débarrassent en payant des études et en arrosant des associations, quand ce n'est pas des politiciens. Tu vaux mieux que ça. Tu trompes ton monde, et qui sait, tu te trompes peut-être toi-même, mais je vois bien, moi, que tu n'es pas comme les autres.

— Dans quel sens ? demandai-je, de plus en plus mal à l'aise avec le tour que prenait la conversation.

— Tu sais tout ou presque ; tu parles une demi-douzaine de langues ; tu cherches à comprendre pourquoi les autres ne pensent pas comme toi ; tu prends facilement du recul, y compris sur les sujets qui te concernent...

Nina s'échauffait. Je levai la main avant qu'elle ne se lance dans l'énumération des atouts physiques dont la nature m'a si généreusement doté.

— Merci Nina, je ne mérite pas le quart de ces louanges. Je note tout de même que les qualités que tu me prêtes sont celles qu'on attend d'un bon consultant.

— Elles feraient aussi de toi un grand capitaine d'industrie ou un excellent ministre.

— Je n'en suis pas sûr. Je manque de leadership, j'abomine les salamalecs et surtout je chéris trop ma liberté. Et puis franchement, je te trouve dure avec ma profession. Comme toi, comme Johanna, j'œuvre à mon modeste niveau pour un air plus pur et des rivières plus propres. Mine de rien, j'ai fait détourner des autoroutes, déplacer un aéroport, fermer des déchetteries. Alors, c'est vrai, je ne fais pas la une des journaux. Mais ce n'est pas ma faute si je suis plus doué pour pondre des études d'impact que pour agiter des banderoles ou organiser des grèves de la faim.

Les attaques de Nina me plaçaient dans la position paradoxale de devoir défendre un métier que je n'exerçais plus depuis quinze ans et dont je soupçonnais aujourd'hui qu'il m'aurait vite barbé. Et pourtant, Nina mettait sans le savoir le doigt sur un sujet douloureux : je courais encore après le bonheur.

Le serveur choisit ce moment pour nous apporter nos

plats. Je m'extasiai à grand tapage devant ma sole en espérant faire perdre à Nina le fil de la conversation. De fait, elle changea de sujet. Et pourtant, si j'avais su ce que le sort me réservait, j'aurais avalé mon poisson sans moufter.

— Dis donc, avec ton job de Superman de l'environnement et ton plan de retraite bourré à craquer, tu dois faire chavirer les petites Canadiennes ? Tu as quelqu'un ?

— Non, rien de sérieux. Pourquoi ?

Elle baissa les yeux, joua quelques secondes avec son pain et aligna avec minutie ses couverts sur le motif de la nappe. Enfin elle releva la tête et lança :

— Tu ne t'es jamais dit qu'on pourrait faire un bout de chemin, toi et moi ? On se connaît depuis la fac, on s'entend bien, on a les mêmes centres d'intérêt, on n'est plus tout jeunes…

Je posai mes couverts. Il fallait que je l'arrête avant qu'elle ne se mette à parler enfants ou formalités d'immigration au Canada.

— Pas vraiment, non. Enfin, comment dire ? Tu es formidable – belle, drôle, intelligente – mais je n'ai jamais pensé à toi en ces termes.

— Peux-tu essayer s'il te plaît ? demanda-t-elle en souriant bravement.

À cet instant, je l'admirai de ne pas chercher à cacher sa vulnérabilité. Pourtant, je secouai la tête.

— Non. Je ne veux pas te donner de faux espoirs. Je suis très flatté, vraiment, mais non, ce n'est pas… Ce n'est pas notre histoire.

Nina fronça les sourcils.

— Qu'est-ce que ça veut dire ?

— Que tu as ton histoire, que j'ai la mienne et que je

ne les vois pas se croiser. Pas plus en tout cas qu'elles ne se croisent aujourd'hui.

Elle était sur le point de répondre quelque chose, puis se ravisa.

— N'en parlons plus, dit-elle, les yeux brillants, en levant son verre avec une gaieté factice.

6

Le vol entre Reykjavík et Toronto dure neuf heures, entrecoupées d'une escale à New York ou Washington offrant au passager hébété de sommeil un bonus inattendu : un passage gratuit à travers l'immigration américaine.

Détestant travailler en avion, j'en profitais généralement pour conjuguer deux de mes passions en visionnant sur mon ordinateur des navets cinématographiques doublés et sous-titrés à la fois. Je me targue ainsi d'avoir vu ce monument de finesse qu'est *Independance Day* dans toutes les combinaisons de langues offertes sur DVD. Qui n'a jamais entendu Will Smith s'exclamer « Bienvenue sur terre ! » en néerlandais avec des sous-titres en bengali passe à côté du chef-d'œuvre de Roland Emmerich et, accessoirement, d'une occasion d'apprendre à marchander dans les bazars de Calcutta.

Ce jour-là hélas, je n'arrivai pas à m'intéresser à *Twister*, le film catastrophe – et catastrophique – que j'avais sélectionné pour son rarissime canal norvégien. Vaches, baignoires, toitures voltigeaient à l'écran sous les cris de la doublure scandinave de Bill Paxton sans même m'arracher un sourire. Je fermai mon portable en soupirant et laissai venir à moi les pensées que je m'étais promis de tenir à distance.

Je n'étais pas fier de la façon dont j'avais repoussé les avances de Nina. Cette formule « Ce n'est pas notre histoire » n'avait ni queue ni tête ; je ne me souvenais pas l'avoir jamais employée, ni même entendue. Elle était ce que j'avais trouvé de mieux pour éconduire ma camarade sans la blesser, c'est-à-dire pas grand-chose.

Je mentirais pourtant en disant que la déclaration de Nina constituait une surprise. Gunnar me charriait souvent sur elle, prétendant qu'elle ne ratait jamais un prétexte pour passer à la boîte afin de prendre de mes nouvelles. Je me rappelais aussi cette soirée en 2001 ou 2002, durant laquelle je les avais aidés, elle et ses amis, à fourbir une stratégie pour secourir une peuplade indonésienne menacée d'extinction. Nous avions ensuite marché longtemps dans les rues de Reykjavík, avant de monter prendre un verre dans son appartement. J'avais bien senti ce soir-là que Nina n'attendait qu'un signe de ma part. Ce signe, je ne l'avais pas fait.

Et pourtant, si j'avais dû dresser le signalement de mon idéal féminin, il aurait ressemblé à la Sud-Africaine. Son physique somptueux abritait une des personnalités les plus abouties qu'il m'eût été donné de rencontrer. J'appréciais sa largeur d'esprit, son intégrité, son sens de l'Histoire. J'avais longtemps pris son éclectisme pour de la superficialité, son empathie inaltérable pour une forme d'altruisme un peu niais, quand ils participaient en fait d'une même tentative généreuse de transcender les chapelles. Sa décision de rejoindre Jöro – dont je ne doutais pas qu'elle prendrait rapidement la tête – prouvait qu'elle avait compris la nécessité de canaliser sa fougue et de mieux choisir ses combats. Qu'elle apprenne à naviguer entre les écueils du monde associatif et elle deviendrait inarrêtable.

Je ne découvrais pas, à presque quarante ans, les mystères de l'alchimie amoureuse. J'avais connu mon lot d'expériences heureuses et malheureuses. Comme tout le monde j'imagine, il m'était arrivé de tomber amoureux de femmes qui ne le méritaient pas ou, au contraire, de développer progressivement des sentiments pour d'autres que je côtoyais de longue date. Nina n'entrait dans aucune de ces catégories. Elle était un cas particulier, une anomalie : j'aurais dû être attiré par elle et je ne l'étais pas.

Un aspect de sa personnalité me retenait, je crois, d'envisager quoi que ce soit entre nous. Nina n'était pas quelqu'un à qui l'on dissimulait un secret. Je ne m'imaginais pas lui mentir matin et soir, en justifiant mes déplacements incessants par de fausses missions de conseil ou en déblatérant au dîner sur un patron imaginaire. Je finirais fatalement par craquer ou, pire encore, elle me percerait à jour. Elle exigerait une présentation détaillée des activités du CFR, ne comprendrait pas que j'aie pu me démener pendant douze ans sans savoir pour qui ni pour quoi je travaillais, ferait un esclandre chez Baldur, Furuset & Thorberg, que sais-je encore… Oui, je tenais sans doute là mon explication : je m'interdisais inconsciemment d'aimer Nina de peur d'ouvrir la boîte de Pandore.

Et soudain, suspendu entre ciel et terre devant mon tournedos béarnaise, je me résolus à admettre ce qui crevait les yeux : j'étais condamné à la solitude. J'avais ignoré tous les signes que le destin avait placés sur ma route : j'étais resté cloîtré chez moi les soirs où j'aurais pu faire une rencontre ; j'avais rompu avec deux femmes qui étaient prêtes à porter mes enfants ; j'avais ignoré le conseil de mon ami Stéphane de me fiancer à l'Académie.

Mon cas n'était pas isolé, loin de là. Les agents du CFR qui étaient mariés (ils représentaient à peine la moitié de l'effectif) avaient souvent rencontré l'âme sœur dans le cadre de leurs fonctions, tels Youssef et Maga ou Stéphane et Aoifa. Gunnar, lui, avait épousé une institutrice, Djibo une assistante sociale, Zoe un planteur de café. Il leur était officiellement interdit de partager leur occupation avec leur conjoint ; dans les faits, chacun gérait la situation à sa façon.

Nina présentait un risque autrement plus sérieux qu'Ann Djibo ou Dimitris Karvelis. Elle aurait non seulement saisi l'essence du CFR, mais elle aurait risqué de nous battre à notre propre jeu. Elle était à la fois trop loin et trop proche de mon univers. Et donc trop loin.

Ma solitude n'était qu'un des nombreux symptômes d'un mal plus profond, auquel j'avais fait allusion devant Nina : je n'avais toujours pas trouvé ma place dans l'univers.

Je n'étais pourtant pas à plaindre. Mes émoluments avaient été significativement réévalués dans la foulée de ma nomination au Comex. Je ne dépensais pas le tiers de mon salaire, bien qu'étant royalement logé. Je ne m'étais toujours pas habitué aux multiples avantages auxquels me donnait droit mon nouveau statut : notes de frais généreuses, voiture de fonction, assistante attitrée, voyages en première classe, conseils fiscaux, j'en passe et de plus futiles.

La vie à Toronto avait également son charme pour qui ne craignait pas le froid ni la pluie. J'appréciais une diversité ethnique et culturelle à laquelle mes précédentes expériences ne m'avaient pas habitué, les magasins ouverts à toute heure, l'audace architecturale nord-américaine, les vues sur le lac. Je profitais en fait assez peu de la ville : je voyageais la moitié du temps et m'échappais dès que possible pour randonner dans les forêts avoisinantes.

Mes collègues du Comex n'étaient pas plus en cause. Yakoub Khoyoulfaz se révélait, comme nous l'avions pressenti, un président disponible et collégial, aux antipodes de son prédécesseur. Il faisait preuve d'un discernement remarquable dans le choix des sujets qu'il portait devant notre assemblée. En cinq ans, je n'avais jamais eu le sentiment de statuer sur un point subalterne ni, ce qui eût été encore plus grave, celui de voir une question critique échapper au vote. Quand bien même nos statuts lui conféraient une voix prépondérante dans nos débats, il préférait prolonger la discussion plutôt que de passer au vote s'il était clair que nous étions encore partagés. La majorité qui finissait presque immanquablement par se dessiner n'en était que plus forte.

Yakoub s'était beaucoup appuyé au début de son mandat sur Zoe Karvelis et Ching Shao, pendant qu'Onobanjo et moi prenions nos marques et que Ménard était occupé à mourir. Ils s'étaient acquittés ensemble de toutes ces tâches pénibles qui vont de pair avec un changement brutal de management. Un audit financier avait révélé le lot habituel de cadavres et de bombes à retardement. Yakoub avait surtout poussé vers la sortie une dizaine de collaborateurs trop inféodés à l'ancien président et rassuré les équipes en animant des séminaires sur les cinq continents.

Je me considérais tout à fait opérationnel depuis un an ou deux. Mon parcours de scénariste passé par les Opérations spéciales me désignait naturellement pour les falsifications de grande envergure, le suivi des initiatives (ces opérations collectives regroupant plusieurs dossiers à l'intérieur d'un scénario-cadre) mais aussi pour les missions d'urgence, ce que nous appelons dans notre jargon « éteindre les incendies ». Sur un mot du Comex, je pouvais sauter dans un avion et débarquer dans une unité, investi des pleins pouvoirs.

Cinq années à servir loyalement Yakoub me donnaient, je crois, le droit de dresser un bilan. La révélation du secret du CFR et l'accession au Comex qui l'avait accompagnée ne m'avaient pas apporté l'apaisement prévu. La longue agonie de Ménard ou les tâches ingrates dont mes collègues m'avaient initialement accablé avaient pu m'affecter mais mon problème était plus fondamental : je n'arrivais pas à me résoudre au fait que le CFR n'avait pas de finalité. J'en avais eu la révélation fin 2003 quand Yakoub m'avait proposé de siéger dans le jury pour le prix du meilleur premier dossier. J'avais accepté avec joie en me rappelant l'excitation que j'avais ressentie douze ans plus tôt à l'annonce de la sélection de mon scénario sur les Bochimans. Qui eût prédit que la lecture des dossiers finalistes se révélerait un tel pensum ? Non qu'ils fussent mauvais, loin de là. La moitié auraient pu être approuvés sans changer une virgule et le meilleur avait le potentiel d'engendrer une saga. Je n'arrivais tout simplement pas à me passionner pour ces insectes mutants, ces récits des compagnons de cellule de Mandela ou les exploits d'une branche secrète du Mossad. Si le CFR n'avait pas de but, à quoi servaient ces dossiers ? En quoi rendaient-ils le monde meilleur ou plus juste ? Une immense compassion m'envahissait quand je songeais à ces jeunes agents impatients de changer le monde comme Youssef, Maga ou moi l'avions été avant eux. Ils étaient prêts à attendre cinq, dix, quinze ans une révélation qu'ils pressentaient grandiose, quand, selon toute probabilité, neuf sur dix resteraient dans l'ignorance jusqu'à la fin de leur carrière et le dernier se demanderait comme moi si, tout compte fait, il n'eût pas préféré le sort de ses camarades.

Je n'arrivais même plus à me motiver pour mes propres histoires. Je n'avais rien écrit depuis une suite assez fumeuse à mon dossier sur les archives de la Stasi. Les Bochimans, le *Bettlerkönig* étaient dans l'impasse ; je refusais qu'un autre agent prolonge leur existence, tout en rechignant à m'y coller moi-même. Mes contradictions me sautaient aux yeux : pester contre les corvées administratives ne m'empêchait pas de chercher tous les prétextes pour repousser le moment d'entamer mon prochain scénario. Raconter une énième histoire me semblait irrémédiablement vain.

Mon cas était loin d'être isolé. Zoe Karvelis m'avait révélé, peu après ma cooptation, une statistique confondante : près de la moitié des membres du Comex démissionnaient dans l'année suivant leur nomination. Que le CFR n'ait aucune ligne directrice, passe encore ; mais qu'on leur demande de feindre d'en être les organisateurs était au-dessus de leurs forces. Zoe, elle-même, avait hésité à retourner à la vie civile. L'amour de la falsification (elle continuait à produire un dossier par an) et surtout le sort des centaines de jeunes agents que le CFR recrutait chaque année l'avaient finalement décidée à rester. Elle s'était juré de faire de son mieux en toutes circonstances, position que je jugeais estimable mais un peu courte.

Gunnar, à qui je m'étais ouvert de mes interrogations, ne m'avait pas été d'un grand secours. Moins porté que moi aux doutes métaphysiques, n'ayant de surcroît jamais été en position d'influer sur le cours du CFR, il s'était contenté d'opiner en souriant à mes remarques. J'avais dû me rendre à l'évidence : il était incapable de m'aider.

Malgré son étoile pâlissante, j'avais plus d'une fois envisagé de me tourner vers Djibo. D'une tout autre trempe intellectuelle que Gunnar, il avait connu un parcours relativement similaire au mien et présidé aux destinées du Comex pendant plus d'une décennie. Mon instinct me soufflait qu'il avait encore des choses à m'apprendre.

Je l'appelai en me posant à Toronto.

7

J'arrivai au bureau vers six heures, histoire d'expédier quelques affaires courantes avant mon rendez-vous avec Djibo. Il avait accepté de me rencontrer pour une promenade au bord des Scarborough Bluffs, les falaises qui surplombent le lac Ontario à l'est de la ville.

Lena était déjà à son poste, une tasse de café fumante à la main. J'avais renoncé depuis bien longtemps à comprendre comment elle organisait ses horaires.

— Mazette ! Quelle élégance ! fit-elle en détaillant mon accoutrement de randonnée. Tu es encore à la mode d'Húsavík ?

— Très drôle, répondis-je en posant mes affaires. Pas de nouvelles de la sacoche ?

— Eh non. Voilà ce qui arrive quand on confie la direction du Comex à des littérateurs…

Lena ne faisait pas mystère de son dédain pour les scénaristes, une engeance dont la désinvolture était à l'entendre à l'origine de toutes les grandes crises de notre histoire. Je m'abstins de rétorquer qu'avec elle et Sophie Onobanjo à sa tête, le CFR n'aurait jamais produit un dossier. Il était un peu tôt pour déclencher une querelle.

— Nous avons enregistré cinq démissions pour la seule journée d'hier, continua Lena. Plus que pour l'ensemble du mois d'avril. Les rats quittent le navire…

— L'enquête à Londres ?

— Ils ont retrouvé la femme. Une banquière de la City. Plusieurs personnes l'ont vue descendre du taxi : elle ne portait pas de sacoche.

— C'est donc qu'un des passagers précédents l'avait déjà dérobée.

— En effet Sherlock ! Malheureusement, ça ne nous avance guère, vu qu'elle était la dernière des quatre.

— Ils vont la retrouver, affirmai-je avec force.

— Tu es mignon, dit Lena, amusée par mon volontarisme. Bon, tu veux savoir ce que je pense du dossier Safe Haven de Yakoub ?

— Évidemment.

Je tirai une chaise et m'assis à sa gauche. Elle portait une eau de Cologne très légère.

— Pour commencer, votre Würth est un gugusse, déclara-t-elle d'un ton sans appel.

— D'abord ce n'est pas notre Würth. Et son scénario me paraît plutôt ingénieux. Que lui reproches-tu ?

— Cet imbécile n'a laissé que 8 % de chiffres ronds.

— Et c'est grave, ça ?

Elle leva les yeux au ciel, l'air de dire « Que feraient-ils sans moi ? ».

— Non, ce n'est pas grave : c'est gravissime. Les chiffres ronds devraient représenter exactement 10 % du total. Ça veut dire que Würth n'a pas résisté à la tentation de transformer trop de 0 en 3 ou en 4. Juge plutôt : sur les cinquante dernières années, les températures se terminant par 4 représentent 11,3 % de l'échantillon.

— Aïe aïe aïe, dis-je en prenant un air catastrophé.

— Sur 500 ou 1 000 données, de telles variations pourraient se comprendre. Mais plus le nombre d'observations augmente, plus la distribution devrait être homogène. Sur la durée dont on parle, un écart de deux points trahit une intervention extérieure plus sûrement qu'une signature.

Elle dut se rendre compte qu'elle parlait dans le vide car elle changea de sujet.

— Mais passons, ce n'est pas pour ça que je voulais te voir. J'ai l'impression que Würth n'est pas le seul à avoir tripatouillé ces données.

— Quoi ! Tu en es certaine ?

— Presque. Attends, je vais te montrer.

Elle me tendit un graphe représentant la température moyenne à Nairobi depuis 1912. La légende indiquait que les chiffres avaient été lissés sur trois ans pour plus de lisibilité.

— Que te dit cette courbe ? demanda Lena.

— Que la température moyenne a augmenté d'environ un demi-degré en un siècle. Rien de spectaculaire, mais tu sais comme moi qu'en matière climatique c'est la tendance qui compte.

Elle glissa devant moi une deuxième feuille.

— C'est le même graphe, dis-je après y avoir jeté un bref coup d'œil.

— Vraiment ? Regarde mieux.

Non, ce n'était pas le même graphe. Celui-ci démarrait en 1908, quatre ans avant le précédent. Il avait fait très chaud à Nairobi entre 1908 et 1912, si chaud en fait qu'entre les deux extrémités de la courbe, la température paraissait désormais rigoureusement stable.

— Ça change tout, n'est-ce pas ? dit Lena, voyant que j'avais remarqué la différence.

— Comment t'en es-tu rendu compte ?

— Cet âne de Würth a eu la bonne idée de conserver un enregistrement des données du NCDC avant et après ses altérations. J'ai comparé sur une intuition la base actuelle à celle de 1995. Je te passe les problèmes techniques auxquels j'ai dû faire face. Chaque fichier pèse plusieurs dizaines de fois la taille de ton disque dur.

Il y a quelques années encore, Lena m'aurait asséné le fastidieux récit de ses prouesses informatiques, pendant lequel j'aurais dû m'extasier à intervalles réguliers pour signaler mon admiration. Elle se passait désormais de ces démonstrations puériles, peut-être parce qu'elle ne doutait plus de sa valeur. C'était un immense progrès.

— J'ai fait tourner l'analyse trois fois tant les résultats m'ont surprise, continua-t-elle. Tiens-toi bien : 6 % des données ont été altérées d'une manière ou d'une autre depuis l'intervention de Würth.

— 6 % ? Ça paraît incroyable.

— Un demi pour cent relève de corrections plus ou moins justifiées…

— C'est-à-dire ?

— Par exemple, dans le premier jeu de données, les températures de Rome pour la première semaine du mois d'août 1957 ressortaient à 27, 26, 28, 29, 14, 27 et 28 °C. Rien ne te choque ?

— Si, le 14 °C bien sûr.

— De deux choses l'une. Soit il a vraiment fait frisquet le 5 août 1957 à Rome – ce qu'on pourrait vérifier en comparant avec les températures ce jour-là à Naples ou Florence…

— Ou, plus simplement, en ouvrant le journal de l'époque…

Lena me fusilla du regard. Sa véritable nature ressurgissait parfois.

— Soit il s'agit d'une erreur et la question se pose de savoir comment la corriger.

— J'imagine que, dans le doute, la solution la plus évidente consiste à effacer la donnée.

— La plus évidente mais apparemment pas la plus fréquente. Dans notre exemple, l'administrateur de la base a le choix entre remplacer 14 °C par 24 °C, calculer la moyenne sur les trois jours précédents…

— Pourquoi trois ? demandai-je. Pourquoi pas dix ? Et pourquoi ne pas utiliser les jours suivants ou la moyenne de l'été 56 ?

Elle haussa les épaules.

— Je n'ai pas suffisamment étudié les logs pour te dire quel algorithme a été utilisé pour nettoyer la base. Ce que je sais en revanche, c'est que ce choix n'est pas neutre. En supprimant les données aberrantes, tu prives de munitions les écologistes qui crient au dérèglement climatique…

— Tandis qu'en ne faisant pas la chasse aux erreurs, on laisse le monde partir en guerre contre un réchauffement qui n'existe peut-être que dans son imagination.

— Exactement. Mais il y a plus grave. Comme je te le disais, les erreurs – ou données pouvant passer pour telles – ne représentent qu'une petite partie des modifications. Les autres ont clairement des motivations partisanes. Comment expliquer autrement le cas de Nairobi, dont quatre ans de données se sont subitement volatilisés ?

— Peut-être s'agit-il là aussi d'une erreur.

— C'est ce que j'ai pensé moi aussi. Pour en avoir le cœur net, j'ai contacté le responsable de la station météo de Nairobi. Il m'a confirmé que ses registres remontaient à 1908 et a même proposé de m'en faxer une copie. Il est tombé des nues en apprenant que le NCDC n'avait rien sur la période 1908-1912.

J'imaginais Lena passant son appel d'une cabine, une écharpe enroulée autour du combiné. Elle ne badinait pas avec la sécurité.

— Mais le plus intéressant, continua-t-elle, c'est que si j'avais voulu accréditer la thèse du réchauffement climatique au Kenya, c'est exactement en 1912 que j'aurais fait démarrer les données. C'est l'année la plus froide de la première moitié du XXe siècle, le point de départ idéal pour qui cherche à convaincre de la hausse des températures. Ce n'est d'ailleurs sans doute pas un hasard si l'exemple de Nairobi revient souvent dans les argumentaires des ONG.

J'examinai à nouveau la première courbe. Avec sa pente douce mais inéluctable, elle semblait en effet tout droit sortie d'un tract du WWF.

— Une trentaine de stations ont subi le même traitement, enchaîna Lena. Les relevés de Johannesburg sont amputés d'un trimestre, ceux de Komsomolsk de quatre ans et demi. Et ce n'est rien en comparaison de Bogota, dont quinze ans de données sont passés à la trappe.

— Tu as détecté d'autres interventions du même genre ?

— Des dizaines, allant dans les deux sens.

— Ce qui tendrait à prouver que nous avons affaire à au moins deux organisations concurrentes.

— Vu les différents modus operandi, j'estime le nombre d'intrus entre six et dix, sans compter Würth. La plupart seront difficiles à identifier. Deux d'entre eux en revanche ont laissé des traces.

— Qui sont-ils ? demandai-je, impressionné par ce que Lena avait découvert en si peu de temps.

— Les premiers se nomment Oil Patrol. C'est une petite organisation écologique de Melbourne spécialisée, comme son nom l'indique, dans la dénonciation des méfaits de l'industrie pétrolière. Ils manquent un peu de moyens si j'en juge par l'archaïsme de leurs techniques d'infiltration mais ni d'imagination ni d'appuis dans les médias. Trois mois après avoir falsifié les données des stations météo du Groenland et de l'Alaska, ils mettaient en ligne une vidéo montrant des ours polaires en train de se noyer. Les donations ont afflué, permettant à l'association d'étoffer ses effectifs et de commanditer plusieurs rapports scientifiques à des pseudo-experts acquis à sa cause.

— Charmant, commentai-je en pensant que lesdits rapports avaient depuis rejoint le vaste corpus dans lequel puisaient les esprits trop paresseux pour former leur propre jugement.

— Les seconds sont un *think tank* basé à Washington, le Center for Independent Environmental Research.

— Hmm… Je me méfie des organismes qui éprouvent le besoin de proclamer leur indépendance jusque dans leur raison sociale.

— De fait, le CIER est financé à 90 % par les industries pétrochimiques et minières. Le solde provient de la Brookers Foundation, une organisation proche du Parti républicain. Le CIER a beaucoup investi depuis dix ans dans la mesure de la calotte glaciaire. Leur dernier rapport montrant que la banquise du pôle Nord avait gagné dix centimètres l'hiver dernier a eu un énorme retentissement.

— Je m'en souviens, soupirai-je. Le Congrès y a trouvé un nouveau prétexte pour refuser de ratifier le protocole de Kyoto.

S'il était bien un domaine où tous les coups étaient permis, c'était le réchauffement climatique. Les industriels, qui luttaient pour sauvegarder leurs profits – et, disaient-ils, nos emplois –, ne supportaient pas d'être diabolisés. Les militants écologistes, eux, se battaient pour rien de moins que l'avenir de l'humanité ; forcément, cela leur montait parfois à la tête. L'ironie voulait que les deux camps recourent aux mêmes procédés. Ils contestaient les mesures chinoises qu'ils soupçonnaient d'être trafiquées par Pékin, mettaient en doute la précision des appareils des années 50 ou s'étripaient sur des questions de méthodes en apparence triviales mais dont l'impact pouvait se révéler considérable. Le dernier exemple en date portait sur la prise en compte de la densité de population dans l'étalonnage des thermomètres. Tout le monde sait qu'il fait plus chaud dans les villes que dans les campagnes. Comment dès lors interpréter l'évolution de la température d'une ville comme Tokyo dont la population a décuplé en un siècle ? Des formules, par nature approximatives, circulaient dans les colloques scientifiques. Aucune ne faisait l'unanimité, et pour cause : il était plus facile de débiner le travail d'un statisticien que de nier la réalité.

C'est à croire que Lena avait lu dans mes pensées car elle ajouta :

— De toute façon, on peut faire dire ce qu'on veut à une telle masse de données. Raconte-moi ton histoire et je te sortirai les chiffres qui l'étayent.

— Comment vas-tu faire disparaître les traces du passage de Würth ?

— Je ne vais pas les effacer ; ce gougnafier en a laissé partout. Je vais les attribuer à une organisation écolo londonienne qui a mis la clé sous la porte en 1999 à la mort de son président.

— Pas de danger du côté des autres membres ?

— Le trésorier a émigré en Afrique du Sud et le secrétaire général a fait de la prison pour troubles à l'ordre public ; son témoignage ne vaudrait pas tripette.

— Beau travail. Quand penses-tu pouvoir boucler tout ça ?

— En fait, j'ai terminé ce matin, répondit-elle sans la moindre trace de sarcasme.

Je me gardai de faire remarquer à Lena qu'elle aurait dû recueillir mon autorisation ou, à tout le moins, celle de Yakoub. Je dormais mieux la nuit depuis que je lui lâchais la bride.

— Parfait, commentai-je comme si je lui étais reconnaissant de m'avoir épargné ce dérangement.

— Ah, et je serai absente pendant dix jours. Je rentre lundi en huit.

— Aucun problème, dis-je en craignant de commencer à paraître franchement bonasse.

Depuis deux ans environ, Lena était devenue coutumière de ces absences inopinées. Les plus courtes duraient vingt-quatre heures, les plus longues jusqu'à quatre semaines. Bien que dévoré par la curiosité, je n'avais jamais rassemblé le courage de lui demander où elle partait. Yakoub, à qui j'avais posé la question, s'était montré évasif, sans que je puisse déterminer s'il couvrait Lena ou s'il en savait aussi peu que moi.

Bien qu'en progrès sur de nombreux points, mes relations avec la Danoise se ressentaient encore des événements de 2003. Après la révélation de sa trahison, le Comex n'avait consenti à épargner Lena qu'à condition qu'elle soit placée sous surveillance – à son insu naturellement – jusqu'à nouvel ordre. Yakoub m'avait confié la responsabilité des opérations en sachant que je n'oserais pas la refuser. J'avais retenu comme prestataire une société de sécurité de Toronto spécialisée dans la délinquance en col blanc. Hélas, sous-traiter la production des rapports ne m'exonérait pas de les lire. Pendant près d'un an, j'avais commencé ma journée en prenant connaissance des faits et gestes de ma voisine de bureau. Les rares fois où j'avais réclamé un complément d'information sur des personnes en compagnie de qui Lena avait été aperçue, celles-ci s'étaient révélées d'anciens camarades de Cambridge. Était finalement arrivé ce qui devait arriver : Lena avait découvert le mouchard installé sur son ordinateur et était rapidement remontée jusqu'à moi. Mes explications n'avaient pas réussi à adoucir sa colère. J'avais eu beau lui rappeler que j'avais été le seul à la défendre et que le Comex avait réclamé ce programme de surveillance pour prix de sa clémence, elle avait exigé que je mette fin sur-le-champ au contrat de l'agence, ce que j'avais fait, la queue entre les jambes, sans en référer à quiconque. Lena m'avait battu froid pendant des mois. Inutile de dire que je gardais de cet épisode une formidable impression d'injustice.

— Très bien, lançai-je en me levant. Je rassurerai Yakoub.

Je laissai errer mon regard sur ce bureau où la Danoise passait douze heures par jour. Il ne contenait ni photo ni bibelot ni plante verte, rien, hormis le coûteux mobilier italien que Djibo avait imposé à toutes les implantations du CFR. Je me fis une fois de plus la réflexion que je ne savais rien sur Lena. Durant l'année où nous la surveillions, elle n'avait pas passé un seul coup de fil personnel. Pas un. C'était bien la peine de mettre les gens sur écoute.

8

Djibo arriva à l'heure dite au volant de sa puissante Mercedes. Fidèle à sa réputation de dandy, il était habillé comme pour une séance photo d'un catalogue d'équipement de randonnée : pantalon de velours à grosses côtes, chaussures montantes immaculées, pull en shetland dont dépassait une chemise écossaise et doudoune sans manches qui semblait avoir été taillée sur mesure tant elle épousait parfaitement les lignes de son buste.

À bientôt soixante-cinq ans, c'était encore un très bel homme. Il n'avait rien perdu du charme qui l'avait tant servi au cours de sa carrière. Les circonstances de son éviction du Comex ne semblaient pas l'avoir entamé. Il ne dénigrait jamais ses successeurs, pas plus qu'il n'éprouvait le besoin de se justifier pour les ratages ou les errements stratégiques qu'il était désormais de bon ton de lui imputer. Bref, il avait quitté le CFR comme il l'avait géré : princièrement.

— Bonjour Angoua, dis-je. Merci d'avoir accepté de me voir si vite.

— De rien, voyons, répondit-il en me rendant ma poignée de main. J'ai tout mon temps à présent.

Un certain mystère pesait sur ses nouvelles activités. Il n'exerçait à ma connaissance plus aucune fonction officielle. Il se rendait en Afrique une fois par mois sans que nul sût exactement pourquoi, s'occupait de ses petits-enfants et s'adonnait à deux projets personnels : l'élaboration d'une nouvelle taxinomie de l'œuvre de Jean-Sébastien Bach et la création d'un dossier sur la doublure de Winston Churchill, à qui l'on devrait l'essentiel des aphorismes du grand homme. Les rares fois où je l'avais croisé, la conversation avait roulé sur les cartes anciennes dont nous étions tous deux d'avides collectionneurs. Djibo entretenait un réseau mondial de rabatteurs qui lui signalaient les plus beaux spécimens avant qu'ils n'arrivent en salle des ventes.

Nous nous mîmes en route, en silence d'abord. Djibo marchait d'un bon pas. Il faisait doux. De la terre détrempée montaient des odeurs lourdes et boisées. J'avais volontairement choisi un jour de semaine pour nous assurer une certaine tranquillité.

— Triste affaire, cette sacoche, finit par dire Djibo qui, cinq ans après son départ, restait mieux informé que la plupart des chefs de bureau en fonction.

— Très triste, répondis-je prudemment.

Je craignis soudain qu'il n'ait accepté mon invitation que pour me cuisiner sur les déboires de son successeur.

— Des erreurs ont été commises…

— Assurément.

— Mais peu importe à ce stade, dit-il en ramassant un bâton. L'important, c'est de retrouver la liste.

— Ça n'en prend pas le chemin.

— C'est ce que j'entends en effet. Que va-t-il arriver selon toi ?

— Je ne suis pas aussi pessimiste que mes collègues. La sacoche ne contient ni noms ni adresses. Quant aux dossiers figurant sur la liste, ils n'avaient pas encore été approuvés. Si enquête il y a, elle conclura au canular.

— Tu connais beaucoup de petits rigolos qui prennent la peine de cacher leurs niches dans un cartable indestructible à serrure autobloquante ? Crois-moi, si Jones avait utilisé un banal attaché-case, on le lui aurait rapporté depuis belle lurette.

— C'est bien possible.

Il abandonna le sujet. J'en profitai pour aborder celui qui me tenait à cœur.

— Je vous ai déjà fait part de mes états d'âme. Je n'arrive pas à me défaire de l'idée que le CFR repose sur une supercherie. Les jeunes agents lui prêtent toutes sortes de visées chimériques. Youssef Khrafedine, que vous connaissez, pense que le CFR a pour but d'abolir le racisme ; Maga, son épouse, préfère croire que nous luttons pour les droits des femmes.

— Nous faisons les deux – et bien plus.

— Certes. D'ailleurs, les divergences d'appréciation de Youssef et Maga ne les empêchent pas de s'épanouir simultanément dans leur travail. Chacun se concentre sur ses dossiers et défend les causes qui lui sont chères. Les membres du Comex n'ont pas ce luxe. Quand bien même le CFR n'a pas de finalité, on nous demande de nous comporter comme s'il en avait une alors que nous savons que les dossiers ne sont que des entreprises isolées, des coups d'épée dans l'eau…

— Mais non ! Le Plan est là pour canaliser l'imagination des agents…

— Selon des axes arbitraires, éminemment vertueux mais sans réelle cohérence stratégique. Une année, nous soutenons les peuples indigènes ; la suivante, les véhicules électriques ; la troisième, le respect de la vie privée…

— Tu caricatures. Nos actions s'inscrivent toujours dans le long terme. Le CFR défend l'environnement depuis sa création ou presque. Idem pour la tolérance ou les droits individuels.

— Oh, je sais. C'est justement la source de mes tourments. Comme vous le savez sans doute, j'ai été nommé vice-président du Plan. Ching m'a chargé de réfléchir aux axes du prochain Plan triennal.

— Tant mieux, s'exclama Djibo. Tu vas pouvoir influer sur la marche du CFR.

Il semblait un peu déconcerté. Il ressentait ma frustration mais n'en saisissait pas la cause. Je devais mal m'expliquer.

— Vous ne comprenez pas. Le problème est plus vaste que ça. Pendant deux siècles, le CFR a utilisé la falsification physique à des fins que je qualifierai, pour simplifier, d'humanistes. Or cette forme de falsification a vécu.

— Tu es le premier à l'avoir dit. Et tu avais raison.

— J'avais raison sur ce point mais j'ai sous-estimé les dangers liés à Internet. Notre métier se démocratise, Angoua. Révisionnistes, illuminés, lobbies : tout le monde y va désormais de sa petite falsification.

Djibo regardait le chemin sous ses pas mais je savais qu'il ne perdait pas une miette de mes paroles. Durant treize ans, il avait été plus que le président du Comex, il en avait été le stratège. Nous savions tous les deux que ce rôle m'incombait désormais.

— Si encore la Toile avait délivré le monde de l'obscurantisme, repris-je. Mais non ! Chaque mois, un nouveau pays africain instaure la charia, George W. Bush a été réélu malgré le fiasco retentissant des armes de destruction massive irakiennes et il se trouve encore des abrutis pour nier l'existence des chambres à gaz.

— À terme cependant, Internet aura la peau des gouvernements corrompus…

— Je le pense aussi. Mais qui leur succédera ? Des leaders populistes ayant partie liée avec l'armée ? Des militants idéalistes sans expérience du pouvoir ? Et quel rôle jouerons-nous dans ces révolutions ?

— Es-tu en train de suggérer que nous renversions des dictatures ? demanda Djibo avec une pointe d'inquiétude dans la voix.

— Non, mais je ne peux m'empêcher de constater que nos actions pèsent de moins en moins sur la marche du monde. Notre dernière opération d'envergure remonte à l'indépendance du Timor-Oriental. Qu'avons-nous accompli depuis ? Rien ou presque.

— Tu es dur !

— Le suis-je vraiment ? Nous avons produit 20 000 dossiers, recruté 1 500 agents, ouvert un bureau à Belém et un centre à Chengdu, mais de quelles réalisations pouvons-nous véritablement nous enorgueillir ? Dois-je vous rappeler le rôle décisif qu'ont joué nos prédécesseurs dans la guerre froide ou dans la conquête spatiale ? Ou, quitte à heurter votre modestie, la contribution du

CFR à la prise de conscience mondiale du risque lié au virus HIV ?

— L'époque était différente, minimisa Djibo. Tu connaissais les bonnes personnes, tu passais quelques coups de fil et le tour était joué.

— Exactement, l'époque était différente. Et une nouvelle époque appelle un nouveau paradigme. Nous devons nous réinventer, faire plus et autrement. Mais quoi ? Je n'en ai aucune idée. Ce ne serait pas bien grave si mes collègues partageaient mon analyse et réfléchissaient de leur côté. Or j'ai la désagréable impression d'être le seul à me poser ces questions.

Je me tus, soulagé d'avoir exprimé ce que j'avais sur le cœur. Nous marchâmes en silence pendant quelques minutes, le temps d'arriver au point d'orgue de notre promenade, un site d'où se découvre le lac Ontario dans toute sa majesté. Je me lançai dans la description des manœuvres entreprises depuis les années 40 pour freiner l'érosion rocheuse et consolider les falaises. Voyant que Djibo ne faisait même pas semblant de m'écouter, je m'arrêtai.

— C'est drôle, dit-il. Quand je t'ai rencontré à Hawaï, j'aurais juré que ton goût du jeu l'emporterait. Que l'ivresse d'inventer des histoires ingénieuses en bernant ton monde serait assez puissante pour étouffer tes doutes.

— Vous vous êtes trompé. Et moi aussi.

— La falsification ne te procure-t-elle donc plus aucun plaisir ?

— Si, mais je me demande désormais à quoi elle sert ou si mon dossier ne contredit pas celui d'un agent à

Vladivostok. Et puis je me sens des responsabilités vis-à-vis de Youssef et Maga.

Djibo leva les yeux au ciel. Dire qu'il n'était pas un grand fan du Soudanais était un euphémisme. En 2003, furieux du rôle joué par le Plan dans la diabolisation de l'islam, Youssef avait menacé de rendre publique l'existence du CFR si je ne me portais pas personnellement garant de son utilité. Djibo n'avait eu d'autre choix que de me révéler la finalité, ou plutôt l'absence de finalité, du CFR. J'avais alors un peu vite rassuré Youssef, sans réaliser que je devenais par là même moralement comptable des agissements du Comex.

— Tu ne dois rien à personne, Sliv. Tu m'entends ?

J'opinai de la tête pour apaiser Djibo, sachant au fond de moi que les obligations que j'éprouvais vis-à-vis de Youssef, Maga et, dans une moindre mesure, Nina, ne se dissiperaient pas pour autant.

— J'ai pensé, comme vous sans doute, à proposer au Comex de se choisir un seul cheval de bataille…

— Le CFR n'y survivrait pas, me coupa Djibo. J'ai étudié la question sous tous les angles. L'extraordinaire diversité qui fait notre force se retournerait contre nous. Il se trouvera toujours un musulman pour défendre la lapidation des femmes adultères, un capitaliste pour justifier le travail des enfants, une femme pour réclamer l'instauration de quotas dans les entreprises. Or un seul opposant a le pouvoir de mettre à bas toute l'organisation.

— Sans compter, dis-je, que nous ne serions pas forcément plus efficaces que les gouvernements ou les associations dont c'est le métier depuis des siècles.

— J'aime penser que nos méthodes nous conféreraient un léger avantage.

— Je n'en suis même pas certain.

Djibo s'approcha du bord de la falaise et s'absorba dans la contemplation d'une marina en contrebas. Se pouvait-il qu'il considérât notre discussion terminée ? Malgré tout l'espoir que j'avais placé dans cette rencontre, il n'avait encore rien dit que je ne susse déjà.

— En somme, dis-je pour le faire sortir de son silence, j'ignore ce qu'on attend de moi.

Il se retourna.

— Nous avons tous été confrontés au problème que tu décris. Personne ne l'a cependant formulé aussi clairement que toi. J'y vois le signe que tu es le mieux placé pour le résoudre. Je te souhaite bonne chance.

— C'est tout ? demandai-je, interloqué. L'avenir du CFR repose sur mes épaules mais je ne peux compter que sur moi-même, c'est ça ?

Djibo hocha lentement la tête. Il contempla une dernière fois le panorama puis prit le chemin du retour. Je lui emboîtai le pas, trop sonné pour articuler une parole.

Sur le parking, je regardai Djibo se déchausser, imperturbable, choquer longuement ses bottes l'une contre l'autre pour en faire tomber la fange et enfiler une paire de mocassins en peau qu'il gardait dans son coffre. Il monta dans sa voiture, glissa la clé dans le contact et démarra. Passant à ma hauteur, il baissa sa vitre et me jeta :

— Va trouver Ignacio Vargas de ma part. Il pourra peut-être quelque chose pour toi.

Puis il s'éloigna au volant de son Panzer, en négociant prudemment les nids-de-poule.

9

Je m'envolai le lendemain pour Los Angeles, où Ignacio Vargas avait proposé de me rencontrer sur le tournage d'un film dont il conseillait les producteurs. C'était son seul créneau disponible avant un mois. N'imaginant pas attendre si longtemps, j'avais sauté sur l'occasion.

Dans le taxi qui m'emmenait à Hollywood, je passai en revue ce que j'avais pu apprendre sur Vargas. Il était né en Colombie cinquante-deux ans plus tôt. Après des études en théologie et littérature comparée à Oxford, il avait été recruté par le bureau de Bogota. Coaché par Alonso Diaz (sous qui j'avais servi à Córdoba), il avait remporté le prix du meilleur premier dossier avec un scénario basé sur les emprunts de la série télé *L'homme qui valait trois milliards* à la mythologie grecque. Il avait connu l'ascension classique de l'agent à haut potentiel : un poste de directeur adjoint à Vilnius puis deux affectations asiatiques à Kyoto et Kuala Lumpur, couronnés par trois ans à l'Académie dont il était sorti major. Comme tant d'autres avant lui, il avait choisi, après la rigueur de Krasnoïarsk, de poser ses valises en Californie. Les contraintes des Opérations spéciales avaient dû lui peser car il n'avait pas tardé à démissionner du CFR pour s'établir comme consultant indépendant.

D'après Yakoub, qui avait fait équipe avec Vargas deux fois pendant son passage aux Opérations spéciales, le Colombien s'était constitué une prodigieuse clientèle. Il partageait son temps entre les studios de Hollywood, les états-majors politiques (il travaillait indifféremment pour tous les partis), les chefs d'État (pas toujours démocratiques) et les multinationales. Officier dans l'ombre ne l'empêchait pas de facturer ses services au taux ahurissant de 100 000 dollars par jour.

Sur la nature exacte desdits services Yakoub était resté très vague. Vargas « avait fait entrer le storytelling dans l'entreprise ». Il aidait ses clients à « bâtir des stratégies narratives ». Bigre, avais-je pensé, qui ne rêverait pas d'en faire autant pour deux millions par mois ?

Malgré sa réussite spectaculaire, Vargas avait conservé des liens étroits avec le CFR. Il gratifiait chaque année les finalistes du prix du premier dossier d'une conférence légendaire ; j'avais eu le privilège de l'entendre démonter l'imposture de Laïka, la première chienne dans l'espace, imitant tour à tour Khrouchtchev et Eisenhower avec la verve d'un artiste de music-hall. Il donnait aussi des coups de main ponctuels au Comex, notamment à Djibo qui trouvait dans l'imagination du Colombien un bon complément à ses propres talents d'analyste. Vargas avait participé – à titre gracieux, avait cru bon de préciser Yakoub – à l'élaboration de deux plans triennaux. On lui devait quelques trouvailles mais aussi la calamiteuse idée de la création d'Al-Qaida, dont

Djibo avait fait le fer de lance de sa stratégie dans les années 90. Ce faux pas (pour employer un euphémisme), qui finirait par coûter sa tête à Djibo, avait mis un terme abrupt à la collaboration de Vargas avec le CFR.

Le taxi me déposa devant un studio renommé, doté d'un poste de sécurité digne de l'ambassade américaine à Beyrouth. Le gardien prévint la production de mon arrivée par talkie-walkie. Quelques instants plus tard, une blonde aux allures de professeur d'aérobic vint me chercher au volant d'un cart de golf. D'abord un peu hautaine, elle changea de ton en apprenant avec qui j'avais rendez-vous.

— Oh mon Dieu ! s'écria-t-elle. Vous venez voir Ignacio ? Il ne m'a rien dit. Si j'avais su, j'aurais envoyé une limousine vous chercher à l'aéroport.

— Ça n'a pas d'importance, dis-je, tenté, par pur sadisme, de masser mes jambes comme si elles étaient encore ankylosées du trajet.

— Une coupe de champagne pour la route peut-être ? J'en ai au frais dans la glacière.

— Sans façon, il est un peu tôt.

— Je vous demande ça parce que Ignacio ne boit que du Krug, dit-elle en remontant sur son cart.

— Tandis que je préfère le Bollinger, plaisantai-je en m'asseyant à côté d'elle.

On n'imagine pas la taille d'un studio de cinéma. En quelques minutes, nous passâmes un hangar bourré de costumes, deux Starbucks, une réplique grandeur nature de la navette spatiale, trois chars de l'ex-armée soviétique qui semblaient bien réels, un village du Far West avec église, saloon et bordel, une reconstitution du Moulin-Rouge parisien et un réservoir de plusieurs millions de mètres cubes qui, m'expliqua mon guide, accueillerait bientôt le tournage de la suite de *Titanic*. Des carts semblables au nôtre voletaient d'un site à l'autre comme des bourdons.

Je m'enquis auprès de mon hôtesse de la production sur laquelle intervenait Vargas.

— Cela s'appelle *The $64,000 Question*, dit-elle fièrement.

J'étais suffisamment imprégné de culture américaine pour savoir qu'il s'agissait d'un jeu télévisé des années 50.

— C'est un film d'époque ? demandai-je. Le genre où un candidat se bat pour décrocher le gros lot qui lui permettrait de soigner sa fille leucémique ?

Elle me regarda à peine moins bizarrement que si j'avais décrit le script de *Nuit et brouillard*.

— Pas exactement, non. Des terroristes tchétchènes (elle prononçait « chéchènes ») prennent l'antenne pendant la retransmission du Super Bowl. Ils forcent le président et les membres de son cabinet à se réunir dans le bureau ovale pour jouer à un jeu. Le chef des Tchétchènes – une brute sophistiquée avec une cicatrice terrifiante – posera huit questions. À chaque mauvaise réponse, un missile s'abattra sur la Maison Blanche : d'abord un Scud, puis un Tomahawk, et ainsi de suite jusqu'à une ogive nucléaire. Les questions sont très dures ; heureusement, le président arrive à répondre à presque toutes. À un moment, le secrétaire d'État au commerce, qui est aussi le gendre du président, sort en cachette du bureau ovale pour essayer de désamorcer la bombe atomique…

Elle s'interrompit :

— Mais je ne vais pas tout vous raconter, sinon vous n'irez pas le voir.

— Vous avez raison, je préfère ne pas connaître la fin.

— Le budget s'élève à 180 millions de dollars, ne put-elle s'empêcher d'ajouter.

— De quoi faire un beau film en effet.

— Ignacio est un génie.

— De toute évidence, répondis-je en pensant qu'un homme capable de se faire payer des millions pour un scénario d'une telle indigence méritait tous les superlatifs.

Elle gara le cart devant un hangar grand comme un stade de football, puis dit quelques mots dans son talkie-walkie. La réponse ne se fit pas attendre.

— Par ici, dit-elle. Ignacio coache les acteurs sur le plateau.

Je le reconnus de loin. Il était en grande discussion avec Harrison Ford et un homme à peine plus jeune mais vêtu comme un adolescent, qui devait être le metteur en scène.

— Quand Budaiev pose la troisième question, dit Vargas, je veux un gros plan sur Harrison debout à côté de la fenêtre. Les autres membres du gouvernement sont au fond de la pièce ou assis sur le canapé, peu importe ; on doit les deviner sans les voir.

— Tu crois ? demanda le metteur en scène.

— C'est évident. Sur les vases attiques, Œdipe se présente seul face au Sphinx. D'ailleurs, si Budaiev pouvait être perché sur quelque chose : une chaise, une estrade, n'importe quoi.

— Une caisse d'armes ?

— Parfait. Le public sud-américain appréciera.

Un assistant murmura quelques mots dans son talkie-walkie et ouvrit grande la main en direction du réalisateur.

— Cinq minutes, cria ce dernier. Raccord maquillage pour Budaiev et le président.

Vargas s'assit dans un fauteuil en bordure du plateau qui, je m'en avisai seulement maintenant, était une reconstitution à l'identique du bureau ovale. Sur un guéridon, une bouteille de champagne millésimé baignait dans un seau à glace. Vargas se servit une coupe puis s'épongea le front. Il s'était considérablement empâté depuis notre rencontre à Hawaï. J'avais gardé le souvenir d'un petit homme sec, je retrouvais un poussah.

— Ignacio ? l'abordai-je. Sliv Dartunghuver.

— Sliv, mais bien sûr, dit-il en s'extrayant péniblement de son fauteuil. Il y a combien d'années ? Quinze ?

— Seize.

— J'étais un autre homme à l'époque, plaisanta-t-il en enfonçant un doigt dans sa bedaine.

Je me souvenais de son accent colombien. Deux décennies aux États-Unis n'en étaient pas venues à bout.

— Vous savez quoi ? reprit-il. Ils ont bientôt terminé pour la matinée. Vous mangerez bien un morceau avec moi ?

— J'en serais ravi, dis-je en m'inclinant.

Le portrait coloré que m'avait dressé Yakoub de son ancien collègue était encore en dessous de la vérité. Vargas donnait son avis sur tout, de la façon de prononcer une réplique (« Plus hiératique Harrison, à la façon d'un tragédien ouïgour ») au maquillage des figurants (inspiré de fresques hindoues du XVIe siècle) jusqu'au placement des personnages sur le plateau, pour lequel il invoqua une étude sur les rapports spatiaux chez les zébus. L'équipe buvait ses paroles, déplaçant les caméras et tamisant des projecteurs pour lui complaire. Une certaine Beverly ne le quittait pas des yeux, prête à exaucer le moindre de ses désirs. À peine se plaignit-il de la chaleur qu'elle dégaina une ombrelle tout en l'éventant de l'autre main avec son script.

Ils firent encore trois prises. À la dernière, Vargas hocha imperceptiblement la tête.

— Elle est bonne ! cria le metteur en scène. Allez, à table ! On reprend à quatorze heures.

Une puissante sonnerie retentit. En moins d'une minute, le studio se vida complètement.

— Vous déjeunerez ici Ignacio ? demanda Beverly, qui n'avait pas bougé.

— Mais oui, sur le plateau. Ce sera très bien, n'est-ce pas Sliv ?

— Ça me paraît une excellente idée en effet, dis-je, pas mécontent d'éviter la cohue de la cafétéria.

— Soyez gentil mon chou, apportez-nous de ces petits amuse-gueules au caviar qu'ils avaient aux Oscars cette année. Avec un sandwich au saumon d'Écosse sur pain de seigle et un sundae…

— La recette habituelle ? s'enquit Beverly, qui prenait des notes. Glace à la vanille de chez Lenôtre, coulis de chocolat du Guatemala et crème Chantilly allégée ?

Vargas ne se donna même pas la peine de répondre.

— Vous ajouterez une demi-bouteille de Krug 1989. À moins que mon invité n'en partage une entière avec moi ?

— Je crois que M. Dartunghuver préfère le Bollinger, dit Beverly.

— « Les goûts et les couleurs », commenta Vargas avec philosophie. Que prendrez-vous Sliv ?

— La même chose que vous, ce sera plus simple.

— Y compris la chantilly allégée ? demanda la fille.

— Pareil, dis-je, prêt à toutes les hérésies alimentaires pour la voir décamper.

— Comptez dix minutes.

— On dira ce qu'on veut, commenta Vargas en la regardant s'éloigner au pas de course, ces Américains ont le sens du service.

— Vous passez beaucoup de temps sur les tournages ?

— Oh non, j'évite autant que possible, on s'y ennuie à mourir. J'interviens plus en amont, généralement avant la rédaction du scénario.

Je me gardai de lui demander quel rôle il avait joué dans l'ineptie dont je venais d'avoir un échantillon. J'avais trop peur de sa réponse.

— Et vous Sliv ? Quoi de neuf depuis les Bochimans ? Magnifique dossier entre nous soit dit. Vous lui avez donné une suite ?

— Plusieurs. Sans grand succès hélas.

— Pourquoi dites-vous cela ?

— Parce que les Bochimans sont en voie d'extinction.

— Ah, vous m'avez fait peur. Je craignais que vos scénarios n'aient été retoqués par Londres. On ne peut pas gagner à tous les coups, vous savez…

— Oh oui, je le sais.

— Quel âge avez-vous ? Bientôt quarante ? Vous ne devriez pas tarder à entrer au Comex…

— J'y suis depuis cinq ans.

— Caramba ! Vous n'avez pas perdu de temps !

Il semblait sincèrement admiratif.

— Ç'a été un concours de circonstances, dis-je sans m'étendre. Il se trouve que je viens d'être nommé directeur adjoint du Plan. Je suis chargé de réfléchir aux nouvelles orientations du CFR…

Il m'interrompit :

— Attendez. Vous m'avez bien dit au téléphone que c'était Angoua qui vous avait donné mon numéro ?

— Mais oui. Il pense que vous pouvez m'aider.

— Il devrait pourtant savoir que je me fiche comme d'une guigne de l'Histoire avec un grand H !

— Pardon ? Il m'avait pourtant semblé à Hawaï…

— Je m'intéresse aux histoires, ça n'a rien à voir.

— Expliquez-moi ça, dis-je en rapprochant mon siège.

Il se remplit une coupe de champagne à ras bord sans même songer à m'en proposer.

— Qu'est-ce qui distingue l'homme de l'animal ? Les uns vous diront la conscience, les autres le langage. Pour moi, ce sont les histoires. L'*Homo sapiens* en a de tout temps produit et consommé des quantités stupéfiantes, des habitants des grottes de Lascaux à nos contemporains qui s'abrutissent de séries télé. Or le hasard n'a pas sa place dans l'évolution : si la fréquence d'un trait héréditaire augmente au fil des générations, c'est qu'il améliore les chances de survie de l'espèce. L'homme moderne est le fruit de millions d'années d'évolution ; s'il continue à raconter des histoires, il en tire forcément un bénéfice.

— Lequel ?

— Pour faire simple, l'histoire est un simulateur de vie, semblable dans le principe au simulateur de vol sur lequel s'entraîne un pilote. Les anecdotes qui émaillent nos conversations, les livres que nous lisons, les films que nous voyons nous préparent aux situations que nous allons rencontrer, nous évitant de coûteuses erreurs et nous permettant de vivre plusieurs existences à la fois. Un adolescent a vécu par procuration des dizaines d'histoires d'amour avant de dire « I love you » pour la première fois. Un soldat recevant son ordre de déploiement sait à quoi s'attendre grâce à *Full Metal Jacket* ou *Catch 22*. Et tous les maris du monde connaissent les risques d'une aventure extraconjugale depuis qu'ils ont vu *Liaison fatale*…

— Vous citez essentiellement des livres et des films. Ne confondez-vous pas histoire et fiction ?

— C'est la même chose. Absolument et strictement la même chose.

Il but pour quelques dizaines de dollars de champagne et reprit :

— Notre cerveau est programmé pour connecter les faits sous forme d'histoire. Supposons que vous montiez dans un train. Le contrôleur est planté devant un passager, un jeune routard qui retourne ses poches. Vous n'y prêtez pas attention et rejoignez votre voiture. Le lendemain, alors qu'un ami mentionne le coût de la fraude dans les transports en commun, vous lui racontez l'épisode dont vous avez été témoin. J'emploie à dessein le terme d'« épisode » car votre esprit aura organisé, sans même que vous le lui ayez demandé, ces quelques faits en une histoire cohérente avec un début, un milieu et une fin : le contrôleur a demandé à voir le billet du jeune homme, qui n'en avait pas ; le contrôleur a par conséquent verbalisé le fautif, qui fouille ses poches pour réunir le montant de l'amende. Notez le nombre d'hypothèses implicites dans ce scénario : un homme habillé en contrôleur est automatiquement un contrôleur, de même qu'un routard est un candidat naturel à la fraude et que quiconque fouille dans ses poches cherche forcément de l'argent. Cette scène admet pourtant quantité d'autres explications : par exemple, le contrôleur a fini son service, il se lève pour aller au wagon-bar, son fils lui tend de quoi acheter un sandwich ; ou encore, le contrôleur a verbalisé une autre passagère, une vieille dame à qui on donnerait le bon Dieu sans confession, elle sort une grosse coupure pour s'acquitter de l'amende, le contrôleur se tourne vers le routard pour lui demander s'il a de la monnaie ; et caetera et caetera.

— J'aurai retenu le scénario le plus probable, voilà tout.

— C'est là que je veux en venir. À partir du moment où ce scénario, probable comme vous dites, s'imprime dans votre cerveau, il se transforme en certitude. Vous êtes persuadé d'avoir assisté à un contrôle de billet, que dis-je, *vous avez assisté* à un contrôle de billet. Une histoire est devenue un fait, la fiction réalité.

Vargas me laissa le temps de digérer ses paroles. J'avais conscience de vivre un moment extraordinairement important.

— Notez au passage que vous ne conserverez aucun autre souvenir de ce wagon. Vous avez traversé la voiture, un routard n'avait pas son billet : voici d'ici une semaine ou un mois tout ce que vous vous rappellerez. Sur le moment, pourtant, vous aviez enregistré quelques détails supplémentaires : le joli minois d'une passagère, des journaux débordant d'une poubelle… Ils s'effaceront presque aussitôt, chassés par d'autres faits tout aussi insignifiants. Vous les oublierez parce qu'ils ne font pas partie d'une histoire…

— Les histoires comme procédé mnémotechnique, en quelque sorte…

— Exactement ! Comme il est plus facile de se souvenir de la séquence 1-2-3-4-5 que 5-2-4-1-3, notre cerveau nous fournit l'illusion d'un ordre, en postulant une chronologie ou des liens de causalité qui souvent n'existent pas. Tenez…

Il s'interrompit pour accueillir Beverly qui poussait un lourd chariot.

— Où dois-je installer la table ? demanda-t-elle.

— Quelle question ! Dans le bureau ovale, répondit Vargas.

— Vous êtes certain ? demandai-je, intimidé contre toute raison par la symbolique du lieu.

— Mais oui ! Je le fais tout le temps. Vous avez besoin d'aide, mon chou ?

— Non, non, Ignacio, protesta-t-elle en dépliant la nappe. Installez-vous, je m'occupe de tout.

— Faites-moi plaisir Sliv, asseyez-vous dans le fauteuil du président.

— Vraiment ?

— Mais oui. De toute façon, il est bien moins confortable que l'original.

Moins d'une minute plus tard, je croquai dans un beignet au caviar et à la crème fraîche.

— N'est-ce pas divin ? s'extasia Vargas. J'en mangerais à la pelle. Aux Oscars, ils les avaient préparés un peu différemment, avec un zeste de…

— Votre temps est compté Ignacio, l'interrompis-je.

Vous disiez combien il est difficile de faire la part entre fiction et réalité…

— Oui. Que sait-on de l'histoire du jazz par exemple ? En gros qu'il s'agit d'une musique d'origine afro-américaine, née de la confluence du gospel, du blues et des chansons que fredonnaient les esclaves dans les plantations. On souligne aussi parfois l'importance des lois Jim Crow qui durcirent la ségrégation raciale dans les années 1890 et incitèrent les musiciens noirs à se regrouper en orchestres. Vous comprenez que tout cela n'est qu'une vue de l'esprit, une façon de relier entre eux des faits indépendants ?

— Certes, mais cette vue de l'esprit, comme vous l'appelez, contient une part de vérité, non ? Les historiens…

— Les historiens, comme leur nom l'indique, racontent des histoires. Comprenez s'il vous plaît la différence entre le passé et l'histoire. Le passé, c'est ce qui est réellement survenu. Il est incontestable que les Noirs chantaient du gospel à la fin du XIXe siècle ou que le Parlement de Louisiane a passé certaine loi en 1892. Faire de ces événements les jalons de la naissance d'un mouvement que l'on appellera le jazz, c'est en revanche raconter une histoire. Tel professeur d'université de Harvard écrira la sienne, vous pourriez écrire la vôtre qui ne serait pas nécessairement plus bête.

— Sauf qu'il a un doctorat et que je n'en ai pas.

Vargas leva les yeux au ciel, comme si j'avais proféré une énorme bêtise. Pour se récompenser de son stoïcisme, il engloutit trois amuse-gueules avant de me répondre :

— Un diplôme, un employeur prestigieux et des centaines de citations de confrères dans des articles qui disent à peu près tous la même chose.

— Peut-être disent-ils la même chose parce que c'est la vérité ?

C'était une nouvelle bêtise, dont Vargas me punit en tirant l'assiette à lui.

— La vérité n'existe pas Sliv. Elle est constamment recréée. Vous connaissez l'adage « l'Histoire est écrite par les vainqueurs » ?

— Oui, tout de même, dis-je, vexé.

Son petit cours commençait à tourner à l'humiliation. Je ne l'aurais pourtant interrompu pour rien au monde.

— C'est une phrase d'une grande justesse. Imaginez à quoi ressembleraient nos manuels d'histoire si Hitler l'avait emporté. « L'un des grands bénéfices de la guerre aura été de débarrasser le monde des Juifs, une race nuisible qui tenait tous les leviers de la finance internationale. » Je vais plus loin : l'Histoire est écrite par quiconque tient la plume. L'Histoire est une histoire. C'est pour ça qu'elle change tout le temps, au point qu'étudier la Révolution française revient moins à reconstituer la façon dont les sans-culottes ont pris la Bastille qu'à comprendre quel regard les époques nous ayant précédés portaient sur ces événements.

Je me souvenais vaguement qu'un des cours de l'Académie traitait de ces questions. Je regrettais de ne pas en avoir saisi la portée sur le moment.

— Le monde est le lieu où s'affrontent les histoires, poursuivit Vargas. Elles sont partout : dans la religion, dans l'actualité, dans la science…

— Dans la science ?

— Bien sûr ! Pendant des siècles, la Terre était plate ;

puis elle est devenue ronde ; puis elle s'est mise à tourner autour du Soleil. Chaque fois, les tenants de l'ancienne théorie traitaient la nouvelle de fumisterie.

— Justement, on parle de théories ici, plus d'histoires.

— C'est la même chose. Dans l'histoire de la Terre plate, le personnage principal s'appelle Dieu le Père ; dans celle de Copernic, c'est l'astronome avec son quadrant et ses abaques…

— Vous oubliez une différence : Copernic disait la vérité !

— Allons donc ! s'esclaffa Vargas. Ses travaux sont truffés d'erreurs rectifiées par Galilée et Newton, qui eux-mêmes en commirent d'autres. C'est la nature du processus scientifique qui veut ça. Tenez, à l'heure où je vous parle coexistent une centaine de théories sur le big bang. La plupart sont le fait d'illuminés mais dix ou douze émanent d'astrophysiciens distingués. Or une seule de ces théories – au maximum – est correcte, ce qui revient à dire que les autres sont des histoires, des histoires élaborées de bonne foi et non sans une certaine rigueur, mais des histoires malgré tout. Du reste, quand bien même l'une de ces théories serait « vraie », au sens où vous l'entendez, je continuerais personnellement à la considérer comme une fable.

— Allons Ignacio, la gravitation universelle n'est pas une fable !

— Bien sûr que si. Les objets sont attirés vers le centre de la Terre, c'est entendu. Mais là où Newton impute ce phénomène à une force qu'il appelle la gravité, j'en rends quant à moi responsable le dieu Gravitor, qui punit l'homme pour l'arrogance d'Icare en le clouant au sol.

— Vous n'êtes pas sérieux ?

— Ai-je l'air de plaisanter? dit-il en se léchant les doigts pleins de crème fraîche. D'ailleurs, vous savez sans doute que la théorie de Newton, si elle rend fort bien compte du mouvement des planètes, est impuissante à prédire celui des particules infiniment petites. Elle est par conséquent fausse. Oh, je ne m'inquiète pas, elle sera améliorée. Chaque histoire chasse la précédente : l'Univers a 6000 ans ; non, 20000 ; non, 100 millions d'années ; non, 1 milliard ; non, 5 milliards...

— Vous admettrez tout de même qu'à la longue on se rapproche de la vérité, plaidai-je, soucieux de me découvrir au moins un terrain d'entente avec lui.

— Encore une fois, le terme « vérité » est mal choisi. Mais je vois ce que vous voulez dire. Je vous concède que la science est peut-être le seul domaine où l'on peut discerner un semblant de trajectoire. Dans tous les autres, c'est le chaos absolu ! L'amour courtois, le communisme, le pantalon patte d'ef', les hormones de croissance : tout ça faisait des histoires formidables, jusqu'à ce qu'une autre histoire encore plus formidable les supplante dans le cœur du public...

Il s'arrêta subitement, comme frappé d'une terrible révélation.

— Mais je parle, je parle, et j'en oublie de manger. Goûtez-moi ce sandwich au saumon, Sliv, vous ne le regretterez pas.

Je mordis dans mon sandwich pour lui faire plaisir. J'en avais mangé des dizaines d'aussi savoureux dans ma vie.

— C'est un enchantement en effet, dis-je, voyant qu'il attendait ma réaction.

— Savez-vous d'où le saumon écossais tire ce goût inimitable ? Des puissants courants des lochs qui, en forçant les poissons à nager sans interruption, leur donnent cette chair ferme et texturée…

— C'est la vérité ? l'interrompis-je. Ou une histoire inventée par le syndicat des éleveurs de saumons écossais ?

Vargas éclata de rire.

— Touché ! C'est une histoire bien sûr, une histoire qui arrange tout le monde : les producteurs écossais qui vendent leur production à prix d'or et les imbéciles comme moi qui se sentent flattés d'être traités en gastronomes. Un jour, les Norvégiens inventeront un boniment encore meilleur et détrôneront les Écossais. Car ces histoires dont nous parlons obéissent elles aussi aux lois du darwinisme : seules les meilleures survivent, un jour, un an, des siècles pour les mieux troussées. En général, l'art est plus fort que la réalité, les mythes plus résilients que les fables, et les religions ont la peau plus dure que les idéaux politiques.

Il croqua voluptueusement dans son sandwich en fermant les yeux.

— Qu'est-ce qui fait une bonne histoire selon vous ? me hâtai-je de demander avant qu'il ne se lance dans le récit de l'expérience mystique à laquelle venaient d'être soumises ses papilles.

Il rouvrit les yeux et sourit.

— C'est Sliv Dartunghuver, le crack des scénaristes, qui me pose cette question ? Ma réponse risque de vous décevoir : c'est une histoire qui marche. En trente ans de carrière, j'ai vu ce que je croyais être de bonnes histoires ramasser un bide ; en revanche, je n'ai jamais vu une mauvaise histoire rencontrer le succès. C'est une alchimie complexe, la combinaison miraculeuse d'ingrédients éternels : les grands mythes de l'humanité bien sûr, mais aussi les cultures locales ou l'air du temps… Prenez par exemple les Américains, qui raffolent des histoires de superhéros…

— Batman, Spider-Man, Captain America…

— Et, plus près de nous, le locataire de la Maison Blanche, qui met les extraterrestres en déroute dans *Independence Day* ou déjoue à lui seul un complot terroriste dans *Air Force One*. Ce goût pour les superhéros s'enracine dans plusieurs croyances : la foi protestante dans la prédestination, le mythe des États-Unis comme terre promise et un manichéisme à tous crins : pour l'Américain, le monde est fondamentalement le champ ou s'affrontent le bien et le mal.

— « Ceux qui ne sont pas avec nous sont contre nous », dis-je, citant George W. Bush du temps où il comptait ses alliés avant d'envahir l'Irak.

— Tout juste. Mais chaque peuple a sa propre grille de lecture du monde. Les Mexicains ne résistent pas à une bonne histoire de vengeance, les Français ont un faible pour les odes aux sans-grade, tandis que les Japonais adorent les récits de sacrifices héroïques. Parfois surgit une histoire qui, en transcendant les clivages ethniques ou religieux, nous fait oublier nos différences et nous rappelle que nous faisons partie d'un ensemble qui nous dépasse, un peu comme le frère et la sœur qui enterrent leurs disputes le jour où ils arrivent dans une nouvelle école.

— Laïka…

Vargas opina.

— La conquête spatiale ou la rencontre avec une civilisation extraterrestre font partie des rares thèmes authentiquement universels.

— Quels sont les autres ?

— Tolstoï disait : « Il n'y a que deux types d'histoires : un homme part en voyage ou un étranger arrive en ville. » Autrement dit : l'Odyssée et la menace extérieure. Cette dernière se prête à des déclinaisons sans fin, des vampires au requin qui terrorise les habitants d'une station balnéaire, en passant par les zombies et envahisseurs de tout poil. Le ressort dramatique est toujours le même : en s'unissant malgré leurs divergences initiales, les villageois éloignent le danger et ramènent le calme dans la communauté.

— L'espace, l'Odyssée, la menace. Rien d'autre ?

— Oh si, la chute des civilisations, la vie, l'amour, la mort…, dit-il comme s'il descendait une check-list.

Il s'arrêta. Il avait fini son sandwich et hésitait visiblement à attaquer son sundae. Il sortit de ce terrible dilemme en se resservant de champagne.

— Vous imaginez bien que vous n'êtes pas le premier à poser ces questions. Des générations d'universitaires se sont penchées sur la structure des grands succès de l'édition ou du cinéma. Ils en ont conclu qu'il n'existe qu'un nombre réduit d'histoires : neuf pour les uns, six pour les autres, peu importe à la limite – tout dépend de la façon dont on définit les catégories.

— Cela paraît peu…

— Parce que la plupart des œuvres empruntent à tous les genres, à des degrés divers. Dans le seul *Titanic*, vous trouvez un bateau prétendument insubmersible, symbole de l'arrogance humaine, un amour impossible, une jeune fille qui s'émancipe de la tutelle de sa mère, la lutte des classes, etc. Les ingrédients sont toujours les mêmes, seule varie la façon de les accommoder.

Il rapprocha son siège du bureau.

— À présent, je vais vous faire une confidence. Il y a quelques années, les principaux studios de Hollywood se sont lancés ensemble dans un projet colossal, à la croisée de la sémantique et de l'intelligence artificielle. Ils ont entrepris de classer tous les films américains produits à ce jour selon les catégories dont nous parlions, en les rapprochant de leurs scores au box-office. Les premiers résultats se sont révélés si prometteurs qu'ils ont enrichi leur logiciel de dizaines de critères supplémentaires.

— Par exemple ?

— Par exemple le nombre de répliques des personnages principaux ou le temps qu'ils occupent à l'écran, le nombre d'enfants du héros, la race de son conjoint, la présence ou non d'un animal domestique, le nombre de morts par balle ou de gros plans dans les scènes d'action…

Essoufflé par cette débauche de détails, il plongea sa cuillère dans la crème allégée de son sundae. Il surprit mon regard et soupira.

— Je me surveille, que voulez-vous ? Mme Vargas me fait passer sur la balance une fois par semaine.

— Il y a une Mme Vargas ?

— Il y a des Mmes Vargas, dit-il énigmatiquement.

Pendant quelques minutes, il piocha sans entrain dans son sundae, sans que je puisse dire ce qui de son épouse ou des projets des studios lui avait coupé l'appétit. Quant à moi, je restais sur ma faim – dans tous les sens du terme.

— Dites-moi qu'ils ne vont pas y arriver, suppliai-je.

Il repoussa son dessert avec autorité, comme s'il avait décidé que la mascarade avait assez duré.

— Oh si. Dernièrement, ils ont prédit les recettes en salles de *Transformers* à dix millions près. Ils avaient anticipé que le film ferait un carton en Corée du Sud et chou blanc en Inde. À terme, ils généreront directement les scripts par ordinateur. Il paraît que le malheureux chargé d'écrire *Transformers 2* s'est vu remettre une liste d'instructions longue comme le bras.

— C'est terrible, dis-je en pensant que pour si bien connaître les arcanes du projet, Vargas avait dû y être associé d'une façon ou d'une autre.

— Ce qui est terrible, c'est qu'en adoptant ce logiciel ils se condamnent à refaire les mêmes films à l'infini, alors même que quatre des cinq plus grands succès de l'année dernière étaient déjà des suites. Stallone a eu le bon goût de s'arrêter à *Rocky 6* ; espérons que *Fast & Furious* ou *Spider-Man* auront la même élégance. En attendant, les scénarios insolites ne trouvent pas de financements. Le mois dernier, j'ai proposé une idée en or à Universal : une mère de famille ordinaire devient la coqueluche de Washington ; elle est élue vice-présidente contre toute attente puis accède à la fonction suprême le jour où le président est assassiné. Ces ânes bâtés n'en ont pas voulu car, je les cite, ils « manquaient de comparables ». Enfin, tant pis pour eux, je fourguerai mon histoire à quelqu'un d'autre.

L'heure tournait. Je me rappelai soudain pourquoi j'étais venu.

— Les objectifs du CFR ne se comparent pas à ceux de Hollywood, dis-je. Contrairement à vos clients, nous ne recherchons pas le profit.

— Bien sûr que si ! rétorqua Vargas. Quand vous avez conçu votre dossier sur les Bochimans, vous aspiriez à toucher le public le plus large possible, non ? Vous ne vendiez pas des places de cinéma, mais c'était tout comme. Je suis d'ailleurs prêt à parier que vous avez pris des libertés avec la réalité pour atteindre votre but. Non, non, ne protestez pas ! Vous écriviez, si j'ai bonne mémoire, que les Bochimans du Kalahari n'étaient plus que 10 000. C'est vrai ?

Je fus bien obligé d'avouer qu'entre les nombreuses estimations en circulation j'avais retenu la plus basse.

— Mais, ajoutai-je aussitôt, le gouvernement botswanais cite systématiquement la plus haute.

— Oh, ne vous excusez pas, j'en aurais fait autant à votre place. Vous confirmez cependant ma théorie : chacun y va de sa petite histoire, sans grands égards pour la réalité qui, en l'occurrence, se situe probablement entre vos chiffres et ceux du gouvernement…

Il leva la main pour devancer mon objection.

— Et de grâce, ne venez pas me raconter que la noblesse de vos intentions vous autorise à mentir.

— Non ?

— C'est le plus grand piège dans lequel vous pourriez tomber. Savez-vous pourquoi la cause des Bochimans vous paraît si juste ? Parce qu'elle repose sur une histoire que vous avez écrite vous-même ! L'histoire d'un peuple porteur d'une sagesse ancestrale condamné à l'exode par la cupidité des hommes. Je peux vous écrire sur-le-champ dix scénarios prouvant que l'extinction des Bochimans est non seulement inéluctable, mais souhaitable pour l'humanité !

Dans son élan, Vargas se rappela qu'il n'avait pas assez mangé. Tandis qu'il donnait une deuxième chance à son sundae, je repassais les arguments du Colombien dans ma tête. Je commençais à saisir pourquoi Djibo avait souhaité que je le rencontre.

— Vous comprenez maintenant pourquoi j'ai démissionné du CFR ? gloussa-t-il. Je cherchais constamment à raconter la meilleure histoire possible, et tant pis si elle contredisait les convictions de mon patron ou les directives du Plan.

— Vous n'avez jamais regretté votre décision ? demandai-je en connaissant d'avance sa réponse.

— Non, d'autant que j'ai continué à donner un coup de main pendant quelques années…

— Jusqu'au fiasco d'Al-Qaida…

— Fiasco ? dit Vargas en léchant sa cuillère. Quel fiasco ?

10

Je rentrai de Los Angeles passablement secoué.

Le « Fiasco ? Quel fiasco ? » de Vargas résonnait encore à mes oreilles. Malgré tous mes efforts, je n'avais pas réussi à convaincre le Colombien qu'il portait une part de responsabilité dans les attaques du 11 Septembre. Il reconnaissait bien avoir créé de toutes pièces un groupement de combattants islamistes à la demande de Djibo. Il revendiquait même la paternité exclusive du nom Al-Qaida, qui signifie « la base » (« il fallait un nom court et se prononçant facilement dans toutes les langues, vous comprenez ? »), ainsi que celle du drapeau noir de l'organisation, représentant un soleil surmonté de la chahada. À l'entendre, son rôle s'arrêtait là. « J'ai écrit la première phrase d'un conte, s'était-il défendu. "Il était une fois une association de musulmans intégristes, baptisée Al-Qaida." Puis Ben Laden et consorts se sont emparés du stylo. » Mon scepticisme l'avait laissé de marbre ; il avait même fini mon sundae.

Plusieurs remarques de Vargas rejoignaient mes observations. Je m'intéressais depuis deux ans aux réseaux sociaux et plus particulièrement aux anecdotes, photos ou vidéos les plus populaires – virales, selon le terme consacré. Une quantité impressionnante d'entre elles mettaient en scène des bébés, des chimpanzés jouant au Scrabble ou des chats sur une balançoire. Les autres, pour le dire simplement, racontaient de bonnes histoires : un voyageur s'étant trompé d'avion avait atterri à Pékin quand il était attendu à Istanbul ; une diététicienne qui prétendait avoir mis au point un régime lui permettant de s'empiffrer avait réalisé que sa balance était cassée ; un voleur retrouvé coincé dans le garage de la maison qu'il cambriolait intentait un procès à la famille, etc. Il était difficile de résister à ces récits quand bien même ils ne possédaient aucune vertu morale ou éducative.

Les théories de Vargas avaient aussi le mérite d'éclairer d'un jour nouveau plusieurs épisodes de l'histoire récente. Je n'avais par exemple pas compris que le peuple américain puisse reconduire George W. Bush en 2004 alors qu'il était désormais avéré que le régime de Saddam Hussein ne dissimulait pas d'armes de destruction massive. Selon Vargas, Bush l'avait emporté parce qu'il avait raconté une histoire, prosaïque certes – « je vous protégerai des excités en turban et des tantouses de Hollywood » –, mais qui lui avait permis de mobiliser son électorat. Pendant ce temps, John Kerry discourait sur la nécessité de restaurer la fonction présidentielle et listait les mesures plus technocratiques les unes que les autres qu'il prendrait dans les cent premiers jours de son mandat.

Idem pour la découverte de l'Amérique que les manuels d'histoire de Boston à San Diego s'obstinaient à attribuer à Christophe Colomb, quand il était prouvé que les Vikings avaient accosté à Terre-Neuve cinq siècles avant la *Santa María*. Si les Américains honoraient chaque deuxième lundi d'octobre la mémoire de Colomb et non celle de Leif Eriksson, c'est parce que le premier faisait un bien meilleur héros que le second. Il était catholique, courageux, ne faisait pas mystère de son désir de s'enrichir et avait promis de consacrer une partie de sa fortune à combattre les musulmans. Qu'importait qu'il eût exterminé les Indiens ou exigé de lourds tributs en or des autochtones, « il aurait pu faire bien pire », avait charitablement estimé son premier grand biographe, Washington Irving, qui, pour rendre plus spectaculaire la quête de Colomb, n'avait pas hésité à vieillir son modèle de dix ans. « Ne laissez jamais les faits entraver une belle histoire », avait coutume de dire Mark Twain. « Quand la légende devient réalité, on imprime la légende », aurait pu lui répondre le personnage interprété par Carleton Young dans *L'homme qui tua Liberty Valance*.

En entrant au Comex, j'avais cru pouvoir orienter le CFR dans une nouvelle voie. Le dossier que j'avais consacré au sac de Nankin m'avait profondément marqué. Début 1938, l'armée japonaise avait massacré 250 000 civils chinois, violé des dizaines de milliers de femmes et embroché des bébés à la baïonnette. Je n'arrivais pas à comprendre comment la population nippone s'entêtait encore aujourd'hui à nier des faits amplement documentés et attestés par tous les historiens. La même amnésie volontaire sévissait un peu partout, de la Turquie où l'on ne montrait aucun remords pour le génocide des Arméniens à la Russie où la famine monstre de 1932 ne figurait dans aucun manuel. Plutôt que de réécrire l'Histoire, m'étais-je demandé, le CFR ne ferait-il pas œuvre plus utile en la rétablissant, en révélant au grand jour ce que les forces conjuguées de la haine, du racisme et de l'obscurantisme s'ingéniaient à garder caché ? Hélas, mes tentatives dans cette direction s'étaient soldées par des échecs. Je comprenais maintenant pourquoi : la vérité n'existait pas. Les faits du sac de Nankin – rien que ce terme de « sac » recélait en lui une histoire – étaient ce qu'ils étaient ; la façon de les lier entre eux, d'en retenir certains en en laissant quelques-uns de côté, était déjà autre chose : une histoire, une fable, une vue de l'esprit, d'aucuns auraient dit une opinion.

Vargas m'avait raconté après le déjeuner l'histoire édifiante du romancier H.G. Wells. Au lendemain de la Première Guerre mondiale, l'auteur de *L'homme invisible* et de *La guerre des mondes* s'était attelé, avec l'aide d'une armée d'assistants, à la rédaction d'une immense *Histoire de l'humanité*. Selon lui, seule la méconnaissance de l'histoire – une histoire objective, indiscutable – empêchait les hommes de vivre en harmonie. Son grand œuvre – plus de mille pages – parut en 1920, se vendit à plus de deux millions d'exemplaires et connut de nombreuses traductions. En dépit de cet énorme succès commercial et de son indéniable modernité, *Histoire de l'humanité* ne dépassa jamais le statut d'encyclopédie ou d'honnête ouvrage de référence. C'est que Wells, bien que se prétendant au-dessus de la mêlée, avait écrit comme un homme blanc du XXe siècle, certes plus éclairé que la moyenne (comme en témoignaient son postulat de l'égalité des races et des cultures ou son rejet de l'impérialisme), mais irrémédiablement ancré dans son époque et son milieu. Dire l'histoire, avait fait remarquer Vargas, c'est affirmer implicitement la supériorité de son point de vue. Sur ce, Harrison Ford lui avait demandé s'il marquerait mieux sa perplexité en se grattant le menton ou en se massant les tempes.

Quelques jours après, le Comex reçut, à titre exceptionnel, une invitée en la personne de ma vieille camarade Magawati Donogurai.

C'était la première incursion de Maga dans le saint des saints. Comme moi sept ans plus tôt, elle dévisagea longuement les membres du Comex, essayant de les identifier et de fixer leurs traits dans sa mémoire. Elle connaissait Yakoub Khoyoulfaz et Martin Suarez, ses patrons aux Opérations spéciales, et devait se souvenir de Zoe Karvelis qui enseignait à l'Académie. J'étais prêt à parier en revanche qu'elle rencontrait Ching Shao et Sophie Onobanjo pour la première fois.

— Assieds-toi, dit Yakoub. Tu as demandé à nous voir, nous t'écoutons.

Six mois plus tôt, Yakoub avait confié à Maga le soin de monter une équipe chargée d'appuyer le candidat démocrate à la prochaine élection présidentielle américaine. Maga avait sélectionné une demi-douzaine d'agents de confiance, parmi lesquels son mari, Youssef, et notre ami commun, Stéphane Brioncet.

Le CFR n'avait pas pour habitude de s'immiscer dans les affaires domestiques des États. Nous ne prenions jamais parti pour un candidat, pas plus que nous ne donnions dans la fraude électorale. Le fondateur du CFR avait participé à l'élaboration de la Constitution américaine, un texte ancré dans le respect des droits individuels : il n'était pas du genre à faire le bonheur des peuples malgré eux.

Yakoub avait cependant invoqué des circonstances exceptionnelles. La détérioration de l'image des États-Unis dans l'opinion mondiale atteignait des proportions préoccupantes. En un mandat, George W. Bush avait réussi à dilapider l'extraordinaire capital de sympathie né du 11 Septembre. Le public avait compris que les Américains traquent Ben Laden en Afghanistan, moins qu'ils envahissent l'Irak à la recherche d'hypothétiques armes de destruction massive. Les photos d'Abou Ghraib montrant des prisonniers musulmans promenés en laisse avaient achevé de dégoûter les plus fervents supporters des États-Unis. L'hypocrisie américaine sautait désormais aux yeux : l'administration Bush prônait la démocratie tout en protégeant les monarques saoudiens ; refondait le système judiciaire irakien mais privait les détenus de Guantánamo de leurs droits élémentaires ; dénonçait la cruauté d'un Saddam Hussein mais torturait allègrement dans les sous-sols de la CIA.

Cette spirale infernale, avait fait valoir Yakoub, n'était bonne pour personne. Ni pour l'Amérique qu'elle exposait à de nouvelles attaques, ni pour les musulmans qu'elle poussait à la radicalisation, ni pour les partisans de la paix. Redorer le blason des États-Unis était plus qu'une marotte, c'était un impératif.

Le hasard semblait pour une fois nous avoir facilité les choses. Deux candidats sortaient nettement du lot des prétendants à l'investiture démocrate. Hillary Clinton, sénatrice de l'État de New York, connaissait à fond les rouages de la Maison Blanche pour y avoir passé huit ans aux côtés de son mari, Bill. Ses convictions bien trempées, qui en faisaient le punching-ball préféré des républicains, risquaient paradoxalement de jouer en sa faveur si les électeurs décidaient de donner un coup de volant à gauche. Barack Obama, sénateur de l'Illinois, était l'étoile montante du parti. Depuis qu'il avait prononcé un discours mémorable lors de la convention démocrate de 2004, les experts prédisaient à cet élégant tribun une destinée nationale. Les autres candidats, pour valeureux qu'ils fussent, ne boxaient pas dans la même catégorie ; un an avant l'élection, il ne faisait de doute pour personne que l'investiture démocrate se jouerait entre Clinton et Obama. La première femme contre le premier Noir : quel que soit le vainqueur de la primaire, il ferait l'histoire et, en cas de victoire finale, enverrait une vague d'espoir à travers le monde.

La décision n'avait pas été facile à prendre. Le risque de créer un dangereux précédent était dans tous les esprits. Martin Suarez avait refusé de prendre part à un vote concernant si directement son pays, Zoe et Sophie avaient exprimé de sérieuses réserves, mais Yakoub, Ching et moi avions voté pour, assurant le succès de la motion. Dans son infinie sagesse, Yakoub avait proposé d'allouer un budget dérisoire à l'équipe de Maga. « Pas question, avait-il dit, de tomber dans le travers de la démocratie américaine en achetant l'élection. »

Maga semblait nerveuse, regardant dans ma direction, comme si j'avais le pouvoir de mettre fin à sa torture. Je lui décochai un clin d'œil qui la fit sourire. Elle se lança d'une voix brave :

— Dans quelques heures, Hillary Clinton annoncera son retrait de la course à l'investiture démocrate et se ralliera derrière la candidature d'Obama.

Cela ne constituait pas à franchement parler une nouvelle. Quatre jours plus tôt, l'état-major d'Obama s'était vanté de disposer d'une avance irrattrapable. L'entourage de Clinton n'avait pas réagi, un silence aux allures de capitulation.

— Vous nous aviez chargés, mon équipe et moi, de donner un coup de pouce au camp démocrate en vue de l'élection de novembre prochain. Je considère que nous avons rempli la première partie de notre mission. Les derniers sondages donnent à Obama une avance sur McCain comprise entre trois et six points.

— La route est encore longue, remarqua doucement Onobanjo.

— Bien sûr. D'ailleurs, je tire moins de satisfaction des sondages que des actions que nous avons engagées afin d'améliorer les chances du camp démocrate.

— Pourquoi ne pas nous en donner quelques exemples ? dis-je.

Maga comprit que j'essayais de lui venir en aide.

— Nous avons commencé par dresser une liste des points forts et des points faibles d'Obama, avec pour objectif de communiquer aussi largement que possible sur les premiers et de faire oublier les seconds. Obama ne manque à l'évidence pas d'atouts. De père kenyan et de mère américaine, il a grandi en dehors de l'establishment, a intégré Columbia puis Harvard où il est devenu le premier Noir à diriger l'ultraprestigieuse *Law Review*. Il a pratiqué le droit et l'a enseigné à l'université de Chicago avant de se lancer en politique dans son État d'adoption de l'Illinois où il est solidement ancré. C'est un orateur hors pair, un modéré capable d'inspirer son camp sans antagoniser ses adversaires, qui appelle à dépasser les clivages idéologiques et raciaux.

— Qu'avez-vous réussi à ajouter à ça? demanda Onobanjo, manifestement sceptique.

— Des anecdotes humanisant le bonhomme. Des témoignages d'anciens camarades de classe racontant comment Obama intercédait auprès des profs pour faire lever leurs punitions, une gamine de Chicago à qui il aurait appris à lire dans la cage d'escalier de son HLM, etc.

— C'est tout?

— Non. Nous avons accentué son héritage hawaïen. Pour les Américains, Hawaï représente un pays de cocagne, un îlot de paradis au milieu du Pacifique, loin des mesquineries partisanes de Washington. C'est aussi, avec ses populations natives et d'origine asiatique, l'État présentant la plus forte diversité raciale de l'Union.

Ce dernier axe me semblait plus intéressant. Bien exploité, il pouvait aider à lever une partie des réticences de l'électorat blanc. Je hochai discrètement la tête en direction de Maga pour lui indiquer qu'elle s'en sortait bien. Enhardie, elle reprit :

— Vous comprenez, j'en suis sûre, qu'il existe des limites à ce qu'il est possible de faire *en faveur* d'un candidat. Comme vous le savez, le marketing électoral américain repose moins sur la promotion de son champion que sur le dénigrement de l'adversaire.

La campagne 2004 avait atteint des sommets en la matière. Au prix d'un barrage éhonté de publicités, le Parti républicain, ou plus exactement le groupe d'anciens combattants lui servant de faux nez, était parvenu à semer le doute sur les états de services de John Kerry.

À la fin des années 60, le candidat démocrate avait servi quatre ans dans l'année américaine, quatre ans durant lesquels il avait conduit d'innombrables missions au Vietnam, écopé d'éclats de shrapnel un peu partout sur le corps et s'était vu décerner trois Purple Hearts, la plus ancienne décoration militaire du pays : insuffisant aux yeux des républicains, qui avaient mis en doute la véracité des faits d'armes de Kerry et critiqué ses prises de position antimilitaristes subséquentes. Il est vrai que tout le monde ne pouvait se prévaloir du parcours de George W. Bush, qui, au moment où son rival était déployé en Indochine, effectuait son service militaire bien au chaud dans la garde nationale du Texas, État dont son père était député.

— Nous avons donc porté une attention particulière aux faiblesses d'Obama, ou, plus exactement, aux épisodes ou traits de caractère que l'autre camp risque de présenter comme telles. La première concerne ses origines. Ses adversaires aiment à rappeler qu'Obama a 50 % de sang africain et qu'il a passé les dix premières années de sa vie en Indonésie. C'est une façon de jeter le doute sur son patriotisme ou sa capacité à se connecter avec l'Américain moyen. Comme nous prenons cette menace très au sérieux, nous avons décidé de l'amplifier.

Nous nous regardâmes, doutant d'avoir compris le sens des paroles de Maga.

— Vous m'avez bien entendue, reprit celle-ci, pas fâchée d'avoir enfin capté notre attention. Une étude de l'université du Michigan a montré que dans certaines conditions, des campagnes de calomnie pouvaient se retourner contre leurs auteurs, en les discréditant au sein même de leur électorat.

— Et quelles sont ces conditions ? demanda Onobanjo.

— L'étude en liste plusieurs : l'outrance, l'évidente mauvaise foi, la méchanceté gratuite, le manque de respect...

— Tu connais beaucoup de publicités négatives qui échappent à ces travers ? demanda Zoe.

— Mais oui, répondit Maga. Le plus souvent, le message se borne à rappeler que tel candidat a voté 57 hausses d'impôts durant la précédente législature ou qu'il ne croit pas en Dieu. On peut donner aux indécis des raisons de ne pas voter pour un candidat sans pour autant traîner celui-ci dans la boue.

Suarez hocha la tête en signe d'approbation.

— Sur quels points avez-vous fait porter vos efforts ? demandai-je.

— Sur les origines d'Obama. Nous avions l'embarras du choix. Depuis dix ans, ses adversaires propagent les rumeurs les plus absurdes : il serait né au Kenya, ce qui le rendrait inéligible, il serait musulman, homosexuel, et j'en passe. Nous avons choisi de nous concentrer sur les deux premières. Nous avons contacté les médias et les principaux groupes conservateurs de Washington en prétendant détenir un registre d'état civil attestant de la naissance de Barack Muhammad Obama le 4 août 1964 à l'hôpital général de Mombasa. Dans la foulée, Ann Dunham, la mère de Barack, aurait pris l'avion pour Hawaï où elle aurait fait enregistrer la naissance de son fils afin qu'il bénéficie de la nationalité américaine. Nous avons fabriqué un faux certificat de naissance sur papier à en-tête de la mairie d'Honolulu à l'appui de cette théorie.

Maga se leva pour distribuer des copies des documents.

— Comme vous le verrez, nous avons laissé la rubrique « Lieu de naissance » du deuxième certificat volontairement vierge, afin de donner du grain à moudre aux conspirationnistes. Nous avons aussi rétabli le deuxième prénom d'Obama. Muhammad faisait trop ouvertement musulman.

— Comment vos interlocuteurs ont-ils accueilli ces révélations ? demandai-je.

— Les grands quotidiens nous ont envoyés sur les roses. Ils connaissent ces fadaises et ont décidé une bonne fois pour toutes de les ignorer. Les chaînes de télévision ont été moins scrupuleuses : toutes, y compris CNN, ont relayé l'information en se réfugiant derrière un argument bien pratique : « Nous n'y croyons pas, mais à partir du moment où la théorie circule, nous nous devons de la porter à la connaissance du public. » Quant à Fox News, ils l'ont diffusée en boucle.

— Comment a réagi l'opinion ?

— Conformément à nos attentes. Les personnes prêtant foi aux rumeurs n'ont de toute façon jamais envisagé de voter démocrate ; les sympathisants d'Obama, indignés, se remobilisent autour de leur leader…

— Et les indécis ? demanda Zoe.

— Un tiers environ attend des éclaircissements. Le reste estime que de tels ragots déshonorent ceux qui les relayent.

— Ceux qui les relayent mais pas forcément l'appareil républicain. Je n'ai jamais entendu McCain mettre en doute l'éligibilité d'Obama.

— Pas encore, mais ça ne saurait tarder. Nous nous

attendons à ce que les républicains exigent la publication de son acte de naissance d'un jour à l'autre. Les minorités le ressentiront comme un affront personnel, la preuve qu'après quarante ans aux États-Unis on vous demande encore vos papiers si vous avez le tort d'être bronzé. Obama y gagnera au moins 500 000 voix.

Plus j'y réfléchissais, plus le plan de Maga me paraissait ingénieux. Si des rumeurs sur son lieu de naissance avaient le pouvoir d'abattre Obama, elles sortiraient de toute façon – c'était la loi du marché : on pouvait compter sur les médias et les groupes de pression pour donner au public ce qu'il avait envie d'entendre. Mieux valait sortir l'histoire nous-mêmes et brocarder ceux qui la répandaient.

— C'est du bon travail, dit Yakoub. Mais pourquoi voulais-tu nous voir ?

Pour rencontrer le Comex, pensai-je. À sa place, j'en aurais fait autant !

— Pour vous demander la permission d'enclencher la deuxième phase du projet, à savoir le sabotage de la campagne McCain, répondit Maga. Les angles d'attaque…

Suarez l'interrompit :

— Ne trouvez-vous pas indécent de…

— Tu auras ton tour, Martin, le coupa Yakoub. Laisse-la parler. Tu disais, Maga ?

— Je disais que les angles d'attaque ne manquent pas. McCain a soixante-douze ans, il en aurait soixante-seize à la fin de son mandat. En votant régulièrement contre son propre camp, il s'est attiré une réputation de franc-tireur imprévisible. Il est par exemple partisan de durcir la législation environnementale, d'assouplir celle sur l'immigration et affiche même une certaine bienveillance à l'égard du mariage gay. Imaginons qu'un couple d'homosexuels invités dans un talk-show lui demande en direct de bénir leur union…

Suarez, qui se trémoussait sur sa chaise depuis un moment, s'exclama :

— Je demande une suspension de séance.

Yakoub hésita une seconde, comme s'il pesait le pour et le contre d'infliger un deuxième camouflet à Suarez.

— La séance est suspendue, dit-il pour finir. Maga, peux-tu nous excuser un instant ?

Maga se leva dignement, en laissant ses affaires derrière elle.

— Enfin Martin, dit Yakoub quand les portes de l'ascenseur se furent refermées sur elle, je croyais pourtant t'avoir demandé de la laisser finir.

— Pardonne-moi, dit Suarez, mais c'est plus que je n'en peux supporter. Je ne suis pas opposé à ce que nous soutenions Obama. Mais je ne tolérerai pas que l'on diffame John McCain. C'est un authentique héros, qui a gagné le droit de ne pas être tourné en ridicule. Il a été blessé et fait prisonnier au Vietnam. Quand ses ravisseurs ont proposé de le libérer pour amadouer son père, alors commandant en chef des forces américaines dans la région, il a refusé de bénéficier d'un traitement de faveur et a croupi quatre années supplémentaires dans les geôles du Viet-Cong. Non content d'avoir reçu dix-sept décorations et de toucher une pension d'invalide de guerre, il sert loyalement les habitants de l'Arizona depuis bientôt trente ans. Et c'est vrai, il vote selon son cœur, parfois à l'encontre des directives de son parti. J'y vois personnellement plutôt un titre de gloire.

Suarez reprit son souffle. Le sujet lui tenait à l'évidence très à cœur. Je me souvins alors qu'il avait grandi dans l'Arizona, où McCain fait figure de légende.

— Suggères-tu que nous appuyions sa candidature ? demanda Yakoub.

— Non. McCain n'est pas exempt de défauts et il a commis son lot d'erreurs au fil des ans. Mais il fait honneur à la fonction politique. Nous nous abaisserions en attaquant un tel homme.

Un grand silence se fit. Suarez venait d'exprimer ce que nous étions plusieurs à ressentir confusément. Ching fut la première à reprendre la parole.

— Je suis d'accord avec Martin. Mais pouvons-nous faire élire Obama sans toucher à McCain ? Personnellement, j'en doute.

— Moi aussi, dit Yakoub.

Soudain une idée me traversa l'esprit.

— Je crois pouvoir nous sortir de ce dilemme, dis-je. Donnez-moi une semaine et je vous apporterai une solution qui contentera tout le monde.

— Même moi ? demanda Suarez, incrédule.

— Surtout vous, Martin.

11

Moins de vingt-quatre heures plus tard, un taxi me déposait devant un pavillon témoin à Clontarf, dans la banlieue de Dublin, où Gladys, la secrétaire de Vargas, m'avait assuré que je trouverais son patron.

La rue déserte, bordée d'arbres fraîchement plantés, contenait une centaine de maisonnettes identiques. Un panneau STOP, reconnaissable à sa forme octogonale, était fiché à une intersection. Celui qui l'avait installé ayant oublié d'enlever l'emballage, il ressemblait à une sucette géante.

Je traversai la bande de terre qui ferait un jour office de jardin et poussai la porte. À l'intérieur non plus, la construction n'était pas terminée. Les ampoules nues pendaient du plafond, les murs attendaient la dernière couche de peinture et les fenêtres arboraient encore les autocollants publicitaires du fabricant. La maison était petite mais harmonieuse et bien conçue. Une cuisine américaine ouvrait sur une pièce à vivre équipée d'une cheminée à gaz. L'étage devait comporter une suite parentale et deux, voire trois chambres d'enfants.

— Il y a quelqu'un ? criai-je en priant pour que Gladys ne se soit pas trompée de jour.

Un tohu-bohu me répondit à l'étage. Il fallait espérer pour les futurs propriétaires que les travaux d'insonorisation n'avaient pas encore commencé. Un homme descendit quelques marches, révélant ses chaussures crottées et l'ourlet de son pantalon de velours à grosses côtes.

— Qui va là ? demanda-t-il avec un accent outrageusement irlandais.

— Sliv Dartunghuver, dis-je en le rejoignant dans l'escalier, j'aimerais m'entretenir quelques minutes avec M. Vargas.

— Ignacio, beugla-t-il en se retournant, un visiteur pour vous.

Il me broya la main et m'entraîna au rez-de-chaussée.

— Cormac. Vous êtes ici chez moi.

— Promoteur ?

— Créateur de bonheur. Cinq mille familles logées et jamais une réclamation.

— Vraiment ? Pas même une chaudière défectueuse ou des toilettes qui fuient ?

Il me regarda par en dessous, se demandant si j'étais en train de me payer sa tête. Je m'avisai seulement alors qu'il avait un physique de catcheur.

— Jamais une *vraie* réclamation.

— Bien sûr, balbutiai-je prudemment.

Vargas descendit l'escalier, sanglé dans une grotesque vareuse militaire et chaussé de ces godillots montants impossibles à lacer. Un grand échalas rouquin armé d'un bloc-notes fermait la marche.

— Sliv ! Décidément, vous me suivez à la trace. C'est

Gladys qui vous envoie ? Vous avez de la chance, je pars pour Varsovie dans deux heures.

Je regardai ma montre, paniqué.

— Cela ne nous laisse guère de temps…

— Mais si voyons. Vous ne croyez tout de même pas que je vole sur une compagnie régulière ? Le pilote ne décollera pas sans moi.

— C'est que nous n'avons pas fini, rappela le maître de céans.

— Désolé, j'aurais dû faire les présentations, dit Vargas, imperméable au stress ambiant. (Se tournant vers moi :) Cormac aide des familles à se loger.

À entendre Vargas, l'Irlandais était un philanthrope ou un travailleur social.

— Sliv est un confrère, reprit le Colombien. Un conteur hors pair. Voyez-vous un inconvénient à ce qu'il se joigne à nous ? Deux avis valent mieux qu'un.

— Tant que ça ne me coûte pas plus cher, grommela le créateur de bonheur.

— Allons Cormac, ne me forcez pas à vous rappeler que je vous fais l'obligeance de vous facturer à la demi-journée.

— Plus les frais, dit l'Irlandais comme s'il avait affrété une armada de limousines.

— J'ignorais que vous aviez des clients en Irlande, Ignacio, dis-je pour couper court à cet échange sordide.

— Oh, ça ne date pas d'hier. Figurez-vous que c'est même à Dublin que j'ai effectué ma première mission de conseil après avoir quitté nos amis communs. Mes clients, de riches Américano-Irlandais de Boston, m'avaient engagé pour obtenir la légalisation du divorce.

— Attendez ! Le divorce était interdit jusque dans le milieu des années 90 ?

— Un peu qu'il l'était, lâcha amèrement Cormac.

— Mais oui. La question avait été soumise à référendum en 86. Les partisans de la légalisation n'avaient recueilli à l'époque qu'un peu plus d'un tiers des voix. Quand l'opportunité d'un second référendum s'est présentée, mes clients ont voulu mettre toutes les chances de leur côté. J'ai pris le dossier pour des clopinettes. C'est que, voyez-vous, je tiens le divorce pour un droit fondamental, au même titre que la liberté ou la poursuite du bonheur.

J'étais rassuré d'apprendre que Vargas avait tout de même quelques convictions. Il me souvenait maintenant l'avoir entendu mentionner l'existence de plusieurs épouses.

— Quelle stratégie avez-vous adoptée ? demandai-je.

— La seule possible. J'ai lancé un appel aux victimes d'abus sexuels commis par des membres du clergé. Naturellement, je les rémunérais : 1 000 livres pour de simples attouchements, le double en cas de viol.

— Mais si vous les payiez, quelle preuve aviez-vous qu'ils disaient la vérité ?

— Aucune. Encore que dans le lot, quelques-uns avaient vraiment dû chatouiller les clochettes de monsieur l'abbé. Peu importe du reste. Dans les semaines précédant le scrutin, nous avons sorti une affaire par jour. Inutile de vous dire que les médias s'en sont donné à cœur joie. L'Église a crié à la conspiration mais le mal était fait. Le oui l'a emporté d'un cheveu, à peine 10 000 voix.

— 9 000, précisa Cormac, que j'imaginais bien bourrant les urnes avec ses copains catcheurs.

Il eût été malvenu de ma part de critiquer les méthodes de Vargas devant l'un de ses clients, surtout au moment où je m'apprêtais à lui demander une faveur. Je me forçai à sourire tout en pensant aux prêtres dont il avait ravagé l'existence.

— Bon, dit Vargas en desserrant d'un cran la ceinture de sa vareuse, remettons-nous au travail. Le dernier programme de notre ami peine à trouver des acheteurs. C'est bien cela, Cormac ?

L'Irlandais hocha la tête d'un air accablé.

— Trois réservations à peine, pour une livraison prévue dans un mois.

— C'est peu ? demandai-je.

Cormac fit signe au rouquin de me répondre, comme si le sujet lui était trop pénible.

— Il y a deux ans, nous aurions vendu les cent unités sur plans, expliqua l'assistant. Et les prix auraient grimpé de 20 % entre le règlement du premier acompte et la livraison.

— Certaines familles achetaient cinq maisons, en revendaient quatre et se retrouvaient logées aux frais de la princesse, ajouta Cormac, les yeux embués de nostalgie.

— Vous avez dû gagner bonbon, dis-je en lorgnant la grosse Range Rover garée devant la maison.

— Pas tant que ça. J'ai tout réinvesti dans d'autres programmes. Et je dois des dizaines de millions.

— C'est la raison de notre présence, intervint Vargas. Cormac doit se débarrasser de son stock avant l'été, faute de quoi les banques saisiront tous ses actifs.

— Je n'y arriverai jamais, se lamenta le promoteur. Le marché du neuf est saturé jusqu'à la gueule.

— D'où l'importance d'élargir votre clientèle. Qui visez-vous aujourd'hui ?

— En priorité les cadres moyens, les commerçants et les enseignants, répondit le rouquin.

— Bien sûr, bien sûr. Et les agents de surveillance ? Les infirmières ? Les femmes de ménage ?

— Ils n'ont pas les moyens. Vous savez combien coûte cette maison ?

— Dites-moi, demanda suavement Vargas.

— 350 000 euros hors électroménager. Trente ans du salaire d'une femme de ménage.

Et une semaine de celui de Vargas, ne pus-je m'empêcher de calculer.

— Précisément, dit le Colombien. Nous allons leur parler un langage qui les touchera : « Vous aussi, vous avez le droit de rêver. » Toute la journée, elles nettoient les maisons des autres. Vous ne croyez pas qu'elles aspirent aussi à un joli foyer ? À un carré de verdure ? À de meilleures écoles pour leurs enfants ?

— Si, bien sûr, mais…

— C'est qu'elles trimeraient dur pour honorer leurs mensualités. Plus dur peut-être que vos employés ou vos professeurs.

— Je n'en doute pas, intervint Cormac, mais où trouveront-elles l'argent ?

— Cette question ! Comme tout le monde : elles l'emprunteront. Vos banques prêtent encore ?

— Plus ou moins. Mais dans l'ensemble oui.

— Quelle mise de fonds exigent-elles ? 10 % ? 15 % ?

— Plutôt 20 %, répondit le rouquin.

— Ah tout de même. Aux États-Unis, c'est entre 0 et 5 %.

— Ma femme de ménage n'a pas 70 000 euros sur son compte, remarqua Cormac.

— Mais vous oui. Voilà ce que vous allez faire. (Il se tourna vers le rouquin.) Jeune homme, c'est le moment de prendre des notes. D'abord, vous allez m'habiller un peu cette cuisine. Je veux des comptoirs en granit, un frigo vaste comme une chambre froide et la rolls des lave-vaisselle allemands.

— Hein ! Mais vous êtes fou !

— Idem pour les salles de bains, poursuivit Vargas, imperturbable. Installez des douches multijets et changez-moi la robinetterie des lavabos. Ah et bien sûr, vous équiperez tous les interrupteurs électriques de variateurs.

Cormac demanda :

— Vous réalisez que ces améliorations coûteront au bas mot 50 000 euros ?

— Je réalise surtout que vous faites d'une pierre deux coups. Vos femmes de ménage n'en croiront pas leurs yeux – car naturellement, vous maintiendrez le prix de départ. Quant à l'autre avantage, il saute aux yeux : les équipements que vous offrirez aux acheteurs rentreront dans le calcul de la mise de fonds. Vos clients n'auront qu'à trouver 20 000 euros pour devenir propriétaires d'une maison qui en vaut 350.

Le rouquin lâcha un soupir exaspéré. Il s'insurgeait à l'évidence moins contre le plan de Vargas que contre son coût exorbitant pour les finances du groupe. Cormac, lui, en homme d'affaires pragmatique, réservait encore son jugement.

— C'est très astucieux, dit-il enfin. Mais pourquoi ne pas relever le prix de 10 000 ou 20 000 euros ? Nous mettrons quelques semaines de plus à écouler le programme mais nous empocherons un million supplémentaire…

— Je vous arrête, le coupa Vargas. Il n'y a pas une minute à perdre. La crise arrive et, si j'en crois les bobards de plus en plus gros que je suis obligé d'inventer pour mes clients, ça va être un tsunami. Vous croyez être le seul promoteur à avoir eu les yeux plus gros que le ventre ? À Las Vegas, Miami, Barcelone, Athènes, vos confrères bazardent leurs invendus à coups de rabais faramineux. Dépêchez-vous de refiler le mistigri, mon ami ! Il ne fera pas bon être en train de danser quand la musique s'arrêtera.

— Concrètement, vous suggérez quoi ? demanda Cormac en faisant signe au rouquin de se tenir prêt à noter.

— De lancer sans attendre les travaux, tout en commençant à recruter les heureux élus. Pour ça, je recommande la presse gratuite. Tenez, je vais vous écrire l'annonce.

Il s'adossa contre un mur, ferma les yeux et dicta : « Être logée comme une princesse, c'est possible ! Cuisine américaine, électroménager professionnel, douche hydromassante : tous ces équipements, et bien d'autres, vous attendent… »

Je m'éloignai avant de vomir et trouvai refuge sur la minuscule terrasse, où une niche creusée dans la pierre attendait de recevoir un barbecue. En me penchant sur le côté, j'apercevais une cinquantaine de jardinets en enfilade.

Je partageais l'analyse de Vargas sur l'imminence d'une crise financière. Depuis quelques années, les experts du CFR s'alarmaient des déséquilibres croissants sur les marchés de capitaux. La consommation des ménages et les dépenses publiques ne progressaient qu'au prix d'un endettement massif, insoutenable à long terme. Les entreprises n'empruntaient plus pour investir mais pour financer les copieux dividendes qu'elles versaient à leurs actionnaires. Les effets pernicieux de la dette n'étaient nulle part plus visibles que dans l'immobilier. Dans le monde entier, les propriétaires, confiants dans l'appréciation régulière du marché, jetaient leur dévolu sur des logements toujours plus grands en se berçant de l'illusion qu'ils les revendraient plus cher qu'ils ne les avaient acquis. L'effondrement de ce château de cartes, inéluctable, était une question d'années, de mois peut-être. Les dégâts s'annonçaient colossaux et – c'était nouveau – planétaires.

Nous avions étudié la possibilité d'intervenir quand il était encore temps. Le chef du bureau de Minneapolis avait proposé de truquer l'indice Case-Schiller qui mesure la santé du marché immobilier américain en escomptant qu'un ralentissement des prix suffirait peut-être à tempérer l'ardeur des jeunes ménages. Ching Shao avait pour sa part préconisé de mettre une modeste banque lituanienne en faillite, afin de faire réfléchir à peu de frais les grands établissements sur le sort qui les attendait s'ils continuaient à prêter à tout va. Le Comex avait rejeté ces deux plans, les jugeant à la fois risqués et par trop incertains. Car – et ce n'était pas le moins effrayant – nos experts n'étaient pas d'accord sur les effets d'une éventuelle intervention du CFR ; un fléchissement du marché pouvait après tout être interprété par certains acteurs comme une occasion de se renforcer.

Nous n'arrivions pas davantage à décrypter les comptes des institutions financières. Les banques avaient beaucoup à perdre en cas de retournement du marché, mais certaines d'entre elles avaient souscrit des assurances susceptibles d'atténuer ces pertes, voire de les transformer en profits ! Personne ne s'émouvait du fait que les entreprises proposant ces produits de garantie étaient exposées à hauteur de plusieurs fois leurs fonds propres. Qu'arriverait-il si un assureur comme Ambac, doté d'un bilan de 20 milliards, faisait brusquement face à des demandes de remboursement de 50 ou 100 milliards ? Plutôt que d'admettre qu'il n'existait pas de réponse, on préférait ne pas poser la question.

Plus grave encore, les banques semblaient incapables d'évaluer précisément leurs positions. À la recherche de nouvelles sources de profits, elles s'étaient lancées dans le trading propriétaire, engageant leur capital dans des allers-retours spéculatifs sur tous les produits imaginables – actions, obligations, matières premières, etc. Comptables et actuaires peinaient à suivre cette évolution effrénée. Leurs mises en garde ou leurs simples demandes d'éclaircissements ne rencontraient que dédain et railleries de la part des stars des marchés qui gagnaient plusieurs millions de dollars par an. Les rapports annuels s'alourdissaient de notes de bas de page incompréhensibles, tandis que les auditeurs se protégeaient par des formules de plus en plus vagues. Même les dirigeants des grands établissements ignoraient d'où viendrait le coup qui les emporterait. Quelques mois plus tôt, un trader français de trente ans avait fait perdre cinq milliards d'euros à son employeur, en dissimulant ses positions au moyen de procédés ridiculement simples ; les marchés boursiers avaient toussoté, sans comprendre la dimension prophétique de cet incident.

Pour toutes ces raisons, le CFR avait décidé de rester à l'écart de la débandade. Il fallait savoir admettre quand certaines forces nous dépassaient.

J'entendis le 4 × 4 de Cormac démarrer. Quelques secondes plus tard, Vargas me rejoignit sur la terrasse.

— Pas sûr que ça marche, murmura-t-il autant à son adresse qu'à la mienne. Les banques vont finir par fermer les écoutilles.

— Félicitations, dis-je, il fallait y penser.

— Oh, je n'ai aucun mérite, répondit-il sans relever l'ironie dans ma voix. Les Américains le font depuis deux ans. Eux montent jusqu'à 700 000 ou 800 000 dollars, sans mise de fonds initiale. Mais bon, ce sont les États-Unis.

— Sérieusement Ignacio, ça ne vous pose pas de problème de tendre un piège à ces malheureuses femmes de ménage ?

— Un piège, quel piège ? Elles vont emménager dans la maison de leurs rêves en mettant à peine 20 000 euros sur la table.

— 20 000 euros qui seront perdus au premier hoquet du marché.

— Et quand bien même ? Ça leur coûtera toujours moins cher que ce qu'elles auraient payé en loyer. Non, ceux qui vont boire le bouillon dans cette affaire, ce sont les banques. Quand la crise se déclarera, les femmes de ménage arrêteront de rembourser, avec la bénédiction de l'État qui forcera les banques à abandonner une partie de leurs créances. C'est une histoire vieille comme le monde.

— Tout de même, vous n'avez pas l'impression d'abuser de la crédulité des acheteurs ?

Il marqua une pause, comme si ma question appelait une mise au point en bonne et due forme.

— Entendons-nous bien, Sliv : je n'abuse de la crédulité de personne. Nous nous abusons très bien tout seuls : Cormac en se prenant pour un bienfaiteur de l'humanité, moi en croyant que le kaki me mincit et vous en pensant que vous allez sauver le CFR. Toutes les histoires coexistent ; chacun choisit celle qui lui convient le mieux selon des critères qui n'ont rien à voir avec la raison. L'infirmière qui croit qu'elle peut loger ici en gagnant 1 000 euros par mois joue aussi au loto et pense que la CIA a orchestré les attentats du 11 Septembre. Tenez, racontez-moi un souvenir d'enfance…

— Quel genre de souvenir ? demandai-je, pris au dépourvu.

— N'importe quoi, une injustice dont vous avez été victime, la première fille que vous avez embrassée, que sais-je…

— Mon père est mort quand j'avais onze ans.

— Ah, parfait, dit-il en s'asseyant dans la niche prévue pour le barbecue.

Je lui relatai mes principaux souvenirs de cette période. Comment mon père, atteint par une tumeur au cerveau inopérable, avait passé ses derniers mois à mettre ses affaires en ordre. Comment, le matin en se rasant, il récitait le premier chapitre de la *Saga d'Erik le Rouge* pour s'assurer que sa mémoire ne l'avait pas encore trahi. Comment je l'accompagnais le soir à son club de modélisme où nous assemblions ensemble des maquettes d'avions de chasse.

— C'est une très belle histoire, dit Vargas quand j'eus terminé. Dommage qu'elle soit fausse.

— Comment ça, fausse ? Je ne prétends pas avoir retranscrit exactement chaque parole – les faits remontent à presque trente ans – mais je suis sûr de mon affaire à 95 %.

— La proportion réelle oscille plus probablement entre un tiers et la moitié. Voyez-vous, vos souvenirs ne sont pas gravés dans votre cerveau comme un film sur un disque dur. Ils sont constitués d'une kyrielle de fragments sensoriels éparpillés dans les replis de votre cervelle. En prononçant les mots « Mon père est mort quand j'avais onze ans », vous avez sonné le clairon dans votre cortex. Des centaines de bribes d'images, de sons, d'odeurs vous sont remontées. En une fraction de seconde, vous les avez filtrées en fonction de différents critères – du temps que je suis prêt à vous consacrer, de votre réticence à avouer que les derniers jours votre père bavait comme un escargot, etc. – et organisées en une narration cohérente avec un début, un milieu et une fin. Le problème, c'est qu'à cette occasion vous vous êtes rendu coupable d'une foule d'approximations. Vous avez incorporé des éléments rapportés par votre mère mais que vous n'avez pas vécus vous-même ou vous avez prêté à votre père la physionomie qu'il a sur une photo prise cinq ans plus tôt. Ces erreurs ne sont pas intentionnelles, elles ont juste pour but de rendre votre histoire plus intéressante, plus dramatique au sens où l'entendent les producteurs de Hollywood.

Je ne pouvais pas laisser passer ça.

— Qu'êtes-vous en train d'insinuer ? Que j'ai affligé

mon père d'une tumeur au cerveau de préférence à un cancer du côlon, moins spectaculaire ?

— Non, pas dans ces proportions tout de même. Mais je suis prêt à parier que vous avez exagéré certains détails ou agrégé plusieurs échanges en une seule conversation. Votre histoire coule trop bien, mon garçon. Les symboles affleurent trop clairement. Votre père s'exprime dans un langage incompatible avec un homme de sa condition. Et je doute qu'il ait plu toute la journée de sa mort. Quand était-ce déjà ?

— Le 23 mai 1979. La pluie n'est pas inhabituelle à cette période de l'année en Islande, dis-je avec une pointe d'agressivité dans la voix.

— Je n'en doute pas. Vous aviez déjà raconté cette histoire ?

— Une fois, en 2001.

— Vous gardez un souvenir précis de ce jour-là ?

— Mais oui. Pourquoi ?

— Vous réalisez, n'est-ce pas, que parmi les fragments qui vous sont revenus tout à l'heure, certains ne dataient pas de votre enfance mais du récit que vous avez fait il y a sept ans ?

— Où voulez-vous en venir ?

— À ceci : les souvenirs de 1979 et ceux de 2001 se sont mélangés dans votre cortex. Avec la meilleure volonté du monde, vous ne parviendriez pas à les séparer.

— Quelle importance puisque l'événement de départ est le même ?

Vargas siffla entre ses dents comme si je venais de tomber dans un piège de débutant.

— Voyons Sliv, ce n'est pas à vous que j'apprendrai

qu'il existe mille façons de raconter une histoire. Les mots que vous avez employés en 2001 ont forcément déteint sur l'histoire d'origine…

— Donnez-moi un exemple.

Il réfléchit quelques instants.

— Tout à l'heure, vous avez qualifié votre père de « décharné ». « Il n'avait plus que la peau sur les os », avez-vous ajouté.

— C'est exact, il avait perdu beaucoup de poids.

— Diriez-vous qu'il était aussi maigre que les prisonniers des camps de concentration ?

— Non, tout de même pas.

— Il serait alors sans doute plus juste de dire que votre père était « amaigri » ou « efflanqué ». Ces mots vous sont peut-être d'ailleurs venus à l'esprit en composant votre phrase, au même titre que « émacié » ou « rachitique ». Vous avez préféré la formule « la peau sur les os », tellement plus imagée – et tant pis si elle s'écartait un peu de la réalité. Si nous n'étions pas en train d'en discuter *ad nauseam*, une chose intéressante se serait passée dans les semaines qui viennent. L'expression « la peau sur les os » se serait déposée dans votre mémoire et, parce qu'elle est si puissante, elle aurait peu à peu contaminé vos autres souvenirs. D'ici quelques mois, vous jureriez avoir surpris votre père en train de s'habiller dans la salle de bains. « C'était affreux, on voyait ses côtes », diriez-vous en toute sincérité.

— Jamais de la vie !

— Il est prouvé que la façon de raconter une anecdote dépend de l'accueil que lui réservent ses publics successifs. L'histoire s'enrichit progressivement, pour se figer au bout de cinq ou dix restitutions dans une forme qui n'a souvent qu'un lointain rapport avec la version originale.

— Je vous accorde que certains conteurs prennent des libertés avec la réalité mais vous allez plus loin : vous confondez mémoire et imagination.

— Tout souvenir est une recréation, Sliv. Réfléchissez-y, vous comprendrez que j'ai raison.

Devant mon air sceptique, Vargas enchaîna :

— Mais je suppose que vous n'avez pas fait 5 000 kilomètres pour prendre une leçon de sciences cognitives. Quel bon vent vous amène ?

C'était un trait attachant du Colombien : il était tellement sûr de lui que la contradiction le laissait de marbre.

— J'aimerais votre permission d'utiliser l'histoire dont n'a pas voulu Hollywood.

— Laquelle ? Celle de la mère de famille qui finit à la Maison Blanche ? Bien sûr, vous me feriez plaisir.

Une pensée lui traversa l'esprit :

— Attendez, vous avez traversé l'Atlantique pour me poser cette question ?

— Mais oui.

— Vous auriez pu vous épargner cette peine. Je déteste voir un bon scénario moisir au fond d'un tiroir. C'est pour un dossier ?

— Quelque chose comme ça, répondis-je, soucieux d'en révéler le moins possible.

Vargas consulta sa montre, un énorme chronomètre militaire qui devait également faire office de boussole, d'altimètre et de station météo.

— Il est l'heure d'aller envahir la Pologne, dit-il.

Je lui serrai chaleureusement la main.

— Merci pour tout Ignacio.

— C'est dommage, j'aurais pu vous raconter les péripéties que j'avais imaginées pour la campagne.

— Ce ne sera pas nécessaire, dis-je en esquissant un sourire. J'ai moi-même quelques idées sur le sujet.

12

J'eus besoin d'une nuit blanche pour réaliser à quel point les propos de Vargas m'avaient ébranlé. Le lendemain, je modifiai mon vol de retour pour ajouter une escale en Islande.

Arrivé à Reykjavík en milieu d'après-midi, j'attrapai un coucou pour Húsavík et passai le vol, pensif, à regarder par le hublot. Le chauffeur de taxi qui me prit en charge à l'aéroport, Karl Tomasson, avait partagé ma scolarité du jardin d'enfants jusqu'à la terminale. Il me donna des nouvelles de nos connaissances communes. La moitié d'entre elles étaient restées à Húsavík, les autres travaillaient à Reykjavík, dans la finance pour la plupart.

Je n'avais pas pris la peine d'avertir ma mère de mon arrivée, sachant qu'elle ne s'éloignait jamais beaucoup de ses moutons. Elle revenait d'ailleurs des champs quand Karl me déposa devant la maison.

— Mon Dieu ! s'écria-t-elle en me voyant. Tu as perdu ton travail ?

— Mais non, qu'est-ce que tu vas t'imaginer ? répondis-je en souriant devant cette manifestation typique de sollicitude maternelle. J'ai profité d'un rendez-vous demain à Reykjavík pour te faire une surprise.

— Ah çà, pour une surprise ! Tiens, pose ton barda et donne-moi un coup de main.

Pendant un bon quart d'heure, je l'aidai à rentrer les bêtes dans la bergerie. Elle me donnait machinalement des nouvelles de l'une ou de l'autre comme elle l'eût fait de cousins éloignés.

— Ton toit fuit, dis-je en lui indiquant une flaque d'eau sur la paille.

— Je sais. Gröndal me demande 30 000 couronnes pour le réparer.

— Le brigand !

— Voilà ce qui arrive quand il n'y a plus d'homme à la maison, dit-elle en haussant les épaules.

Elle insista pour me mitonner un bon dîner. Je me souvins au moment de passer à table avoir acheté à l'aéroport une bouteille de vodka islandaise filtrée à la lave. Maman hocha la tête avec réprobation :

— Tu aurais dû la mettre au frais.

— Ce n'est pas grave. Tu la boiras à ma santé.

Je complimentai ma mère pour son *saltkjöt*, un plat de viande salée qu'elle réussissait à la perfection et qu'elle accompagnait d'une soupe de pois cassés, puis lui demandai des nouvelles de ma sœur aînée, Mathilde, qui vivait en Allemagne.

— Oh, elles ne sont pas fameuses.

— Comment ça ? Ils devaient agrandir la maison. Les travaux ont pris du retard ?

— Si ce n'était que ça. De toute façon, ils n'ont pas le premier sou pour les payer.

— Qu'est-ce que tu racontes ? Je croyais que Horst gagnait très bien sa vie.

— Horst a perdu son boulot si tu veux tout savoir.

Sans porter une grande admiration à mon beau-frère, je le savais dévoué corps et âme à son employeur, un conglomérat chimique brêmois. Son licenciement me surprenait.

— Que lui reprochait-on ?

— Pas grand-chose, si j'ai bien compris. Ils ont fermé toute sa division.

— Connaissant les entreprises allemandes, il va toucher un bon paquet.

— Qui suffira tout juste à payer ses dettes. Il y a deux ans, il a emprunté 200 000 euros pour acheter des actions Rheinberger. Depuis, le cours a été divisé par trois.

— Mais c'est affreux ! Pourquoi ne m'as-tu rien dit ?

— Je croyais que tu étais au courant. Tu ne parles jamais à Mathilde ?

— Pas souvent, non. Mais je la suis sur Facebook.

Ma mère écarquilla les yeux.

— Un service sur Internet qui permet de donner des nouvelles à ses amis, expliquai-je.

— Aussi, qui se vanterait d'être dans la dèche ? demanda Maman non sans un certain bon sens.

— La semaine dernière encore, elle a posté une photo d'Uli à une compétition de judo, avec en légende : « Déjà grand comme son père ».

— Tant qu'il n'est pas aussi bête…

En voyant arriver le dessert, je me levai pour aller chercher la bouteille de Reyka. Une heure au congélateur lui avait fait le plus grand bien.

Après m'être dûment extasié devant la tarte à la rhubarbe, je lançai la conversation sur le sujet qui m'intéressait.

— Papa me manque.

— Et moi donc, soupira ma mère.

— Mai prochain marquera le trentième anniversaire de sa mort. Ce serait bien de faire quelque chose avec Mathilde et Tante Linda.

— C'est prévu. Tiens, sers-moi donc un verre de Reyka.

Je m'exécutai volontiers, espérant que l'alcool lui délierait la langue.

— Je suis tombé hier sur une traduction de la *Saga d'Erik le Rouge*. Tu te rappelles comment Papa récitait le premier chapitre tous les matins ?

Maman avala une gorgée de vodka.

— Hmm, elle est fameuse. Qu'est-ce que tu racontes ?

— La *Saga d'Erik le Rouge*. Papa en récitait un passage en se rasant.

— Première nouvelle. Il détestait la littérature ; je ne le vois pas s'imposer une telle corvée.

— Je l'ai pourtant vu. Dans votre salle de bains. Il vérifiait que la tumeur n'avait pas entamé sa mémoire.

— Écoute, si tu l'as vu, tu l'as vu. Je ne dis pas qu'il n'a jamais prononcé un vers de poésie, mais s'il avait récité la *Saga d'Erik le Rouge* tous les matins, je serais au courant. J'étais presque toujours à côté quand il se rasait, surtout vers la fin.

Je terminai ma part de tarte, en réfléchissant à un nouvel angle d'attaque.

— Comment occupait-il ses journées les derniers mois ?

— Il se levait tôt pour m'aider avec les bêtes. Parfois, il se recouchait mais le plus souvent, il allait au bistrot retrouver ses copains.

— Il avait arrêté de travailler ?

— Dès qu'il a été diagnostiqué. Le médecin lui avait donné deux mois à vivre. Il s'est mis en congé longue durée. La banque a versé son salaire jusqu'au bout, plus l'équivalent d'une année supplémentaire quand il est mort.

— Il aimait aussi bricoler, non ?

— Ah çà oui ! Il répétait : « Que le diable m'emporte si je vous laisse une maison en mauvais état. » En l'espace de quelques semaines, il a coupé assez de bois pour tenir tout un hiver, retapé la toiture, isolé le grenier, réparé la sonnette…

— Repeint la barrière ? suggérai-je.

— Non. Ça, il l'avait fait l'été précédent avec Magnus.

— Tu en es sûre ?

— Certaine. Ils ont mis trois couches, ton père disait que ça n'en finirait jamais.

— Et le soir, il allait au club de modélisme…

— Le lundi et le jeudi. Il n'aurait raté ça pour rien au monde.

— Il m'emmenait, n'est-ce pas ?

— À l'occasion peut-être, mais sûrement pas chaque fois. Pas avec l'école le lendemain.

— J'ai pourtant des souvenirs très précis de Ben Kristjansson me prêtant sa pince à épiler ou m'expliquant comment mélanger mes couleurs.

— Parce que tu es retourné au club après la mort de ton père. Tu voulais finir sa collection d'avions de la Deuxième Guerre mondiale. Tu n'as pas tenu un mois.

Je me souvenais de cet épisode à présent. Un soir, les larmes aux yeux, j'avais avoué à ma mère que les maquettes me barbaient. Elle m'avait caressé les cheveux et fait choisir mon modèle favori dans la collection de Papa, un Spitfire que nous avions installé sur une étagère dans ma chambre.

Je nous resservis de Reyka.

— Tu sais, je pense souvent à Papa dans mon travail.

— Comment ça ?

— Je voyage aux quatre coins du monde. Papa, lui, n'était jamais sorti d'Islande. Il m'avait fait promettre de chercher le sens de la vie et, si je le trouvais un jour, de le partager avec lui.

Ma mère regarda mon verre, puis la bouteille, puis mon verre à nouveau.

— Ton père, chercher le sens de la vie ? Elle est bonne, celle-là !

Je me cabrai :

— Pourquoi dis-tu cela ?

— Parce que c'était l'homme le plus simple que j'aie rencontré. Il n'a jamais ouvert un livre, il ne priait pas et ne se faisait sûrement pas des nœuds au cerveau avec le bonheur ou la vie après la mort.

— On peut être simple et chercher à donner un sens à son existence.

— Peut-être, mais moi je te parle de ton père. Et ton père, tout ce qui l'intéressait, c'était sa famille, taper le carton avec les copains et assembler des maquettes dans son atelier. Je suis quand même bien placée pour le savoir, non ?

Je lui concédai ce point et tirai ma dernière cartouche.

— Te souviens-tu du temps qu'il faisait le jour de la mort de Papa ?

— C'était une journée magnifique, répondit ma mère sans hésiter. Ton père est resté au lit en se plaignant de maux de tête. Vers midi, il a sombré dans le coma. J'ai tout de suite compris que c'était fini, qu'il ne se réveillerait plus. J'ai regardé par la fenêtre. Il faisait grand soleil. J'ai pensé : « Comment peut-on mourir un jour pareil ? »

Sonné, je finis mon verre et prétextai l'horaire matinal de mon vol pour aller me coucher. Je me brossai les dents comme un automate et me glissai entre les draps de mon lit d'adolescent. Vargas avait raison sur toute la ligne. Son estimation de la véracité de mon histoire – entre un tiers et la moitié – paraissait soudain généreuse. Mon père ne récitait pas la *Saga d'Erik le Rouge* en se rasant. Il n'avait pas repeint la barrière avant de mourir. Il ne m'emmenait pas à son club de modélisme. Il n'avait pas plu le jour de sa mort. Et mes états d'âme l'auraient fait doucement rigoler.

Je contemplai dans la pénombre la maquette du Spitfire. Train d'atterrissage sorti, il était prêt à décoller. Je repensai à toutes les occasions où la mémoire de mon père avait guidé mes choix, du jour où je m'étais inscrit en fac de géographie, espérant encore naïvement devenir explorateur, à ces innombrables étés où j'étais parti, sac au dos, découvrir le monde. Combien de fois avais-je puisé dans son souvenir la force de poursuivre mon ascension vers les cimes du CFR où m'attendait, j'en étais convaincu, le secret de l'existence ?

Comment avais-je pu me fourvoyer à ce point ? Je connaissais la réponse de Vargas : parce que j'avais cru ce que j'avais envie de croire. Parce que mon histoire d'Erik le Rouge était plus pittoresque et mémorable que la réalité. Parce que, dans les films, il pleut quand le héros est triste. J'aimais penser que ce n'était pas la seule explication, que j'avais voulu prolonger le lien qui m'unissait à mon père en accentuant notre complicité et en lui prêtant mes propres interrogations métaphysiques.

Le ton cavalier de ma mère m'avait blessé. J'avais décelé une pointe de mépris pour le défunt et ses passe-temps inoffensifs. Qui sait quelles histoires Maman se racontait elle-même ? Combien de versions différentes elle avait testées au fil des ans sur ses moutons ?

Soudain, une idée me traversa l'esprit. J'attrapai mon ordinateur et entrepris de chercher le temps qu'il faisait à Húsavík le 23 mai 1979. L'information n'était pas disponible, ou en tout cas pas gratuitement. Un site fournissait la moyenne des données de Reykjavík au cours des trente dernières années. La température était typiquement comprise entre 5 °C et 10 °C et le ciel dégagé en moyenne quatre heures par jour. Plus intéressant encore, on observait une forme de précipitation sept fois sur dix. Je fermai mon portable, songeur. Lena disposait des données complètes de la NOAA ; elle me dénicherait l'information.

Cette nuit-là, je rêvai de Vargas, un Vargas qui avait retrouvé sa ligne de jeune homme et donnait une conférence sur le fonctionnement de la mémoire devant un amphithéâtre bourré à craquer. Pointant une baguette sur une illustration géante du cerveau, il martelait son credo : « La vérité n'existe pas. »

13

J'arrivai à Reykjavík dans la matinée. Mon vol pour Toronto ne décollant pas avant la fin d'après-midi, j'avais initialement prévu de surprendre Gunnar chez Baldur. Au lieu de quoi, je décidai sur un coup de tête de me faire conduire à l'association de Nina.

Jöro occupait un plateau dans un immeuble flambant neuf donnant sur le lac de Tjörnin. Une immense photo des chutes de Seljalandsfoss décorait la porte. La secrétaire m'invita à patienter. Je pris le rapport annuel de l'organisation mais ne pus dépasser la page 2. Je redoutais la réaction de Nina après le loupé de notre dernière rencontre. Heureusement, mes affres ne durèrent pas longtemps ; Nina, vêtue d'un tailleur-pantalon gris, vint me chercher à l'accueil. Elle paraissait ravie de me voir.

— Décidément, on ne se quitte plus, plaisanta-t-elle en me faisant la bise. Tu es là pour longtemps ?

— Quelques heures. J'ai profité d'un creux entre deux rendez-vous.

— Tu as bien fait. Viens, je vais te présenter l'équipe.

L'essentiel de l'effectif était concentré dans un vaste

open space face au lac. Des cloisons arrivant à l'épaule délimitaient ce que Nina appelait les départements.

— À ta gauche, le département des ressources. Les pépettes, le nerf de la guerre, quoi ! Pia s'occupe des donateurs privés, Linda des institutionnels. À droite, les études : Jonas, Viktor et Anita publient les rapports qui assoient notre réputation. Ils assurent la mise en page eux-mêmes. Jonas s'occupe aussi du site Internet. Ici, nous avons notre plus gros département, les opérations islandaises. Snorri, Gisli, Birigitta, Mika, Markus, Yrsa et… (elle compta sur ses doigts) et Tinna. Auxquels il faut ajouter les volontaires en cas d'opérations ponctuelles. Les opérations internationales sont plus réduites, trois personnes seulement : Karl, Leo et Eva. Et au fond, les geeks de l'information : Hermann, Pall et Albert. Ce sont eux qui centralisent les données climatiques, gèrent les abonnements aux revues scientifiques et entretiennent notre réseau de correspondants dans le monde entier.

— Tu permets ? dis-je alors qu'elle s'éloignait déjà. Je suis curieux.

Elle me présenta à ses collègues du département de l'information. Hermann, le responsable, avait des favoris qui lui descendaient jusqu'à la mâchoire. Pall et Albert, deux gros nounours aux cheveux gras, avaient la tête à passer leurs nuits déguisés en druides, à décimer des trolls sur le web.

— J'imagine que vous avez accès aux données de la NOAA, l'Agence nationale océanique et atmosphérique, dis-je.

— Évidemment, renifla Albert.

— Pourriez-vous me rendre un service et me trouver le temps qu'il faisait à Húsavík le 23 mai 1979 ?

— La NOAA ne reconnaît qu'une station météo en Islande, celle de Reykjavík, dit Hermann.

— Alors je suppose qu'il me faudra me contenter du temps à Reykjavík.

— Mais non, dit Albert, on va interroger la base du Bureau météorologique islandais. C'est l'affaire de quelques minutes. Je vous apporte l'information dès que je l'ai.

Nina me conduisit dans une salle de réunion dont les murs étaient tapissés des couvertures des rapports de Jöro depuis sa création dans les années 80.

— Que s'est-il passé en 79 ? demanda-t-elle en fermant la porte.

— Ce serait trop long à t'expliquer. Au fait, tu ne m'as pas montré ton bureau.

Un sourire jusqu'aux oreilles, Nina esquissa une révérence :

— C'est parce que tu as devant toi la prochaine présidente de Jöro.

— Déjà ?

— Mais oui. Johanna a perdu la confiance du conseil d'administration. Elle part vendredi. J'ai été nommée hier.

— Mes félicitations. Dis donc, tu n'auras pas perdu de temps. Le conseil t'a fixé ta feuille de route ?

— Je l'ai convaincu de recentrer notre action sur le réchauffement climatique.

Je m'efforçai de masquer ma déception. C'était l'inverse de ce que j'avais recommandé à Nina quinze jours plus tôt.

— Tu n'as pas peur d'embrasser une cause trop vaste pour vous ?

— Si, bien sûr, avoua Nina en s'asseyant. Mais nous allons redéployer l'équipe. Je vais réduire le nombre de départements de cinq à trois; fusionner les études et l'information sous la houlette de Hermann; regrouper les opérations; et renforcer la collecte de fonds, en communiquant sur les risques que le réchauffement fait courir aux paysages islandais.

Les 6 % de données altérées dans la base de températures de la NOAA me revinrent soudain à l'esprit.

— Dis-moi Nina, avant de te lancer dans cette aventure, es-tu bien sûre que la planète se réchauffe ?

Elle me regarda comme si je lui avais demandé si la Terre tournait autour du Soleil.

— Quelle question ! Évidemment.

— Et tu es certaine qu'une part – non, que la plus grande part de ce réchauffement – est imputable à l'homme ?

— Mais oui. Les données ne laissent aucun doute.

— Et si je te disais que les données sont falsifiées ?

J'avais donné à ma question le ton de la boutade mais Nina me connaissait trop bien pour s'y laisser prendre.

— Où veux-tu en venir ?

— Réponds-moi d'abord, s'il te plaît.

— Comme tu veux. Tout le monde sait que les Chinois et le big business américain trafiquent les chiffres pour continuer à polluer tranquillement.

— Et les écologistes ? Ils ne bidouillent pas les chiffres eux ?

— Tu rigoles ? Nous sommes trop fleur bleue pour ça !

— Vous avez pourtant des informaticiens vous aussi. Crois-tu Albert incapable de pirater les serveurs de la NOAA ?

— Laisse Albert tranquille, riposta Nina avec véhémence. Personne ne pirate quoi que ce soit ici.

— Ici non, mais ailleurs ? Tu ne vas pas me dire que sur les milliers d'associations dans le monde, aucune n'est prête à enfreindre la loi pour promouvoir ses idéaux ?

— Ah, tu m'énerves à la fin ! Je ne crois rien du tout. Et d'abord, si une association a réussi à s'infiltrer dans les serveurs du gouvernement américain pour tripatouiller des températures, je lui tire mon chapeau !

— Tu approuves donc la falsification de données dès lors qu'elle sert tes intérêts – pardon, dès lors qu'elle va dans le sens de tes convictions ?

Je choisissais mes mots avec soin, afin de garder à la conversation un tour aussi rationnel que possible.

— Pourquoi pas si le camp adverse en fait autant ? demanda crânement Nina.

— Il y a quelque chose que je ne comprends pas. Tu sembles tenir pour acquis que les chiffres sont faux – ces mêmes chiffres que tu as invoqués tout à l'heure pour affirmer que la planète se réchauffe. Je repose donc ma question : qu'est-ce qui te rend si sûre de toi ?

Comprenant que je ne plaisantais pas, Nina se mit elle aussi à peser ses réponses.

— Depuis un siècle, la température moyenne à la surface du globe s'est accrue de 0,8 °C. Les deux tiers de cette hausse ont eu lieu dans les trente dernières années.

— Au risque de me répéter, je ne suis pas sûr qu'on puisse faire entièrement confiance à ces chiffres. Tant de choses entrent en jeu : la précision du matériel, la rigueur du personnel relevant les températures, la densité de population à proximité des stations – sans parler d'éventuelles falsifications à l'initiative d'un camp ou de l'autre. Cela fait beaucoup d'incertitudes pour seulement 0,8 °C d'augmentation…

— C'est la direction qui compte, dit Nina. Chaque décennie depuis 1970 est plus chaude que la précédente et la tendance s'accélère.

— On le dirait en effet. Mais tu sais comme moi qu'entre 1940 et 1970 les températures avaient *baissé* de 0,2 °C. Que durant la préhistoire ou, plus près de nous, au Moyen Âge, elles ont connu des variations bien plus spectaculaires. Ce qui me conduit à une deuxième question : j'admets que la planète semble se réchauffer depuis une quarantaine d'années…

— Je suis heureuse de l'apprendre, lâcha Nina d'un ton glacial.

— Mais qu'est-ce qui nous permet d'affirmer que l'homme est à l'origine de ce réchauffement ? Après tout, les températures ont baissé au milieu du XXe siècle alors que les rejets de dioxyde de carbone dans l'atmosphère croissaient régulièrement.

— Les scientifiques ont établi sans l'ombre d'un doute le lien entre le réchauffement de l'atmosphère et les rejets de CO_2. Les gaz à effet de serre absorbent une partie des infrarouges émis par la surface de la Terre.

— D'abord, je me méfie des formules comme « sans l'ombre d'un doute ». Un scientifique qui arrête de douter ferait mieux de changer de métier. Je me demande aussi pourquoi on ne s'intéresse pas davantage aux autres causes du réchauffement. Que je sache, les températures n'ont pas attendu l'*Homo sapiens* pour faire le yoyo.

Nina retint la riposte qui lui brûlait les lèvres, cherchant plutôt une façon de sortir de ce débat stérile.

— Je ne te comprends pas, Sliv. Tu crois au réchauffement climatique – ne proteste pas, nous en avons souvent parlé. Tu sais aussi que l'activité humaine en est un facteur, sans doute pas le seul, mais un facteur important tout de même. Alors où veux-tu en venir ? Tu me reproches de ne pas concentrer les efforts de Jöro sur l'Islande ?

Je fis un geste de la main signifiant que là n'était pas le problème.

— Je m'inquiète de vous voir – toi, les médias, les pouvoirs publics – abandonner tout esprit critique. Vous publiez les études qui confirment vos idées et jetez aux oubliettes celles qui les contredisent. Vous recourez aux procédés mêmes que vous dénoncez chez vos adversaires. Pire encore, vous vilipendez les chercheurs – et il y en a – qui ont l'impudence de contester vos théories, en oubliant que, de Galilée à Darwin, c'est toujours le débat qui a fait avancer la science. Le plus grand crime de ces hérétiques : ils sont financés par l'industrie pétrolière. Mais ont-ils le choix, quand, par peur du qu'en-dira-t-on, aucun organisme public ne subventionne leurs travaux ?

Je m'arrêtai à bout de souffle et à court d'arguments.

— Ouah ! dit Nina. C'est plus sérieux que je ne croyais.

— Désolé, je ne voulais pas faire un discours.

— Mais tu l'as fait quand même. Oui Albert ?

Mon druide préféré se tenait sur le pas de la porte, une feuille à la main.

— J'ai vos renseignements, dit-il. Sept degrés, temps couvert.

— De la pluie ? demandai-je.

— Pas une goutte. Voici le rapport.

— Tu as l'air déçu, dit Nina quand Albert fut parti. Tu espérais plus chaud ? Plus froid ? Passe ta commande, on te trafiquera les chiffres.

Je ne répondis pas. J'étais trop occupé à étudier le listing. L'activité nuageuse avait été la plus intense entre onze heures et quatorze heures, au moment où ma mère se souvenait avoir admiré le soleil. Nous avions donc tort tous les deux. Je glissai la feuille dans ma poche. Nina reprit :

— J'entends tes arguments. En temps normal, je pourrais les faire miens. Mais l'époque n'a rien de normal. C'est la guerre, Sliv.

— Ce n'est pas la guerre.

— Bien sûr que si ! Sans surveillance, les industriels feraient fondre la calotte glaciaire en vingt ans.

— Et vous, vous nous ramèneriez à l'âge de pierre !

— Attention, tu verses dans la caricature !

— Et toi tu t'y vautres !

Nous nous tûmes tous les deux. Je n'étais pas fier du tour qu'avait pris la conversation. Pourquoi, malgré nos bonnes intentions et notre formation commune, le dialogue se révélait-il si difficile ? De la réponse à cette question dépendait, j'en avais l'intuition, l'avenir du CFR.

— Pardonne-moi, dis-je. Mes mots ont dépassé ma pensée.

— Les miens aussi, répondit Nina, visiblement aussi contrite que moi. Mais l'autre camp…

— C'est là que tu te trompes, la coupai-je. Il n'y a pas de camps. Parce que nous sommes tous dans le même bateau, nous avons tous également voix au chapitre. Tu rends service à l'humanité en exposant les dangers du réchauffement climatique, les industriels en font autant en contestant vos hypothèses.

— Tu ne trouves pas que tu pousses un peu ? répliqua Nina, goguenarde.

— Même pas. En 1970, les scientifiques, inquiets de la baisse des températures, nous promettaient un nouvel âge de glace. Ils se sont à l'évidence trompés mais ils n'ont pas démérité pour autant. Ayons un peu plus de respect pour ceux qui ne pensent pas comme nous.

— Amen.

Au moment de prendre congé, je serrai Nina contre moi un peu plus fort qu'il n'était nécessaire.

— Sans rancune ?

— Sans rancune, dit-elle. Merci d'être passé.

En attendant mon vol dans le salon d'Icelandair, je me connectai sur la page Facebook de Mathilde, sans trouver la moindre mention de ses difficultés financières ou de la situation professionnelle de Horst. Personne lisant les messages débordants d'optimisme qu'elle postait presque chaque jour (citations, liens vers des articles de journaux, photo du plat qu'elle avait cuisiné la veille…) n'aurait pu deviner qu'elle et son mari traversaient une mauvaise passe. Ma sœur préférait à l'évidence l'histoire de la ménagère comblée à celle de la banlieusarde surendettée. Il était difficile de lui en vouloir.

14

Je pris quelques jours pour préparer mon intervention au Comex, soucieux de marquer des points pour le premier dossier d'envergure que je portais depuis ma nomination. Martin Suarez, que le biais prodémocrate du CFR mettait apparemment de plus en plus mal à l'aise, me harcelait jusque dans l'ascenseur pour avoir un avant-goût de mon projet.

L'enquête sur la sacoche disparue occupa, comme c'était devenu l'habitude, la première moitié de la réunion. Nous avions identifié le troisième passager, un fonctionnaire du ministère de l'Économie britannique qui avait des ardoises chez plusieurs bookmakers. La fouille de son domicile et de sa voiture n'avait donné aucun résultat. Trois équipes se relayaient pour ne pas le quitter d'une semelle.

Après avoir présenté un plan permettant de raccourcir d'un tiers les délais d'évacuation des unités, Zoe jeta un froid en expliquant qu'elle travaillait avec Suarez à un mécanisme d'indemnisation des agents en cas de démantèlement du CFR. Ching esquissa un geste de protestation.

— Nous manquerions à nos devoirs en ne prévoyant pas le pire, justifia Yakoub. Mais assez spéculé, je donne la parole à Sliv.

Je m'éclaircis la gorge, plus nerveux que je ne m'y attendais.

— Avant toute chose, commençai-je, je propose de stopper nos actions visant à rehausser la stature d'Obama. Nous allons jeter toutes nos forces dans un seul pari, de grande envergure, qui concernera John McCain.

Suarez, qui s'était détendu, se recrispa aussitôt.

— Les principaux reproches adressés aux candidats républicains sont bien connus : un conservatisme excessif sur les sujets de société tels que l'avortement, le port d'armes ou le mariage gay, leur bigoterie, leur inculture et leur manque d'ouverture sur le reste du monde.

— Tu nous dresses le portrait-robot de Bush ? ironisa Zoe.

Même Suarez esquissa un rictus. Je continuai :

— Dans l'ensemble, McCain échappe à ces travers. Cela le rend sympathique à une frange de l'électorat démocrate mais lui vaut aussi de solides inimitiés au sein de son parti. La droite évangélique, qui assura en son temps le succès de Bush, réclame des gages avant de lui apporter son soutien. McCain ne pouvant changer du jour au lendemain son image publique, on peut s'attendre à ce qu'il choisisse un colistier plus orthodoxe que lui.

— Un colistier ou une colistière ? demanda Onobanjo.

— Les experts misent en effet sur une colistière. Face à un candidat jeune et noir, McCain ne peut choisir un énième homme blanc, sous peine de passer pour ringard. Mon plan consiste à débusquer une femme affligée de tous les défauts que j'ai cités et de la propulser sous les feux de la rampe afin d'inciter McCain à lui proposer la vice-présidence.

Mes collègues prirent quelques instants pour mesurer les implications de mon projet. Zoe réagit la première :

— Tu vas chercher une grenouille de bénitier qui tire à la carabine et n'est jamais sortie des États-Unis, puis la pousser dans les bras de McCain ? C'est bien ça ?

— C'est l'idée, oui.

— Une dinde à la vice-présidence des États-Unis ?

— Personnellement, je préfère le terme « bécasse ».

Devant la mine ahurie de Zoe, j'ajoutai :

— Je suis très sérieux. Comprenez-moi, le but n'est pas de faire élire un camp ou l'autre, mais de soumettre McCain à un test de caractère. Comme nous tous ici je pense, j'ai un immense respect pour son parcours. Il mérite indiscutablement sa place en finale. Le moment est maintenant venu pour lui de prouver qu'il peut s'affranchir de la dictature de son parti et gouverner au centre.

— McCain ne fera pas équipe avec une imbécile, affirma Suarez. Même pour se concilier les bonnes grâces de la droite évangélique.

— Alors vous n'avez aucune raison de vous inquiéter : il choisira un colistier de valeur et défiera Obama à la régulière le 4 novembre.

Je marquai une pause avant de continuer :

— Si, en revanche, il tombait dans le piège et jetait son dévolu sur notre bécasse, je pense que nous serions d'accord pour dire qu'il ne mérite pas d'être élu.

J'avais construit mon argumentaire de façon à ce qu'il soit impossible à contrer. De fait, mes collègues n'émirent aucune réserve :

— Ma foi, je ne vois rien de mal à mettre à l'épreuve un candidat qui prétend à la plus haute charge de la planète, déclara Zoe. Mais pourquoi suspendre les actions pro-Obama ?

— Nous l'avons déjà bien aidé en tournant en dérision les rumeurs sur son lieu de naissance. J'aurais détesté le voir écarté sur une telle broutille. À lui de montrer à présent qu'il a l'étoffe d'un chef d'État.

— Sans oublier que lui aussi peut se tromper de colistier, intervint Ching. Je vote pour le plan de Sliv. Il est audacieux et non conventionnel, tout ce que j'aime.

Je rosis sous le compliment ; Shao ne distribuait pas facilement les bons points.

— Idem, dit Yakoub. Tu auras besoin d'une rallonge de budget ?

— Même pas sûr. Comme tu l'as dit, il n'est pas question d'acheter l'élection.

— Sophie ? demanda Yakoub.

— L'idée est ingénieuse…, commença Onobanjo.

— Mais ?

— Mais trop risquée à mon goût. Le monde entier va avoir les yeux rivés sur Washington pendant les prochains mois. Les médias américains seront particulièrement attentifs à tout ce qui pourrait ressembler de près ou de loin à de la manipulation. Idem pour le Parti républicain, dont je n'ai pas besoin de vous rappeler les liens historiques avec les services secrets. Enfin, je l'avoue, le fait que nous soyons toujours sans nouvelles de cette maudite sacoche me rend paranoïaque. Ce n'est pas le moment de lancer une opération d'envergure, a fortiori dans un pays si à cheval sur sa sécurité intérieure.

— Que suggères-tu ? demanda Ching. De placer le CFR en sommeil jusqu'à ce que nous retrouvions la sacoche ?

— On n'est pas sortis de l'auberge, marmonna Zoe.

— Bien sûr que non. Je ne vois juste pas l'intérêt de tenter le diable. Pourquoi aggraver notre cas ? Le FBI nous pardonnera à la rigueur de ternir l'image de Niki Lauda, pas de fausser le résultat de l'élection présidentielle.

Yakoub reprit la parole.

— Crois-moi Sophie, si le FBI soupçonnait notre existence, nous serions déjà tous derrière les barreaux. Tu sais que je partage tes inquiétudes mais nous ne pouvons pas rester les bras croisés en attendant que le danger se dissipe. Ou alors, autant fermer boutique.

— Pouvons-nous au moins mettre nos meilleurs falsificateurs sur le coup ?

— Que dirais-tu de Lena Thorsen ?

— Excellent choix.

Soulagé de s'en tirer à si bon compte, Yakoub se tourna vers celui qui avait été à l'initiative de tout ce remue-ménage.

— Martin ? demanda-t-il.

— Je vote pour le plan de Sliv. Mais je serais surpris qu'il fonctionne.

Il se tourna vers moi.

— Je te remercie en tout cas de nous avoir tirés d'un fichu dilemme.

Je m'inclinai en exultant intérieurement. Mon projet était approuvé à une large majorité.

— Un dernier point, dis-je. Je recommande de maintenir Maga Donogurai à la tête du projet.

— Accordé, répondit Yakoub. Quoique, la connaissant, elle ne va pas raffoler de ton idée.

*

— Tu te fiches de moi ? explosa Maga quand je lui eus exposé mon projet.

J'avais cru bien faire en l'invitant dans son restaurant indonésien favori. Il eût fallu hélas plus que des brochettes de calamar pour l'adoucir. Je lui fis signe de baisser d'un ton.

— Je ne conteste pas la pertinence de ton plan, reprit-elle. Mais pourquoi une femme ? Le Parti républicain ne manque pas d'hommes répondant à ta description.

— Simple question de logique. McCain ne peut se permettre un ticket composé de deux hommes blancs. Choisir un Noir serait trop grossier et un Latino placerait le délicat dossier de l'immigration au centre de la campagne. Il faut que ce soit une femme.

— Tu réalises dans quelle position tu me places ? J'ai accepté cette mission pour faire élire Hillary Clinton et maintenant tu me demandes de jeter une femme en pâture à l'opinion !

— Le but consistait à faire élire le candidat démocrate, rectifiai-je, pas Hillary.

— Elle méritait l'investiture !

— Obama l'a battue à la régulière.

— Parce que nous l'avons aidé.

— Nous n'avons pas ménagé nos efforts pour Hillary, il me semble. Ce n'est pas ma faute si les électeurs démocrates n'ont pas apprécié ses attaques ad hominem contre Obama. Qu'avait-elle besoin par exemple de rappeler ses liens avec un pasteur extrémiste ?

— Il lui fallait bien tempérer la frénésie pro-Obama qui s'était emparée des médias.

— En débinant publiquement un membre de son propre parti ?

— Il a dit bien pire sur elle ! protesta Maga.

C'était faux. Que ce soit par authentique conviction ou par crainte de s'aliéner les nostalgiques de Bill Clinton, Obama s'était interdit d'attaquer personnellement Hillary. Mais Maga, pourtant aux premières loges de la campagne, refusait de l'admettre.

Je sortis de ma sacoche une dizaine de photos.

— J'ai fait une première sélection des candidates, dis-je en la poussant vers Maga. Tu as quarante-huit heures pour choisir la meilleure.

— Tu veux dire la pire !

Elle jeta les photos dans son sac et se leva.

— Je n'ai plus faim, dit-elle. Je rentre au bureau.

*

Le surlendemain, Maga débarqua dans mon bureau, accompagnée de Youssef qui l'avait aidée à compiler un dossier sur chaque candidate. Afin de désamorcer un peu la tension, j'avais prié Lena de se joindre à nous.

Maga et Lena ne s'appréciaient guère. Maga ignorait que Lena avait trahi le CFR cinq ans plus tôt. Malgré la sympathie qu'elle éprouvait instinctivement pour les femmes occupant de hautes responsabilités, elle tenait la Danoise pour une rosse doublée d'une arriviste et ne lui pardonnait pas de m'avoir enfoncé pour sauver sa peau à Córdoba. Lena, de son côté, se méfiait du féminisme aveugle de Maga, aimant à rappeler que le fanatisme était à l'origine des plus graves errements de l'histoire du CFR.

— Je vous propose de passer les profils en revue, commença Maga en connectant son ordinateur au vidéoprojecteur. Je m'excuse par avance si mes dossiers ne sont pas complets ; quarante-huit heures n'ont pas suffi à recenser toutes les lacunes de certaines des candidates.

Elle avait prononcé cette dernière phrase en me regardant dans les yeux. Je choisis de ne pas lui donner la bataille à laquelle elle s'était préparée.

— Nous t'écoutons.

— Olympia Snowe, dit Maga en projetant sur le mur la photo d'une femme brune de type méditerranéen dotée d'un sourire radieux. soixante et un ans. À perdu sa mère à neuf ans, son père à dix. Élevée par sa tante et son oncle, lui aussi fauché prématurément par la maladie. Elle épouse très jeune le politicien John Snowe, qui trouve à son tour la mort quelques années plus tard dans un accident de voiture. Elle est élue pour lui succéder à l'âge de vingt-six ans, première victoire d'une longue série qui la mènera jusqu'au poste de sénatrice du Maine. Elle n'a jamais perdu une élection en trente-cinq ans. Réputée pour son ouverture et son sens du compromis, elle est régulièrement citée comme l'un des meilleurs sénateurs des États-Unis. A reçu le prix…

— Merci Maga, ça ira, la coupai-je. Suivante.

— Carly Fiorina. (Photo d'une belle femme blonde devant un pupitre.) Cinquante-trois ans. Diplômée de philosophie et d'histoire médiévale à Stanford. Inscrite en fac de droit à UCLA, elle démissionne au bout de six mois, travaille un temps comme réceptionniste et part en Italie enseigner l'anglais. De retour aux États-Unis, elle entre chez AT&T où elle gravit tous les échelons. Nommée présidente de HP à quarante-cinq ans, elle est la première femme à diriger une des vingt plus grosses entreprises du pays…

— Elle a été poussée dehors par les actionnaires, non ?

— Absolument. Terrible échec, dont elle ne s'est remise qu'en rejoignant le conseil d'administration du Forum de Davos et en écrivant un best-seller encourageant les jeunes femmes à se lancer dans les affaires.

— Suivante, soupirai-je.

— Meg Whitman. Cinquante et un ans. Passons sur les études médiocres (Princeton et Harvard) et les postes de direction chez Procter & Gamble, Bain ou Walt Disney, pour nous concentrer sur eBay, où l'intéressée arrive en 1998 alors que la société ne compte que trente employés. En neuf ans, Whitman multiplie les effectifs par cinq cents et les ventes par deux mille. Bien qu'elle n'ait jamais fait mystère de son intention d'entrer en politique, le Parti républicain l'a jusqu'à présent jugée trop intelligente et charismatique pour lui trouver une circonscription.

— Pas la peine d'en rajouter, Maga.

— Vous en voulez une autre ? Sarah Palin. Quarante-quatre ans…

— Attends, l'arrêtai-je. C'est une vraie photo ?

Le portrait s'affichant sur le mur montrait une femme jeune au sourire étincelant, vêtue d'un jean et d'un sweat-shirt à capuche. Il y avait dans ce visage – dans le regard franc, les lunettes à fine monture, les cheveux châtains relevés en chignon – un je-ne-sais-quoi de familier. J'avais l'impression d'avoir croisé cette femme à d'innombrables reprises, au guichet d'une compagnie aérienne, poussant son caddy au supermarché ou encourageant son fils au bord d'un terrain de football.

— Mais oui. Tu en veux d'autres ?

— S'il te plaît.

Elle projeta une dizaine d'autres clichés qui confirmèrent ma première impression. Sur une estrade, assise dans un canapé, riant aux éclats, Palin paraissait naturelle en toutes circonstances.

— Elle ressemble à la directrice de la maternelle des jumelles, dit Youssef.

— Difficile de faire plus photogénique, estima Lena.

— Allez Maga, dis-je, fais-nous l'article.

— Née dans l'Idaho, elle grandit en Alaska. À vingt ans, elle est sacrée Miss Wasilia et finit troisième au concours de Miss Alaska.

— Incroyable, murmurai-je.

— Ses exploits lui valent une bourse à l'université de Moscou, où elle passe un an.

— Elle a vécu en Russie ? demandai-je, ne sachant si je devais le déplorer ou m'en féliciter.

— Moscou, Idaho, précisa Maga. Son diplôme de communication en poche, elle épouse son amour de jeunesse, Todd Palin, pêcheur au gros.

— De mieux en mieux.

— Dans les années 90, elle est élue conseillère municipale puis maire de Wasilia, une bourgade de 7 000 habitants dans la banlieue d'Anchorage. Elle engage une vigoureuse campagne de modernisation des infrastructures, financée par une hausse de la TVA. En 2004, elle n'hésite pas à démissionner de la Alaska Oil & Gas Preservation Commission pour dénoncer la collusion entre industriels de l'énergie et législateurs. Elle devient deux ans plus tard la première femme et plus jeune candidate élue gouverneur de l'Alaska.

— Sur quels thèmes a-t-elle fait campagne ? demanda Lena.

— Sur l'éthique et la réforme de la vie publique.

— Et côté familial ?

— Elle est toujours mariée à Todd. Ils ont cinq enfants, trois filles et deux garçons. Le petit dernier, qui vient de naître, est trisomique.

— Magnifique ! m'exclamai-je en pensant que même Vargas n'aurait pas osé.

— N'est-ce pas ? dit Maga, sans réaliser que nous nous extasiions pour des raisons différentes.

— J'imagine que tu préconises de l'écarter elle aussi…

— Évidemment. Pour une fois qu'une femme réussit à mener de front une carrière à succès et une vie de famille harmonieuse… D'autant que sa cote de popularité atteint des sommets : 90 % de ses administrés en ont une opinion favorable – le meilleur score des gouverneurs en exercice…

Youssef lui coupa la parole.

— Tu permets, Maga. Tu omets quelques détails moins glorieux. Avant l'année dernière où elle s'est rendue au Koweït, Palin n'était jamais sortie des États-Unis. Partisane du port d'armes et de la peine de mort comme la plupart des républicains, elle prône aussi l'enseignement du créationnisme à l'école et s'oppose à l'avortement, même en cas de viol ou d'inceste. Plusieurs articles soulignent son sectarisme. Elle a par exemple forcé à la démission les fonctionnaires qui avaient soutenu son prédécesseur et tenté de faire supprimer de la bibliothèque de Wasilia les livres contraires à ses opinions.

— Je n'ai jamais prétendu qu'elle était parfaite, se défendit Maga.

— Ni moi qu'elle n'avait aucun mérite, répliqua Youssef sans perdre son calme. Je veille juste à ce que Sliv dispose de l'ensemble des éléments.

Nous revînmes à notre liste, Maga nous expliquant de plus en plus rageusement à mesure que nous avancions pourquoi ses protégées ne feraient jamais l'affaire. Trop clairvoyantes, trop intègres, trop avenantes : Maga piochait dans une réserve d'épithètes apparemment inépuisable. J'en arrivai à la conclusion que le Parti républicain disposait d'un vivier exceptionnel et que, si les femmes n'emportaient pas cette élection, elles gagneraient du moins toutes les suivantes.

Quand nous eûmes écarté la dernière postulante, je demandai à Maga de recharger la photo de Palin.

— Tu t'égares, dit-elle en s'exécutant à contrecœur. C'est une femme de grand mérite.

— Bien sûr. Elle n'est pas devenue gouverneur par hasard. Toute la difficulté consiste à identifier une candidate assez crédible pour séduire McCain et assez piètre pour lui faire perdre l'élection par la suite.

— On n'attire pas les mouches avec du vinaigre, renchérit Lena, décidément bien bavarde aujourd'hui.

Je me tournai vers Youssef :

— Qu'en penses-tu ?

— C'est elle, ça ne fait aucun doute.

— Lena ?

— Idem. On va bien s'amuser.

Maga foudroya la Danoise du regard.

— Eh bien, on dirait que nous tenons notre gagnante, annonçai-je.

Youssef et Maga échangèrent un regard. Il hocha la tête. Maga reprit la parole :

— Tu comprendras que je demande à être relevée de mes fonctions. Pardonne-moi Sliv, mais je ne contribuerai pas à ridiculiser une femme dont je pourrais donner le parcours en exemple à mes filles.

— J'apprécie ta franchise, répondis-je. Youssef, tu partages les mêmes scrupules ?

— Pas au point de ne pouvoir remplacer Maga au pied levé.

— Quand penses-tu pouvoir me présenter un plan d'action ?

— D'ici la fin de la semaine.

— Tu as pensé à un nom de code ?

— Oui. Opération Miss USA, répondit Youssef avec un sourire carnassier.

Que le Youssef soit prêt à sacrifier une femme pour faire élire un Noir ne me surprenait pas. Il avait des convictions aussi trempées que son épouse, même s'il les exprimait de façon moins véhémente. Je m'inquiétais cependant pour son sommeil : à en juger par la mine furibarde de Maga, il allait dormir sur le canapé pendant de longues semaines.

15

Nous prîmes l'habitude, Youssef, Lena et moi, de nous réunir le matin dans mon bureau. Nous nous étions réparti les rôles : je scénarisais, Lena falsifiait et Youssef usait de ses contacts à Washington – établis à l'époque où il travaillait à la Banque mondiale – pour suivre et, dans la mesure du possible, orienter l'état d'esprit de McCain.

Pour des raisons ancrées dans les particularités du système électoral américain, le choix d'un colistier relève plus de l'art que de la science. Le président n'est pas élu au suffrage universel direct mais par un collège de grands électeurs désignés par chacun des cinquante États de l'Union. Tous les États, à l'exception du Nebraska et du Maine, accordent l'ensemble des grands électeurs auxquels ils ont droit au candidat arrivé en tête dans les urnes. Conçu pour respecter la souveraineté des États et amplifier les victoires, ce mécanisme connu sous le nom de *winner takes all* a parfois des conséquences inattendues. John Quincy Adams fut ainsi élu en 1824 avec moins de voix que son adversaire. Plus récemment en 2000, 537 voix (représentant moins de

0,01 % des votes exprimés) suffirent à faire basculer la Floride dans le camp républicain, ouvrant les portes de la Maison Blanche à George W. Bush.

Les critiques du système lui reprochent d'être foncièrement inégalitaire. De fait, le Wyoming compte un grand électeur pour 143 000 habitants, quand dans l'État de New York, la Californie ou la Floride, le ratio avoisine les 500 000 habitants. Plus pernicieux encore, les élections se jouent autour d'un nombre réduit d'États, les *swing states*, ainsi désignés pour leur tendance à osciller d'un camp à l'autre. Les États restants, dont la préférence est connue dès le début de la campagne, sont totalement ignorés. Il y a bien longtemps par exemple que démocrates et républicains ne font plus campagne au Texas, qui vote à droite depuis 1980. Les deux camps préfèrent concentrer leurs efforts et leurs précieux dollars sur les États stratégiques que sont l'Ohio ou la Floride.

Dans ce contexte, le choix d'un colistier peut se révéler déterminant. Pas question de désigner l'ami de trente ans ou le loyal compagnon de route politique : en cas de victoire, celui-ci se verra plutôt confier le poste de directeur de cabinet (*chief of staff*). Le prétendant idéal doit détenir les clés d'un, voire de deux États ou contrebalancer les faiblesses du candidat. Reagan avait choisi Bush Sr pour son expérience en matière de diplomatie et de renseignement. Huit ans plus tôt, Walter Mondale avait tenté un coup de poker en désignant une femme catholique. Preuve cependant qu'il n'existe pas de martingale, Bill Clinton avait confondu les pronostiqueurs en faisant équipe avec Al Gore, un élu du Sud encore plus jeune et plus inexpérimenté que lui.

En ce début de mois de juin, McCain accusait, selon les sondages, entre quatre et six points de retard sur Obama, un écart important qui s'était stabilisé depuis quelques semaines et faisait dire aux observateurs que le républicain devait tenter un coup pour se remettre en selle. Ce n'était sans doute pas pour déplaire à McCain, surnommé The Maverick (le « franc-tireur ») pour sa témérité et son mépris des conventions. Contrairement à Martin, je voyais bien McCain parier sur Palin. Malheureusement pour nous, le sénateur de l'Arizona disposait d'autres options presque aussi audacieuses. Il pouvait nommer Meg Whitman dont la jeunesse et le succès dans les affaires compléteraient à merveille son profil, Condoleezza Rice qui avait jusqu'à présent décliné ses avances, son vieux copain Joe Lieberman, sénateur démocrate du Connecticut, et bien d'autres dont je ne connaissais par définition même pas le nom. Ces considérations ne faisaient que conforter ma stratégie : nous devions imposer Palin comme une évidence, la rendre si populaire auprès des militants que McCain n'aurait d'autre choix que de l'appeler à ses côtés.

C'est Youssef qui, le premier, remarqua à quel point Palin complétait exactement McCain. Il était un homme, elle était une femme. Il était l'un des candidats les plus âgés de l'histoire, elle l'une des plus jeunes. Il avait élevé sept enfants, elle allaitait encore. Il était divorcé et peu porté sur la religion, elle citait la Bible à tout bout de champ. Il avait épousé une héritière, elle un technicien pétrolier. Il avait des vues modérées sur les sujets de société, elle incarnait la ligne dure du parti. Il était sénateur d'un État du Sud, elle gouverneur d'un État du Nord. Il avait voyagé, elle n'était jamais sortie de chez elle. Il avait servi dans l'armée, elle avait été commentatrice sportive à la télévision.

— Cela ne suffira pas, dis-je en me levant pour faire les cent pas. McCain se décidera sur un coup de cœur, pas sur une check-list.

— « Palin : la gouverneur qui venait du froid », plaisanta Lena.

— Tu savais que son mari est champion de motoneige ? demanda Youssef.

— Oui, répondit Lena. Apparemment, c'est une vedette en Alaska.

Je m'arrêtai net.

— Lena, tu peux répéter ce que tu viens de dire ?

— Sur Todd Palin ?

— Non, avant.

— « Palin : la gouverneur qui venait du froid » ? Ce n'est pas très drôle.

— Non en effet, mais tu viens de me donner une idée. Nous allons faire de Palin la candidate de la fraîcheur, dans tous les sens du terme.

— Ce n'est pas drôle non plus, remarqua Lena.

Je me rassis pour rassembler mes pensées.

— L'Alaska fait rêver – la neige, les paysages, les fjords…

— Les plateformes pétrolières, le froid de canard, le soleil qui se couche à midi, compléta Youssef.

— Laisse-moi finir. L'Alaska, ce sont aussi des étendues immenses, 700 000 habitants sur un territoire grand comme le Soudan et presque autant d'armes à feu. C'est un peu le Far West, une terre de pionniers et de durs à cuire qui ont choisi Palin pour leur montrer la voie.

Youssef poussa un « Hmm » dubitatif, qui ne m'empêcha pas de poursuivre.

— Tu aurais pu citer une autre opposition tout à l'heure. McCain siège à Washington, Palin n'y met jamais les pieds. Pendant qu'il négocie avec des marchands de tapis, elle inaugure des écoles et donne le départ de courses de chiens de traîneau.

— De l'avantage d'être gouverneur et non parlementaire, observa Lena.

— Tout juste. Capra dénonçait le cynisme à l'œuvre dans les couloirs du Capitole, à une époque où les Américains s'enorgueillissaient pourtant encore de leur démocratie. Aujourd'hui, moins de 20 % d'entre eux se déclarent satisfaits du fonctionnement du Congrès. Qu'ils le veuillent ou non, Obama et McCain ont une part de responsabilité dans cette déroute.

— La candidate de la fraîcheur, répéta Youssef. Oui, je vois ce que tu veux dire.

— Non seulement elle ne s'excusera pas de son inexpérience, mais elle s'en vantera, continuai-je. À qui lui reprochera son ignorance des questions militaires, elle répondra qu'elle a élevé cinq enfants et qu'elle fait une fabuleuse tarte aux myrtilles.

— Qu'elle chasse le caribou par – 30 °C, renchérit Lena.

— Qu'elle enseigne le catéchisme aux enfants handicapés, ajouta Youssef pour ne pas être en reste.

*

Je me mis au travail. Nos documentalistes m'avaient imprimé plusieurs milliers de pages touchant de près ou de loin à Palin, de ses *yearbooks* de lycée aux minutes du conseil municipal de Wasilia en passant par ses déclarations lors de l'élection de Miss Alaska. Pendant une semaine, je lus comme une brute, soulignant les passages intéressants et les classant par thèmes, ne sortant de mon bureau qu'autour de minuit pour rentrer m'écraser sur mon lit. J'avais demandé à Yakoub de me décharger de mes autres dossiers, en plaidant que je n'approcherais de la vérité de Palin qu'en m'immergeant complètement dans son univers.

Quand j'eus l'impression de commencer à cerner le personnage, je m'attelai à la rédaction d'un récit hybride, à mi-chemin entre scénario et biographie romancée. Les principaux jalons sortaient du curriculum vitae de Palin, dont il n'était évidemment pas question de modifier la date de naissance, le nombre d'enfants ou les scores électoraux. Pour le reste, je disposais d'une liberté plus grande qu'il n'y paraissait, la vie de la gouverneur de l'Alaska n'étant pas encore passée sous le microscope des médias. Il était encore temps d'inventer des anecdotes ou des citations sans grand risque d'être démasqué. Restait à savoir dans quelle direction.

Je luttai plus d'une fois contre la tentation d'appeler Vargas pour jeter un œil au projet qu'il avait soumis aux studios, devinant que j'y perdrais mon cap. Le Colombien était parti d'une page blanche, quand il me fallait composer avec une foule de contraintes. Il avait dessiné la courbe idéale – ce que les professionnels appellent l'arc narratif – puis disposé des galets le long du parcours. Les galets de la vie de Palin existaient déjà ; mon rôle consistait à inventer une histoire séduisante les connectant tous ou, pour le dire autrement, à identifier parmi les centaines d'anecdotes que j'avais surlignées les points d'inflexion de la trajectoire de Palin.

Le plus important d'entre d'eux, j'en avais la conviction, avait eu lieu en 2003, quand l'ex-maire de Wasilia, meurtrie par sa défaite à la primaire républicaine pour le poste de gouverneur, accepta de présider la Alaska Oil & Gas Conservation Commission, l'organisme chargé de contrôler que les ressources en hydrocarbures de l'État sont exploitées dans des conditions de sécurité et de profitabilité optimales. Le poste, rémunéré 10 000 dollars par mois, passait pour une sinécure. Si ceux qui avaient nommé Palin comptaient sur son ignorance des questions pétrolières, ils en furent pour leurs frais. L'impétrante dénonça rapidement l'atmosphère de collusion régnant au sein de la commission. Un membre, en particulier, concentrait l'essentiel de ses critiques : Randy Ruedrich, le chef du Parti républicain en Alaska, qui refusait obstinément de dévoiler son patrimoine comme l'y obligeaient les statuts de l'association. Palin alerta le procureur. Non seulement celui-ci refusa d'intervenir, mais il menaça la trublionne de poursuites au cas où elle porterait ses griefs sur la place publique. Pas le moins du monde intimidée, Palin se tourna vers le gouverneur de l'État, Frank Murkowski, qui lui opposa la même fin de non-recevoir. En janvier 2004, moins d'un an après son entrée en fonction, Palin démissionna et porta plainte contre Ruedrich, qui fut condamné à 12 000 dollars d'amende. Elle obtint également, au terme d'une intense campagne médiatique, la démission du procureur qui avait tenté d'étouffer le scandale.

Je décidai d'articuler mon histoire autour de cet épisode, durant lequel Sarah Palin s'était révélée à elle-même. Sa participation à des concours de beauté ou son rôle au sein de l'équipe de basket de son lycée prouvaient qu'elle n'avait jamais manqué d'assurance. Il lui avait fallu également une solide dose de courage pour se présenter à la mairie de Wasilia et risquer l'humiliation de la défaite ou l'étalage de sa vie privée. Ce jour de janvier 2004 cependant, Palin avait franchi un cap supplémentaire. Elle avait fait passer le bien de l'Alaska avant son gagne-pain et attaqué publiquement deux hommes qui avaient le pouvoir d'anéantir sa carrière. Elle avait suivi son cœur et elle avait gagné. Dieu était de son côté.

Ce qui m'amenait au deuxième axe de mon récit : Palin était née pour commander. Instinctive, décisive, hermétique au doute, elle était à la fois la gouverneure et la porte-drapeau de l'Alaska, sa championne et sa muse. Les Américains comparent volontiers leur pays à la Terre promise, nous allions leur donner un prophète.

Pour finir, Palin était humaine, une mère modèle qui, malgré son emploi du temps surchargé, ne manquait jamais un récital ou un match de hockey de ses enfants. Contrairement à tant de politiciens coupés de la réalité, elle tirait son énergie de sa communauté, confectionnant des cookies pour la fête de la paroisse et prenant son tour pour conduire les jeunes au bowling le samedi soir. George W. Bush se décrivait comme un conservateur plein de compassion, Palin pouvait se dispenser de faire sa propre apologie : elle élevait un enfant trisomique.

Le premier jet de mon histoire couvrait six pages. J'entrepris de l'étayer par des anecdotes, tantôt réelles tantôt inventées. Il était par exemple établi que Palin avait, par son énergie et sa rage de vaincre, conduit l'équipe de basket du lycée de Wasilia au titre régional. Qui se souvenait en revanche que ses coéquipières l'avaient affublée du surnom de Sarah Barracuda après qu'elle eut décidé de disputer un match décisif en dépit d'une fracture à la cheville ? On la disait proche du public : je le prouvais en racontant comment, jeune maire de Wasilia, elle appelait chaque semaine un administré dont elle tirait le nom au hasard dans un vase. Elle s'était peut-être prononcée contre la protection des baleines blanches mais elle avait un adorable shih tzu baptisé Daisy qui lui apportait ses pantoufles. Un éditorialiste du *Anchorage Daily* se demandait si Mme la gouverneure avait envisagé d'avorter en apprenant que son fils à naître était trisomique. Je lui fournis sa réponse : elle y avait brièvement songé, avant de se ressaisir et de prier pour que Dieu lui donne la force d'aimer ce bébé.

Je donnai à lire la version étoffée à Youssef et Lena.

— Tu aurais pu distinguer ce qui est vrai de ce qui ne l'est pas, grommela Youssef quand il eut fini. Comment veux-tu qu'on s'y retrouve ?

— À partir de maintenant, tout est vrai, dis-je.

— Lancer les anecdotes sera un jeu d'enfants, estima Lena.

— Comment vas-tu procéder ?

— Dans le cas de Sarah Barracuda par exemple, en lançant un blog tenu par une ancienne de l'équipe. Je soignerai l'indexation, de façon à ce qu'un journaliste cherchant « Palin + basket » tombe automatiquement dessus. D'ici un mois, l'histoire aura fait le tour des médias.

— Et pour le bébé ?

— Encore plus facile : une militante antiavortement qui rapportera les propos de Palin sous le couvert de l'anonymat. Là encore, succès garanti pour un risque infinitésimal.

Une fois de plus, la façon dont Internet avait transformé notre métier me frappa. Lena parlait d'accomplir en quelques clics ce qui, à mes débuts au CFR, aurait demandé de longues semaines.

— L'enjeu est ailleurs, reprit Lena. La convention républicaine s'ouvre le 1er septembre, ce qui veut dire que McCain va se décider pendant l'été. Nous n'avons pas le luxe d'attendre que les premiers portraits flatteurs de Palin sortent dans la presse. Le mouvement doit partir de la base.

— Comment ?

— Fais-moi confiance, sourit Lena.

*

À partir de la mi-juin, des dizaines de blogs s'ouvrirent sur la Toile, réclamant la nomination de Sarah Palin sur le ticket républicain. Leurs auteurs venaient de tous les horizons : institutrices, fermiers, camionneurs, retraités, et même un pilote d'hélicoptère. Un quart habitaient l'Alaska, les autres des États traditionnellement républicains comme le Texas, l'Utah ou le Wyoming. Ils disaient dans leurs mots à eux leur ras-le-bol d'une certaine conception de la politique. « Marre des gaspilleurs de Washington ! » se plaignait Mike K., de Bisby, Ariz. « Moins d'impôts pour ceux qui travaillent et de subventions pour ceux qui se tournent les pouces », proposait Betty A., de Blackfoot, Idaho. Le pays marchait sur la tête : les prisonniers étaient mieux logés que les soldats déployés en Irak ; les États étendaient les droits des homosexuels et restreignaient les avantages des familles ; le dernier film de Quentin Tarantino montrait 90 morts à l'écran, etc. Le remède à cette chienlit, selon Ryan H., de Norman, Okla. : « Une femme neuve, proche du peuple, habituée à commander et à prendre des décisions difficiles. » Et tous de chanter les louanges de Palin, en piochant dans mon document. Sarah Barracuda allait dévorer tout crus les requins de Washington. Elle plaisantait avec les livreurs de pizzas. Elle avait aimé son fils Trig à la seconde où il avait ouvert les yeux.

Au même moment, des centaines d'internautes laissaient des messages dans les forums des sites conservateurs. « Pourquoi personne ne parle-t-il de Sarah Palin comme possible colistière de John McCain ? » demandait par exemple LadyBug11. « Palin a le meilleur profil de tous les candidats : elle élève cinq enfants tout en dirigeant le plus grand État de l'Union, elle est membre à vie de la NRA et s'est prononcée plusieurs fois contre l'avortement, quelles que soient les circonstances », argumentait Colt144. « Ronald Reagan a une héritière », notait de son côté Bluegrass7.

Bien que mobilisant des dizaines d'agents à Bangalore, ces démarches frénétiques ne représentaient que le premier étage de la fusée. À la fin du mois, Lena lança, abrité derrière une ribambelle d'associations-écrans, le site palinforvp.org, qui recensait « 101 raisons d'envoyer Sarah à Washington », parmi lesquelles « Elle court le marathon en moins de quatre heures » (n° 37) ou « Son fils Track sert dans l'armée » (n° 91). Le site comprenait également une biographie exaltée, une galerie des meilleurs clichés de Palin circulant sur Internet et une section « Donations » qui constituait la véritable raison d'être de toute l'entreprise.

Palin n'ayant pas créé de comité de soutien habilité à recevoir des contributions, notre site promettait de répartir les sommes recueillies à parts égales entre le Parti républicain et la campagne de McCain. Plutôt que d'opter pour un paiement hebdomadaire, Lena avait astucieusement écrit un script redirigeant les dons en temps réel. Début juillet, les argentiers de McCain commencèrent à voir arriver des centaines de dons par jour, plus ou moins généreux mais tous assortis du même message : « Pick Palin for VP ». Selon les réseaux de Youssef, Steve Schmidt, le patron de la campagne, avait aussitôt demandé une note détaillant les atouts et les handicaps du gouverneur de l'Alaska. Il s'était aussi inquiété de la provenance des fonds. La loi limite à 2 600 dollars la somme qu'un citoyen peut verser aux candidats et force ceux-ci à tenir un registre des sommes perçues. Même si aucun de nos dons n'atteignait le plafond, la plus petite suspicion d'indélicatesse terrorisait les états-majors. Un membre de l'équipe de McCain laissa un message sur le site, nous priant de lui communiquer les coordonnées exactes de nos donateurs. Lena ne prit pas la peine de répondre et accéléra au contraire la fréquence des virements, plaçant les républicains devant un dilemme cornélien : accepter l'argent au risque d'encourir les foudres de la Commission électorale ou le renvoyer et voir Obama creuser encore un plus l'écart. Ils acceptèrent l'argent.

Naturellement, le CFR était derrière l'immense

majorité des donateurs. Le bureau de Berlin, en charge des légendes, contrôlait près d'un million de comptes fictifs sur les réseaux sociaux, tissant à longueur de journée entre eux des liens toujours plus étroits qui renforçaient leur authenticité. Lena achevait de brouiller les pistes en recourant à ce qu'elle appelait des *proxys*. Je n'avais pas compris grand-chose à ses explications techniques, sinon qu'elle pouvait choisir si les visiteurs du site semblaient connectés d'un quartier résidentiel de San Diego, un cybercafé de Denver ou une tour de bureaux d'Atlanta.

J'avais négocié une rallonge de 10 millions de dollars auprès du Comex. Bien que représentant une goutte d'eau au regard du budget des deux candidats (on apprendrait plus tard qu'ils avaient dépensé chacun plus d'un milliard), c'était de l'argent frais, ne provenant d'aucun des circuits traditionnels et qui, habilement géré, pouvait faire boule de neige. Il était en effet d'usage de solliciter les donateurs à plusieurs reprises durant la campagne. Tous les prétextes étaient bons : un sondage encourageant, un discours particulièrement bien venu, une gaffe de l'adversaire et, bien sûr, les débats télévisés. Lena et moi faisions le pari que les républicains prendraient au sérieux une candidate susceptible de leur apporter des milliers de nouveaux contributeurs.

Le troisième volet de notre dispositif consistait à inonder les permanences des comités de soutien locaux de McCain d'appels téléphoniques réclamant la nomination de Palin. Dix appels par jour et par comité pendant un mois me paraissaient un minimum pour attirer l'attention. Lesdits comités étant au nombre de trois mille, on parlait tout de même d'un million d'appels, qui devaient de surcroît être passés par des locuteurs sans accent étranger et capables de commenter la météo ou les résultats des équipes sportives du coin. Avec son efficacité habituelle, Lena recruta en quelques jours une vingtaine de sociétés de télémarketing réparties sur l'ensemble du territoire. Elle développa sous mes yeux un algorithme visant à maximiser l'impact psychologique des appels (ce qu'elle appelait « l'effet rafale ») tout en restant dans le domaine du statistiquement acceptable : trois plaidoyers pro-Palin à la suite impressionneraient, un quatrième trop rapproché éveillerait les soupçons.

Nos efforts ne tardèrent pas à porter leurs fruits. Lena avait développé une batterie d'indicateurs pour mesurer la popularité des colistiers éventuels. Mi-juin, notre pouliche pointait en quinzième position, loin derrière Olympia Snowe et Christine Todd Whitman. Deux semaines plus tard, grâce aux blogs animés par le CFR, elle entrait dans le top 10. Elle était septième quand nous lançâmes notre campagne de marketing téléphonique. Plus encourageant encore, le nom de Palin revenait de plus en plus souvent dans la bouche des commentateurs et sous la plume des analystes de *Politico*.

Consciente de l'intérêt qu'elle suscitait, le gouverneur de l'Alaska avait allégé son emploi du temps afin de pouvoir répondre aux sollicitations des médias. Elle devint une habituée de Fox News et de CNN. Le *Wall Street Journal* lui consacra plusieurs éditoriaux soulignant ses qualités de réformatrice et un long article racontant comment, sentant les premières contractions pendant une réunion à Dallas, elle était rentrée en catastrophe à Anchorage pour accoucher de Trig. *USA Today*, le *New York Times*, le *Washington Post* rapportèrent aussi en termes plus ou moins flatteurs l'ascension de Palin, sans pour autant lui faire les honneurs de leur une.

Je ne manquai aucune de ses apparitions à l'antenne. Elle était, comme je l'avais pressenti, une formidable cliente pour la télévision, débordante d'optimisme, d'énergie et de confiance en elle. Elle avait le don de créer une connivence immédiate avec l'intervieweur, en le complimentant sur sa cravate ou en s'apitoyant avec lui sur la défaite des Yankees. Elle pouvait alors discourir sans être interrompue, notamment sur Fox News dont l'audience essentiellement républicaine buvait comme du petit-lait ses appels à réduire la taille du gouvernement. Ses positions ne me surprenaient jamais. Obama était un dangereux agitateur qui conduisait l'Amérique sur la pente du socialisme. Avoir reçu la visite à Juneau d'une délégation chinoise faisait d'elle une experte en politique étrangère. Elle ne se ferait pas prier pour réintroduire la peine de mort en Alaska si le Parlement de l'État votait une loi en ce sens. Elle préconisait de définir dans la Constitution le mariage comme l'union entre un homme et une femme.

Todd Palin, dans un style différent, prenait lui aussi plutôt bien la lumière des projecteurs. Affectueusement surnommé « Premier mec » (« First Dude ») par les Alaskains, il était assez beau garçon pour ne pas déparer au bras de son épouse. Il donnait sa pleine mesure en treillis, casquette vissée sur le crâne et scie sauteuse à la main. Son parcours professionnel restait un peu vague à mon goût. Il s'était mis en disponibilité de son emploi de technicien pétrolier chez BP en 2007 afin de ne pas prêter le flanc à d'éventuelles accusations de conflit d'intérêts. Sept mois plus tard cependant, il avait recommencé à travailler, «pour raisons financières». Il pêchait le saumon l'été sur la rivière Nushagak, sans qu'on sache très bien s'il s'agissait d'un hobby ou d'une activité d'appoint. Heureusement, l'essentiel n'était pas là. Todd vouait une véritable passion à la motoneige. Il avait participé à chaque édition de l'Iron Dog, la plus longue course du monde, depuis 1993. Les concurrents parcouraient 3 000 kilomètres par – 40 °C, à près de 100 km/h de moyenne. Todd avait remporté l'épreuve à quatre reprises mais on le sentait surtout fier d'avoir terminé l'édition 2008 avec un bras cassé, après qu'une collision l'eut propulsé à 20 mètres de sa monture. Pas de doute, c'était un costaud.

Début août, je convainquis Yakoub de débloquer 300 000 dollars supplémentaires, que Lena dépensa en une heure. Les mises qu'elle plaça dans les grands casinos du pays eurent pour effet de catapulter Palin brièvement en tête des pronostics des bookmakers, déclenchant une nouvelle vague d'intérêt de la part des médias. Il faut dire que les événements jouaient en notre faveur. Condi Rice s'était définitivement retirée de la course ; Fiorina et Whitman manquaient par trop d'expérience politique ; quant à Olympia Snowe ou Elizabeth Dole, elles ne pouvaient, malgré leurs vaillants états de services, rivaliser avec la jeunesse rayonnante de Palin.

À chaque interview télévisée, le site palinforvp.org enregistrait des pointes de trafic spectaculaires. Les internautes nous suggéraient chaque jour de nouvelles raisons d'associer Palin à McCain. «Parce que je suis jalouse de ses cheveux» (n° 213) et «Elle fera peur à Poutine» (n° 355) étaient mes préférées. Les donations – de vraies donations qui ne coûtaient pas un centime au CFR – affluaient par milliers, accompagnées de paroles d'encouragement plus lyriques que tout ce que j'aurais pu écrire. Les blogs créés par Lena croulaient aussi sous les contributions, auxquelles nos permanents s'efforçaient péniblement de répondre pour entretenir le débat. Lena prétendait, logs de connexion en main, que Palin elle-même fréquentait nos blogs, lisant en particulier tout ce qui concernait sa fille Bristol. J'avais du mal à le croire.

Le 12 ou le 13, la gouverneur de l'Alaska participa au «Today Show», la grand-messe matinale de NBC. Je suivis l'émission dans ma cuisine en petit-déjeunant. J'étais en train de repêcher au péril de ma vie une tartine tombée au fond du grille-pain quand une question de la présentatrice me fit tendre l'oreille. «Sarah, on vous dit très proche des gens. Est-il vrai que vous appelez chaque semaine au hasard un de vos administrés pour savoir ce qu'il pense de votre politique ?» J'abandonnai temporairement ma tartine à son sort pour écouter la réponse de Palin. «Mais oui Rachel. C'est une habitude que j'ai prise du temps où j'étais maire de Wasilia. J'avais mis le nom de tous les électeurs dans un bocal et je tirais un papier au sort le samedi matin. On apprend tellement en parlant directement avec les gens ! C'est tout de suite très concret, on ne les berne pas avec de grands discours. Je leur demande ce que je peux faire pour eux. De leur côté, ils prennent des nouvelles de Todd et des enfants.» Je savourai mon triomphe. Ainsi Palin ne s'était pas contentée de visiter le site que nous lui avions consacré, elle s'était approprié certains éléments fictionnels de sa biographie. Qui sait, peut-être même s'en était-elle convaincue. Après la conversation avec ma mère, je ne jurais plus de rien.

Le Comex me réclamait une estimation de nos chances de succès. Je les évaluais au mieux à 40 ou 50 %. Le fait que McCain n'ait pas contacté Palin malgré son envolée dans les sondages me préoccupait. Il ne l'avait croisée qu'une fois, six mois plus tôt, lors de la conférence annuelle des gouverneurs à Washington. L'échange avait été bref, entre cinq et vingt minutes selon les versions. McCain était connu pour s'entourer d'un nombre réduit de conseillers, avec qui il se sentait totalement à l'aise ; comment imaginer qu'il puisse sélectionner une femme qu'il n'avait rencontrée en tout et pour tout qu'un quart d'heure ?

Mes espoirs prirent encore un peu plus de plomb dans l'aile le 21 août quand Youssef rentra d'un voyage à Washington. Selon ses correspondants, McCain s'apprêtait à désigner son confrère Joe Lieberman. Le sénateur du Connecticut n'en était pas à son coup d'essai : il avait déjà brigué la vice-présidence en 2000… sur le ticket démocrate !

— En tapant dans le camp adverse, il espère ratisser les voix du centre, expliqua Youssef. Ça peut marcher.

— J'en doute. Un deuxième homme blanc, à peine plus jeune que lui ? C'est du suicide.

— Ils se respectent, ils s'apprécient et ils ont passé de nombreuses lois ensemble. Ce n'est pas si fréquent à Washington.

Je soupirai. Youssef avait raison. Lieberman ferait un excellent vice-président, le meilleur sans doute de tous ceux que nous avions considérés. Il n'avait que faire des consignes de son parti, votant régulièrement avec les républicains sur les questions militaires. Ce côté « maverick » ne constituait sans doute pas le moindre de ses charmes aux yeux de McCain.

Heureusement pour nous, la droite évangélique, grande bailleuse de fonds du Parti républicain, ne partageait pas, tant s'en faut, l'enthousiasme de McCain. Elle rappela que Lieberman militait de longue date pour le droit à l'avortement et avait l'audace de réclamer l'interdiction des armes à feu dans les écoles. Le fait qu'il fût juif n'entrait évidemment pas en ligne de compte.

À notre réunion quotidienne le 26 août, un Youssef très agressif me glissa la une du *Wall Street Journal* sous les yeux. « McCain about to pick Lieberman for VP », annonçait le journal le plus lu des États-Unis.

— Que veux-tu que j'y fasse ? dis-je, en haussant les épaules.

— Que tu discrédites Lieberman ! répondit Youssef. On dit que derrière lui, c'est Palin qui tient la corde.

— Et comment t'y prendrais-tu exactement ? demanda Lena.

— Est-ce que je sais ? Un scandale sexuel ? Un enfant caché ? Une histoire de pots-de-vin ? Sliv saurait s'il voulait.

— Mais Sliv ne veut pas, dis-je.

— Pourquoi ? demanda Youssef. Tu as oublié la mission que nous a confiée le Comex ?

— Au contraire. Nous nous étions engagés à placer McCain face à un dilemme, c'est exactement ce que nous avons fait. Il a le choix entre un politicien d'ouverture qu'il pratique depuis trente ans et une novice ultrapartisane qu'il a rencontrée quinze minutes dans sa vie. C'est à lui de jouer à présent. Nous nous alignerons sur sa décision.

Je me gardai de partager avec Youssef l'information que venait de me communiquer un de mes informateurs en Alaska : il se murmurait à Wasilia que Bristol Palin, dix-sept ans, était enceinte de son petit ami. La nouvelle, si elle était confirmée, porterait un coup fatal à Palin, fervente adepte de l'abstinence avant le mariage. Je comprenais mieux à présent pourquoi elle lisait les messages concernant sa fille.

L'ironie de la situation ne m'échappait pas : Youssef aurait aimé me voir torpiller la candidature de Lieberman au moment même où je tenais celle de Palin entre les mains.

Le 29 août, un communiqué de presse annonça la désignation de Palin. McCain avait cinq points de retard dans les sondages.

16

Quelques jours plus tard, Youssef m'invita à venir suivre la convention républicaine en famille. Je ne manquais jamais une occasion de voir les jumelles. Indah et Nadira étaient nées en 2005 à Sydney. J'étais le parrain de la première, bien que l'honnêteté m'oblige à dire que je ne la distinguais pas toujours de sa sœur.

— Youssef lit une histoire aux filles, dit Maga en m'ouvrant la porte. Tu m'aides à préparer le dîner ?

— Je croyais qu'on mangeait des pizzas.

— Oui mais on les fait nous-mêmes.

Je la suivis, légèrement paniqué à l'idée de ce qu'elle attendait de moi. Je faisais très bien la cuisine – sur mon ordinateur en passant ma commande hebdomadaire de plats surgelés.

— Tiens, épluche-moi ça ! dit Maga en me tendant un poivron vert gros comme mon avant-bras.

J'essayai de me rappeler sous quelle forme se présentaient habituellement les poivrons sur une pizza. En cubes ? En lanières ? Je me lançai au petit bonheur tandis que Maga étalait la pâte.

— Des voyages en perspective ? demandai-je, espérant l'étourdir par la pétulance de ma conversation.

— Rio lundi – Yakoub me fait partir dimanche soir, je déteste ça. Puis deux jours à Buenos Aires et un à Acapulco. Je rentre vendredi.

— Cinq jours sans les jumelles…

— Je sais, ça me rend folle. Heureusement que Youssef est là.

Tous deux bien classés à la sortie de l'Académie, Maga et Youssef avaient opté pour des carrières très différentes. Comme moi, Maga avait rejoint les Opérations spéciales dirigées par Yakoub Khoyoulfaz. Sa vie ressemblait à ce qu'aurait été la mienne si je n'avais pas été coopté au Comex : elle voyageait cent jours par an, pour désamorcer des situations explosives découlant de l'ignorance ou de la maladresse des agents de terrain. Elle adorait la variété de son job mais les déplacements lui pesaient de plus en plus. Comme la plupart des mères de famille des OS, elle finirait sans doute par prendre la direction d'un bureau, voire par en créer un en Chine ou en Indonésie où le CFR se développait à marche forcée. Youssef, lui, avait réalisé un vieux rêve en entrant au Plan, alors conduit par Angoua Djibo. Il s'était fait rapidement remarquer pour son intégrité, sa puissance de travail et ses connaissances dans deux domaines stratégiques : les religions et l'économie des matières premières. Une des premières décisions de Ching quand elle avait succédé à Djibo avait été de nommer Youssef au prestigieux Conseil prospectif, dont la principale fonction consiste à élaborer le Plan triennal. Le poste était basé à Toronto. Youssef aspirait depuis longtemps à retourner au siège où, selon ses propres mots, « les opinions se forment et les décisions se prennent ». Maga l'avait suivi à contrecœur ; elle se plaisait à Sydney et redoutait, à juste titre, l'hiver canadien.

— Je voulais te poser une question, dit Maga. Tu n'es pas obligé de… Mais qu'est-ce que tu fais ?

Elle fixait le poivron – ou ce qu'il en restait – avec consternation.

— Je l'ai coupé à l'islandaise, dis-je avec aplomb. Il ne fallait pas ?

— Si si, bien sûr, répondit Maga, décidément toujours trop gentille. Donne-moi ça, je vais terminer à l'italienne.

Je lui tendis poivron et couteau en cachant mon soulagement sous un air vexé.

— Tu avais une question ?

— Oui. Tu n'es pas obligé de répondre mais bon, j'essaie quand même. L'égalité homme-femme est-elle le but ou l'un des buts du CFR ?

— Enfin Maga, tu sais bien que je n'ai pas le droit de te répondre.

— S'il te plaît Sliv. Juste oui ou non. Je ne poserai pas d'autres questions. J'ai besoin de savoir.

— *No comment.*

— C'est peu probable, je sais. La création du CFR remonte à plusieurs siècles, à une époque où les femmes comptaient encore moins qu'aujourd'hui. Mais je me dis que les fondateurs ont peut-être promulgué une charte, un manifeste, qui affirmerait l'égalité de tous, à l'image de la Déclaration des droits de l'homme. Cela me suffirait, je crois.

— Fin de la conversation. Sérieusement, Maga.

Elle finit de découper son poivron en silence. Je cherchai un moyen de la consoler.

— Tu sais, j'ai fini par développer une certaine tendresse pour Palin.

Le visage de Maga s'illumina.

— Je te l'avais dit ! C'est une femme remarquable.

— Je n'irais peut-être pas jusque-là, mais son parcours force le respect. Gouverner un État avec cinq enfants, tu imagines ?

— Honnêtement, non.

— Elle a des convictions, et pas seulement morales ou religieuses. Elle a vraiment tenu tête aux apparatchiks locaux et à l'industrie pétrolière. Par principe, parce qu'elle n'aime pas les combines.

Maga commença à disposer les ingrédients sur la pâte avec la dextérité d'un pizzaïolo. Sans lever la tête, elle demanda :

— Mais elle va perdre, n'est-ce pas ?

— Oui, fus-je obligé d'admettre.

— Pourquoi ?

— Parce qu'elle est trop simpliste.

— Bush est un crétin.

— Justement, on voit où ça nous a menés. La complexité des temps exige un esprit large. Obama et McCain en sont pourvus, pas elle.

Maga ne répondit pas. J'espérais ne pas l'avoir blessée.

J'entendis la grosse voix de Youssef, puis des bruits de cavalcade. Une seconde plus tard, deux angelots étaient pendus à mon cou.

— Oncle Sliv ! s'écrièrent-elles à l'unisson.

— Bonsoir les petits monstres, répondis-je en cherchant pour la énième fois un moyen de les différencier. Tu es Indah, n'est-ce pas ?

— Non Oncle Sliv, je suis Nadira.

Maga vint charitablement à mon secours :

— Il le fait exprès.

— Bien sûr, dis-je. Comment étaient vos vacances ?

— Super, dit Indah.

— Affreuses, dit Nadira.

Maga coula à Youssef un regard lourd de sous-entendus.

— Elles ont passé quinze jours chez mes parents au Soudan et quinze autres chez ceux de Maga à Bali, expliqua Youssef sans entrer dans le détail.

— Je parle indonésien, clama fièrement Indah.

— Et moi arabe, dit Nadira.

— Moi aussi je parle arabe, ajouta Indah qui voulait toujours avoir le dernier mot.

J'admirais Maga et Youssef de mener de front l'enseignement de trois langues si différentes. Un jour, leurs enfants les remercieraient.

— Elles ont dîné ? demandai-je.

— Non, elles préféraient t'attendre, dit Youssef.

— On voulait de la pizza, dit Nadira, sans doute plus proche de la vérité.

Je consultai ma montre. Il restait un quart d'heure avant le discours de Palin.

Les conventions américaines durent quatre jours, pendant lesquels leaders politiques, personnalités de la société civile ou simples militants se succèdent sans interruption à la tribune. La dernière journée se conclut traditionnellement par l'intervention du candidat à la présidence, l'avant-dernière par celle de son colistier.

Les journalistes se pressaient toujours plus nombreux à chaque convention, contrairement aux téléspectateurs, las de ces grand-messes fabriquées.

Nous passâmes au salon. La tribu Khrafedine habitait près de l'université, dans un grand appartement ancien que Youssef, qui mesure deux mètres, affirmait avoir choisi pour sa hauteur de plafond. Les somptueux volumes permettaient accessoirement d'accueillir les nombreux meubles, tapis et objets d'art que le couple avait accumulés au gré de ses expatriations. Les jumelles dormaient ainsi dans des lits en bois sculpté importés du Soudan et jouaient sur un tapis navajo avec des poupées balinaises. Dans les autres pièces, les planches de surf décorées à la main voisinaient avec des masques africains et un paravent en soie vietnamien jouxtait des paniers tressés d'origine incertaine, en un syncrétisme échevelé un peu déconcertant de prime abord.

Youssef alluma la télévision. L'ancien maire de New York Rudolph Giuliani était en train de tirer à boulets rouges sur Obama : « Après ses études, il a travaillé comme organiseur de communauté. Oui oui, vous m'avez bien entendu : organisateur de communauté. Si vous voulez mon avis, c'est le premier problème dans son CV. »

— Ça faisait longtemps, soupira Maga.

Ce titre de *community organizer* nous avait causé bien du souci à l'époque où nous nous employions à glorifier le parcours d'Obama. Nul ne savait exactement ce qu'était un organisateur de communauté, ce qu'il faisait ou qui payait son salaire. La campagne d'Obama décrivait les activités auxquelles s'était livré son candidat pendant la période 1985-1988 en termes ronflants et parfaitement creux : il avait mis en place des programmes de tutorat dans les quartiers sud de Chicago, défendu les locataires d'un grand ensemble et formé d'autres organisateurs de communautés ! Plus intrigant, la page « Community organizer » de Wikipedia avait été créée en octobre 2004, un mois après le discours d'Obama qui avait lancé sa carrière, comme si les dirigeants du Parti démocrate avaient voulu dégager la route de celui dont ils pressentaient qu'il porterait leurs couleurs quatre ans plus tard. En 2005, un autre contributeur anonyme avait enrichi l'article de Wikipedia d'une section « Organisateurs célèbres » où le nom d'Obama côtoyait opportunément ceux de Jesse Jackson ou Martin Luther King Jr.

Giuliani vantait à présent les mérites de John McCain avec tant de conviction qu'on eût presque oublié qu'il avait fait campagne contre lui un an plus tôt dans la course à l'investiture républicaine. « Nous avons la chance, mes chers compatriotes, d'élire un formidable héros. John McCain sera un président exceptionnel, accompagné d'une femme elle aussi exceptionnelle qui a apporté la preuve qu'elle savait réformer et gouverner. Élisons-les, secouons Washington et faisons avancer l'Amérique ! Que Dieu vous bénisse. »

— Je vais chercher les pizzas, dit Maga avec un certain à-propos.

Indah, à moins qu'il ne s'agît de sa sœur, grimpa sur mes genoux tandis que Youssef fourrageait derrière la télé. Il s'était équipé en arrivant à Toronto d'enceintes home cinéma dernier cri dont l'installation l'avait occupé trois week-ends et dont il guettait depuis avec anxiété le moindre signe de dysfonctionnement. Quand, comme à l'instant, une explosion ou une salve d'applaudissements ne réussissait pas à faire trembler les bibelots du salon, il s'allongeait sous la télé en pestant pour vérifier ses connexions une à une.

— C'est mieux là ? dit-il en sortant la tête.

Je l'assurai que c'était très bien avant.

— Viens t'asseoir, dit Maga en rapportant la pizza. Ça va reprendre.

— Vous ne trouvez pas que ça manque de basses ? demanda Youssef en s'époussetant.

— Au contraire, répondis-je, ça manquerait plutôt de hauteur.

Maga chuchota à Indah :

— Ton Oncle Sliv est très drôle. Un vrai bouffon.

— Oncle Sliv est un bouffon, répéta Indah.

— Ça y est ! s'écria Maga. La voilà !

— Elle se prend pour Miss Monde ou quoi ? demanda Youssef.

Maga lui donna un coup de coude dans les côtes et se tourna vers moi pour me prendre à témoin :

— Je déteste ce genre de remarques. Il le fait tout le temps. Avoue qu'elle est ravissante.

— Si on aime les pin-up de *Routier magazine*, grommela Youssef.

— Non mais tu l'entends ? Franchement, comment tu la trouves ?

— Dans la note, répondis-je diplomatiquement.

Palin portait une jupe fourreau noire, un corsage ivoire et un rang de perles. Sa coiffure soigneusement négligée ressemblait à celle de mon assistante mais avait dû coûter beaucoup plus cher.

— « Monsieur le Président, Messieurs les délégués… »

Youssef bondit du canapé, comme frappé par une révélation. À peine eut-il disparu derrière la télé que le son s'arrêta.

— Bordel !

— Youssef ! s'exclama Maga.

— Mes chers compatriotes, enchaînai-je au pied levé, j'accepte avec gravité d'être votre candidate au poste de vice-présidente des États-Unis. Je place mon engagement sous le signe…

— Silence ! glapit Youssef. Je ne m'entends plus penser.

— Qu'est-ce que tu avais besoin de trafiquer aussi ? dit Maga. Continue, Sliv.

— Je place mon engagement devant vous sous le signe de l'honneur. Honneur de servir aux côtés d'un héros comme John McCain, qui toute sa vie…

— Oh et puis merde ! dit Youssef en débranchant tous les fils d'un coup. Le son revint, un poil moins profond qu'avant mais bien suffisant pour l'occasion.

— « Qui a porté l'uniforme de son pays pendant vingt-deux ans et n'a jamais cessé de croire dans nos soldats en Irak, qui ont aujourd'hui la victoire en vue. »

— Dis donc, tu es raccord, apprécia Maga. C'est toi qui as écrit son discours ?

— D'une certaine façon.

Youssef, désespérant de se rendre utile, servit la pizza. Elle était fameuse, en dépit de mes poivrons grotesques.

— Écoutez, dis-je à Indah et Nadira, elle parle de ses enfants. Elle a deux garçons et trois filles.

Avec un naturel assez stupéfiant, Palin nous présentait en effet sa famille : son fils aîné qui partirait bientôt en Irak, ses trois filles « fortes et charmantes » (et enceintes, faillis-je ajouter), Trig, le petit dernier, « parfaitement magnifique », et Todd, « un poème à lui tout seul », qu'elle avait rencontré au lycée et qui vingt ans plus tard était encore « son homme ».

— Et pourquoi pas ses parents tant qu'elle y est ? bougonna Youssef.

— « J'ai eu le privilège de grandir dans une petite ville. Plus tard, j'ai rejoint l'association des parents d'élèves pour améliorer l'enseignement que recevaient mes enfants. »

— Ça devient intéressant, dit Maga.

— Pardon ? demanda Youssef, ahuri.

— Chut !

Il me regarda pour s'assurer que j'avais bien noté la brimade totalement injustifiée dont il venait d'être victime. Puis il se resservit une part de pizza.

— « Je suis devenue maire de ma ville natale. Laissez-moi expliquer à nos adversaires en quoi consiste le métier de maire d'une petite ville. Nous sommes des sortes d'organisateurs de communautés, à la différence près que nos responsabilités à nous sont bien réelles. »

— Bien envoyé, commentai-je sportivement.

Le public, tout acquis à l'oratrice, saluait chacun de ses bons mots d'un tonnerre d'applaudissements, dont le nombre exact ferait ce soir l'objet de commentaires sans fin sur les chaînes du câble. Palin reprit :

— « J'ai appris à mes dépens ces derniers jours que les médias ne vous prennent au sérieux que si vous faites partie de l'establishment de Washington. Mais vous savez quoi ? Je ne me présente pas pour plaire aux médias, mais pour servir mes compatriotes ! »

— Ça c'est parlé ! exulta Maga. Dites donc les garçons, j'espère que vous n'allez pas regretter votre décision. C'est qu'elle est fichue de décrocher la timbale !

— Aucune chance, marmonna Youssef entre ses dents.

— Djibo aussi était sûr de son coup quand il a créé Al- Qaida, rétorqua Maga.

Je gardai prudemment le silence. Personne n'était plus conscient que moi du fait que nous avions ouvert la boîte de Pandore ou, pour reprendre une expression de Yakoub, « laissé le génie s'échapper de la bouteille ». Dans les vingt-quatre heures ayant suivi la désignation de Palin, des républicains revigorés avaient donné plus de 7 millions de dollars à la campagne de McCain. D'autres avant moi avaient sous-estimé l'ancienne Miss Wasilia ; ils l'avaient payé de leur poste. Je ne commettrais pas cette erreur.

— « Une de mes premières décisions quand j'ai pris mes fonctions de gouverneur a été de me débarrasser d'un certain nombre d'objets dont j'estimais que mes concitoyens n'avaient pas à supporter le coût. Ce jet ultraluxueux ? Je l'ai mis sur eBay ! »

— Bravo Sarah ! s'écria Maga.

— « J'adore conduire ma voiture moi-même. Et vous savez quoi ? Je ne voyais pas non plus l'utilité d'avoir une cuisinière privée – encore que je dois avouer que mes enfants la regrettent parfois. »

— Pas à dire, concéda Youssef, elle a du métier.

Après un long passage sur sa politique énergétique (encore plus de pétrole, de gaz, de nucléaire et de charbon !), Palin s'appliqua à démolir méthodiquement Obama.

— « Voilà un homme qui a eu le temps d'écrire deux autobiographies mais n'a parrainé aucune loi d'importance au Congrès ! Notre pays a besoin de davantage d'énergie, il s'oppose à de nouveaux forages. Les impôts sont déjà trop élevés, il veut les augmenter. Washington dépense déjà trop, il multiplie les promesses. Vous savez, en politique, il existe deux sortes de candidats : ceux qui utilisent le changement pour promouvoir leurs carrières et ceux qui, comme John McCain, utilisent leurs carrières pour promouvoir le changement. »

— Il est temps de conclure, dit Maga.

Comme si elle l'avait entendue, Palin se livra à un dernier éloge de McCain – « le seul candidat à s'être battu pour vous dans des circonstances où gagner voulait dire survivre et échouer signifiait la mort » – avant d'inviter son camp à faire bloc derrière son champion :

— « Aidez-nous à élire un homme extraordinaire à la présidence. Que Dieu bénisse l'Amérique. »

Palin n'avait pas plus tôt terminé son discours que les commentateurs de CNN nous expliquaient ce qu'il fallait en retenir. Elle s'était merveilleusement acquittée de sa tâche ; les millions d'Américains qui ne la connaissaient pas encore avaient pu découvrir son énergie et sa détermination ; l'écart entre Obama et McCain se resserrerait à coup sûr dans les prochains jours.

Youssef éteignit la télévision et Maga frappa dans ses mains :

— Allez les puces, un bisou à Oncle Sliv et au lit. Je viendrai vous éteindre la lumière.

Les jumelles se pendirent à mon cou. Leurs câlins

n'étaient jamais aussi longs que quand ils précédaient le coucher.

Quand elles furent parties, Youssef résuma l'opinion générale.

— Elle est plus forte que ce que je pensais.

— Félicitations mon chéri, ironisa Maga. Grâce à toi, l'opération Miss USA est sur les rails.

— Qu'est-ce qu'on fait maintenant ? demanda Youssef, sans relever.

— Rien, répondis-je. On ne fait rien.

— Tu es fou ? Elle est capable de gagner !

— C'était toute l'idée. Nous avons choisi Palin pour ses qualités et ses défauts. Il fallait aider les Américains à voir ses qualités ; les défauts se verront très bien sans nous.

— Je n'aime pas ça…

— Vois le bon côté des choses, te voilà en vacances, dit Maga, qui buvait du petit-lait.

Je la repris :

— Ne te réjouis pas trop vite. Tu risques de découvrir une facette de Palin nettement moins reluisante. Et si dans deux mois, tu penses encore qu'elle ferait une bonne vice-présidente, elle n'aura pas volé son élection.

DEUXIÈME PARTIE

Sydney

1

L'élection de Barack Obama engendra un de ces rares moments de communion planétaire chers à Ignacio Vargas. Du Kenya à la Norvège, depuis la Sibérie jusqu'à Hawaï, des centaines de millions de personnes se massèrent devant leur télévision pour assister à un événement dont nul ne pensait être témoin de son vivant : l'élection d'un Noir à la tête de l'État le plus puissant du monde. On dansa dans les rues à Yaoundé et Jakarta, on tira des feux d'artifice à Londres et à Melbourne et les réseaux sociaux bourdonnèrent pendant des semaines de l'ubiquitaire « Yes we can ». Les messages de félicitations des chefs de gouvernements se hissèrent à un niveau de lyrisme sans précédent. Le Premier ministre australien qualifia la victoire d'Obama de « message d'espoir pour le monde », tandis que le président français notait que, « fidèle à ses valeurs, le peuple américain avait exprimé avec force sa foi dans le progrès et dans l'avenir ». Même le président Ahmadinejad se fendit d'une dépêche, alors que les relations diplomatiques entre l'Iran et les États-Unis étaient au point mort depuis 1979.

Ceux qui font l'Histoire n'en ont généralement pas conscience ou en tout cas pas sur le moment. On ne mesure la portée des déclarations de guerre ou des traités de paix qu'avec le temps. Idem pour les putschs qui tournent une fois sur deux à la farce ou les soi-disant révolutions qui n'accouchent que d'un nouveau dictateur. Tous les dix ou vingt ans cependant, un événement survient, dont tant les protagonistes que les observateurs savent avec certitude qu'il entrera dans la mémoire collective. Nos parents s'étaient levés au milieu de la nuit pour voir Neil Armstrong marcher sur la Lune ; ma génération avait vu le mur de Berlin tomber quasiment en direct ; puis il y avait eu le 11 Septembre, et désormais le 4 Novembre.

Aux États-Unis, des scènes de liesse inimaginables avaient accompagné l'annonce des résultats. 63 % des Américains s'étaient rendus aux urnes, un chiffre qui pouvait paraître faible vu d'Europe mais qui n'avait pas été atteint depuis un demi-siècle et représentait 9 millions de voix de plus qu'en 2004. La soirée électorale avait réuni 71 millions de téléspectateurs, moins que la finale du Super Bowl mais plus que n'importe quelle autre élection dans l'Histoire. Quant aux billets pour la cérémonie d'inauguration du nouveau président, ils s'échangeaient déjà à plus de 2 000 dollars pièce au marché noir.

Mais les chiffres sont impuissants à rendre compte du vent de ferveur qui souffla sur les États-Unis pendant ces quelques semaines. L'élection semblait n'avoir fait que des gagnants. La plupart des républicains saluaient sportivement la victoire d'Obama, se disant fiers d'appartenir à un pays capable d'envoyer un Noir à la Maison Blanche moins d'un demi-siècle après que Johnson eut aboli la discrimination raciale. Il faut dire que John McCain avait donné l'exemple. Dans un discours de défaite d'une rare élégance, il avait reconnu l'importance historique du moment et offert ses services au nouveau président « afin de trouver les compromis nécessaires pour réduire l'écart qui nous sépare ». Ce soir-là encore, McCain avait prouvé qu'il avait l'étoffe d'un chef d'État.

On ne pouvait hélas en dire autant de sa colistière. Sarah Palin s'était, comme prévu, pris les pieds dans le tapis, accumulant en soixante jours une série de gaffes impressionnante, qui avait sapé sa crédibilité et, par ricochet, celle de McCain. Le lendemain de son investiture, elle avait annoncé que sa fille Bristol était enceinte de son petit ami et l'épouserait « dans un futur proche » ; pour une candidate censée amadouer la droite évangélique, on avait vu meilleur départ. Une série d'interviews avec la journaliste Katie Couric s'était révélée bien plus désastreuse encore. Le passage dans lequel Palin se prétendait compétente en matière de politique étrangère sous prétexte que l'Alaska partage une frontière avec la Russie s'était hissé dans le hit-parade des vidéos les plus partagées sur YouTube. Priée dans l'interview suivante d'indiquer comment elle s'informait, Palin avait répondu qu'elle lisait « tous les magazines » mais n'avait pu en citer un seul. Les humoristes en avaient fait leurs choux gras. Parmi les imitations souvent hilarantes qui s'étaient ensuivies, celle de Tina Fey déclarant, toutes dents dehors, « je ne suis plus qu'à un battement de cœur de la présidence », avait marqué les esprits. À soixante-douze ans, McCain n'était pas exactement un perdreau de l'année. Il avait été traité en 2000 pour un cancer de la peau. La probabilité qu'il décède en exercice, et donc que sa vice-présidente lui succède, était loin d'être négligeable. Vue sous cet angle, l'ignorance de Palin – qui croyait que l'Afrique était un pays et créait des néologismes comme « réfudier » ou « sous-mésestimer » – faisait froid dans le dos.

Malgré ses déboires, la gouverneur de l'Alaska avait conservé des supporters. Selon un sondage réalisé après l'élection, 70 % des républicains continuaient d'approuver la décision de John McCain. Une majorité d'entre eux souhaitaient voir Palin jouer un rôle important dans le débat national et espéraient qu'elle se représenterait en 2012. Palin avait donc moins fait perdre l'élection à McCain qu'elle ne l'avait empêché de la gagner. Elle n'avait en effet jamais réussi à élargir son audience au-delà de la droite évangélique, contrairement à un Lieberman qui aurait sans doute apporté deux ou trois millions de voix démocrates dans ses bagages. En cela, l'opération Miss USA avait parfaitement rempli son office.

Le lendemain de l'élection, les membres du Comex me réservèrent un triomphe. Instruit par mes erreurs du passé, je fis en sorte que Lena, Youssef et Maga recueillent leur part de félicitations. Pour Lena en particulier, c'était une étape importante, la preuve que le Comex reconnaissait sa contribution et lui avait pardonné sa trahison. Elle en montra presque de l'émotion.

Je m'abstins en revanche de mentionner le rôle décisif joué par Vargas, dont le nom restait, pour mes collègues, associé au scandale Al-Qaida. Le Colombien était pourtant à mes yeux le principal artisan de notre succès. J'espérais avoir un jour l'occasion de collaborer à nouveau avec lui.

Yakoub sortait incontestablement grandi de cette opération. Même Martin Suarez le félicita en séance pour le doigté dont il avait fait preuve. Peu de présidents du Comex pouvaient se vanter d'avoir lancé le CFR dans une direction nouvelle. La tentative de Djibo s'était soldée par un échec lamentable ; Yakoub, lui, avait réussi sur toute la ligne. La nouvelle administration semblait déterminée à restaurer l'image de l'Amérique. Obama s'était engagé à rappeler les troupes américaines en Irak et surtout à fermer le centre de détention de Guantánamo, qu'Amnesty International surnommait le « Goulag de notre époque ». Tout cela était de bon augure.

Il était dit cependant que le nouveau président ne connaîtrait pas l'état de grâce dont avaient bénéficié tant de ses prédécesseurs. Le monde avait plongé pendant l'été dans la plus grave crise économique depuis 1929. Après des années de fuite en avant, les banquiers s'étaient retrouvés à court de gogos à qui refourguer leurs titres surévalués. La musique s'était brusquement arrêtée et ceux qui avaient eu la chance de trouver une chaise libre s'y agrippaient de toutes leurs forces. Le torrent de liquidités qui irriguait habituellement l'économie s'était tari au rang de ruisseau : les banques ne prêtaient plus aux entreprises ; celles-ci cessaient de faire crédit à leurs clients qui, en retour, étranglaient leurs fournisseurs. La machine économique ne tournait plus, faute de carburant.

Le marché immobilier était aussi à l'arrêt. Les acheteurs, incapables d'obtenir un prêt, faisaient des offres misérables que certains vendeurs, pris à la gorge, étaient bien obligés d'accepter. Pour ne rien arranger, les banques qui saisissaient des logements à la chaîne les remettaient aussitôt à la vente. Dans certaines villes comme Miami ou Las Vegas, les biens vacants se comptaient par milliers.

Les difficultés d'une première banque d'affaires, Bear Starns, sauvée en mars par le Trésor américain, auraient dû sonner l'alarme. Il fallut la faillite de Lehman Brothers en septembre pour que Wall Street réalise que le gouvernement ne viendrait pas toujours à son secours. Si une institution fondée en 1850 et forte de 25 000 employés pouvait s'écrouler en un week-end, alors rien ni personne n'étaient à l'abri. Lehman devait plus de 700 milliards à ses créanciers. Ses actifs étaient évalués à 100 milliards de moins, mais leur liquidation prendrait des années. Dans l'intervalle, les créanciers déconfits devraient reconstituer leurs fonds propres en se tournant vers leurs actionnaires. Comme les investisseurs prêts à ouvrir leur carnet de chèques en pleine tourmente monétaire ne se bousculaient pas au portillon, les États étaient montés au créneau en garantissant sur leurs réserves les augmentations de capital. Partout, l'argent du contribuable servait à éponger les pertes abyssales causées par quelques patrons qui, non contents d'avoir gagné des fortunes à leur poste, réclamaient des indemnités pharaoniques pour abandonner leur fauteuil.

Les particuliers étaient comme souvent les dindons de la farce. Les entreprises, dont les commandes s'effondraient, licenciaient par wagons entiers. Les banques expropriaient à tour de bras et les États faisaient planer le spectre de futures hausses d'impôts. Les convulsions des marchés boursiers soumettaient les nerfs des épargnants à rude épreuve, notamment pour ceux dont l'épargne-retraite était investie en actions. Des nababs dont l'empire était criblé de dettes se voyaient donner une semaine pour bazarder leurs hélicoptères ou leurs chalets à Aspen. Mais l'on pouvait aussi trembler sans être riche. La faillite de Lehman Brothers avait montré qu'on s'inquiétait toujours trop tard de la santé de sa banque. Les médias alimentaient la paranoïa ambiante. Fallait-il vider son compte ou au contraire en ouvrir un deuxième ? Acheter des lingots ou planter un potager ? Profiter des prix sacrifiés dans les magasins ou s'accrocher à son bas de laine ? On lisait tout et son contraire, c'était épuisant.

La crise fit une victime inattendue, quand plusieurs investisseurs en quête de liquidités cherchèrent à sortir du seul fonds dans lequel ils ne s'étaient pas fait massacrer. Devant l'ampleur des demandes de rédemption, le gérant du fonds, un certain Bernie Madoff, dut reconnaître qu'il se livrait depuis des années à une escroquerie pyramidale. Un flux continu de nouveaux épargnants, appâtés par la régularité des performances, avait toujours suffi jusqu'à présent à rembourser les sortants et financer l'imposant train de vie du clan Madoff. On trouvait parmi les victimes des dentistes à la retraite, des professeurs d'université, des œuvres de charité et même un Prix Nobel. Tous racontaient la même histoire ou presque : ils avaient commencé par confier une petite partie de leur patrimoine à Madoff, puis, au vu des premiers résultats, avaient progressivement augmenté la mise au point, pour certains, d'y engloutir toutes leurs économies. Dans un éclair de lucidité, un radiologue de

West Palm Beach avait déclaré : « C'était trop beau pour être vrai, mais j'avais envie d'y croire. »

La crise n'épargna pas mon entourage, à commencer par mon employeur dont le portefeuille plongea de 30 % au deuxième semestre 2008. La gestion des actifs du CFR, constitués à l'origine par une dotation de Pierre Ménard, était répartie entre une douzaine d'établissements spécialisés qui ignoraient la véritable nature de nos activités. Le Comex se réunissait deux fois par an pour valider les comptes de la période écoulée et, à l'occasion, réviser le mandat de gestion. Comme notre pactole grossissait à vue d'œil, nous avions pris l'habitude de suivre presque aveuglément les conseils de notre directeur financier indien, Anhil Patel. Nous découvrîmes que Patel touchait de la part des gérants des commissions proportionnelles aux fonds qu'il leur confiait. Afin de maximiser ses gains, il poussa progressivement le Comex sur la pente insidieuse de la dette. Il faudrait être bête pour ne pas emprunter à 5 % de l'argent que nous pouvions placer à 12 %, avait-il expliqué un jour en séance. Il fallait être plus bête encore pour croire que ces 12 % étaient garantis – illusion à laquelle mes prédécesseurs avaient pourtant succombé tous les six. À compter de ce jour, le taux de levier du CFR progressa chaque année. Chaque dollar emprunté et réinvesti accroissait les commissions de Patel et le risque auquel nous étions exposés. À l'automne 2008, quand éclata la crise, le CFR était endetté à hauteur de 100 %. Autrement dit, chaque baisse des cours de 1 % se traduisait par une baisse de la valeur de nos actifs de 2 %. Nous étions tombés dans le piège que nous dénoncions chez les autres.

Yakoub, qui commençait à soupçonner le manège de Patel, demanda à Lena d'enquêter sur son compte. La Danoise ne fut pas longue à reconstituer les flux de commissions. Patel perdit dans la même journée son emploi et les 35 millions de dollars qu'il croyait à l'abri sur un compte aux îles Caïmans.

Nous chargeâmes le nouveau responsable financier de rembourser la dette du CFR en vendant des actifs, quitte à encaisser de lourdes pertes. Yakoub voulait commencer l'année 2009 sur des bases saines. Nous nous délestâmes de paquets d'actions, d'obligations, de barils de pétrole et de forêts, tirant les prix encore un peu plus vers le bas. Nous vendîmes un Van Gogh, des statuettes de Giacometti et un manuscrit (authentique) de Léonard de Vinci. Malgré la pression de Suarez qui jugeait prudent de réduire la masse salariale, Yakoub et Zoe Karvelis refusèrent de procéder au moindre licenciement et même de ralentir les recrutements.

Suarez, peut-être parce qu'il était le plus fraîchement coopté, insistait pour identifier les responsables d'une débâcle qui, finalement, nous avait coûté plusieurs milliards. Patel faisait un coupable idéal, mais le Comex avait sans contestation possible failli à sa mission de contrôle et de prudence. Yakoub proposa d'endosser le blâme au motif que son rôle de président lui imposait une vigilance accrue. Shao et Onobanjo s'y opposèrent. Je rappelai que les malversations de Patel avaient commencé en 2001 sous la houlette de Djibo. Nous n'avions fait que nous ranger à l'avis de notre leader de l'époque qui, devais-je le rappeler, n'encourageait guère la contestation. Zoe abonda dans mon sens : elle se souvenait à présent que Djibo avait pesé de tout son poids pour, selon son expression de l'époque, « dynamiser la gestion du CFR ». Suarez eut le bon goût de se contenter de cette explication et nous tournâmes cette page douloureuse.

Nous nous en tirions bien comparés à d'autres. Cormac, le créateur de bonheur irlandais, avait mis la clé sous la porte avant d'avoir pu écouler ses maisonnettes ; Vargas, beau joueur, lui avait remboursé ses honoraires. La crise en Europe n'avait pas arrangé les affaires de Mathilde et de son mari. Ils avaient abandonné leur maison pour s'installer dans un pavillon de location ; ma mère soupçonnait Horst de jouer au poker en ligne pour essayer de se refaire. Nina avait pris la tête de Jöro dans le pire des contextes : les entreprises réduisaient leurs dons au moment où l'association engageait des investissements substantiels.

L'Islande payait un lourd tribut à la crise. Les trois plus grandes banques du pays étaient passées sous le contrôle de l'État. Après avoir pendant des années attiré les épargnants anglais et néerlandais avec la promesse de placements garantis, elles s'étaient trouvées incapables de leur rendre leur argent quand tous l'avaient réclamé en même temps. Dans la foulée, la couronne islandaise s'était effondrée et la capitalisation de la Bourse de Reykjavík avait dévissé de 90 %. Les jeunes émigraient en masse pour ne pas avoir à rembourser les ardoises de leurs parents.

Mon vieil ami Gunnar payait lui aussi bien cher son imprudence. Endetté jusqu'au cou sans disposer du même matelas de sécurité que le CFR, il avait placé une moitié de ses économies dans les valeurs technologiques du Nasdaq et l'autre dans les produits garantis des banques islandaises. Son portefeuille censé agrémenter ses vieux jours avait fondu des trois quarts. Je lui rendis visite juste avant Noël. Il m'annonça, amer, qu'il devait repousser son départ à la retraite de deux ans. Quand je pris congé, il me demanda en me regardant dans les yeux si le CFR était pour quelque chose dans la crise actuelle.

— Pas cette fois, non, lui répondis-je tristement.

2

Fin 2008, Lena m'invita à déjeuner. L'événement était en soi assez rare pour être signalé. La dernière – et seule – fois remontait à 1995, quand la Danoise, sous le prétexte de me faire découvrir la cuisine argentine, avait copieusement débiné mon premier dossier. J'ignorais ses intentions cette fois-ci. Allait-elle enfin me remercier d'avoir intercédé en sa faveur il y a cinq ans ? Porter un toast à notre récent succès commun ? Évoquer la question de son avenir au CFR, où son talent méritait mieux que le rôle de consultante de luxe auquel elle était cantonnée ? J'étais prêt à discuter de tous ces sujets ou juste à faire un bon repas en admirant Lena sous son meilleur profil (le gauche).

L'hypothèse du bon repas s'envola quand j'arrivai en vue du restaurant où nous avions rendez-vous. « Poil de carotte », annonçait l'enseigne dans une couleur flamboyante que je vous laisse deviner. Une inscription sur la porte se chargea de dissiper mes derniers doutes : « Spécialités macrobiotiques à base de carotte ».

Lena, qui se trouvait déjà à l'intérieur, me fit signe avant que je ne puisse tourner les talons. Je n'eus d'autre choix que de la rejoindre en me frayant un chemin à travers la salle pleine à craquer. Elle étudiait la carte, perchée sur un tabouret. À Toronto comme ailleurs, fauteuils et banquettes de moleskine disparaissaient peu à peu des restaurants, remplacés par des sièges inconfortables qui accéléraient la rotation des clients.

— Tu es en retard, remarqua sèchement Lena. Ils ont failli donner ma réservation.

— Parce qu'il faut réserver ?

— Tu as vu le monde ? Ils ont quinze jours d'attente.

— Tu plaisantes ?

— J'en ai l'air ? La seule façon d'avoir une table en semaine, c'est de venir à onze heures.

— Ils ne livrent pas ?

— À partir de 100 dollars.

— Toute seule, ce n'est pas évident, plaisantai-je en visualisant une meule de carottes râpées.

— Non en effet ou alors il faut planifier plusieurs repas.

Alarmé par cette dernière remarque, j'ouvris le menu. Les entrées démarraient à 15 dollars, les plats à 25.

— Ce n'est pas donné, observai-je. Pour ce prix à Córdoba, on mangeait un mouton.

— Tu connais le nombre de crises cardiaques en Argentine ? rétorqua Lena.

— Non et je préfère ne pas le savoir. Que me conseilles-tu ?

— Tu as faim ?

— Raisonnablement, dis-je en réalisant un peu tard que j'aurais pu difficilement choisir terme plus équivoque.

— Alors, je te recommande le mille-feuille de

carottes et pommes de terre. Il est accompagné d'une salade verte.

Pour 27 dollars, cela semblait la moindre des choses.

— C'est ce que tu commandes ?

— Non, répondit Lena. Je prends le potage de carottes à l'orange.

— En entrée ?

— En plat.

— Et ça te suffit ?

— S'il me reste un peu de place, je me laisserai peut-être tenter par un dessert. Ils sont délicieux.

— J'imagine.

Lena héla une serveuse, qui prit notre commande.

— Et à boire ? demanda la jeune femme.

— Un coca, dis-je.

La serveuse regarda Lena d'un air interrogateur, ne sachant si je plaisantais.

— Ils ne servent que de l'eau et des boissons à base de carotte, expliqua Lena. Tu veux voir la carte des cocktails ?

— Ça ira, merci. Je me contenterai d'eau pétillante.

— Un grand verre de jus pour moi, dit Lena.

— Californie ?

— Wisconsin.

La serveuse hocha la tête en signe d'approbation et s'éloigna.

— Tu as vu ? dis-je. Elle est rouquine. C'est marrant, non ?

— Tu n'avais pas remarqué ? Elles le sont toutes.

Je regardai autour de moi. La dizaine de serveuses en vue, vêtues d'une robe verte et d'un tablier orange, arboraient en effet toutes de magnifiques chevelures rousses.

— Poil de carotte, bien sûr…

— Je t'ai connu plus vif.

— Et moi plus agréable. Dis-moi plutôt ce qui me vaut le plaisir de ce festin.

— Mais rien de spécial. J'ai juste pensé qu'on ne déjeunait pas souvent ensemble…

Peu de gens mentaient aussi mal que Lena. J'en avais parfois honte pour elle.

— Deux fois en quinze ans, c'est en effet assez épisodique, raillai-je.

— Tu vois, tu es tout de suite agressif.

— Je ne suis pas agressif, je coupe court aux salamalecs. De quoi as-tu besoin ?

Elle réfléchit puis se décida à me dire la vérité.

— Il se trouve que je travaille depuis quelque temps sur un projet… disons, personnel.

— Un dossier ?

— En quelque sorte ?

— Comment ça « en quelque sorte » ?

— Oui, c'est un dossier, mais un dossier d'assez grande envergure.

— Une initiative ?

— Non, pas une initiative, un dossier.

— Qui porte sur ?

Lena fit un geste évasif de la main.

— Peu importe.

— Comment ça « peu importe » ?

— Je veux dire que tu n'as pas besoin d'en savoir beaucoup plus.

— Vraiment ? Parce que pour l'instant, je ne sais rien.

Lena se tortillait sur son tabouret, de plus en plus mal à l'aise.

— Bon, lâcha-t-elle, c'est un dossier sur les Mayas.

— Les Indiens Mayas ?

— Oui.

— Et que leur arrive-t-il à tes Mayas ?

Elle fit signe qu'elle n'en dirait pas davantage.

Je croyais savoir où elle voulait en venir. Les agents de classe trois peuvent dépenser jusqu'à un million de dollars par an sur leurs projets. Au-delà de cette somme, ils ont besoin de l'approbation d'un membre du Comex. Nous étions début décembre, ce qui me conduisait à soupçonner que Lena avait épuisé son crédit et n'avait pas la patience d'attendre l'année prochaine.

— Tu ne crois tout de même pas que je vais débloquer une rallonge sans connaître au moins les grandes lignes de ton dossier ?

— Qui te parle de rallonge ?

— Ce n'est pas ce que tu t'apprêtes à me demander ?

— Mais non, j'ai tout l'argent dont j'ai besoin.

— Quoi alors ?

— Le mille-feuille ? demanda la serveuse, que je n'avais pas entendue arriver.

— Ici, répondis-je, agacé par cette interruption.

Je regardai autour de moi en dépliant ma serviette. Cet endroit m'était vaguement familier, sans que j'arrive à me souvenir pourquoi.

— Il y avait un autre restaurant avant celui-ci, n'est-ce pas ? demandai-je à la serveuse.

— Oui monsieur, une pizzeria.

— Et avant la pizzeria ?

— Un restaurant français.

— Le Relais ?

— Mais oui, comment le savez-vous ?

— Un de mes vieux amis y avait son rond de serviette. J'ai eu le privilège d'y déjeuner une fois. C'était succulent bien qu'un peu gras.

La serveuse leva les yeux au ciel. Je m'avisai alors qu'elle était efflanquée comme un chat de gouttière. Elle avait dû bannir depuis longtemps les lipides de son alimentation.

— C'est l'inspection sanitaire qui les a fait fermer, ajoutai-je sadiquement.

— Pour quel motif ? s'enquit Lena.

— Oh, des broutilles… Ruptures répétées de la chaîne du froid, importation illégale d'andouillette, accommodage de restes…

— Compris, me coupa Lena.

— Produits périmés, cafards dans l'évier, traces d'urine dans les sauces…

— Merci mademoiselle, dit Lena en renvoyant la serveuse. (Se retournant vers moi :) Tu as fini de traumatiser cette pauvre fille ?

— La traumatiser ? répondis-je en prenant l'air offensé. J'enrichis sa culture locale. Tu ne goûtes pas ton potage ?

— Fiche-moi la paix !

— Où en étions-nous ? Ah oui, tu t'apprêtais à me raconter ton dossier sur les Mayas.

— Tu peux toujours courir…

Elle attaqua rageusement sa soupe. J'avais encore réussi à la rendre furieuse sans le vouloir. Cela ne me surprenait même plus : depuis quinze ans, tous nos échanges semblaient se terminer ainsi.

Je tâtai mon mille-feuille du bout de ma fourchette. Il avait plutôt fière allure mais je n'avais plus faim.

— Bon, que puis-je faire pour toi ? demandai-je.

— Rien, répondit-elle, les yeux dans son assiette.

— Allons Lena, tu ne m'as pas fait venir ici parce que tu te soucies de mon régime. Je répète ma question : que puis-je faire pour toi ?

— Je ne sais pas.

Croisant enfin mon regard, elle ajouta :

— C'est Yakoub qui a souhaité que je te rencontre.

— Tu travailles avec Yakoub ? Sur ton dossier maya ?

— Oui.

— Depuis quand ?

— Trois ans.

La révélation que Ching Shao était la fille naturelle de Mao Zedong ne m'eût pas surpris davantage. Yakoub et Lena – le président du CFR et l'aventurière qui avait failli causer sa perte – collaborant dans mon dos ! J'en avalai sans réfléchir un tiers de mon mille-feuille.

— Pourquoi moi ? demandai-je.

— Je crois qu'il voulait l'opinion d'un autre membre du Comex.

Cela ne pouvait signifier qu'une chose : que Lena projetait de dépenser plus de 5 millions de dollars l'année prochaine, le seuil à partir duquel elle avait besoin de deux parrainages. Je décidai de laisser la question financière de côté pour le moment.

— Et tu voudrais me faire croire que tu m'as choisi de préférence à Zoe ou Sophie ?

— Franchement, je n'y ai pas réfléchi plus que ça.

— À d'autres…

— Et puis, tu n'as pas l'air débordé en ce moment…

— C'est vrai que je n'ai fait élire qu'un président ce mois-ci. La vérité, Lena !

— Yakoub a insisté pour que je m'adresse à toi.

— À la bonne heure !

J'engloutis un deuxième tiers de mon mille-feuille, sans prendre davantage le temps de mâcher que la première fois.

— Qu'attend-il de moi au juste ?

— Aucune idée, mentit Lena.

— Je devrais peut-être le lui demander moi-même, dis-je en dégainant mon téléphone.

La mémoire revint soudain à Lena.

— Il souhaiterait avoir ton avis sur mon dossier avant que nous n'engagions des dépenses substantielles.

— Il souhaiterait avoir mon avis ? Ce sont les mots exacts qu'il a employés ?

— Exacts, je n'en jurerais pas. Mais c'était l'idée, oui.

— Mon avis sur quoi ?

— Mais ton avis général, j'imagine.

— Un aspect du dossier en particulier ? insistai-je en sentant la moutarde me monter au nez.

— Pas vraiment, dit Lena qui, depuis le début de cet échange, soufflait sur son potage. L'idée, le scénario, les sources, la routine quoi !

— Mais surtout le scénario ?

— Pas plus que le reste, non.

— Ah ça suffit ! tonnai-je en tapant si violemment sur la table que la soupe déborda sur la nappe.

Tous les convives s'arrêtèrent de manger, guettant, fourchettes en l'air, la réaction de Lena.

— Enfin calme-toi, murmura la Danoise entre ses dents. Tu veux nous faire expulser ?

— Ce ne serait pas la pire chose qui puisse m'arriver, répondis-je en baissant d'un ton. Maintenant écoute-moi bien : Yakoub ne soutiendrait pas ton projet s'il n'en jugeait l'idée de départ excellente ; nous savons tous les deux que tu es bien meilleure falsificatrice que moi ; reste le scénario, qui, comme par hasard, n'a jamais constitué ton point fort.

— Yakoub dit qu'il n'est pas tout à fait à la hauteur du reste du dossier…

— Bon sang Lena ! m'exclamai-je en tapant une nouvelle fois sur la table. Arrête de te raconter des histoires. Si nous sommes ici, c'est que ton scénario ne vaut pas tripette et que Yakoub veut que je le réécrive de fond en comble. D'ailleurs, nous serons bientôt fixés, dis-je en me levant.

— Que fais-tu ? demanda Lena, paniquée.

— Nous allons voir Yakoub. Tous les deux. J'ai soupé des embrouilles.

— Rassieds-toi s'il te plaît, on nous regarde.

Justement, notre serveuse s'approchait, l'air aussi menaçant que le lui permettaient ses 38 kilos.

— Tout va bien mademoiselle, dit Lena en couvrant précipitamment les taches de potage sous sa serviette.

— Je vais devoir vous demander de quitter l'établissement et de ne plus jamais revenir, déclara la serveuse d'une voix tremblante.

— Avec joie, fis-je en attrapant mon manteau. Je disais justement à mon amie que ses carottes du Wisconsin m'ont tout l'air de provenir du Michigan. Le Relais avait peut-être des souris dans ses cuisines mais au moins, il ne trompait pas ses clients sur la marchandise.

*

Nous attendîmes un long moment devant sa porte que Yakoub se débarrasse de ses visiteurs. Sa secrétaire avait proposé de nous prévenir quand il serait libre mais je ne lui faisais pas confiance. J'étais résolu à tirer cette affaire au clair le plus rapidement possible. Je lampais café sur café tandis que Lena ruminait dans son coin en refusant de m'adresser la parole. Un moment délicieux.

Les importuns prirent enfin congé. Yakoub les raccompagna à l'ascenseur tout en leur glissant dans la main des billets pour une exposition sur la faune sous-marine « à ne rater sous aucun prétexte ». Son aisance relationnelle m'impressionnait d'autant plus qu'il n'en abusait pas, contrairement à Djibo qui se servait de sa séduction comme d'une arme.

— Entrez, entrez, dit-il en s'effaçant devant nous.

Il consulta sa montre :

— J'attends un coup de fil important dans une demi-heure.

— Ce sera bien suffisant, dis-je froidement.

Nous n'étions pas plus tôt assis autour de sa table de réunion que je commençai :

— Lena m'a appris que tu l'aidais sur un dossier…

— Mais oui, fit Yakoub sans la moindre trace de gêne. Elle est venue me trouver il y a deux ans…

— Trois, rectifia Lena.

— C'est cela, trois ans. Son projet était déjà assez

avancé. Elle avait besoin d'argent pour mener des études techniques.

Que Lena ait contacté Yakoub, qui deux ans plus tôt réclamait sa tête, de préférence à moi qui lui avais sauvé la vie me sidérait et – pourquoi le nier ? – me blessait terriblement. J'étais bien mal récompensé de ma magnanimité.

— Un million de dollars pour des études techniques ? m'étonnai-je. Vous construisez une colonie sur Mars ?

Si Yakoub avait remarqué mon énervement, il ne le montrait pas.

— Mais non ! Et nous n'avons pas dépensé un million, mais… ?

Il se tourna vers Lena.

— Sur trois ans : six et demi, presque sept, dit la Danoise.

— Sept millions de dollars ? répétai-je, abasourdi. Pour quoi faire ?

— Lena ne t'a donc rien dit ? demanda Yakoub.

— Rien. Peau de balle.

Lena protesta avec véhémence :

— J'étais sur le point de le faire quand Sliv a fait un esclandre au restaurant !

Yakoub soupira comme s'il avait affaire à deux gamins qui se renvoyaient la responsabilité d'une bêtise.

— Raconte-lui ce que tu m'as expliqué il y a trois ans, dit-il à Lena. Pas la peine de l'assommer avec les détails à ce stade, juste les grandes lignes.

— Avec plaisir, dit Lena comme si elle n'avait jamais demandé mieux. Je suis partie d'un constat. Le CFR déploie des moyens considérables pour infléchir l'Histoire ou concevoir des récits édifiants. Deux éléments compliquent notre tâche : les directives du Plan restreignent notre champ d'intervention et, surtout, nous ne pouvons faire abstraction de la réalité. Pourquoi, me suis-je alors demandé, ne pas partir d'une feuille blanche en créant de toutes pièces une civilisation que nous serions libres de façonner à notre guise ?

— Une civilisation imaginaire ? demandai-je en pensant à l'Atlantide ou à la vallée de Shangri-La.

— Non, justement. Les civilisations imaginaires présentent un inconvénient fondamental : chacun est libre de les tirer dans sa direction sans craindre d'être contredit. Prends le cas de l'Atlantide justement, cette île engloutie mentionnée pour la première fois par Platon. Elle a inspiré des légions de poètes, d'auteurs de science-fiction, d'ésotéristes et de doux dingues, qui voyaient en elle tour à tour une civilisation détruite par l'éruption de Santorin, le berceau de la race aryenne ou encore une cité sous-marine peuplée de créatures mi-hommes mi-poissons. Bref, l'imagination a tué le mythe.

— Si l'Atlantide peut être toutes ces choses à la fois, elle n'est plus rien du tout, résumai-je.

— Exactement. Idem pour Ys ou la Lémurie. La civilisation perdue, elle, est plus facilement contrôlable. Naturellement, elle prête aussi à spéculation, mais à l'intérieur de certaines limites historiques ou géographiques…

— Attends, l'arrêtai-je. Tu parles de créer une civilisation de fond en comble ?

— Non, ce ne serait pas réaliste. D'où viendrait-elle et comment expliquer son extinction ? Je me suis bornée à une tribu maya atypique établie sur la pente d'un volcan près de l'actuelle Veracruz et qui aurait connu son âge d'or au IXe siècle avant d'être anéantie par une éruption.

Yakoub ajouta en me regardant :

— Les dates concordent, tu penses bien. Le volcan San Martin, situé à 50 kilomètres de Veracruz, a connu une éruption relativement importante en 890.

— Oh, j'en suis sûr. J'ai du mal à voir en revanche à quoi sert une cité disparue alors que les historiens semblent avoir percé les principaux mystères de la civilisation maya.

Lena sourit. Elle attendait ma question.

— Si j'ai choisi les Mayas de préférence à une autre civilisation, c'est parce que au-delà de leurs nombreux points communs leurs cités jouissaient d'une large autonomie. Elles avaient leurs chefs, leurs rites, leurs spécialités artisanales, voire, pour certaines, leurs propres dieux.

— Et en quoi ta tribu se distingue-t-elle des autres ?

Lena interrogea Yakoub des yeux, ne sachant si elle devait répondre à ma question.

— Le mieux, c'est que tu lises le dossier à tête reposée, dit Yakoub. Il devrait te surprendre. Je ne te cacherai pas que j'étais sceptique au début mais l'ampleur de la vision de Lena et la qualité des premières réalisations ont eu raison de mes réserves.

— Quelles premières réalisations ?

Lena se tourna encore vers Yakoub, qui hocha la tête.

— Il se trouve qu'une poignée d'artefacts ont résisté à l'éruption volcanique : des poteries, des bijoux et surtout un codex – un manuscrit…

— Je sais ce qu'est un codex, merci, dis-je un rien trop sèchement.

— Alors tu sais peut-être aussi qu'il n'en existe qu'une poignée d'authentiques dans le monde. Ils constituent le principal outil des historiens pour comprendre le mode de pensée maya.

— Tu veux fabriquer un codex ? Tu as une idée du nombre de tests auxquels est soumise la moindre trouvaille archéologique ?

— Dans la mesure où j'étudie la question depuis trois ans, je crois pouvoir dire que j'en ai une assez bonne idée, oui, répondit Lena, sans se démonter.

— Tu oublies que le CFR ne recourt plus à la falsification historique depuis 2000. Londres va te retoquer en moins de deux.

— Londres se rangera à l'avis du Comex, affirma Yakoub.

— Parce que tu soutiens la fabrication d'artefacts vieux de mille ans ? C'est de la folie furieuse !

— Attends de voir les premières productions de Lena. Elles risquent de te faire changer d'avis.

Je réprimai la vacherie qui m'était venue à l'esprit. Je n'étais plus moi-même. Mes mains tremblaient, la faute à la caféine qui coulait dans mes veines.

— Que veux-tu de moi ? demandai-je aussi calmement que j'en étais capable.

— Que tu épaules Lena sur le scénario.

— Qui a besoin d'un scénario quand il peut faire pousser des reliques mayas sur les pentes des volcans ?

Ma réponse avait fusé, incontrôlable.

— On a toujours besoin d'un bon scénario, dit Yakoub avec bonhomie.

— Et le scénario de Lena n'est pas bon ? insistai-je.

Il se crispa imperceptiblement avant de se forcer

à sourire. Sa patience ne pouvait avoir que deux explications : Lena avait pondu le dossier du siècle ou ils avaient tous les deux vraiment besoin de moi.

— Disons qu'il peut être amélioré, lâcha Yakoub d'un ton sibyllin.

— Sur quel plan ?

— Je préfère ne pas t'influencer.

— Tu trouves qu'il manque de punch, intervint Lena, qui était restée en retrait pendant notre échange, jugeant sans doute que je me ridiculisais très bien tout seul.

— En effet, répondit Yakoub. Mais je ne m'inquiète pas : du punch, Sliv semble en avoir à revendre aujourd'hui. Peux-tu nous laisser à présent ?

Lena sortit en traînant les pieds, comme un enfant qui rechigne à aller se coucher.

— Que se passe-t-il ? me demanda Yakoub quand elle eut fermé la porte. Je ne t'ai jamais vu ainsi. Tu as bu ?

— Pire : j'ai mangé des carottes.

Yakoub se détendit.

— Elle t'a emmené dans sa cafétéria de bobos ? Mon pauvre… Quand ça m'arrive, je me bourre de pain et je la regarde chipoter dans son assiette en rêvant d'un steak au poivre.

J'avais à ce stade moins besoin de compassion que d'explications.

— Bon sang Yakoub, 7 millions pour des études techniques ?

— Et encore, si j'avais accédé à toutes les requêtes de Lena, nous aurions dépensé le triple.

— Quand comptes-tu en parler au Comex ?

— Dès que tu m'auras donné ton avis.

— Sur le scénario ?

— Sur la portée même du dossier. Pour ma part, j'estime que nous n'avons rien fait d'aussi important depuis le Timor.

— Tu oublies l'élection d'Obama…

Je réalisai aussitôt mon erreur. Yakoub n'oubliait jamais rien.

3

La structure des dossiers du CFR n'a quasiment pas évolué depuis un siècle. Dans la première partie, « le scénario », l'agent présente l'histoire qu'il souhaite raconter ; dans la seconde, « les sources », il dresse la liste des mesures à prendre pour accréditer son récit.

Le document que je feuilletai ce soir-là devant ma cheminée ne méritait pas encore tout à fait le nom de dossier. Il s'agissait plutôt d'un document de travail dans lequel Lena faisait le point sur les connaissances des historiens, explorait l'image des civilisations précolombiennes dans l'inconscient populaire et brossait les grands traits d'une cité imaginaire anéantie par une éruption volcanique en l'an 890. L'ensemble couvrait une centaine de pages, farcies de renvois à des annexes intitulées « Correspondances des systèmes calendaires mayas » ou « Authenticité du codex Grolier ».

L'exhaustivité de la bibliographie en cinq langues donnait à elle seule le tournis. Il était difficile de croire que tant de livres aient été écrits sur les Mayas et surtout que Lena les avait tous lus. Gunnar professait qu'on ne se documentait jamais trop. De là à lire *Les routes du commerce de l'obsidienne en Bélize méridionale* ou *Techniques de terrassement chez les Olmèques*, il y avait un pas que même mon pointilleux mentor n'aurait pas franchi.

Je comprenais mieux à présent les absences à répétition de Lena. Au cours des trois dernières années, elle s'était rendue au Mexique à onze reprises, dont une fois comme volontaire pour une association archéologique qui fouillait des ruines à Palenque. Elle avait visité les musées consacrés à l'art précolombien de Madrid, Helsinki et Lima, et participé à deux congrès organisés par des sociétés savantes en se faisant passer pour une universitaire islandaise. Les dates qui jalonnaient son document montraient qu'elle avait continué d'y travailler pendant l'été, alors qu'elle m'aidait à orchestrer l'irrésistible ascension médiatique de Sarah Palin. Elle avait déjà dû passer plusieurs milliers d'heures sur son projet. Une telle persévérance, sans garantie de succès, forçait le respect.

Comme on pouvait s'y attendre, le volet technique du dossier ne souffrait aucun reproche. À titre d'exemple, Lena discutait la question de savoir si une éruption de taille moyenne pouvait détruire des structures en pierre – oui, si la cité se trouvait suffisamment près du volcan. Elle recensait les techniques de datation en vigueur et spéculait sur celles qui risquaient d'être développées dans les décennies à venir. Notant enfin qu'une incertitude de vingt ans entourait la date de l'éruption du San Martin, elle s'interdisait d'utiliser des vestiges postérieurs à 870.

J'avais craint que Lena ne se soit mis en tête de produire elle-même les quelques dizaines d'artefacts – bijoux, poteries, couteaux… – qu'elle prévoyait de disperser sur le flanc du volcan. Au lieu de ça, elle se proposait d'en faire pragmatiquement l'emplette au marché noir, où s'échangent des milliers de reliques inconnues des autorités douanières et des conservateurs de musées. Elle était en revanche décidée à confectionner un ou deux codex, ces assemblages de feuilles de parchemin qui ressemblent à des livres. L'idée, que j'avais jugée grotesque quelques heures plus tôt, ne paraissait plus aussi loufoque quand on entrait dans le détail. Lena avait décomposé la tâche en une dizaine de problèmes pratiques, délicats mais pas insolubles. Pouvait-on fabriquer du papier vieux de mille ans ? Quels pigments et pinceaux utiliser ? Comment intégrer le fait que les spécialistes ne savent déchiffrer à ce jour que deux tiers de l'écriture maya ? Autant de chantiers sur lesquels elle avançait avec méthode depuis trois ans et semblait proche d'aboutir.

La virtuosité technique de Lena avait perdu le pouvoir de me surprendre. Deux choses en revanche me frappaient dans ce dossier : son ambition et son ingénuité. Son premier scénario mis à part (l'émigration d'une colonie grecque vers le Nebraska), Lena avait tendance à brider son imagination, un travers classique chez les agents obsédés par la sécurité. Elle ne s'écartait des matières mortes – mythologie, botanique, Antiquité… – que lorsqu'elle disposait de sources de premier plan, et toujours à l'intérieur de récits insipides que j'aurais personnellement eu honte de soumettre à Londres. Son dossier maya restait dans le registre historique mais il contenait une part de folie, une étincelle de démesure dont je ne l'aurais jamais crue capable. Elle ne créait rien de moins qu'une cité disparue, une société de 10 000 âmes unie par une cosmogonie commune. Elle composait des textes sacrés et inventait des rites sacrificiels, des traités commerciaux ou des recettes de cuisine. Pour un peu, j'aurais juré qu'elle chassait sur mes terres.

Son dossier révélait une autre facette de Lena, encore plus inattendue. La Danoise faisait porter à sa tribu un message de paix et d'harmonie à la limite de la naïveté. En passant en revue ses précédents dossiers, je m'aperçus qu'ils répondaient tous d'une façon ou d'une autre à cette description. L'esclave Caius Marcus, qui avait pourtant vu sa famille massacrée par les Romains, suppliait Spartacus de laisser la vie sauve à un centurion ; les abeilles se sacrifiaient pour protéger leur reine ; la correspondance en espéranto entre un général russe et un professeur japonais avait préparé le terrain aux discussions de paix entre les deux pays initiées par Theodore Roosevelt en 1905. À ce niveau de similitudes, on ne pouvait plus parler de coïncidence. Je me promis d'éclaircir ce mystère.

Le scénario de Lena tenait en quelques pages. Au début du VIIIe siècle, la cité maya de Toniná mit à sac sa voisine Palenque. Environ un millier de Palenquais s'enfuirent vers l'ouest, écœurés par la violence dont ils avaient été témoins. Au terme d'une transhumance de plusieurs mois, ils s'installèrent sur le flanc du volcan San Martin, à 500 kilomètres environ de leur point de départ.

Vue de l'extérieur, la ville qu'ils bâtirent (et que Lena n'avait pas encore baptisée) se conformait en tout point au modèle maya : mêmes temples en pierre, mêmes horloges astronomiques, même habitat semi-communautaire. Les us et coutumes de la nouvelle cité n'auraient pu en revanche être plus éloignés de ceux qui régnaient à Palenque, Uxmal ou Chichén Itzá. Les habitants révéraient le dieu Chupacan, prince de la concorde, et plaçaient le dialogue au-dessus de toutes les autres valeurs. Les hommes surpris à se battre étaient tournés en ridicule. Le souverain gouvernait presque exclusivement par consensus. Ne craignant rien de ses sujets, il se déplaçait sans gardes ni escorte. Une fois par an, il cédait son trône à un paysan, au cours d'une journée hautement symbolique qui voyait chaque habitant de la cité échanger sa place avec un frère, un ami ou un inconnu.

Le temps qu'ils ne passaient pas à se déchirer ou à envahir les cités voisines, les villageois le consacraient à la variante du jeu de balle qu'ils avaient développée. Ils ne décapitaient pas les vaincus comme c'était l'usage dans le Yucatán. Il n'y avait du reste chez eux ni gagnants ni perdants, les joueurs changeant d'équipes plusieurs fois au cours de la partie selon des règles subtiles qui restaient encore à écrire.

Grâce à une démographie galopante, à la fertilité des pentes du San Martin et à une immigration soutenue en provenance des autres cités, la population crût rapidement jusqu'à atteindre environ 10 000 âmes, un chiffre presque comparable aux autres centres majeurs de l'ère maya.

Autour de 890, le volcan se mit à gronder. Les villageois se concertèrent et, fait extraordinaire, ne parvinrent pas à se mettre d'accord. Les uns firent remarquer que le San Martin était coutumier de ces sautes d'humeur et qu'il n'y avait pas lieu de s'inquiéter ; les autres, pointant du doigt les fumerolles qui sortaient du cratère, préconisèrent de se retirer dans la forêt en attendant des jours meilleurs. Dans toute autre civilisation, les deux camps auraient mis la décision au vote ou se seraient séparés. Les Mayas, eux, continuèrent à discuter courtoisement jusqu'à la nuit tombée, en s'efforçant de réconcilier leurs points de vue. Ils allèrent se coucher sans avoir trouvé de terrain d'entente. À trois heures du matin, une épaisse couche de lave recouvrit la cité et tous ses habitants.

Comme l'avait suggéré Yakoub, l'histoire de Lena n'était pas à la hauteur de l'univers qu'elle avait créé. Malgré d'incontestables trouvailles (Chupacan le dieu de la concorde, le jeu de balle, l'éruption du San Martin), il manquait cruellement d'action : de gentils Mayas vivaient en bonne intelligence quand, patatras, une éruption les rayait de la carte. Mille péripéties me venaient à l'esprit, qui rendraient la tribu de Lena plus attachante sans détériorer le profil du risque du dossier.

Je m'inquiétais aussi de la portée du scénario. Quelle que soit la valeur historique du codex que produirait le CFR, il risquait de n'intéresser que les archéologues et les revues scientifiques. Or les efforts qu'avait consacrés Lena à son bébé prouvaient qu'elle rêvait d'un retentissement bien plus large.

J'allai me coucher vers une heure du matin, plutôt content de mon travail. J'avais écrit une deuxième version du scénario, dans laquelle les Mayas quittaient la cité à temps pour s'entasser sur des bateaux qui coulaient à pic dans la tempête accompagnant l'éruption. Je recommandais de placer le codex et les artefacts à bord d'une épave, qui serait repêchée en temps voulu par des agents du CFR. J'esquissais également quelques idées sur le jeu de balle et la façon dont ses règles reflétaient les valeurs fondatrices de la cité.

Je réalisai au réveil l'erreur monumentale que j'étais sur le point de commettre. Je m'apprêtais à éreinter un dossier auquel Lena consacrait toutes ses soirées depuis trois ans et à sortir de mon chapeau des solutions à des problèmes qu'elle avait considérés sous tous les angles. Nos relations, déjà mauvaises, ne s'en remettraient pas. Et mes idées, pour excellentes qu'elles fussent, finiraient au panier.

Pour la première fois de ma vie, je fis l'effort, tel un Maya, de me mettre à la place de Lena. Que cherchait-elle à accomplir avec ce dossier ? Qu'attendait-elle de moi ? Et surtout, quelle histoire se racontait-elle ? Tout partait de là, j'en avais la conviction. Les mains croisées sous la nuque, je réunis mes souvenirs de la Danoise en fixant le plafond : ses dossiers mièvres mais techniquement irréprochables, les remontrances dont elle m'accablait à CÓrdoba, sa réaction si différente de la mienne à l'annonce de la mort de John Harkleroad, les qualités et les défauts dont elle avait fait preuve à Dili face à la délégation des Nations unies, sa diatribe si véhémente sur le sort injuste réservé aux falsificateurs dans notre organisation, l'abnégation sans faille dont elle faisait preuve depuis cinq ans.

Elle se prenait pour la plus grande falsificatrice de l'histoire du CFR, cela crevait les yeux. Peu importait qu'elle ait raison ou tort ; elle le croyait et c'est tout ce qui comptait. « Personne ne m'arrive à la cheville, dis-je à voix haute. J'ai peut-être un peu moins d'imagination que Sliv – je dois reconnaître qu'au Timor il m'a épatée – et encore, ça reste à démontrer. J'ai manqué d'audace dans mes premiers dossiers mais l'heure est venue de prouver à ces peine-à-jouir que je suis une bien meilleure scénariste qu'ils ne croient. »

Je soupirai. Reconstituer le raisonnement de Lena m'avait demandé d'autant moins d'efforts que je me tenais régulièrement le même : seul mon immense talent de scénariste empêchait mes collègues d'apprécier à leur juste valeur mes qualités de falsificateur.

Au lieu de convoquer Lena comme je l'avais prévu, j'allai la trouver sur son territoire. À quatre pattes sous son bureau, elle branchait ce qui ressemblait à un disque dur mais était peut-être aussi bien une console de jeu ou un scanner de fréquences de police. Je toquai à la porte.

— Tu es occupée ?

— Ça dépend pour quoi ?

— Pour parler des Mayas.

— Tu tombes mal, Yakoub est en Asie, dit-elle en permutant deux câbles.

— Et alors ? Je ne vais quand même pas attendre son retour pour te dire tout le bien que je pense de ton dossier.

Décidant de remettre ses branchements à plus tard, elle se redressa et me fit signe de m'asseoir.

— Vraiment, tu as aimé ? demanda-t-elle.

— Le mot est faible : je l'ai dévoré ! C'est ton meilleur dossier, Lena. De très loin.

— Je le pense aussi, dit-elle en rosissant légèrement.

— Ne le prends pas mal, mais je ne te savais pas si bonne scénariste.

— Oh, je ne le prends pas mal. Je suis la première à

reconnaître que mes dossiers précédents péchaient par excès de prudence.

Ces paroles, si proches de celles que j'avais imaginées, m'encouragèrent à poursuivre dans la même voie.

— Et quel coup de génie d'avoir choisi les Mayas ! Chaque cité cultivait sa propre identité à l'intérieur d'une civilisation commune.

— Oui, j'ai considéré plusieurs candidats : les Aztèques, les Mongols, les Indiens d'Amérique…

— Les Incas sans doute ?

— Impossible, ils ne maîtrisaient pas l'écriture.

— Bien sûr ! fis-je en me frappant le front.

— J'ai établi une liste de vingt et un critères. Je te la montrerai à l'occasion.

— J'adorerais. Je me demandais également pourquoi les Chupacs…

— Tiens c'est drôle, m'interrompit-elle, tu les appelles aussi les Chupacs ?

— Oui. Je sais que tu ne les as pas baptisés mais vu le nom que porte leur dieu, ça semble assez logique.

— Justement, j'hésitais à les nommer d'après leur dieu.

— Au contraire, tu renforces la cohérence du scénario… (Je m'arrêtai comme si je craignais d'en avoir trop dit.) Mais je ne veux surtout pas t'influencer. C'est ta décision.

— Bien sûr, mais j'apprécie ton avis. Pardon, je t'ai coupé. Tu disais ?

— Oui, pourquoi les Chupacs s'établissent-ils si à l'ouest ? Si je ne m'abuse, Veracruz serait plutôt en territoire olmèque.

— À ce détail près que la civilisation olmèque s'est

éteinte en 400 avant Jésus-Christ. En fait, je n'ai pas vraiment eu le choix. Le San Martin est le seul volcan de la région à avoir connu une éruption significative entre le Ve et le Xe siècle. Palenque et Toniná, les sites mayas les plus proches, se trouvant à 500 kilomètres, j'en ai déduit que Chupac n'avait pu être fondée que par des anciens d'une de ces deux cités. Je me penche sur leur histoire et qu'est-ce que je découvre ? Qu'au début du VIIIe siècle, les guerriers de Toniná ont saccagé Palenque ! Tout à coup, mon exode se justifiait, de même que l'aversion des Chupacs pour la guerre.

Je hochai la tête, réellement impressionné cette fois. Je connaissais ce sentiment glorieux de discerner un motif dans le chaos de l'Histoire.

— Cela explique aussi comment une colonie non violente a pu survivre si longtemps dans la jungle, poursuivit Lena : elle vivait en autarcie, à l'écart des conflits de voisinage et des principales routes commerciales.

Une autre caractéristique des grands scénaristes, pensai-je : sous leur plume, les contraintes devenaient des opportunités.

— Encore une fois, chapeau, dis-je en me levant.

— Attends, protesta Lena. Ne pars pas.

— Tu as du travail, dis-je en désignant l'embrouillamini de câbles à ses pieds. Je ne veux pas te déranger.

— Tu ne me déranges pas. Mais tu ne m'as fait que des compliments. J'écoute tes reproches.

— Je ne sais pas si j'ai envie d'ajouter quoi que ce soit. Un dossier comme ça, on n'en monte qu'un dans sa carrière. Alors forcément, on a envie qu'il compte… Les Chupacs vont secouer le monde de l'archéologie précolombienne, ça ne fait pas l'ombre d'un doute.

Mais j'imagine que tu vises plus haut : le Mexique, l'Amérique du Sud peut-être ?

— Tu plaisantes ? Je vise le monde, rien de moins. Je ne me suis pas donné ce mal pour faire bavasser trois directeurs de musées.

— Non, bien sûr. Je pense moi aussi que ton histoire a le potentiel d'enflammer l'humanité – à condition de la raconter un peu différemment.

— Il n'en est pas question ! Personne ne touche à mon histoire ! glapit Lena en se rétractant dans son fauteuil.

— Bien sûr que non, elle est parfaite en l'état. Je parlais juste de la façon de la raconter. Il m'est venu quelques idées pour rendre le scénario un peu plus dynamique. Des broutilles mais qui, l'air de rien, élèveront ton récit au rang de légende.

Devant son air sceptique, je changeai de tactique :

— Tiens, tu te souviens quand j'allais créer le site palinforvp de mon bureau ? Heureusement que tu étais là pour me montrer comment intercaler un proxy !

Lena sourit.

— Les journalistes seraient remontés à ton ordinateur en deux coups de cuiller à pot. Ah, on aurait eu l'air malins !

— Tu m'imagines expliquant à Yakoub qu'il fallait dissoudre le CFR à cause d'un malheureux nom de domaine ? dis-je en pouffant de rire comme un collégien au souvenir de sa première boule puante.

— Pierre Ménard se retournerait dans sa tombe !

— Encore faudrait-il qu'il sache ce qu'est un nom de domaine !

— « Je ne connais qu'un domaine, celui de mes

ancêtres », bêla Lena en imitant la voix chevrotante de Ménard.

— « Robert, resservez-nous donc un coup de blanc ! », renchéris-je avec l'accent français.

Nous nous amusâmes à imiter les membres du Comex. Suarez, avec sa démarche claudicante, souvenir d'une embuscade en Irak, était une cible facile, de même qu'Onobanjo avec son air pincé de petite fille prise en faute. Lena me fit hurler de rire en singeant le ton débonnaire de Karvelis, qui pouvait virer un agent en ayant l'air de le promouvoir.

Je n'aurais su dire ce qui me surprenait le plus : voir Lena s'esclaffer à mes calembours lamentables ou découvrir que la nature l'avait dotée du sens de l'humour. Après une dernière boutade sur Yakoub, elle s'essuya les yeux.

— Bon, je t'écoute, dit-elle. Que proposes-tu ?

Je fis mine de reprendre mes esprits, alors que j'avais orienté toute la conversation pour en arriver exactement à ce point.

— Les grondements du San Martin inquiètent les Chupacs. Aucun n'a vécu d'éruption mais des récits de nuages de cendre et de feu liquide circulent dans les veillées. Un ancien, le roi peut-être, a entendu dire que les projections du volcan pouvaient atteindre plusieurs kilomètres, dans toutes les directions. Il recommande de prendre la mer.

— La mer ? Quelle drôle d'idée ?

— Pas tant que ça. Ils sont à une dizaine de kilomètres de la côte…

— Plutôt quinze.

— Pas si tu situes Chupac sur le versant nord du volcan – mais j'y reviendrai. Il ne leur faudra que quelques heures pour rejoindre la plage, après quoi les bateaux les éloigneront du danger bien plus vite que ne pourraient le faire leurs jambes.

— Les Mayas ne sont pas un peuple marin, observa Lena.

— Ce ne sont pas de grands explorateurs, je te l'accorde. Mais ils naviguaient sur les rivières et cabotaient à des fins commerciales. Ils avaient des bateaux.

— Sûrement pas assez pour embarquer 10 000 personnes !

— Je sais, c'est le problème. On pourrait imaginer qu'une partie de la population périsse pendant le voyage…

— Frappée d'épuisement après dix kilomètres de marche ?

— Non, bien sûr. Les villageois rencontrent un danger dans la jungle. Ou une partie seulement tente l'aventure. Ils s'entassent sur les dix ou vingt embarcations que possède la tribu et s'efforcent de mettre le maximum de distance entre eux et la côte. L'éruption du San Martin s'accompagne d'une tempête, comme c'est souvent le cas. Les coquilles de noix des Chupacs, pleines à craquer, coulent à pic. Mille ans plus tard, on retrouve l'épave de l'une d'entre elles, avec à son bord un codex.

Lena retint l'objection qui lui montait aux lèvres et demanda :

— Qu'est-ce qui te gêne dans le scénario actuel ?

— Deux choses. D'abord, tu n'exploites pas le potentiel dramatique de la découverte des artefacts…

— Il n'y a que quatre codex dans le monde. Crois-moi, si nous leur en apportons un cinquième, les archéologues se ficheront de savoir si nous l'avons trouvé au fond de l'eau ou enterré dans la jungle.

— Les archéologues peut-être. Mais le grand public ? Si tu veux que les Chupacs entrent dans les livres d'histoire, nous aurons besoin du concours des médias. Eux préféreront une expédition sous-marine à des images de volcan éteint. Cela m'amène au deuxième avantage de ma solution : tu n'as plus à te préoccuper des vestiges de la cité, ni même à déterminer son emplacement exact. Se trouvait-elle sur le versant nord du San Martin ? le sud ? À l'intérieur du cratère ? Peu importe, puisqu'elle a été ensevelie ! Tandis que si tu disperses tes artefacts dans la jungle, les archéologues entameront des fouilles. Ils retourneront la terre pendant cinq ou dix ans et finiront par conclure que les artefacts appartenaient à une colonie itinérante. Le codex demeurera, mais il devra se suffire à lui-même.

Lena réfléchissait. Elle était trop intelligente pour ne pas comprendre que j'avais raison.

— C'est intéressant, concéda-t-elle enfin. Mais ça nous oblige à fabriquer une fausse épave. Où vais-je trouver du bois vieux de mille ans ?

Je notai l'utilisation du « nous ». Toute à son projet, Lena s'imaginait que je mourais d'envie de consacrer les six prochains mois de ma vie à ressusciter une tribu maya. Et naturellement, elle avait raison.

— Il suffit de trouver une autre épave, dis-je. Sans compter qu'un séjour prolongé au fond des mers rend sûrement la datation moins précise.

— Les Vikings échouaient des bateaux dans les fjords à peu près à la même époque. Ça vaut le coup de regarder.

C'est ainsi que démarra mon troisième projet commun avec Lena. Le premier avait donné son indépendance au Timor-Oriental, le deuxième porté Barack Obama à la présidence. Qui eût cru que le troisième nous porterait plus haut encore ?

4

Mes collègues du Comex s'enthousiasmèrent pour le dossier de Lena. Eux qui n'arrivaient pas à s'entendre sur le réchauffement climatique, la liberté d'expression ou les méfaits du capitalisme se reconnurent sur-le-champ dans le message d'harmonie des Chupacs. Zoe fit remarquer que peu de termes étaient aussi emblématiques des valeurs du CFR que celui de « concorde ». Sophie plaida pour de nouvelles études techniques, histoire de perdre un an ou deux. Tout aussi poliment que l'été précédent, Yakoub la remercia pour son avis et n'en tint aucun compte.

Les semaines qui suivirent, je rattrapai mon retard en avalant des dizaines de livres sur les Mayas. Lena m'avait préparé un programme de lecture, en partant des ouvrages généraux (*The Ancient Maya* de Sharer, *The Rise and Fall of a Rainforest Civilization* de Demarest) pour aller vers les thèmes plus précis (*Reading the maya glyphs* ou *The Sport of life and death. The Mesoamerican Ballgame*). Fidèle à mes habitudes, je cherchais moins à enregistrer des faits ou des dates qu'à m'imprégner de l'époque. La civilisation maya reposait sur une cosmogonie complexe, qui découpait le cosmos en trois entités, le ciel, la terre et l'inframonde, elles-mêmes subdivisées en vingt-trois strates gouvernées par des dieux ou des esprits malins. Pour compliquer le tout, chaque dieu pouvait se présenter sous une forme masculine ou féminine, jeune ou âgée, et prendre plusieurs couleurs. En résultaient des cérémoniaux compliqués, régis par de multiples calendriers dont l'interprétation constituait le domaine réservé de prêtres qui se succédaient de père en fils. On devait aux Mayas plusieurs accomplissements remarquables : ils avaient découvert le zéro, développé le premier système d'écriture de Mésoamérique, comptaient en base 20 et savaient naviguer aux étoiles. Leurs temples, terrains de jeu de balle et autres pyramides en pierre avaient résisté au passage des siècles et révélaient régulièrement de nouveaux secrets.

Le terme d'« empire », approprié quand il s'agissait des Aztèques ou des Incas, ne convenait pas aux Mayas, dont l'organisation en centres urbains souverains rappelait plutôt celle de la Grèce antique ou des cités italiennes. Des potentats locaux concentraient tous les pouvoirs religieux, militaires et civils. Ils s'appuyaient sur des dignitaires chargés de faire régner l'ordre et de collecter l'impôt. Les prêtres jouissaient d'une influence et d'un prestige considérables, ne serait-ce que parce qu'ils présidaient aux sacrifices et prescrivaient les actes d'automutilation. Les paysans, de loin la classe la plus nombreuse, cultivaient le maïs sur des parcelles qui restaient la propriété de la ville.

La plupart des cités vivaient dans un état de guerre quasi perpétuelle. On se battait pour tout et n'importe quoi, pour le contrôle d'une route commerciale ou un gisement d'obsidienne, pour rançonner les vaincus ou pour alimenter les prêtres en victimes expiatoires. Autour du VIIIe siècle, soit au moment où Lena situait le début de son récit, le monde maya bascula dans une violence endémique qui finit par entraîner sa chute. Les constructions monumentales s'arrêtèrent brutalement et les cités principales, dépeuplées sous l'effet conjugué de la sécheresse et de la détérioration des sols, passèrent progressivement sous le contrôle des Indiens Nahuas venus du nord.

Plus je découvrais l'esprit de conquête des Mayas, plus le pacifisme des Chupacs me dérangeait. Nous sommes façonnés par notre environnement ; nos valeurs, que nous croyons ancrées dans nos tripes, sont en réalité le produit de l'éducation de nos parents, des mythes fondateurs de notre communauté et, naturellement, de nos propres expériences. Les Japonais ne naissent pas modestes et consensuels, ils le deviennent ; l'optimisme ne coule pas dans les veines des Américains, il leur est inculqué pendant leur jeunesse ; quant au cartésianisme des Français, il s'enracine dans la structure de leur langue. Sécessionnistes ou pas, les Chupacs restaient des Mayas. Ils avaient hérité de leurs ancêtres un certain rapport au sang et à la mort. Ils avaient vu leurs parents s'entailler le bras jusqu'à l'os pour apaiser les dieux ou le vainqueur d'une partie de jeu de balle réclamer l'honneur d'être décapité. Ils ne condamnaient pas plus la violence que nous ne condamnons la faim ou le froid. Ils en avaient peur mais ne concevaient pas de vivre sans. Elle faisait partie de leur existence.

Mes premières tentatives pour atténuer l'angélisme des Chupacs se heurtèrent à l'intransigeance de Lena.

Elle disait avoir justement écrit ce dossier pour montrer qu'un groupe d'individus unis par des valeurs communes pouvait prospérer en s'affranchissant des codes de son époque. Je soulignais à son intention les passages de mes lectures décrivant la cruauté des Mayas, les cérémonies durant lesquelles les prêtres extrayaient à main nue le cœur battant des prisonniers ou l'habitude qu'avaient les généraux victorieux de fouler aux pieds les soldats vaincus. Je lui expliquais ce que m'avaient appris mes cours d'anthropologie, à savoir que les sociétés ne se transforment pas de manière radicale mais évoluent par petites touches, sur des générations. Les Chupacs étaient des loups, des loups nourris au maïs mais des loups tout de même. Les dépeindre comme des agneaux était la plus sûre façon de les discréditer.

Je plaçais volontairement le débat sur le terrain de la plausibilité, le seul auquel Lena avait une chance d'être sensible. Je savais qu'au moindre signe que j'essayais de tirer son scénario dans ma direction elle se braquerait et reprendrait aussitôt les rênes. Elle était en revanche toujours preneuse de suggestions pour améliorer le profil de risque de son dossier. J'adaptais donc subtilement mon discours. Plutôt que de déclarer de but en blanc que les Chupacs ne pouvaient vivre en complète autarcie, j'en appelais à la logique : comment une cité pouvait-elle attirer des immigrants si personne ne connaissait son existence ? Quand le bon sens ne suffisait pas, j'invoquais l'autorité de grandes figures des études précolombiennes. « Tainter a fondé sa réputation sur son modèle des routes commerciales en Basse-Amérique ; il ne soutiendra jamais une cité qui contredit aussi spectaculairement sa théorie », expliquais-je à Lena.

Ou encore : « Demarest ne comprendrait pas que les Chupacs honorent leurs dieux sans verser un peu de sang de temps en temps. »

Après des semaines de palabres, Lena consentit à faire commercer les Chupacs avec l'extérieur. Grâce à leur proximité de la côte, ils n'avaient pas besoin de sel. Ils consommaient en revanche des quantités prodigieuses de fèves de cacao qu'ils importaient des basses terres du Guatemala. Ils achetaient également de l'obsidienne, dont la lame effilée comme un rasoir est idéale pour trancher pénis et oreilles. Eux-mêmes fournissaient la presqu'île du Yucatán en produits de prestige tels que peaux de jaguar, céramiques fines ou sceptres sculptés. Quand les marchands chupacs se rendaient à Uxmal ou Coba, ils longeaient la côte par le nord pour éviter Palenque où ils avaient laissé tant de mauvais souvenirs.

Lena finit par admettre que les Chupacs n'avaient pu entièrement bannir la violence de leurs mœurs. Ils continuaient à sacrifier des animaux et, à l'occasion, des hommes. Faute de prisonniers, les prêtres en appelaient aux volontaires. Quand ces derniers venaient à manquer ou quand les augures exigeaient des sacrifices plus importants, une loterie était organisée. Les prêtres hissaient une immense jarre en haut de la pyramide principale, et la remplissaient avec des plaques d'écorce portant le nom de chaque habitant de la ville, sans restrictions d'âge, de santé ou de classe. Chacun avait le droit de remplacer une plaque par une autre à son nom : les parents se substituaient à leurs enfants, les vieillards aux adultes, les malades aux bien-portants, le soupirant à l'élue de son cœur. Le roi en personne procédait au tirage au sort. Il plongeait la main dans la jarre, ramenait une plaque et décidait avant de regarder le nom figurant sur l'écorce si son propriétaire serait exécuté ou s'il recevrait une forte somme d'argent. Le nombre des punitions était égal à celui des récompenses.

L'automutilation était monnaie courante. Contre une modeste donation, les prêtres se faisaient un plaisir d'indiquer aux Chupacs qui quémandaient une faveur l'organe ou le membre à trancher pour complaire aux dieux. Une lacération du torse faisait venir la pluie, un doigt coupé guérissait une bête, un nez fendu garantissait presque à tout coup l'amour.

Lena avait justifié son revirement par le fait que les sacrifices remplissaient une fonction sacrée : les Mayas ne faisaient pas couler le sang par sadisme, mais pour rendre un culte à leurs divinités. Elle ne voulait en revanche pas entendre parler de conquêtes militaires. Dans leurs affaires civiles, les Chupacs avaient fait le choix de la non-violence : ils réglaient leurs différends par les mots et bannissaient leurs délinquants. J'arguai en vain que mille ans de guerres et de rapines ne pouvaient s'expliquer sans un instinct belliqueux et qu'à énucléer leurs ennemis les Mayas avaient dû développer une certaine esthétique de la brutalité. Ces mâles gorgés de testostérone, expliquai-je à Lena, avaient besoin d'un exutoire. Ils ne s'abrutissaient pas de jeux vidéo et ne couraient pas sur des tapis roulants en regardant défiler les cours de la Bourse. Que faisaient-ils de leurs journées pendant que les barbares de Toniná poussaient leurs prisonniers du haut des pyramides, violaient des fillettes et tiraient leurs servantes par les cheveux ? « Ils jouent au jeu de balle », me répondit Lena.

C'était une réponse moins bête qu'elle n'en avait

l'air. Le jeu de balle a été pratiqué pendant trois mille ans dans toute la Mésoamérique. Il a connu son âge d'or sous les Mayas au tournant du premier millénaire. Les joueurs, dont le nombre variait de un à douze par équipe, se renvoyaient une balle en caoutchouc avec les hanches et les genoux. L'usage des mains et des pieds était interdit. Les règles du jeu, sur lesquelles règne encore un certain flou, différaient d'une cité à l'autre. Les terrains pouvaient mesurer jusqu'à 160 mètres de long. Deux frontons latéraux s'ornaient d'un énorme anneau en pierre très convoité : le joueur réussissant à faire passer la balle, lourde de plus de deux kilos, à travers l'anneau adverse offrait la victoire à son équipe ; cela n'arrivait pratiquement jamais.

Chaque cité ou presque avait son terrain ; Chichén Itzá en comptait treize, plus que Manhattan n'a de terrains de football américain. Plus qu'un simple sport ou qu'un divertissement, le jeu de balle était un rite, une métaphore de la cosmogonie mésoaméricaine. Les anneaux, disposés selon l'axe est-ouest, figuraient le levant et le couchant, la balle de caoutchouc le soleil dont la course ne s'arrête jamais. Les terrains, dont l'emplacement obéissait à des considérations astronomiques, séparaient le ciel et l'inframonde, renforçant la symbolique d'un affrontement entre le bien et le mal, l'ombre et la lumière. Il n'était guère étonnant dans ces conditions que les grandes parties se terminent par des sacrifices, voire par la décapitation du capitaine de l'équipe vaincue.

Je soumis une idée à Lena. Parmi les mille ou deux mille Mayas ayant quitté Palenque se trouvaient un petit nombre de joueurs de balle invétérés, las de voir leurs tentatives pour faire évoluer la discipline systématiquement repoussées. Arrivés à destination, ces joueurs construisirent un superbe terrain d'environ 80 mètres sur 50 et commencèrent à mettre leurs idées en application. Les autres villageois ne leur prêtaient qu'une attention distraite. Il y avait tant à faire : planter du maïs, irriguer les champs, construire des habitations, élire un leader et dessiner les plans de l'imposante pyramide qui dominerait bientôt la place principale. Quand l'animation initiale fut retombée, nos gaillards présentèrent leurs innovations. La composition des équipes avait désormais vocation à évoluer au cours de la partie. Par exemple, un joueur ayant inscrit trois points changeait de camp, en désignant le joueur permutant avec lui. De même, l'équipe ayant réussi à marquer en faisant toucher la balle au moins une fois à chacun de ses joueurs pouvait recruter un représentant du camp adverse. Changement non moins majeur, l'anneau de pierre culminerait à cinq mètres et non plus à six, afin d'inciter l'équipe menée à la marque à jouer son va-tout pour tenter d'arracher la victoire.

Ces quelques règles, qu'il nous faudrait étoffer en temps voulu, visaient à rendre les parties plus disputées en rééquilibrant en permanence les forces en présence. L'équipe qui prenait un meilleur départ perdait en effet rapidement ses meilleurs éléments au profit de l'adversaire, un mécanisme inspiré du système américain de la *draft* où l'équipe ayant terminé dernière du championnat gagne le droit d'engager le jeune le plus prometteur de la ligue.

Les villageois qui n'avaient pas été impliqués dans l'élaboration des nouvelles règles manifestèrent une curiosité polie. Les prêtres, eux, pointèrent immédiatement deux vices de taille : comment distingueraient-ils les vaincus ? Et serait-il juste de sacrifier un joueur valeureux dont le seul tort aurait été de se retrouver du côté des perdants à la fin du match ? Légitimes questions auxquelles les réformateurs apportèrent une réponse surprenante : il n'y aurait à l'avenir ni vainqueurs ni vaincus. Les premières rencontres disputées selon les nouvelles règles montraient que la fierté d'avoir participé à une partie serrée jusqu'au bout éclipsait largement la satisfaction que procurait la victoire. « Mais alors, s'enquirent les prêtres, un peu désemparés, qui sacrifierons-nous ? » « Personne, leur répondirent les rénovateurs. Notre cité est encore petite ; nous ne pouvons nous permettre d'occire nos pratiquants sous prétexte qu'ils ont livré un mauvais match. D'ailleurs, les éléments médiocres ne le resteront pas longtemps ; ils progresseront au contact des joueurs plus expérimentés qui feront le va-et-vient entre les équipes. » Les simples paysans, qui tenaient à leur tête, manifestèrent bruyamment leur approbation. L'un d'eux, rompu à la dialectique ecclésiastique, déclara qu'il avait toujours trouvé inconvenant de départager les deux équipes. Car si le jeu de balle symbolisait l'affrontement entre le ciel et l'inframonde, fallait-il en conclure que ce dernier l'emportait une fois sur deux ? Non, vraiment, les nouvelles règles lui semblaient infiniment plus respectueuses de l'équilibre cosmique. On l'applaudit.

Les prêtres se laissèrent fléchir. Ils se disputaient depuis leur arrivée à San Martin pour savoir à quel dieu confier la ville. Les Mayas disposaient d'un stock de divinités étendu dans lequel chaque cité faisait son marché. Les façades de la pyramide du Magicien d'Uxmal étaient par exemple couvertes de représentations de Chac, le dieu de la pluie, tandis que le serpent à plumes Kukulkan protégeait les habitants de Chichén Itzá. La triade de dieux censée veiller sur Palenque ayant du plomb dans l'aile depuis le raid des Tonináns, les prêtres lui cherchaient activement un remplaçant. Huracan, le dieu du vent, Yum Kaax, le dieu des forêts, et Kinich Ahau, le dieu du soleil, faisaient figure de favoris. Un outsider, le relativement mineur Chupacan, prince de la concorde et frère d'Ixmucane, l'une des treize fondatrices de l'humanité, complétait la liste. Les prêtres avaient ajouté son nom après avoir constaté à quel point la longue marche dans la jungle avait resserré les liens entre les villageois. Les différences de fortune et de classe s'étaient estompées pour céder la place à une camaraderie et une entraide inhabituelles chez les Mayas. Ban Malmat, le chef des prêtres, vit dans la proposition des réformateurs un présage : la cité prendrait le nom de Chupac et ses habitants honoreraient le dieu de la concorde en s'efforçant à l'harmonie. Le jeu de balle, dans ses règles modifiées, deviendrait une célébration, un hymne à la collaboration et à l'entente.

Les Chupacs se ruèrent sur le jeu de balle nouvelle formule au point de lui consacrer bientôt tous leurs loisirs. Les six courts annexes construits pour répondre à la demande ne désemplissaient jamais. Tout le monde jouait. Femmes et enfants réclamèrent et obtinrent des balles plus légères. Des hommes qui n'avaient jusque-là jamais posé le pied sur un terrain de peur d'être enrôlés dans une équipe s'entraînaient aux côtés de joueurs chevronnés qui ne ménageaient pas leurs conseils. Les nouvelles règles se révélaient à l'usage prodigieusement divertissantes. Les matchs, serrés jusqu'au bout, se décidaient sur une combinaison impliquant quatre, cinq ou six joueurs qui n'avaient pas débuté la partie dans le même camp. Un conseil des sages étudiait chaque mois les propositions d'améliorations suggérées par les joueurs. Au fil du temps, la pondération du score se mit à favoriser les actions collectives par rapport aux exploits individuels, reflétant l'évolution de la société chupac vers toujours plus de fraternité.

Lena me remercia d'avoir trouvé l'articulation manquante entre la religion et le jeu de balle. Ce thème de la concorde devait lui tenir extraordinairement à cœur car il revenait partout dans son projet. Chez les Chupacs, parvenir à un accord constituait un motif de fierté, surtout si le terrain d'entente avait été difficile à trouver. Les notions d'ordre ou d'obéissance n'avaient pas cours. On enseignait aux enfants à se mettre à la place de leurs interlocuteurs, une qualité censée leur servir plus tard dans leur travail, leur vie conjugale et dans l'ensemble de leurs relations interpersonnelles. L'individualisme n'était pas condamné pour autant ; on attendait au contraire de chacun qu'il poursuive son intérêt. La concorde constituait un niveau supérieur, fondé sur la conciliation des égoïsmes.

Ce culte de l'harmonie trouvait son apogée dans une légende : à la fin de chaque baktun (un cycle correspondant à 20 katun, soit environ 394 ans), chaque homme possédait pour un mois la faculté de comprendre les motifs de tous les autres. En prévision de cet événement, les Chupacs s'entraînaient chaque année pendant une journée, en changeant de place avec leur voisin ou leur conjoint. Un soir où elle était en veine de confidences, Lena m'avoua qu'elle rêvait de faire à terme de ce jour une fête internationale célébrant le dialogue et la tolérance entre les hommes.

Nous vérifiâmes que le nom « Chupac » n'existait pas et n'avait aucun homonyme évident. Il se retenait et se prononçait facilement dans toutes les langues, comme le confirmèrent des tests conduits par une agence de marketing. Notre département graphique nous soumit plusieurs maquettes de l'effigie de Chupacan. La plupart s'inspiraient trop nettement de l'univers des jeux vidéo. Ma préférence allait à un homme-chien aux oreilles pointues. Lena, elle, jeta son dévolu sur un être à deux visages qui portait une parure en plumes de serpent. Contrairement aux représentations traditionnelles de Janus, celle-ci était asexuée et asymétrique. Le premier personnage avait des traits énergiques, tandis qu'un sourire énigmatique éclairait le visage du second. Je m'inclinai sans discuter.

À la différence des missions précédentes où nous nous étions réparti les rôles, nous collaborions cette fois sur tous les aspects du dossier. Je suivais la plupart des suggestions scénaristiques de Lena qui, en retour, sollicitait mon avis sur le choix des artefacts. Un même désir de raconter une histoire sensationnelle qui resterait dans les annales du CFR, voire dans les manuels scolaires, nous réunissait. L'animosité qui empoisonnait nos échanges depuis quinze ans s'était muée en une émulation dénuée d'arrière-pensées, où chacun voulait surprendre l'autre par la puissance de son imagination.

Les études techniques liées à la fabrication des codex avaient absorbé l'essentiel des 7 millions de dollars dépensés par Lena. Il était temps d'élargir notre champ d'action dans plusieurs directions. L'épave contenant les artefacts constituait notre priorité absolue. L'idée de Lena d'utiliser un bateau viking avait fait long feu. Elle était pourtant séduisante : au XIe siècle, les habitants du port danois de Roskilde avaient coulé eux-mêmes quatorze de leurs bateaux dans un fjord pour faire rempart aux envahisseurs. Hélas pour nous, les embarcations avaient toutes été repêchées et étaient exposées dans un musée sur l'île de Seeland. En ce début d'année 2009, je passais mes journées penché sur une carte indiquant le lieu et l'année de tous les naufrages répertoriés, pendant que Lena listait les innombrables critères à prendre en compte : l'âge de l'épave bien sûr, mais aussi la taille et le modèle du bateau, l'essence du bois (qui devait être présente dans la forêt mexicaine), la salinité de l'eau, la faune et la flore sous-marines, sans parler de la possibilité de repêcher clandestinement l'épave. Devant la difficulté de la tâche, Lena parlait de plus en plus souvent de revenir au scénario initial.

Nous rencontrions heureusement plus de succès dans d'autres domaines. Lena était en contact avec des trafiquants d'art qui se faisaient fort de nous approvisionner en artefacts inconnus des services de police. Poteries, colliers, poignards, amulettes : nous n'avions qu'à passer notre commande ; les prix variaient de 5 000 à 500 000 dollars pièce. J'appris que le trafic d'œuvres d'art représentait un marché de plusieurs milliards de dollars. Dans certains pays comme le Cambodge ou le Mexique, des organisations criminelles ratissaient méthodiquement les sites historiques. Elles moissonnaient des milliers d'objets qu'elles revendaient à des grossistes, qui se retournaient eux-mêmes vers les antiquaires ou les collectionneurs étrangers. Les autorités des pays concernés condamnaient officiellement le trafic mais ne se mobilisaient guère pour l'éradiquer.

Lena et moi ne voyions pas l'intérêt de dépenser trop d'argent sur ce poste. Les artefacts avaient pour fonction essentielle de conférer un halo d'authenticité aux codex. Une assiette de plus ou de moins, un sceptre un peu plus finement ciselé ne changeraient rien à l'appréciation des spécialistes. L'enveloppe d'un million de dollars que nous budgétâmes devait nous permettre d'acquérir une trentaine de pièces, dont deux ou trois, présentant une réelle valeur archéologique, auraient une chance d'être exposées au musée d'anthropologie de Mexico.

Lena avançait à pas de géant sur la production des codex. Elle avait fabriqué elle-même son papier amaté à partir d'un ficus vieux de douze siècles qu'un de nos agents à Cancún avait localisé pour elle près du San Martin. Les pigments posaient moins de problèmes car obtenus à partir de roches millénaires. Nous n'avions pas encore décidé si les deux codex (l'un consacré à Chupacan, l'autre au jeu de balle) seraient enfermés dans un coffre ou délavés par l'eau de mer, ce qui les abîmerait mais renforcerait leur authenticité.

Les codex présentaient un dernier problème. Seuls 70 % à 80 % de l'écriture maya avaient été déchiffrés à ce jour. Lena, qui ne doutait de rien, s'était essayée, sans succès, à décrypter les 20 % restants. Nous nous trouvions face à un dilemme : attendre cinquante ou cent ans que les linguistes traduisent les codex en circulation ou produire un texte dans une langue dont nous ne maîtrisions que des pans. C'est évidemment cette seconde solution que nous retînmes. Comme il était hors de question d'employer des hiéroglyphes qui figuraient dans les autres codex mais dont nous ne connaissions pas la signification, et comme puiser uniquement dans les symboles déjà connus des experts eût éveillé les soupçons, nous demandâmes aux équipes de linguistique du Centre de Moscou d'inventer environ deux cent cinquante hiéroglyphes en s'inspirant du corpus existant.

Avec tout ça, nous ne chômions pas. Malgré mes demandes insistantes, Yakoub refusait d'alléger mon programme. Il vivait dans la crainte depuis que cette maudite sacoche avait disparu. Il s'était enfin résolu à suspendre une enquête qui avait mobilisé des dizaines d'agents et englouti plusieurs millions pour des résultats dérisoires. Nous avions mis hors de cause le chauffeur de taxi et les deux derniers passagers. Les deux autres, et notamment le fameux Tatoué, couraient toujours ; nous ne les retrouverions probablement jamais.

Nous avions en ligne de mire la date du 21 décembre 2012, qui marquait la fin du baktun commencé en 1618. Des charlatans, confondant la fin d'un cycle avec celle du calendrier maya, annonçaient la fin du monde ce même jour, au grand effroi de millions d'esprits faibles. Cela m'avait donné une idée : si chaque journaliste écrivant sur l'imminente apocalypse mentionnait dans le même article le jour de la concorde des Chupacs, le succès de notre dossier était assuré. Mais pour cela, il fallait faire vite. Tablant qu'il faudrait aux archéologues entre un et deux ans pour déchiffrer les codex, nous projetions de sortir notre dossier début 2010.

Un soir de janvier où nous constations le retard pris

sur notre programme, je suggérai à Lena de confier l'élaboration des règles du jeu de balle à Gunnar Eriksson.

— Il adore le hockey et le sport en général, plaidai-je. Il a du temps à ne savoir qu'en faire et il sera heureux de nous rendre ce service.

— Il n'en est pas question, répliqua vertement Lena.

Je savais les relations entre la Danoise et son ancien mentor un peu tendues mais la sécheresse de son ton me surprit.

— Je ne suis pas sûr que nous ayons le luxe de nous passer de son aide, insistai-je. À ce rythme, nous ne serons jamais prêts à temps.

— Eh bien tant pis, dit Lena. Nous attendrons le prochain baktun.

5

Début février, j'arrachai à Yakoub l'autorisation d'aller présenter notre dossier à Vargas. Le Colombien ne travaillait plus pour le CFR depuis belle lurette mais je savais qu'il ne nous refuserait pas son aide. Nous le retrouvâmes à Hong Kong, où Gladys sa secrétaire l'avait localisé pour moi. Il nous reçut en fin d'après-midi dans la suite vaste comme un terrain de jeu de balle qu'il occupait au dernier étage de l'hôtel Shangri-La.

Vargas parut heureux de me voir mais bien plus encore de faire la connaissance de Lena. Il la déshabilla du regard avec cette gourmandise décomplexée dont seuls les Sud-Américains sont capables.

— Vous avez dû vous rencontrer à Hawaï en 1992, dis-je en faisant les présentations.

— Bien sûr, fit Vargas qui n'en avait de toute évidence aucun souvenir. Vous aviez un dossier en compétition, c'est ça ?

— En effet, répondit Lena. *Skitos, capitale du Nebraska.*

— Je m'en souviens, s'exclama Vargas, persistant

dans ses mensonges. Un scénario remarquable ! Vous avez décroché la timbale, n'est-ce pas ?

— Deuxième.

— Quelle honte ! Ah, si on m'avait demandé mon avis ! Mais peut-être nos amis communs ne reconnaissent-ils pas vos mérites…

La réponse de Lena m'étonna.

— Je ne dirais pas ça, non.

— Si un jour c'était le cas et que vous souhaitiez décupler votre salaire, je serais heureux de vous mettre le pied à l'étrier. J'aurais bien besoin d'une associée.

— Vos affaires sont florissantes ? demandai-je, à la fois par curiosité et pour détourner l'attention de Lena.

— Plus que ça : je n'arrive plus à faire face à la demande. Si ça continue, je vais devoir relever mes tarifs.

Sur cette perspective effrayante, nous passâmes au salon. Il était meublé dans un style asiatique contemporain des plus réussis. Vargas se servit un verre de cognac hors d'âge. Je n'eus pas le courage de l'accompagner. Lena n'arrivait pas à détacher ses yeux de la vue sur la baie.

— Peut-on savoir ce qui vous amène à Hong Kong ? demandai-je en m'asseyant dans un fauteuil en bambou tendu de cuir rouge.

— Oh, trois fois rien, une rencontre avec des laboratoires pharmaceutiques. Nous lançons une épidémie de grippe.

— Pardon ? demanda Lena que j'avais oublié de prévenir.

— Mes clients commercialisent des vaccins, expliqua Vargas. Une épidémie mondiale ferait exploser leurs ventes.

— Et tuerait des milliers d'innocents !

— Mais non, nous ne contaminerons personne. Nous allons juste rapprocher quelques cas ici ou là, en donnant l'illusion que le virus se propage. Puis nous orchestrerons une fuite, en mentionnant un rapport fictif du Center for Disease Control. Les trois journalistes qui vérifient encore leurs sources appelleront Atlanta pour confirmation. En niant l'existence du rapport, le porte-parole du CDC ne fera que renforcer la rumeur. Nous attiserons gentiment la psychose et les gouvernements commanderont des millions de vaccins à mes clients, qui gagneront des fortunes et auront peut-être la courtoisie de m'offrir une île ou un jet.

— Ça ne marchera jamais, estima Lena. Non seulement les épidémiologistes s'apercevront que les cas signalés ne sont pas liés, mais les hôpitaux n'enregistreront aucune activité supplémentaire.

— Au contraire, intervins-je, les services d'urgence seront débordés. À chaque épidémie réelle ou imaginaire, des milliers de personnes se convainquent qu'elles présentent les symptômes décrits dans les médias.

— Tout juste, dit Vargas en me décochant un clin d'œil. Et sur ces milliers de personnes, un petit pourcentage sera suffisamment malade pour affoler les statistiques.

— Ils auront la grippe, mais pas la variété particulière qui intéresse vos clients, remarqua Lena. D'ailleurs, quelle souche avez-vous en tête ?

— Ce n'est pas encore décidé. Nous penchons a priori pour l'influenza A, de type H1N1.

— Mais c'est la grippe espagnole ! m'exclamai-je.

— Quel mal à cela ? Nous vendrons plus de vaccins

si la dernière épidémie a fait cinquante millions de morts, vous ne croyez pas ?

— Pardonnez-moi d'insister, dit Lena, qui en matière de falsification ne s'avouait pas facilement vaincue, les malades qui afflueront aux urgences ne porteront pas le virus de la grippe espagnole.

— Vous oubliez quelque chose, ma chère enfant, dit Vargas d'un ton paternel. Vous permettez que je vous appelle ainsi ?

Lena fit un vague signe de la main. Le Colombien n'avait à mon avis pas choisi le meilleur moment pour déclencher son approche.

— Combien le CDC compte-t-il d'employés à votre avis ? demanda-t-il.

— Deux mille ?

— Quinze mille ! Une véritable armée qui a des correspondants dans le monde entier, produit des montagnes de rapports et brasse un budget supérieur au PNB du Nicaragua. Le CDC a été créé en 1946. Combien d'épidémies a-t-il affrontées depuis cette date ? Une dizaine ? Et encore… Maintenant, belle enfant, imaginez que vous travaillez dans un petit bureau de la banlieue d'Atlanta. Vous êtes devenue médecin ou biologiste pour sauver des vies, mais en cinq ans vous n'avez pas vu le quart du début d'une épidémie. Un jour, un dispensaire à Nouakchott vous signale un cas de grippe espagnole. N'allez pas me dire que vous ne ressentez pas une pointe d'excitation…

— Sans doute…

— Un deuxième cas vous remonte quelques heures plus tard, puis un troisième. Cette fois le doute n'est plus permis : vous vous précipitez dans le bureau de votre patron. Celui-ci entrevoit immédiatement les implications pour sa carrière. Sa dernière promotion remonte au siècle dernier. Entre les écoles privées des gamins, la pension alimentaire de sa femme et le prix de l'essence qui s'envole, il désespère de pouvoir un jour partir à la retraite. Vous voyez dans votre poignée de cas le début d'une épidémie, lui voit l'occasion de passer directeur exécutif ! Il vous renvoie au charbon et demande un rendez-vous d'urgence au big boss…

J'épiais Lena du coin de l'œil : elle ne perdait pas un mot du récit de Vargas.

— Le big boss est d'une tout autre trempe. Un des pères de l'épidémiologie moderne. Professeur émérite à Cambridge et Johns Hopkins, conseiller de trois présidents, en lice chaque année pour le Nobel de médecine. Il n'a qu'un regret : il n'a jamais vaincu une grande épidémie. Il travaillait dans le privé à l'époque de la vache folle ; et pendant le SRAS et la grippe aviaire, il officiait sous les ordres d'un crétin qui a récolté toute la gloire. Il n'est plus tout jeune : dans deux ans, on le poussera gentiment vers la sortie. Vos cas sont peut-être sa dernière chance d'être nommé ministre de la Santé ou patron de l'OMS. Qu'a-t-il à perdre, du reste ? On ne reprochera jamais à un organisme de prévention de faire preuve de prudence. Et quand bien même ces trois cas n'auraient aucun lien entre eux, ils donneront lieu à une simulation grandeur nature dont les enseignements se révéleront précieux lors de la prochaine crise. Le big boss convoque sans hésiter une conférence de presse puis il invite la jeune chercheuse à dîner pour discuter de son avenir.

Lena, plongée dans ses réflexions, ne releva pas. Je pouvais voir qu'elle passait par les mêmes étapes que moi naguère à Hollywood. Le CFR n'aurait jamais accepté un tel scénario : trop éhonté, trop aventureux. Et pourtant, Vargas m'avait une fois de plus convaincu. Je ne doutais pas un instant que les faits s'enchaîneraient exactement comme il le prédisait.

Les dossiers du Colombien se ressemblaient tous. La falsification n'y jouait au fond qu'un rôle accessoire. Le scénario se suffisait quasiment à lui-même. Il reposait sur quelques ressorts psychologiques éprouvés : l'appât du gain, la vanité, l'idéalisme de la jeunesse et cette tragique propension de l'homme à croire ce qui l'arrange. Vargas inventait des histoires du haut de sa montagne, puis il leur donnait une pichenette et les regardait dévaler la pente.

— Ça ferait un bon film, dis-je.

— C'est déjà prévu. Jeremy Irons est partant pour le rôle du grand sachem. Greg Kinnear jouera le chef de service. Quant à la ravissante chercheuse, je crois que je peux arrêter mes recherches…

— Sans façon, répondit Lena qui commençait à montrer des signes d'impatience.

Vargas cacha son dépit.

— Bon, de toute façon, on va commencer par l'épidémie. Ça vous laisse le temps de réfléchir. Si vous me disiez maintenant ce que je peux faire pour vous.

J'exposai les grandes phases du scénario : le sac de Palenque par les guerriers de Toniná, la longue errance qui s'achevait sur les pentes du volcan San Martin, où les exilés décidaient de prendre un nouveau départ…

— Stop ! dit Vargas en posant son cognac. Je suppose

qu'ils ne s'établissent pas à proximité d'un volcan par hasard…

— En effet, répondit Lena. Une éruption finira par les anéantir.

— Retrouvera-t-on des édifices ? Des ossements ?

— Aucun.

— Alors installez vos Mayas directement dans le cratère. Deux avantages. Premièrement, les archéologues ne rechercheront pas de vestiges. Et deuxièmement…

— C'est plus spectaculaire, complétai-je.

— Vous commencez à bien me connaître mon garçon, dit Vargas d'un ton acide.

Je l'avais vexé. Il aimait paraître à son avantage, surtout devant les jolies femmes. Je me promis de faire attention.

— À quand remonte la dernière éruption du San Martin ? demandai-je à Lena.

— À l'an 480, trois siècles avant le sac de Palenque.

— Les colons ont donc pu croire le volcan éteint. Sans compter que la terre volcanique est exceptionnellement fertile. Cela expliquerait comment la cité a pu croître si vite par la suite.

Vargas se racla la gorge.

— Ils s'installent donc à l'intérieur du cratère. Et après ?

Je décrivis les valeurs fondatrices des Chupacs ainsi que leur engouement insensé pour le jeu de balle dont les principes évoluaient de pair avec ceux de la cité. Lena précisait un détail de temps à autre. Vargas, que je ne quittais pas des yeux, acquiesçait régulièrement du bonnet.

— Formidable ce jeu de balle ! s'exclama-t-il. Vous vous êtes inspirés des règles de la pelote basque ?

— À vrai dire, nous ne les avons pas encore écrites.

— Un conseil, soignez le réalisme. Votre balle de deux kilos m'effraie. Avec quoi est-on censé la renvoyer ?

— Les hanches et les genoux.

— Tss tss, ça ne tient pas debout.

— C'est pourtant ainsi que jouaient les Mayas, dit Lena. Les codex sont formels.

— Et moi je vous dis que le public n'y croira pas une seconde. Que préférez-vous ? L'approbation des puristes ou que le jeu de balle rejoigne les courses de chars et les combats de gladiateurs au panthéon des sports antiques ?

— Les courses de chars, dis-je, soucieux de ne pas irriter davantage notre hôte.

— Alors, divisez le poids de la balle par deux. Elle sera toujours bien assez lourde pour que Nike puisse vendre des bustiers et des genouillères.

— Que vient faire Nike là-dedans ? s'inquiéta Lena.

Vargas nous regarda comme s'il avait affaire à des demeurés.

— Vous allez lancer le jeu de balle aux États-Unis, non ?

— C'est à l'étude, répondis-je en hâte.

— Vous créez une fédération sportive, vous intéressez quelques célébrités en leur lâchant 10 ou 20 % du capital et vous mettez Nike et Adidas en concurrence pour la fabrication des protections. Puis vous organisez…

— C'est bien ainsi que nous l'entendions, dis-je avant que Vargas ne parle de soudoyer le Comité olympique.

— Ah bon, tant mieux. J'en reviens à votre prince de la concorde…

— Chupacan.

— Oui. Excellent nom. Comment voyez-vous les sacrifices ?

J'évoquai les automutilations, les sacrifices volontaires et le principe de la loterie où chaque citoyen avait autant de chances d'être exécuté que de décrocher le gros lot.

— Bien, très bien même ! De combien de sacrifices parle-t-on, à la louche ?

Devinant ce qui allait suivre, je fis signe à Lena de répondre.

— Nous pensions à une dizaine de victimes par an, le jour du solstice d'été.

— C'est très insuffisant. Et avec quel mode de mise à mort ?

— L'égorgement.

— Trop propre ! Les…

Vargas s'avisa soudain que son verre était vide et se leva pour aller le remplir à ras bord.

— Vous avez la chance que les Mayas soient un peuple sanguinaire, reprit-il en revenant à pas comptés. Coupez des têtes, arrachez des cœurs, tranchez des couilles ! Que le sang dégouline du haut de la pyramide comme dans *Indiana Jones* !

— Les Chupacs ont justement fait sécession de Palenque pour en finir avec la violence, plaida courageusement Lena.

— Allons donc ! Ils ont mis les voiles pour sauver leur peau. Ils jouent à la balle toute la sainte journée mais ils restent des Mayas. Par pitié, n'en faites pas des lopettes, vous y perdriez les 18-35 ans.

— Nous allons y réfléchir, promis-je diplomatiquement. Nous voulions surtout avoir votre avis sur la fin du scénario. Vers 890, le San Martin se réveille. Les Chupacs s'inquiètent – a fortiori s'ils habitent dans le cratère. Dans la version actuelle, ils décident de quitter la cité pour prendre la mer…

— Une épave, très bonne idée, approuva Vargas dont la sagacité ne cessait de me surprendre.

— Ils n'ont cependant pas assez de bateaux pour embarquer tout le monde…

— Et je suppose qu'en parfaits gentlemen il est hors de question qu'ils s'étripent sur la plage pour le droit de monter à bord. Dommage, ça aurait fait une scène du tonnerre…

Lena réprima un haut-le-cœur.

— Nous avons pensé à les faire rencontrer une autre tribu, moins pacifique, qui les exterminerait tous, ou presque, dit-elle.

— C'est ce que j'allais vous suggérer. Aux premières fumerolles, les Chupacs vont chercher de l'aide auprès d'une cité voisine, située à 20 ou 30 kilomètres dans la jungle. Comme c'est la deuxième fois qu'ils prennent la fuite, je m'inspirerais du Livre de l'Exode. « Et maintenant laisse-nous aller à trois journées de marche dans le désert, pour offrir des sacrifices à Yahvé notre Dieu. »

Je fis signe à Lena de ne pas intervenir : Vargas était lancé.

— Les autres Mayas n'ont pas été touchés par la grâce de Chupacan. Décidés à faire main basse sur les trésors de leurs voisins, ils massacrent les hommes infichus de se défendre, violent les femmes et immolent les enfants. Un millier de Chupacs parviennent à prendre la fuite…

— Pourquoi mille ?

— Pour coïncider avec le premier exode. Multipliez les coïncidences, elles renforceront le caractère sacré du codex.

— Comment savez-vous qu'il y aura un codex ? demanda Lena en me devançant.

— Cette question ! Il faut bien quelqu'un pour raconter l'histoire ! Donc, les Chupacs se massent à bord des navires et s'éloignent de la côte. Hélas, les embarcations coulent les unes après les autres, emportant au fond de l'océan les secrets d'une civilisation singulière. À moins…

— À moins ?

— À moins que deux ou trois bateaux ne survivent à la tempête et n'accostent à Cuba ou en Jamaïque, où ils fondent la Nouvelle-Chupac.

Je me mordis les lèvres.

— Bien sûr, j'aurais dû y penser. Dans cinq ou dix ans, quand nous aurons épuisé le potentiel des codex, nous relancerons l'histoire des Chupacs sur une nouvelle voie. Pas vrai Lena ?

— Une chose à la fois, dit prudemment la Danoise. Explique à Ignacio comment nous comptons remonter l'épave.

— Vous avez entendu parler de ces sociétés spécialisées dans l'exploration d'épaves ? demandai-je.

— Bien sûr, répondit Vargas. J'ai même écrit un film sur le sujet. Vous l'avez peut-être vu, il s'appelle *Titanic*.

Je réalisai ma boulette. Mieux valait partir du principe que le Colombien savait tout sur tout.

— Pardon, c'était une question stupide. Notre chasseur de trésors est australien. Il a un fort accent – le genre Crocodile Dundee, une belle gueule, la petite quarantaine. Il a travaillé pour une société américaine avant de se mettre à son compte. Il a acheté un vieux rafiot à crédit, un peu de matériel de plongée et un sous-marin de poche qui menace de rendre l'âme à tout instant. À court de fonds après plusieurs expéditions décevantes en mer de Chine, il convainc des investisseurs australiens de financer le repêchage de l'épave d'un galion espagnol ayant coulé au large de Veracruz au XVIe siècle. Il obtient les permis nécessaires, engage une dizaine d'équipiers et met le cap sur le golfe du Mexique. Après un mois ou deux de recherches, il tombe par hasard sur l'épave des Chupacs.

— Vous savez naturellement que la loi l'oblige à signaler sa trouvaille aux autorités mexicaines.

— Notre plan repose là-dessus. Notre gaillard se trouvant sur les lieux, nous parions que les Mexicains lui sous-traiteront l'exploration de l'épave.

— Ça se tient. Vous avez une photo du bonhomme ?

— Nous ne l'avons pas encore choisi, répondit Lena.

Vargas fronça un sourcil.

— C'est pourtant essentiel. Il vous faut un Roméo. Bronzé, une barbe de quelques jours. Cheveux en bataille, décolorés par le sel. De belles dents – très important, les dents. Des pectoraux musclés. Ne vous trompez pas sur le lascar, c'est lui qui vous apportera le public féminin. C'est une bonne idée de le prendre australien, les gens en ont marre des Américains. À quelle race de chien pensiez-vous ?

— Un chien ? demanda Lena. Quel chien ?

— Je dis un chien mais ça peut être un écureuil ou un cochon d'Inde. Une production de cette importance ne peut se passer d'un animal domestique. Que regardent les gens sur YouTube ? Des vidéos de chats qui font du skateboard… Tiens d'ailleurs, c'est une idée : l'Australien pourrait avoir un chat. Ah non, il paraît que ça porte malheur sur un bateau. Encore que les Égyptiens emmenaient des chats sur le Nil…

Abîmé dans ses pensées, il lampa machinalement son verre de cognac, sans réaliser que celui-ci était encore à moitié plein.

— Tout bien pesé, je resterais sur le chien, déclara-t-il enfin.

— Vous avez une préférence sur la race ? demandai-je.

— Un terre-neuve. Le chien des Vikings, une bonne bouille, un nom symbolique, que demander de plus ?

Malgré ses réserves initiales, Lena prenait force notes. Quant à moi, je me demandai comment se nommerait le hamster de la première victime de l'épidémie de grippe espagnole.

6

Vargas nous congédia vers vingt heures, prétextant qu'il devait retrouver ses clients pour le dîner. Avec la quantité d'alcool qu'il avait ingurgitée, je doutais qu'il justifie ses honoraires ce soir-là.

Je proposai à Lena de marcher vers le port. Nous connaissions bien Hong Kong tous les deux pour y avoir effectué plusieurs missions lors de notre passage aux Opérations spéciales. J'y avais séjourné trois semaines en 2000, à l'époque où le CFR cherchait à développer le rugby à sept en Asie. Lena, elle, y avait fait régulièrement escale en rentrant du Timor-Oriental.

Le protocole eût voulu que nous prissions contact avec le directeur du centre de Hong Kong, qui se serait fait un devoir, sinon un plaisir, de nous inviter à dîner. Mais outre que je tenais l'intéressé pour un abominable raseur, je préférais profiter de cette occasion de passer du temps en tête à tête avec Lena.

— Tu connais ce boui-boui ? dit-elle en indiquant une échoppe bondée où les dîneurs mangeaient debout. Ils ont le meilleur tofu fermenté de la péninsule.

— Euh, je n'ai pas encore très faim, dis-je, soucieux d'éviter une nouvelle bacchanale végétarienne.

— Pas de problème. J'ai d'autres adresses.

Sortaient-elles toutes d'un guide de gastronomie macrobiotique, voilà ce que j'aurais aimé savoir.

— Et si nous faisions une croisière sur la baie ? lançai-je.

— Tu crois ? répondit Lena en cachant bien son enthousiasme. Ce n'est pas un piège à touristes ?

— Mais non ! Surtout pas à cette période de l'année.

— Combien de temps ça dure ?

— Deux ou trois heures. Nous dînerons à bord.

— Tu penses qu'ils auront une option végétarienne ?

— J'en suis sûr.

Sur le port, une dizaine de rabatteurs rivalisaient d'ingéniosité pour attirer les rares vacanciers. Nous tombâmes entre les pattes d'un vieillard fripé comme une tortue et coiffé d'une casquette blanche qui avait développé une technique imparable. Là où ses confrères débitaient mécaniquement leur article, lui prenait la mesure de ses interlocuteurs et leur servait les réponses qu'ils avaient envie d'entendre.

— Vous avez un menu végétarien ? demanda Lena.

— Bien sûr, répondit la Tortue en plissant les yeux. Quoi vous aimez ?

— Dim sums, poêlée de légumes, nouilles…

— Homard, ajoutai-je.

— Nous avoir tout ça.

— Combien de temps dure la croisière ? s'enquit Lena.

— Quand vous voulez rentrer ?

— Avant vingt-trois heures, je suppose.

— Pas de problème.

— Il ne fait pas un peu brumeux ? demandai-je en scrutant l'horizon.

— La brume se lèvera, répondit sentencieusement la Tortue.

Je me tournai vers Lena. À défaut d'être emballée, elle semblait prête à remettre son sort entre mes mains, au moins pour ce soir.

— Banco ! m'écriai-je.

— Première ou deuxième classe ? Je recommande première classe.

— Va pour première, dis-je en sortant mon portefeuille. D'où partons-nous ?

— Suivez-moi.

Il nous conduisit à l'autre bout du port au pas de charge. Les rabatteurs que nous croisions, prenant notre indifférence pour une posture de négociation, nous offraient des remises de plus en plus généreuses. La Tortue, souveraine, ne prenait même pas la peine de les disperser. Seul comptait l'argent et l'argent était dans sa poche.

— Nous arrivés.

La précision n'était pas inutile. Le *Bright Star* ressemblait plus à une barque de pêcheurs qu'aux luxueuses vedettes qui mouillaient près du Shangri-La. Le restaurant, en plein air, n'était abrité que par une bâche en toile militaire qui claquait au vent. La dernière couche de peinture devait remonter à la révolution culturelle. Lena m'implora du regard.

— Allons, dis-je en prenant un air heureusement surpris, ce n'est pas si terrible.

— Pas si terrible ? Je ne sais même pas où ils font la cuisine.

— Fais-moi confiance.

Je hélai la Tortue, qui repartait déjà pour harponner d'autres gogos.

— Quand partons-nous ?

— Cinq minutes, cria-t-il sans se retourner.

Je montai à bord pour donner l'exemple ; Lena me suivit à contrecœur. Personne ne poinçonna nos tickets ; ce n'était au fond guère étonnant : on n'embarquait pas sur le *Bright Star* sans de bonnes raisons.

— Mais il n'y a personne ! s'exclama Lena.

— Ils sont peut-être sur le pont inférieur…

— Où as-tu vu un pont inférieur ? Je te dis que nous sommes seuls.

— Ce qui nous garantit les meilleures places, répliquai-je, décidé à rester positif dans l'adversité. Où veux-tu t'asseoir ?

— En première classe.

— Je crains que nous n'y soyons.

Lena passa son doigt sur les tables pour choisir la moins sale puis tira une chaise face à la mer et s'assit en croisant les bras. Elle attendait sans doute que je déchire nos billets et que je l'emmène sur un navire d'un meilleur standing où elle pourrait s'enivrer de jus de navet. C'était mal me connaître : mes meilleures expériences de voyage avaient souvent démarré sous de calamiteux auspices.

— Qu'as-tu pensé de Vargas ? dis-je en m'asseyant à côté d'elle.

— Si je n'avais pas lu sa bio, je jurerais que c'est un guignol. Sa façon de prédire les événements comme s'ils étaient inéluctables m'horripile.

— À sa décharge, il se trompe rarement. Tu aurais dû le voir à Hollywood, il est traité en demi-dieu.

— J'admets qu'il percute vite. Il nous a devancés sur l'éruption, sur l'épave et sur les codex.

— C'est la preuve que nous racontons une bonne histoire.

— Une bonne histoire ou une histoire prévisible ?

— C'est souvent la même chose. Il faut juste que le public ne s'en rende pas compte. En tout cas, son idée de faire accoster une partie de la flotte dans les Caraïbes est brillante.

— Il nous faudra construire un terrain de jeu de balle et quelques habitations. Le coup du volcan ne marchera pas deux fois.

Je mesurais les implications des paroles de Lena. Si tout se passait bien, les Chupacs allaient nous occuper encore cinq ou dix ans, peut-être davantage. Cela en ferait le dossier le plus important de nos deux carrières.

Un navire corna au loin. Je fouillai la nuit des yeux sans le voir. La brume persistait.

— Il n'avait pas dit cinq minutes ? demanda Lena.

— Si.

Le pont était toujours désert, sans même un homme d'équipage en vue. Les deux ferries qui nous encadraient s'élancèrent en même temps, chargés de passagers guillerets qui avaient dû payer moins cher que nous et seraient probablement rentrés avant que nous ne levions l'ancre.

— Tu sais ce que je n'arrive pas à comprendre ? dis-je. Que Vargas ait démissionné du CFR si près du but.

— Quel but ?

— Le Comex bien sûr. D'après Yakoub, il n'allait pas tarder à être coopté.

— Je ne vois pas le problème.

— Allons, ne me dis pas que tu n'aimerais pas connaître la finalité du CFR !

— Je m'en fiche éperdument. Le pouvoir ne m'intéresse pas.

— Je ne parle pas de pouvoir, mais du sens de ta vie. Tu ne te demandes pour qui et pour quoi tu travailles ?

— Jamais. Tout ce que je veux, c'est pouvoir mener mes dossiers à bien, et notamment celui-ci. Tant qu'on me laisse tranquille, je ne vois pas l'intérêt de me triturer les méninges.

J'en restai bouche bée. Lena ne cesserait jamais de me surprendre. J'avais toujours présumé que nous poursuivions les mêmes objectifs, elle et moi. Que, parce que je rêvais de remporter le concours du meilleur premier dossier, sa deuxième place l'avait déçue. Qu'elle me jalousait d'avoir rejoint l'Académie avec deux ans d'avance sur elle. Qu'elle pensait que j'avais usurpé mon siège au Comex. Les motivations que je lui prêtais en disaient plus long sur mon état d'esprit que sur le sien.

Des voix sonores s'élevèrent derrière nous. Nous nous retournâmes. La Tortue escortait une famille d'Américains en shorts et tennis. La passerelle ploya une première fois sous le poids du père, puis une deuxième sous celui de la mère. Les enfants, une adolescente et un garçon d'une dizaine d'années, arboraient déjà un tour de taille respectable. Les parents affichaient un air ahuri, le même sans doute que nous tout à l'heure : ils n'en revenaient pas d'être tombés dans un tel traquenard.

— Exceptionnellement, vous allez en première classe, dit la Tortue en désignant les tables sous la bâche.

Pendant que les Américains débattaient à voix basse

de l'opportunité d'exiger le remboursement, la Tortue rétracta la passerelle et repoussa le bateau du quai.

— Hé, attendez ! brailla le père. Nous voulons descendre.

— Trop tard, dit la Tortue en disparaissant dans le cockpit.

J'éclatai de rire en même temps que Lena. L'Américaine nous fusilla du regard comme si nous faisions partie de la combine.

— J'ai faim, geignit le gamin.

— Attends un peu mon chéri, dit sa mère. Le monsieur va nous préparer des hamburgers.

— Avec du bacon ?

— Du bacon, du fromage fondu et un torrent de ketchup, comme à la maison.

Provisoirement satisfait, le garçon s'absorba dans sa console de jeux. Sa sœur tapotait sur son téléphone, tandis que les parents se rejetaient la responsabilité de la débâcle, sans un regard pour le paysage. Il faut dire qu'il n'y avait pas grand-chose à voir. La brume allait s'épaississant. On n'y voyait pas à cent mètres.

— Dis-moi qu'il a un radar, murmura Lena.

— Bien sûr, la rassurai-je. Et des fusées de détresse en cas de naufrage.

Elle gloussa. Elle semblait désormais décidée à prendre la situation du bon côté. Heureusement car les raisons de me houspiller ne manquaient pas.

— Pourquoi es-tu entrée au CFR ? demandai-je à brûle-pourpoint.

Je réalisai que j'aurais dû poser la question quinze ans plus tôt à Córdoba, lors de notre première rencontre. Cela nous aurait sans doute évité bien des malentendus.

Lena regardait droit devant elle. Je crus un instant qu'elle ne m'avait pas entendu. Je m'apprêtais à répéter ma question quand elle dit à voix basse :

— Pour trouver une famille.

Et là, sur cette barcasse improbable, en pleine purée de pois, Lena me raconta son histoire.

Elle avait grandi à Brondby, une petite bourgade de la banlieue de Copenhague. Sa mère travaillait dans un supermarché, son père sur une plateforme pétrolière en mer du Nord. Elle était enfant unique.

— Quand j'avais neuf ans, dit-elle, mon père a foutu le camp. Ses missions duraient en général plusieurs semaines. Un jour où nous avions dressé la table en l'honneur de son retour, il n'est pas rentré. Ma mère a appelé son employeur, qui lui a confirmé que Papa avait quitté son poste la veille. La police s'est bornée à appeler les hôpitaux et à vérifier que son nom ne figurait pas sur la liste des accidentés de la route. Nous ne l'avons jamais revu.

— Tu crois qu'il lui est arrivé quelque chose ?

— Non. Je suis certaine qu'il a planifié sa disparition. Qu'il a émigré en Suède ou en Angleterre pour démarrer une nouvelle vie.

— Pourquoi aurait-il fait ça ?

— C'est dur à dire. Sur le moment, ma mère a refusé de répondre à mes questions. Plus tard, elle a évoqué d'autres femmes, des problèmes d'argent. Avec le temps, les histoires sont devenues de plus en plus abracadabrantes : papa faisait partie d'une secte, il avait engrossé une mineure, etc. Elle préférait se bercer de ces fariboles plutôt que d'essayer de retrouver son mari.

— Tu étais proche de ton père ?

— Comme on peut l'être à neuf ans d'un homme qui ne vit pas vraiment à la maison. Même quand il était là, il passait ses après-midi au café. Une fois tout de même, il m'a emmenée choisir une tenue pour le concert de l'école. Nous avons fait tous les magasins de Brondby ; il disait qu'aucun modèle n'était assez beau pour sa petite princesse. Pour finir, il a dépensé une somme ridicule pour une robe en tulle que je n'ai portée qu'une fois.

Lena souriait en se remémorant cet épisode. Je n'eus pas le courage de lui dire qu'elle l'avait probablement inventé.

— Tu as cherché à le retrouver ?

— Oui. J'appelais à droite à gauche en me faisant passer pour ma mère, je traînais au café dans l'espoir qu'un des habitués avait gardé le contact avec Papa. Avec ma première paie chez Baldur, j'ai engagé un détective de Copenhague. Il a retourné ciel et terre en pure perte. Un jour que je payais sa énième facture, je me suis demandé pourquoi je me donnais tant de mal pour un salaud qui avait plaqué sa famille. J'ai arrêté les frais.

Je n'imaginais pas grand-chose de pire qu'être abandonné par ses parents. Bien qu'ayant perdu mon père très jeune, je l'avais vu partir et n'avais jamais douté de son amour.

— Quand j'avais douze ans, ma mère s'est remise en ménage avec un type abominable, un docker islandais prénommé Jon qui travaillait dans le port de Copenhague. Ils s'étaient rencontrés au supermarché où – ça ne s'invente pas – il venait acheter sa bière. Je n'ai jamais compris ce que Jon trouvait à ma mère : elle était dépressive, aigrie, pas femme d'intérieur pour deux sous. Pour ce qui était d'encaisser les taloches en revanche, elle était championne ! Jon la dérouillait tous les samedis, plus les soirs de paie. Au début, elle se défendait : elle mordait, elle donnait des coups de pied. Et puis elle a compris que ça ne servait à rien, qu'elle ferait mieux de se rouler en boule en attendant que ça passe.

— Et tu assistais à ça ? demandai-je, horrifié.

— Parfois. J'essayais de me faire inviter chez des copines le week-end mais c'était presque pire. Il m'arrivait de rentrer le dimanche matin et de trouver Maman assommée sur le plancher, les bras et les jambes tuméfiés ; car, bien sûr, ce fumier veillait à ne pas laisser de traces sur le visage.

— Ta mère ne s'est jamais plainte aux services sociaux ?

— Elle non, moi si. Deux agents sont venus sonner à la porte. Jon les a accueillis tout sucre tout miel, niant avoir battu qui que ce soit. Il a présenté ses papiers d'immigration, qui étaient en règle, ma mère a refusé de relever ses manches et les agents sont repartis sans prendre ma déposition car j'étais trop jeune.

— Ne me dis pas qu'il t'a frappée.

— Tu plaisantes ? Il savait qu'au moindre bleu je le ferais coffrer. Alors il a passé ses nerfs sur Maman qui, comme d'habitude, n'a pas desserré les dents.

— Elle est affreuse ton histoire…

— Tu comprends pourquoi je la garde pour moi. Mais ce n'est pas fini. L'année de mes treize ans, nous avons déménagé à Reykjavík. Jon voulait se rapprocher de ses frères. Il disait aussi qu'il gagnerait mieux sa vie en

Islande. J'ai supplié Maman de me laisser poursuivre mes études au Danemark, en lui faisant valoir que nous serions encore plus à la merci de Jon à l'étranger. Elle n'a rien voulu entendre. Nous avons emménagé dans un trois-pièces sur Fakafen. Maman, qui n'avait pas le droit de travailler, passait ses journées devant la télé.

— Où allais-tu à l'école ?

— À MR sur Lækjargata. Qu'est-ce que j'ai pu en baver avec l'islandais ! Je croyais que je n'y arriverais jamais. Nous parlions encore danois à la maison. Je bûchais comme une forcenée pour combler mon retard, ce qui n'empêchait pas les profs de pointer chacune de mes erreurs devant la classe.

Peu d'Islandais ont conscience qu'avec ses déclinaisons, sa conjugaison irrégulière et son vocabulaire archaïque, leur langue natale compte parmi les plus difficiles du monde. Lena la parlait très bien, sans la moindre faute et presque sans accent.

— C'est à peu près à ce moment-là que Jon a commencé à s'intéresser à moi. Ç'a été progressif. D'abord, il commentait ma tenue, puis il a multiplié les remarques sur mes amis garçons et enfin il a démonté le verrou de la salle de bains pour pouvoir entrer à l'improviste quand je prenais ma douche.

Derrière nous, la Tortue prenait la commande des Américains pour le dîner. Le décalage entre la futilité de leurs caprices et l'horreur du récit de Lena avait quelque chose d'irréel.

— J'ai posé un autre verrou, continua-t-elle. Il l'a démonté à nouveau. Du coup, j'ai pris l'habitude de coincer la porte avec une chaise quand je faisais ma toilette.

— Ta mère ne disait rien ?

— Les rares fois où elle a essayé, Jon l'a récompensée d'une beigne. Je ne pouvais pas porter plainte car nous aurions été déportées. Sans visa de séjour, nous dépendions de Jon qui nous faisait la faveur de nous héberger. L'appartement était à son nom ; nous n'avions de notre côté ni revenus, ni économies, ni proches pour nous épauler.

— Il fallait partir !

— C'est ce que j'ai fini par faire. Un soir – j'avais quatorze ans – Jon est rentré vers minuit, encore plus aviné et querelleur que d'habitude. Il a essayé d'ouvrir ma porte. Quand il a compris que je l'avais bloquée, il est entré dans une rage folle. Ma mère s'est levée, il a dû la cogner car je l'ai entendue s'effondrer dans le couloir. Il s'est mis à tambouriner de plus en plus fort. J'ai compris qu'il allait enfoncer la porte et que si je ne faisais rien, il allait me violer. J'ai attrapé mon sac de sport, fourré quelques affaires dedans et j'ai enjambé la fenêtre, en sachant que je ne remettrais plus jamais les pieds dans cet appartement. Nous habitions au premier étage. J'ai balancé le sac, je me suis suspendue à la corniche et j'ai lâché. Par miracle, je ne me suis pas blessée. J'ai couru jusqu'à un foyer que j'avais repéré sur Büstadavegur. On m'a donné un lit. J'ai passé le reste de la nuit à planifier l'avenir.

Je me revis à quatorze ans ; deux choses comptaient alors dans ma vie : les romans de Jules Verne et le foot. Le soir dans mon lit, je récitais de mémoire la composition des douze équipes du championnat. Pendant ce temps, Lena luttait pour sa survie.

— Vous mangez quoi ? demanda la Tortue que je n'avais pas entendu arriver.

Je m'apprêtais à le renvoyer en cuisine par égard pour Lena quand celle-ci demanda :

— Du tofu fermenté, des dim sums aux légumes et de la seiche, s'il vous plaît.

Je découvrais son histoire, elle vivait avec depuis vingt-cinq ans. Pendant un moment, les aliments avaient dû avoir un goût amer puis elle avait recommencé à manger. Il fallait bien vivre.

— Et vous ?

— La même chose, dis-je, craignant de ruiner l'ambiance avec mon homard.

La Tortue s'éloigna à pas lents.

— Qui pilote le bateau depuis cinq minutes ? demanda Lena.

— Je préfère ne pas le savoir.

— Note bien que, si ça se trouve, nous sommes en train de faire des ronds dans le port.

— C'est bien possible. Je ne distingue même pas la proue du bateau.

Je gardai le silence aussi longtemps que j'en étais capable. Puis, n'y tenant plus, je demandai :

— Qu'as-tu décidé pendant la nuit ?

— Que je resterais en Islande jusqu'à mon bac ; que, de peur qu'il ne se retourne contre ma mère, je ne porterais pas plainte contre Jon ; et que je ne dépendrais jamais d'un homme pour le gîte et le couvert. Le matin, j'ai raconté mon histoire à la directrice du centre, en lui expliquant précisément ce que je souhaitais. Mon sang-froid et mes connaissances juridiques l'ont impressionnée. Elle a accepté de m'aider. Elle s'est rendue à l'appartement pendant que Jon était au travail. Maman s'est laissé convaincre de renoncer à son autorité légale sur moi, ce qui faisait techniquement de moi une orpheline. J'ai passé les quatre années suivantes dans des familles d'accueil.

— Ça n'a pas été trop dur ? dis-je en réalisant instantanément la stupidité de ma question.

Lena haussa les épaules.

— Tout est relatif. Au moins, je dormais la porte ouverte. Le pire, c'est l'incertitude : tu ne sais jamais si une famille va te garder une semaine, un mois ou un an. Une fois, il a suffi d'une remarque déplacée du père pour que la mère me jette dehors en me traitant de catin. Une autre, les enfants ont exigé mon départ parce que j'avais de meilleures notes qu'eux. Une autre encore, j'ai dû céder la place à un cas soi-disant plus grave que le mien. Je suis passée par onze foyers au total : onze familles avec leurs habitudes, leurs bons côtés et leurs petites bassesses.

— Dans laquelle es-tu restée le plus longtemps ?

Elle ne répondit pas tout de suite.

— J'ai passé seize mois dans une famille anglaise, les Watkins. Je m'entendais très bien avec Molly, la mère. Ned, le mari, voyageait beaucoup. Les enfants étaient adorables, je les aidais à faire leurs devoirs. L'été, nous sommes partis en vacances à Brighton. Nous logions chez les parents de Ned, dans une très belle maison au bord de la plage. C'était la première fois que je sortais de Scandinavie. Un jour sur la plage, Molly a laissé entendre qu'elle et Ned seraient éventuellement prêts à m'adopter.

— Quel âge avais-tu ?

— Seize ans, presque dix-sept. Je sais ce que tu penses. Qui souhaite s'encombrer de parents si près de sa majorité ?

— Quelqu'un qui n'en a jamais eu.

— Exactement. J'ai passé le reste du séjour sur un petit nuage. À l'heure du départ, la mère de Ned m'a serrée dans ses bras en me disant « à l'année prochaine ». J'ai commencé à me renseigner sur les universités britanniques. Les mois qui ont suivi, j'ai senti les Watkins préoccupés, plus distants. Ils parlaient moins facilement d'avenir ou de vacances. Je n'osais pas aborder la question de l'adoption alors que je ne pensais qu'à ça. Et puis un soir, Ned et Molly sont venus dans ma chambre. J'ai su avant même qu'ils n'ouvrent la bouche.

— Que s'était-il passé ?

Là encore, Lena observa un léger silence avant de répondre.

— Ned avait été promu. Un poste s'était libéré à Londres, qu'il fallait pourvoir avant Noël. La famille déménageait dans quinze jours, le camion était déjà réservé.

— Ils ne pouvaient pas t'emmener en Angleterre ?

— Tu penses bien que j'ai demandé. Ils n'ont pas été très clairs. Molly s'abritait derrière mes études : je devais absolument finir l'année scolaire à Reykjavík. Ned prétendait que son avocat avait jeté un œil à mon dossier et doutait que les Anglais m'accordent un permis de séjour.

— La vérité était sans doute plus prosaïque. Au prix de l'immobilier londonien, une chambre supplémentaire leur aurait coûté bonbon.

— C'est ce que j'ai pensé plus tard. Sur le moment, je

n'ai vu qu'une chose : j'avais encore perdu ma famille. Car naturellement, il n'était plus question d'adoption.

— Tu es restée en contact avec eux ?

— Et puis quoi encore ! J'ai demandé mon transfert le lendemain. Ils m'ont tout de même rendu un service. J'ai décidé de postuler à Cambridge malgré tout. Je croyais en mes chances. Après seize mois chez les Watkins, mon niveau d'anglais était plus que correct. Je parlais aussi allemand, français, danois et islandais et j'avais la meilleure moyenne du lycée. J'ai été admise avec la bourse maximale : non seulement l'université m'exemptait de frais de scolarité, mais elle me versait aussi une allocation pour mon logement et mes dépenses courantes.

Plusieurs de mes amis, parmi les plus brillants, avaient caressé le rêve d'étudier à Oxford ou Cambridge. Lena, elle, y était parvenue, sans parents ni répétiteurs, par la seule force de sa volonté.

Soudain, la Tortue émergea du brouillard, les bras chargés d'assiettes.

— Tofu, dim sums, seiche, annonça-t-il.

Il posa trois assiettes devant Lena.

— Et homard pour vous.

Il disparut dans la brume avant que j'aie eu le temps de le remercier.

— Incroyable, dis-je. Il s'est souvenu que j'avais envie de homard.

— Le plus incroyable, ajouta Lena en contemplant les plats, c'est qu'il ait tous les ingrédients dans sa cambuse.

Je reniflai mon homard.

— Il a l'air frais.

— Idem pour la seiche. Et les dim sums sont bouillants.

— Qui avait parlé de piège à touristes ?

— Sûrement pas moi, répondit Lena en attaquant son tofu.

En parlant de touristes, des grognements de satisfaction nous parvenaient. Les Américains semblaient apprécier la gastronomie hongkongaise.

— Je révise mon classement, dit Lena. C'est le meilleur tofu que j'aie jamais mangé. Tu veux goûter ?

— Sans façon, non. Je te coupe une pince de homard ?

— S'il te plaît.

Nous nous gobergeâmes en silence pendant quelques instants. La soirée ne ressemblait à rien de ce que j'avais imaginé et c'était très bien ainsi.

— Tu t'es plu à Cambridge ? demandai-je.

— Académiquement, c'était le paradis. J'ai détesté tout le reste : l'arrogance anglaise, la rivalité débile avec Oxford, le snobisme de ces gosses de famille qui me prenaient de haut parce que j'étais boursière et que je n'avais pas les moyens de quitter le campus le week-end.

— Qu'étudiais-tu ?

— Les maths et la finance. Je voulais gagner de l'argent et ne dépendre de personne. Mais les stages que j'ai effectués dans des banques d'affaires m'ont dégoûtée des marchés. Mes collègues étaient puérils, grégaires et machistes. On m'avait mise à la vente actions car, dixit mon patron, « je présentais bien ». Quand il m'a demandé de porter une jupe plus courte les jours où je me rendais en clientèle, j'ai claqué la porte.

— Tu n'as pas eu peur de perdre ta bourse ? demandai-je, impressionné par l'intégrité de Lena.

— Non. D'abord parce que j'avais des notes irréprochables et ensuite parce que j'aurais attaqué le bureau des stages pour complicité de proxénétisme.

J'attendis en vain un sourire ou un gloussement. Elle ne plaisantait pas.

— Comment as-tu atterri chez Baldur ? Je croyais qu'ils n'embauchaient que des ingénieurs ou des géographes ?

— Mon prof de compta était islandais. Il m'a recommandée à Gunnar.

— C'était un ami de la maison ?

Ce terme recouvrait les milliers de collaborateurs occasionnels éparpillés à travers le monde qui soupçonnaient l'existence du CFR sans en connaître précisément la fonction.

— Je n'en suis même pas certaine. Je lui avais confié m'être fourvoyée dans la finance, il a cru bien faire en m'adressant à son vieux copain consultant. J'ai profité d'un passage à Reykjavík pour rencontrer Gunnar. Après trois ou quatre entretiens et la batterie de tests réglementaires, il m'a proposé un emploi.

— J'aurais pensé qu'après ce qui t'était arrivé tu voudrais mettre le maximum de kilomètres entre toi et l'Islande.

— Moi aussi. Mais le job présentait de réels avantages : je voyagerais beaucoup, la paie était bonne, j'apprendrais un autre métier. J'étais surtout attirée par l'ambiance familiale qui régnait dans l'entreprise ; on sentait que les collaborateurs étaient traités avec décence, et même avec humanité.

— C'est une bonne boîte. CFR ou pas.

— Je répugnais toutefois à m'installer à Reykjavík,

pour les raisons que tu imagines. Gunnar m'a assuré que je n'y resterais pas longtemps. « Le temps de faire vos classes », m'a-t-il dit.

— Ils n'ont pas de filiales à l'étranger. Quelle évolution de carrière t'a-t-il vendue ?

— Il m'a fait miroiter la perspective d'ouvrir un bureau à Copenhague d'ici quelques années. J'ai sauté le pas.

— « Félicitations, mademoiselle, voilà qui fait de vous l'une des nôtres », dis-je en reprenant les termes à double sens qu'avait employés Gunnar le jour où j'avais signé mon contrat.

— Il t'a dit ça aussi ?

Pendant quelques minutes, nous échangeâmes des anecdotes plus ou moins comiques sur notre passage chez Baldur. Je racontai à Lena mon périple initiatique au Groenland en finissant le homard.

— Au moins, dit-elle, tu savais de quoi tu parlais. Tandis que, pendant ma première mission, je n'ai pas compris un traître mot de ce que disait le client. J'ai même failli passer à côté des indices que Gunnar avait laissés dans le rapport !

— Si tu les avais manqués, nous ne serions pas là aujourd'hui…

— Toi si.

— Mais non, répondis-je en souriant. Sans Lena, pas de Chupacs !

— Nous rentrer maintenant, lança une voix quelque part à l'avant du bateau.

— Félicitations pour la brume ! ne pus-je m'empêcher de crier.

— La brume se lèvera, me répondit la voix.

J'avais pris les paroles de notre pilote pour un pronostic météorologique. Il était maintenant évident qu'il s'agissait d'un aphorisme confucéen.

— Et cette famille, demandai-je à Lena, l'as-tu trouvée pour finir ?

— Je l'ai cru, dit-elle en repoussant la table.

Elle posa ses pieds sur le bastingage. Je craignis un instant qu'elle n'en restât là. Mais elle avait trop besoin de vider son sac.

— Pendant deux ans, ma relation avec Gunnar m'a comblée. Jamais personne ne m'avait consacré autant de temps, appris autant de choses. Malgré ses responsabilités au sein du cabinet, il était toujours là quand j'avais besoin de lui. Il a beaucoup amélioré mon premier scénario, même si, avec le recul, mon sujet manquait d'audace. Tu connais mon goût pour inventer des sources ; Gunnar a passé des nuits à corriger des thèses bidon et des procès-verbaux factices.

— Il me les a montrés. Je n'arrive toujours pas à croire que tu aies pu écrire ça à vingt-deux ans.

— C'est lui qui m'a fait comprendre que je possédais un talent à part pour la falsification.

— Comment l'expliques-tu ?

— Je ne sais pas. Je me glisse dans la tête de celui que je plagie et je laisse courir ma plume. Prendre le style d'une doctorante féministe est-allemande en 1980 ne me demande pas plus d'efforts que de plagier un rapport de l'Unesco ou une dépêche sportive japonaise.

— Je t'envie.

— Pauvre Sliv, ironisa Lena. La nature t'a si peu gâté…

— Continue. Tu en étais à *Skitos, capitale du Nebraska*.

— Gunnar m'a inscrite pour le concours du meilleur premier dossier. Il était bien le seul à croire en mes chances ; mon histoire me paraissait plate, insignifiante, à cent lieues des dossiers qu'il me citait continuellement en exemple. Tu as peut-être connu ça…

— Et comment… Je m'interdis d'ouvrir les deux dossiers de Newell sur Marilyn Monroe : ils me démoralisent trop.

— Ma qualification pour la finale m'a fait plus plaisir que mon admission à Cambridge, surtout quand j'ai appris que la remise des prix se déroulerait à Hawaï ! Baldur sautait comme un cabri dans les couloirs, et pour cause : c'était la première fois que Reykjavík envoyait un bizuth à Honolulu.

— Il t'a parlé des Mexicains ?

— Il ne m'a parlé que d'eux ! De la façon dont ils préparaient leurs poulains en violation du règlement, de leur surreprésentation au sein du jury, des calomnies qu'ils répandaient sur leurs adversaires. Bref, je devais m'en méfier comme de la peste.

— Il m'a tenu exactement le même discours deux ans plus tard.

— Note bien qu'il n'avait pas tout à fait tort. Au bout du compte, c'est un Mexicain qui a décroché la timbale.

— Tu n'as pas été trop déçue ?

— Un peu sur le moment mais ça n'a pas duré. Car Gunnar est venu me chercher à Keflavik, un bouquet de fleurs à la main. De la passerelle, on eût dit qu'il accueillait une starlette de retour des Oscars. Il m'a serrée contre lui en me disant à quel point il était fier de moi. Puis il m'a regardée dans les yeux et m'a déclaré que j'étais la fille qu'il aurait aimé avoir. J'ai rougi comme une collégienne. Jamais compliment ne m'a fait tant plaisir. Ce jour-là, oui, j'ai cru avoir trouvé une famille.

— Que s'est-il passé ? demandai-je avec une curiosité non feinte.

— Un an plus tard, je suis partie pour Stuttgart où j'ai vite croulé sous le boulot. Le directeur du bureau, trop occupé à calculer sa retraite, se déchargeait sur moi de tous les dossiers demandant un peu de doigté. N'importe comment, j'appelais religieusement Gunnar un dimanche sur deux, le soir après le hockey. Nous papotions pendant des heures ; je lui parlais de mes falsifications en cours et de la vie en Allemagne, il me donnait des nouvelles de Baldur et de la jeune recrue qui occupait désormais mon bureau, un certain Sliv Dartunghuver.

J'esquissai un sourire. Je conservais une immense nostalgie de ces deux années sous la tutelle de Gunnar, où je n'avais pas encore pris la mesure des responsabilités qui vont de pair avec le pouvoir de modifier la réalité.

— Et puis un jour, reprit Lena, Gunnar n'a pas décroché. J'ai laissé un message, auquel il n'a pas répondu. Une semaine, puis deux se sont écoulées. Ça ne lui ressemblait pas.

— Quand était-ce ?

— Décembre 1991.

— Nous étions en plein dossier Bochiman. La nuit, Gunnar corrigeait ma copie et le jour, il gérait les affaires courantes chez Baldur.

— J'ai fini par rappeler fin décembre, continua Lena en ignorant ma remarque. Au bureau cette fois-ci. Je voulais souhaiter joyeux Noël à Gunnar. Il était sorti, on m'a passé Margrét. « Tu ne rentres pas à Reykjavík pour les fêtes ? » m'a-t-elle demandé. « Tu rencontrerais Sliv. Gunnar ne tarit pas d'éloges sur lui. Il dit que c'est le fils qu'il aurait aimé avoir. » Pauvre Margrét : elle aurait aussi bien pu me poignarder dans le cœur. C'était une nouvelle trahison, venant de la personne que je vénérais le plus au monde. Je ne connaissais pas suffisamment mon père pour le juger ; ma mère est une esclave dans l'âme ; les Watkins avaient sans doute leurs raisons ; Gunnar, lui, n'avait aucune excuse : il m'avait donné son affection pour mieux la reprendre, sans la moindre considération pour mes sentiments.

— Je comprends.

— Je ne crois pas, dit-elle sans acrimonie.

— Gunnar t'a-t-il rappelée ?

— Des mois plus tard. Je n'ai pas pris son appel, ni le suivant, ni tous les autres. Il m'a écrit pour me demander des explications. Comme si c'était à moi d'en donner ! Je ne lui ai pas répondu.

— Tu ne l'as jamais revu ?

— Mais si, rappelle-toi, à l'Académie, quand Yakoub et lui nous ont révélé que la mort d'Harkleroad était une mise en scène. Ils entendaient te faire prendre conscience des dangers de ta désinvolture. Pourquoi pas ? Mais était-il bien nécessaire de me faire plonger avec toi ? De m'humilier devant mon équipe ? De m'infliger six mois de suspension sans solde ?

— La crédibilité de la manœuvre l'exigeait, avançai-je, conscient de la faiblesse de mon argument.

— C'est ce qu'a dit Gunnar, si tu t'en souviens. « Je suis désolé, Lena, tu auras été une victime collatérale dans cette affaire. » Quelle consolation d'apprendre que mon mentor se trouvait derrière la plus grande injustice de ma carrière !

Je la laissai ruminer. Prendre la défense de Gunnar à cet instant n'aurait servi à rien. Lena ressassait sa colère depuis trop longtemps. Elle avait besoin de lui donner libre cours avant que je ne cherche à dissiper ce qui ne pouvait selon moi n'être qu'un malentendu.

— Vous pouvoir descendre ! dit la Tortue en dépliant la passerelle. Nous espérons avoir le plaisir vous revoir bientôt.

Les Américains se ruèrent à terre, sans un regard pour la Tortue, dont le couvre-chef négligemment tendu laissait entendre qu'il ne dédaignerait pas un pourboire.

— Il suit ton parcours et demande régulièrement de tes nouvelles, me sentis-je tout de même obligé de dire par loyauté envers Gunnar.

Lena fit semblant de ne pas m'avoir entendu. Elle glissa en descendant une grosse coupure dans la casquette de la Tortue.

De retour à l'hôtel, j'appelai Gunnar.

7

Le lendemain, nous nous envolâmes pour Sydney.

Nous avions décidé, avant même de rencontrer Vargas, de confier le rôle du marin qui découvrirait l'épave à un agent du CFR, de préférence à un acteur professionnel. Un comédien, outre qu'il courait le risque d'être reconnu par son agent ou ses anciens partenaires, aurait fatalement posé des questions auxquelles nous n'étions pas prêts à répondre. Nous pressentions de surcroît que la mission requerrait une bonne dose d'improvisation. Un collègue que nous aurions mis dans la confidence ferait sans doute de meilleurs choix dans le feu de l'action qu'un acteur habitué à suivre un script.

Nous avions dressé le portrait du candidat idéal avant de partir : entre trente et cinquante ans, navigateur confirmé, australien, néo-zélandais ou ayant vécu quelques années dans l'un de ces deux pays, capable de prendre un accent et à l'aise devant la caméra. Munie de ces critères, Zoe Karvelis avait sélectionné une vingtaine de dossiers. Nous avions logiquement choisi de commencer nos auditions par l'Océanie, où étaient basés la moitié des candidats.

Quand nous eûmes atteint notre altitude de croisière, Lena et moi réexaminâmes les dossiers à la lumière des nouveaux critères soufflés par Vargas.

— Écarte celui-ci, dit Lena, il est vraiment trop laid.

— Tu es dure, dis-je en étudiant le portrait de l'agent de classe deux Andrew Hornby.

— Allons donc, il a un œil plus haut que l'autre !

— Ah oui, je n'avais pas remarqué.

— À la trappe, lança joyeusement Lena. Suivant.

— Wes Mitchell, AC3 à Canberra.

— Je me fiche de son pedigree, montre-moi sa bobine.

Je lui tendis la pile des dossiers. Elle émit un sifflotement d'admiration.

— Mâchoire carrée, sourire charmeur : on le garde.

— Mets-le de côté, je me pencherai sur ses états de services plus tard.

— Pour quoi faire ? Nous les avons déjà épluchés à la loupe. À ce stade, c'est le physique qui nous intéresse. Tiens, regarde celui-ci par exemple. Il est mignon, non ?

— Il a les dents de travers. Vargas a été très clair sur ce point.

— Ça se corrige. Moi je dis que ce serait dommage de l'éliminer pour ça. Idem pour celui-ci : avec ses yeux verts et sa fossette au menton, il a dû briser un paquet de cœurs.

— Je ne vois pas ses pectoraux.

— C'est vrai ça, ironisa Lena, Zoe aurait pu joindre des photos en maillot de bain.

— Ce n'est pas ma faute si Vargas demande un torse musclé, protestai-je.

— Un type comme ça s'entretient, crois-en mon

expérience. Je te parie qu'il lève 120 kilos comme de rien.

Je m'abstins de tout commentaire. Tenant les salles de gym en horreur, j'ignorais combien je pouvais soulever. Sûrement pas 120 kilos en tout cas. Et si j'arrivais à déplacer ne serait-ce que la moitié de ça, ce serait le visage cramoisi et en ahanant comme un phoque.

Lena passa le reste des dossiers en revue. Elle ne faisait même plus semblant de solliciter mon avis.

— Je vais demander à Sydney de convoquer ces cinq zigomars pour demain, dit-elle en me tendant les portraits des heureux élus.

Je les regardai un à un, curieux de ce que Lena pouvait leur trouver. Le plus jeune avait trente-quatre ans, le plus âgé quarante-six. Ils paraissaient gais et en bonne santé, arborant des sourires que ma voisine avait qualifiés de séduisants et que, personnellement, je trouvais plutôt niais.

— Je vais essayer de dormir à présent, dit Lena en inclinant son siège. Et toi ?

— J'ai encore un peu de travail.

— Bonne nuit.

J'ouvris mon ordinateur, curieux de relire un message de Yakoub que j'avais parcouru en diagonale avant d'embarquer. La veille, l'Orbiting Carbon Observatory (OCO), un satellite américain conçu pour mesurer le taux de dioxyde de carbone dans l'atmosphère, s'était abîmé en mer dix-sept minutes après son lancement suite à un problème technique. L'information, banale en soi, prenait un tout autre relief quand on la rapprochait d'un des scénarios figurant dans la sacoche perdue à Londres, et dont Yakoub joignait le synopsis : « En

2009, la Nasa lancera un satellite surveillant la teneur de l'air en dioxyde de carbone. Cette initiative, dont le coût est évalué à 250 millions de dollars, vise à mieux comprendre la distribution des gaz à effet de serre à la surface du globe. Une heure après le lancement, nous mettrons en ligne des images du satellite s'écrasant en Antarctique. Les Américains démentiront. Greenpeace mettra alors la Nasa au défi de retransmettre en temps réel les données du satellite, demande à laquelle les Américains seront bien obligés d'accéder. » Ce brillant scénario était l'œuvre d'Anton Lipinski, un agent de classe 2 du bureau de Lodsz qui réclamait 750 000 dollars pour réaliser une minute de film.

Bien que Lipinski n'ait jamais envisagé de saboter le lancement de l'OCO, l'accident auquel il voulait nous faire croire semblait s'être réellement produit. Les deux versions présentaient du reste d'étonnantes similitudes : l'OCO était tombé dans l'océan Indien, au large de l'Antarctique ; plusieurs organisations écologiques avaient fait part de leur déception et enjoint à Washington de construire au plus vite un nouveau satellite ; quant au gouvernement américain, en publiant un communiqué curieusement défensif, il avait semblé devancer un éventuel procès en sorcellerie.

On ne pouvait naturellement pas écarter l'éventualité d'une coïncidence. Entre 5 et 10 % des lancements de satellites se soldent par un échec. Nos experts jugeaient au demeurant plausible l'explication avancée par la Nasa, selon laquelle la coiffe de l'OCO aurait refusé de se détacher du lanceur Taurus durant la phase ascensionnelle.

Yakoub envisageait deux autres hypothèses moins

réjouissantes. Dans la première, la sacoche avait atterri entre les mains des Américains, qui avaient compris le parti qu'ils pouvaient tirer du scénario de Lipinski. La mise en orbite de l'OCO s'était déroulée comme prévu, ce qui n'avait pas empêché la Nasa de déplorer son échec. Deuxième hypothèse, une organisation écologique avait mis à exécution le plan du CFR. Elle avait annoncé l'échec de l'OCO en attendant de pied ferme un démenti qui n'était jamais venu. Les Américains, plus malins, avaient retourné la situation à leur avantage en confirmant l'échec. Dans les deux cas, ils garderaient leurs données pour eux et pourraient continuer à nier le réchauffement climatique pendant encore quelques années.

Il existait selon moi une troisième possibilité : une organisation criminelle avait voulu nous envoyer un message en donnant vie à l'un des scénarios contenus dans la sacoche. Le fait qu'elle ait choisi l'un des plus coûteux ne contribuait pas à me rassurer. Notre priorité, répondis-je à Yakoub, consistait à établir la véracité de l'accident de l'OCO. J'espérais, en post-scriptum, que ces événements ne remettaient pas en cause le soutien du Comex au projet Chupac.

Ayant appris à ne pas me miner inutilement pour les choses échappant à mon contrôle, je lançai un de mes films favoris, *Armageddon,* en version slovène. L'avidité sans limites des producteurs de Hollywood les conduisait à inclure toujours plus de langues sur les disques. Il me faudrait bientôt restreindre mon champ d'action à un seul genre cinématographique. J'hésitais encore entre les films catastrophes et le kung-fu.

J'arrivai pendant un moment à m'intéresser à l'histoire. Un astéroïde géant menaçait d'anéantir la Terre. Une équipe de scientifiques mettait au point un plan ingénieux consistant à fendre la météorite en deux. La Nasa se tournait alors vers Bruce Willis, alias Harry Stamper, présenté comme « le meilleur technicien de forage pétrolier en activité », pour insérer la charge au centre de l'astéroïde. Tandis que Stamper assemblait son équipe, je repensai à la discussion de la veille. Que Lena, avec les ressources dont elle disposait, n'ait pas réussi à retrouver la trace d'un travailleur pétrolier me paraissait bizarre et, pour tout dire, un peu louche. J'entrevoyais deux hypothèses. Lena n'avait pas engagé de recherches de peur d'être déçue par ce qu'elles révéleraient, ou elle n'avait jamais connu son père et s'accrochait à une fiction dramatique et vaguement mystérieuse.

Je rangeai mon ordinateur et inclinai mon siège de façon à me trouver à la hauteur de Lena. Elle semblait dormir. Sa couverture, d'où dépassaient quelques mèches blondes, se soulevait en cadence. Je fis signe à une hôtesse qui passait que nous ne dînerions ni l'un ni l'autre.

— Tu dors ? demandai-je.

Sans réponse de Lena, je continuai à voix basse :

— À mon tour de te raconter une histoire. Il était une fois un agent du CFR nommé Gunnar Eriksson, qui se nourrissait presque exclusivement de beignets au miel et de thé. Il préférait le hockey sur glace à l'opéra, Frank Sinatra à Rachmaninov et une randonnée dans le Pingvellir à un safari en Afrique du Sud. Le métier de Gunnar consistait à recruter de jeunes agents pour le CFR, une tâche délicate dont il s'acquittait à la perfection. En vingt ans, il avait formé une dizaine d'hommes et de femmes qui, pour la plupart, avaient poursuivi de brillantes carrières dans la maison. Un jour, un de ses amis, professeur à Cambridge, lui parla d'une certaine Lena Thorsen, une étudiante d'à peine vingt ans que la vie avait bringuebalée entre le Danemark, l'Angleterre et l'Islande, et qui semblait douée d'une force de caractère peu commune. Gunnar constata bientôt que son ami ne s'était pas trompé. Jamais débutante n'avait assimilé aussi vite les contraintes et les possibilités du CFR. Elle possédait notamment un talent surnaturel pour la falsification, identifiant avec une sûreté infaillible les sources à traiter en priorité sans jamais exposer la sécurité des autres agents.

Je marquai une pause, guettant une réaction de ma voisine. Elle ne bougea pas. Je repris :

— Le deuxième prix remporté par Lena à Hawaï constitua un motif de fierté incomparable pour Gunnar. C'était la première fois qu'une de ses recrues inscrivait son nom au palmarès, la première fois aussi qu'après un an il avait l'impression de ne plus rien avoir à transmettre. Il s'était alors mis en quête d'un point de chute pour sa protégée, d'une affectation où elle pourrait continuer à développer ses dons exceptionnels. Il aurait pu intriguer pour la garder quelques années de plus à Reykjavík mais il sentait que le temps était venu pour Lena de prendre son envol. Il avait contacté son ami Pfeiffer à Stuttgart, un superbe professionnel doublé d'un gentleman. « Prends bien soin d'elle, avait-il dit. Elle est comme ma fille. »

Il me sembla que la couverture de Lena avait tressailli. J'attendis quelques secondes avant de reprendre :

— Désormais basée en Allemagne, Lena appelait

Gunnar deux fois par mois. Il guettait ses coups de fil avec ferveur, attendant près du combiné et trouvant des excuses à Lena quand celle-ci était en retard. Il ne se souvenait pas qu'elle ait essayé de le joindre en décembre 1991. Il faut dire qu'il avait travaillé dix-huit heures par jour ce mois-là, à tenir le stylo de sa nouvelle recrue qui piochait sur son premier dossier et était autrement empoté que son prédécesseur pour créer des sources. Il l'aimait beaucoup aussi ce jeunot, peut-être pas autant que Lena, mais assez pour se dire qu'après vingt ans de carrière il venait de toucher le jackpot deux fois de suite. Sa femme Kristin ne pouvait avoir d'enfants ; c'était le grand drame de leur existence. Lui en aurait voulu deux : une fille, qu'il aurait appelée Lena, et un garçon, qu'il aurait appelé Sliv.

Je marquai une nouvelle pause, la dernière, pour donner une chance à Lena de m'arrêter. Je n'avais encore rien dit qu'elle ne sût déjà. À partir de maintenant, elle risquait d'apprendre quelque chose. Mais en avait-elle envie ?

— Le dossier Bochiman avait occupé Gunnar jusqu'à la mi-janvier. Épuisé, il avait dormi tout un week-end, ratant même son sacro-saint match du dimanche après-midi. Son premier coup de fil le lendemain avait été pour Lena. Il s'en voulait de l'avoir négligée si longtemps. Mais elle savait ce qu'était un premier dossier, pensait-il, elle comprendrait. Elle n'avait pas pris son appel. Ni le suivant, ni les dix ou quinze autres qu'il avait passés cette semaine. Pfeiffer l'avait pourtant assuré que Lena était à son poste. « Vous devez être débordés alors ? » avait suggéré Gunnar. « Mais non, avait répondu Pfeiffer, ce serait même plutôt calme. » Gunnar avait écrit à Lena pour lui demander des explications, sans plus de résultats. Connaissant le caractère de la Danoise, il avait compris qu'il ne servirait à rien de s'entêter. Cela ne l'avait pas empêché de continuer à prendre de ses nouvelles auprès de Pfeiffer, puis d'Osvaldo Diaz, le directeur du centre de Córdoba. Malgré ces années de silence, il pensait à Lena tous les jours. Parce qu'il l'aimait comme sa fille, la blessure restait béante. Il était prêt à tout pour la refermer. Il avait entendu dire que Lena travaillait sur un dossier qui allait changer la face du monde et qu'elle avait besoin d'aide pour écrire les règles d'un jeu disparu il y a mille ans. Sans vouloir se pousser du col, il se sentait très qualifié pour le job. Il fallait bien après tout que ces innombrables après-midi passés devant le hockey servent à quelque chose…

Lena fermait toujours les yeux. Je relançai mon film, curieux de découvrir si ou plutôt comment Bruce Willis allait réussir à sauver le genre humain.

8

Lena me réveilla peu avant l'arrivée à Sydney. La cabine bourdonnait d'activité. Les passagers aux yeux bouffis de sommeil attendaient leur tour devant les toilettes, les hôtesses débarrassaient les plateaux du petit déjeuner et le pilote s'époumonait en consignes que personne n'écoutait.

Je redressai mon siège, encore un peu vasouilleux. Je m'étais endormi sur mon film au moment où Harry Stamper appelait sa fille restée à terre pour lui dire adieu avant de faire exploser l'astéroïde. Je fis signe à un steward de m'apporter un café.

Les réveils n'étaient pas difficiles pour tout le monde. Le teint net et la mise impeccable, Lena parcourait ses e-mails, une tasse à la main. Elle avait sans doute lu la presse financière et traité deux dossiers Safe Haven pendant notre descente.

— Tu as passé une bonne nuit ? demandai-je.

— Très bonne, merci.

— Je veux dire : tu t'es endormie rapidement ?

— Mais oui, répondit Lena sans mordre à l'hameçon. J'ai une réponse de Carver : il nous a réservé une suite au Four Seasons. Le premier candidat arrive à quatorze heures.

— Parfait, ça me laissera le temps de finir ma nuit.

Une surprise nous attendait cependant à l'hôtel, où la réceptionniste nous tendit une seule clé.

— Il doit y avoir une erreur, dit Lena. Nous avons besoin de deux chambres.

— Je suis désolée, dit l'employée. Nous sommes complets en raison du Salon du matériel agricole.

— Allons, intervins-je, vous avez sûrement un partenariat avec d'autres hôtels.

— Ils sont complets également. Le salon est l'un des principaux événements de la saison.

— Vous ne me ferez pas croire que M. Carver a eu la dernière chambre de la ville hier soir !

— Si monsieur. Mais ce n'est pas n'importe quelle chambre, il s'agit de la suite présidentielle.

Je tendis le cou pour apercevoir le tarif affiché derrière le comptoir. La suite présidentielle coûtait la somme extravagante de 8 000 dollars australiens la nuit, un prix qui n'était en effet pas à la portée de toutes les bourses, surtout pas de celle d'un exploitant agricole.

— Si je puis me permettre, monsieur, la suite est très grande. Je pense que vous pourrez aisément y dormir à deux.

Lena, qui était restée muette durant cet échange, haussa les épaules.

— Nous n'avons pas le choix. En plus, les candidats vont se présenter ici.

Je comprenais d'autant mieux son indifférence qu'elle dormirait sur le lit et moi sur le canapé.

— Le groom va monter vos bagages, dit la réceptionniste, trop contente de se débarrasser de nous.

Notre suite occupait la moitié d'un étage. Le chasseur passa un quart d'heure à nous en présenter les multiples commodités. Je l'interrompis alors qu'il nous montrait comment programmer les volets roulants.

— Nous ne sommes ici que pour une nuit ou deux, dis-je.

— Comme vous voudrez, monsieur, répondit notre guide d'un air vexé. Laissez-moi vous expliquer le fonctionnement de la stéréo…

— Nous n'écouterons pas de musique.

— Deux mots alors de la machine à café, avec son option cappuccino.

— Merci, nous vous appellerons si nous avons des questions.

Je le poussai pratiquement dehors. Sur le palier, il réussit à me glisser que mon épouse était la bienvenue au spa. « Juste à côté du business center pour vous », ajouta-t-il sans plaisanter.

Quand je revins, Lena rêvassait sur la terrasse, accoudée à la rambarde.

— Je ne comprends pas ces gens qui se plaignent de la crise du logement, dit-elle en contemplant la baie. On se loge encore très bien pour moins de 8 000 dollars…

— Par jour, complétai-je. Tu veux un jus de tomate ? Les boissons du minibar sont offertes.

— Non ? Mais comment tiennent-ils leurs marges ?

Nous éclatâmes de rire en même temps.

— Je vais piquer un somme si tu n'y vois pas d'inconvénient. J'aimerais être d'attaque tout à l'heure.

— Tu peux prendre le lit si tu veux. Je vais à la plage.

*

Lena me réveilla pour la deuxième fois de la journée.

— Debout paresseux ! Le premier candidat arrive dans un quart d'heure. Tu as juste le temps de prendre une douche.

Je me levai d'un bond, honteux comme toujours d'avoir dormi de jour. Lena s'était changée. Elle portait un pantalon en coton et un débardeur kaki. Ses cheveux étaient encore humides.

— Tu as fait des emplettes ? demandai-je en avisant un sac au pied du lit.

— Oui, une caméra vidéo pour enregistrer les interviews.

— L'hôtel n'en avait pas en location ?

— Si, mais j'ai calculé qu'à partir de quatre heures, cela revenait moins cher d'en acheter une.

— Les pauvres, dis-je en filant sous la douche. Nous ne sommes vraiment pas de bons clients.

*

J'émergeai de la salle de bains pour trouver Lena en conversation avec notre premier visiteur, un géant à la mâchoire carrée et au physique de culturiste.

— Sliv, je te présente Mark, dit Lena.

Je m'inclinai à distance. L'expérience m'avait appris à ne pas tendre la main le premier à un habitué des salles de musculation.

— Enchanté.

— Sliv Dartunghuver ?

— Mais oui.

— Mark Robinson. J'ai écrit le cinquième volet de la saga des Bochimans en 2003. Je vous avais proposé de le cosigner mais vous étiez trop occupé à ce moment-là.

Je me souvenais de son dossier. Il n'était ni assez mauvais pour que je m'oppose à sa publication ni assez bon pour que j'y consacre une minute de mon temps.

— Bien sûr. Votre histoire a fait un peu de bruit, si j'ai bonne mémoire.

— Elle a beaucoup circulé aux Nations unies, en effet, dit Mark en rougissant.

Il oubliait de préciser que l'ambassadeur du Timor aux Nations unies était un ancien du CFR. Peut-être l'ignorait-il. Je ne sais laquelle des deux hypothèses m'attristait le plus.

— Et donc, vous êtes basé à Canberra ?

— À Brisbane, rectifia Lena qui avait lu les dossiers plus attentivement que moi.

— Quelle est la spécialité de Brisbane déjà ?

— La faune sous-marine, répondit fièrement Robinson. Poissons, requins, poulpes…

— Plancton ?

— Depuis 1997.

Lena mit un terme à cette fascinante discussion. Elle et moi nous assîmes à un bout de la table, Mark à l'autre. La caméra, montée sur un trépied, était pointée sur son visage.

— Bien, commença Lena. Comme vous l'a dit votre directeur d'unité, nous recherchons un agent pour nous assister dans un projet ambitieux. Mais avant de vous en dévoiler les grandes lignes, je propose que nous parlions un peu de votre carrière.

— Pas de problème, dit Mark.

— Votre premier dossier portait sur les voyages du capitaine Cook. Vous naviguez vous-même ?

En posant une question dont elle avait lu la réponse dans les fiches préparées par Zoe, Lena cherchait à mettre son interlocuteur en confiance.

— Oui, depuis mon enfance.

— Vous qualifieriez-vous de marin expérimenté ?

— Disons que j'ai remporté six titres de champion d'Australie, lâcha Robinson comme s'il avouait un secret honteux.

— Ça devrait suffire, commentai-je sans pouvoir détacher mes yeux de ses pectoraux qui saillaient sous sa chemise.

— Après des passages à Séoul et Wellington, vous intégrez l'Académie en 2003. Vous en sortez à l'Inspection générale.

Les pensionnaires de l'Académie choisissaient leur corps en fonction de leur classement de sortie. D'après son affectation, Mark avait dû finir dans le premier quart du classement, mais loin derrière les meilleurs.

— Vous vous plaisez à l'IG ? demandai-je.

Je perçus une hésitation chez l'Australien.

— Nous sommes entre nous, dit Lena, vous pouvez parler sans crainte.

— Pas vraiment, non. Je passe le plus clair de mon temps à faire des post-mortem.

Autrement dit à analyser pourquoi un dossier n'avait pas produit les effets escomptés, afin d'en tirer des idées d'amélioration des procédures internes du CFR.

— Pas d'évolution de carrière à l'horizon ? demandai-je.

— Non. Mon patron me pousse vers l'encadrement sans se demander si j'ai envie de lui ressembler un jour. À part ça, je donne une conférence sur les nécrologies à l'Académie le mois prochain. Si elle est bien accueillie, je bâtirai un cycle sur les enjeux liés à la numérisation des registres d'état civil.

Lena, dont c'était l'une des marottes, posa quelques questions, moins pour tester les connaissances de Mark que pour évaluer l'originalité de sa pensée. Il se sortit selon moi plutôt bien de l'exercice.

— Votre dernier dossier remonte à 2006, dis-je. Vous avez quelque chose sur le feu ?

— Quelques idées, sans plus.

— Sur ?

— Les opéras de Verdi, les villes fantômes en Chine, rien de très construit à ce stade.

Le cas de Mark était révélateur d'une tendance préoccupante du CFR. Faute de croissance, nous peinions à garantir une carrière intéressante à la quarantaine d'agents qui sortaient chaque année de l'Académie. Ceux qui, comme Maga et Youssef, intégraient le Plan ou les Opérations spéciales trouvaient généralement chaussure à leur pied. Hormis quelques individus nés pour produire des normes au kilomètre, les inspecteurs généraux s'étiolaient peu à peu. Quant aux agents moins bien classés, ils patientaient cinq ou dix ans aux finances ou aux ressources humaines avant de prendre la direction d'une entité locale. Désabusés, accaparés par le quotidien, tous ou presque arrêtaient de produire des dossiers – une évolution dramatique si l'on songeait que c'est l'ivresse de la création qui les avait à l'origine attirés au CFR.

Après ces amabilités, je déroulai l'histoire des Chupacs en guettant les réactions de Mark. Il restait impassible, ne réagissant à aucun des passages qui avaient emballé Vargas. Ses rares questions trahissaient l'obsession pour la sécurité propre à sa corporation.

— Vous l'avez sans doute compris, conclus-je, nous cherchons un agent pour incarner le capitaine du bateau qui découvrira l'épave. Vos origines, vos états de services, vos qualités de marin ont immédiatement retenu notre attention.

— J'en suis flatté. En quoi consistera ma mission au juste ?

— Vous abandonnerez votre poste au CFR pour endosser le rôle d'un chasseur de trésors. Nous vous fournirons un bateau tout équipé. Vous démarcherez alors vous-même de riches Australiens pour lever un demi-million de dollars.

— Ça risque de prendre un temps fou.

— C'est indispensable pour asseoir la crédibilité de votre personnage. Vous expliquerez, documents à l'appui, que vous avez localisé l'épave d'un galion espagnol mais que vous avez besoin d'argent pour financer les opérations de repêchage. Vous proposerez 1 % du butin par tranche de 25 000 dollars investis. S'ils se renseignent, vos interlocuteurs apprendront que vous avez déjà conduit plusieurs expéditions similaires, sans succès, mais que vous êtes restés en bons termes avec vos précédents commanditaires. Ils reviendront vers vous avec une contre-proposition que vous mettrez du temps à accepter, en prétextant des discussions concomitantes avec des Chinois de Hong Kong. Nous vous mettrons le moment venu en rapport avec un avocat spécialisé dans la rédaction de ce genre de contrats. Enfin, une fois les fonds réunis, vous assemblerez votre équipage.

— Composé intégralement de collègues, j'imagine.

— Non. Vous recruterez en priorité des hommes connus dans le petit monde des repêcheurs d'épaves. On ne s'improvise pas scaphandrier ou pilote de sous-marin.

— Justement, mon inexpérience sautera aux yeux de mes équipiers.

— D'où l'importance d'une solide formation préalable. Vous partirez deux mois sous une fausse identité à bord de l'*Odyssey Explorer*, la référence du secteur.

Robinson se tut, manifestement partagé entre l'envie de faire bonne figure et la crainte de prendre des engagements qu'il regretterait par la suite. Il reprit enfin :

— Je ne sais pas si je serai capable de jouer la comédie vis-à-vis de mon équipage.

— Nous vous préparerons autant que possible, mais, soyons clairs, votre rôle comportera une large part d'improvisation.

— Je pourrai vous contacter, n'est-ce pas ? demanda Mark, dont la mâchoire s'affaissait un peu plus à chacune de mes réponses.

— Oui, jusqu'à votre arrivée dans le golfe du Mexique.

— Et sur place ?

— Silence radio.

— Internet ? Téléphone satellite ?

— Hors de question. Les autorités mexicaines risqueraient d'intercepter nos messages.

— Pourquoi surveilleraient-elles nos communications ?

Je regardai Lena. Elle secoua la tête imperceptiblement.

— C'est encore un peu tôt pour vous le dire.

Mark nous dévisagea d'un air méfiant. Il venait de comprendre que le succès de la mission n'était pas garanti.

— Quels risques courrai-je exactement ? On parle de dépenser l'argent d'investisseurs pour chercher l'épave d'un galion qui n'existe pas...

— Qui existe mais dont vous ne connaissez pas l'emplacement.

— Pourquoi les Mexicains me mettraient-ils sur écoute ?

— Ils vont vous soupçonner de piller leur patrimoine archéologique, dit Lena.

— Un délit passible de vingt ans d'emprisonnement, complétai-je.

Quand il comprit que je ne plaisantais pas, Mark chercha du secours du côté de Lena.

— Je crois que vous en savez assez pour le moment, dit celle-ci. Je vais vous laisser ma carte, au cas où vous auriez des questions.

— Oui, c'est ça, je vais réfléchir, répondit Mark en se levant.

— Enchanté de vous avoir rencontré, dis-je.

Je lui tendis ma main sans réfléchir. Il la pressa mollement, signe chez les culturistes d'un intense désarroi.

9

— Tu as bien fait d'écourter, dis-je à Lena quand Robinson eut pris congé.

— Ce n'était clairement pas notre homme.

— Côté pectoraux, il avait pourtant tout ce qu'il faut.

— Je crains que nous n'ayons sous-estimé la difficulté de la tâche. Même un acteur professionnel serait intimidé par la perspective de tenir un rôle des mois durant. Et nous devons absolument offrir une forme d'immunité juridique au capitaine en cas d'arrestation.

— En admettant que ce soit possible, tu sais très bien que le Comex n'y consentira jamais.

— Alors, c'est râpé. Qui serait assez fou pour risquer vingt ans de prison sans rien en échange ou presque ?

— Une tête brûlée.

— Tu le ferais, toi ?

J'allais répondre quand on frappa à la porte.

— Déjà ?

— Il est en avance, dit Lena en allant ouvrir.

Le gaillard à qui elle livra passage était d'une tout autre trempe que Robinson. Grand, bien découplé, l'œil pétillant et la bouche gouailleuse, il respirait l'assurance et la décontraction. Il portait un jean délavé, un tee-shirt blanc et une veste en toile grise qui avait connu des jours meilleurs.

— Nick Carruthers, dit-il en révélant une dentition irréprochable.

— Sliv Dartunghuver.

— Je me disais bien aussi.

— On se connaît ?

— Vous non, moi oui. C'est moi qui ai mis en scène la mort de John Harkleroad en 95. J'étais au fond du cimetière quand vous êtes venu vous recueillir sur sa tombe. Vous aviez drôlement la tremblote.

Sans me laisser le temps de réagir, il se tourna vers Lena.

— Et vous êtes ?

— Lena Thorsen.

Il serra la main de la Danoise une fraction de seconde de plus qu'il n'avait serré la mienne.

— Le Timor ?

— C'est moi, répondit Lena en souriant.

— Et moi aussi, ajoutai-je sans trop savoir pourquoi.

— J'ai passé deux mois à Dili en 2006, continua Nick. Gusmão parle de vous comme d'une demi-déesse. Je comprends mieux pourquoi à présent.

Il retira sa veste, qu'il jeta négligemment sur un fauteuil. Il était bâti comme un bûcheron.

— Je suis un peu en avance, j'espère que ça ne vous dérange pas. J'ai un autre rendez-vous plus tard. Un vieux copain.

— Vous avez bien fait, dis-je. Nous avons nous-mêmes un programme chargé.

— Vous n'auriez pas quelque chose à boire ? demanda Nick. J'ai la dalle en pente.

— Mais oui, répondit Lena. Qu'est-ce que je vous sers ?

— Une Foster's si vous avez.

Lena disparut. Nick jeta un coup d'œil à son téléphone. Il avait une épaisse tignasse châtain qui ondulait sur ses épaules comme dans une publicité L'Oréal.

— Par ici, dis-je en l'escortant vers la salle de réunion.

Il sifflota en découvrant le panorama.

— Eh ben, on ne s'emmerde pas au Comex !

— C'était la dernière chambre de la ville, me sentis-je obligé d'expliquer.

— Pas de problème, mec. J'en ferais autant à ta place.

Je m'avisai alors qu'il s'exprimait sans accent.

— Vous n'avez pas l'accent australien ?

— Pourquoi ? C'est un problème ?

— Plutôt.

— Alors, tu sais quoi ? répliqua-t-il en prenant un ignoble accent de fermier, on va dire qu'à partir de maintenant j'cause comme un vrai Aussie. À moins que tu ne préfères l'accent kiwi ? Ou l'anglais d'Oxford ?

— Restons-en au premier si vous le voulez bien.

— Et deux bières, deux ! s'exclama Lena en posant un plateau sur la table.

Elle se tourna vers moi.

— Comme je ne savais pas ce que tu voulais, je t'ai pris une eau minérale.

— Tu me connais si bien.

Nick dévissa sa bouteille et la choqua contre celle de Lena.

— Allez, au boulot, dit-il comme si nous travaillions sous ses ordres.

— J'espère que vous ne voyez pas d'inconvénient à être filmé, demanda Lena que je ne me souvenais pas avoir entendu poser la question à Robinson.

— Aucun.

Il leva son verre à la caméra.

— Santé, Toronto !

— Bien, dis-je en essayant de reprendre le contrôle des opérations, parlons un peu de votre parcours. Vous êtes agent de classe deux, basé à Sydney depuis…

Je feuilletai le dossier.

— Deux ans et demi, dit ma voisine.

— Au moins quelqu'un qui s'intéresse, dit Nick en décochant un sourire ravageur à Lena.

— Facile, répondit celle-ci. Vous restez trois ans dans vos postes.

J'avais remarqué autre chose : de tous nos candidats, Carruthers était le seul à ne pas être passé par Krasnoïarsk.

— Vous n'avez jamais pensé à faire l'Académie ? demandai-je.

Il éclata de rire.

— Pour me geler les miches en Sibérie ? Très peu pour moi ! Je surfe chaque jour que Dieu fait.

— D'où le choix de vos affectations, remarqua Lena. Rio, Hawaï, les Açores…

— Et futée avec ça, commenta Nick.

Venant de n'importe qui d'autre, une telle remarque aurait hérissé Lena. Elle se contenta de glousser. Je repris :

— Vos dossiers portent principalement sur les sports

extrêmes, la navigation et la cryptographie. D'autres sujets d'intérêt ?

— Des tas. La formule 1, le plaisir féminin, le cinéma japonais…

— Pardon ?

— Ozu, Kurosawa, Mizoguchi…

— Non, avant.

— Le plaisir féminin ? Vaste sujet…

— Je n'en doute pas, dis-je, révélant par ces mots l'étendue de mon ignorance.

— Qui recouvre l'étude des zones érogènes, des différents types d'orgasme et de l'évolution de la notion de plaisir à travers les âges.

Il s'exprimait sans la moindre gêne, en nous regardant à tour de rôle. Le tour de Lena semblait juste revenir un peu plus souvent que le mien.

— Mais pas encore de dossier sur le sujet ? demandai-je d'un ton qui se voulait badin.

— Pas encore, non.

— Parlons de vos aptitudes nautiques, intervint Lena. Ce sont elles qui nous intéressent dans le cas présent.

— Je suis pratiquement né sur un bateau. Mon paternel était capitaine dans la marine marchande. Il m'emmenait avec lui l'été.

— Des titres ? Des records ?

Nick se tourna vers Lena comme si je l'avais insulté.

— Il n'a jamais rencontré un matelot, votre ami ? Parce que les ramenards, ce n'est pas chez nous que vous les trouverez.

— Je cherchais juste à établir votre niveau, bredouillai-je.

— J'ai fait le tour du monde en solo, ça te va ?

— Ça me va, répondis-je aussi dignement que possible.

— Sur quel type de bateau ? demanda Lena.

— Un cata de quarante pieds. Mais je vous conduis n'importe quoi avec une quille.

— Un navire comme l'*Odyssey Explorer* ?

Nick plissa les yeux, révélant deux fossettes sur les joues que Lena qualifierait plus tard de craquantes.

— Tiens tiens… Alors comme ça, on va à la pêche au trésor ? Si vous me racontiez vraiment ce que vous attendez de moi ?

— Que savez-vous des Mayas ?

— La même chose que n'importe qui j'imagine.

— Un jour, les livres d'histoire raconteront comment, au VIIe siècle, des anciens de Palenque ont fondé une cité du nom de Chupac dans le cratère d'un volcan près de Veracruz. En 890, le volcan s'est réveillé. Les Chupacs ont pris la fuite. La majorité a été massacrée par une tribu voisine, tandis que d'autres ont réussi à prendre la mer sur de fragiles embarcations. Plusieurs bateaux ont coulé à pic, avec à leur bord des codex, des bijoux et des poteries. Votre mission consistera à repêcher une des épaves.

Le regard de Nick avait changé à partir du moment où j'avais évoqué ses attributions.

— Tu oublies de dire ce qui fait la spécificité des Chupacs, intervint Lena. Ils honorent le dieu…

Nick leva la main.

— Pas la peine de me saouler avec les détails. Je suis sûr que votre scénario tient la route.

— Mais vous ne voulez pas savoir…

— En temps et en heure. Parlons plutôt de mon rôle.

— Vous êtes un chasseur de trésors, dis-je en faisant signe à Lena d'abandonner le sujet. Vous avez travaillé pour une société américaine dans les années 90, avant de vous établir à votre compte en achetant un vieux rafiot. Vous avez dirigé plusieurs expéditions infructueuses dans le Pacifique et en mer du Chine. Les créanciers menacent de saisir votre bateau.

— Le bourlingueur sur la corde raide, compris.

— Par chance, vous tombez sur des documents du XVIIe siècle qui indiquent avec précision le lieu du naufrage d'un galion espagnol bourré d'or. Le temps de réunir quelques investisseurs en leur promettant une part du gâteau, vous assemblez votre équipage et vous mettez le cap sur le golfe du Mexique.

— Vos hommes ne seront pas dans la confidence, précisa Lena. J'espère que ça ne vous pose pas de problème.

Nick but une gorgée de bière. Ça ne lui posait apparemment pas de problème.

— Vous cherchez ce maudit galion pendant des semaines, repris-je. Vos investisseurs s'impatientent, vos équipiers aussi, qui voient leurs chances de bonus s'envoler.

— Quand soudain, miracle, je découvre une épave maya !

— Vos plongeurs remontent de premiers artefacts, peut-être même un des codex. Vous prévenez les autorités mexicaines…

— Pourquoi serais-je assez bête pour faire une chose pareille ?

— D'abord parce que les lois internationales vous y obligent. Et ensuite parce que cela nous arrange, comme vous le comprendrez plus tard.

— Vu.

— Les Mexicains vous remercient et vous demandent,

poliment mais fermement, de lever l'ancre. Dans l'intervalle, vous avez transmis des photos du codex aux médias. Un ami de la maison l'authentifie, en parlant de « trésor archéologique ». Réalisant la valeur de votre découverte, vous réclamez une part du butin ou, à tout le moins, un dédommagement. Des négociations s'engagent. Vous finissez par trouver un accord : le gouvernement mexicain vous commissionne pour repêcher l'épave, moyennant une somme qui remboursera vos dépenses et celles de vos investisseurs.

— Cool, laissa royalement tomber Nick.

— Vous vous sentez capable de tenir ce rôle ?

— Il n'y a qu'une seule façon de le savoir, pas vrai ?

— Il faut que vous sachiez qu'à compter de votre arrivée dans le golfe, vous serez entièrement livré à vous-même.

— Pas de problème, je suis un grand garçon.

— Je ne suis pas sûr que vous réalisiez la difficulté de ce qui vous attend. Que se passera-t-il à votre avis quand vous découvrirez l'épave ?

Nick réfléchit un instant.

— Voyons voir. Mes investisseurs pousseront un gros soupir de soulagement à l'idée de récupérer leur oseille. Ils me conseilleront de ratisser l'épave et de rabouler fissa.

— En forçant votre passage à travers la marine mexicaine ?

— Tout paraît si facile à 15 000 kilomètres. De toute façon, s'ils m'emmerdent de trop, je coupe la radio. Je m'inquiète davantage pour mes hommes.

— Pourquoi ?

— Certains planqueront des artefacts sous leur matelas. D'autres auront la pétoche et voudront me faire hisser le drapeau blanc. Il faudra jouer serré.

Je hochai la tête, impressionné par la justesse de l'analyse de Carruthers. Il avait identifié les deux risques principaux.

— Les médias ? demandai-je.

— Facile. Je leur raconterai la fois où j'ai assommé un requin d'un coup de batte de base-ball dans la baie d'Along.

— Vous avez vraiment fait ça ? demanda Lena en écarquillant les yeux.

— Mais oui, c'était un petit spécimen. Il pesait à peine 200 kilos.

— Nous vous fournirons un lot d'anecdotes, intervins-je. D'anecdotes plausibles, s'entend. Et les Mexicains, comment les gérerez-vous ?

— J'en ferai mon affaire.

— Mais encore ?

— Nick dit qu'il en fera son affaire, me coupa Lena. On peut lui faire confiance, non ?

— Je ne sais pas. Je croyais que nous étions justement là pour établir ce point.

— Il me semble que nous avons assez d'éléments pour aujourd'hui, dit Lena. Nick, vous souhaitez ajouter quelque chose ?

— Ma foi non. À part bien sûr que j'adorerais travailler avec vous, répondit-il en regardant dans la seule direction de Lena.

— Nous vous appellerons ce soir, dis-je à Nick en le raccompagnant.

— Pas trop tard si possible. J'ai un autre rendez-vous.

— Je ferai de mon mieux pour en tenir compte.

À peine avais-je refermé la porte que Lena rendit son verdict.

— C'est lui, dit-elle d'un ton surexcité.

— C'est incontestablement un bon candidat.

— Un bon candidat ? Je ne sais pas ce qu'il te faut. Il a tout : l'accent, le charisme, l'expérience, les dents, les muscles…

— Je n'ai pas remarqué ses muscles, mentis-je.

— Ils sont pourtant difficiles à ignorer. Non mais tu l'as vu ? Il bouge comme un animal…

— Quel genre d'animal ? Un requin ?

— Tu te rends compte ? Tuer un requin à mains nues ? dit Lena, insensible à mon ironie. Et sympa avec ça. Galant, drôle, les reporters vont l'adorer.

— Surtout s'il leur parle de sa marotte…

— Le plaisir féminin ? Une provocation. D'ailleurs, tu es tombé dans le panneau. Tu aurais dû voir ta tête !

Lena regarda sa montre.

— J'ai envie d'annuler les autres candidats. À quoi bon les recevoir à présent que nous avons notre homme ?

— Tu plaisantes ? Nous avons fait 20 000 kilomètres pour les rencontrer. Et puis qui te dit que l'un d'eux ne sera pas supérieur à Carruthers ?

— Impossible.

Lena avait raison. Malgré de meilleurs états de services, aucun des agents que nous interviewâmes cet après-midi ne soutenait la comparaison avec Nick. L'un d'eux se dégonfla en apprenant qu'il devrait diriger des hommes plus expérimentés que lui. Le deuxième transpirait à grosses gouttes rien qu'en m'écoutant décrire le scénario. Quant au dernier, rachitique, il se serait envolé au moindre coup de vent.

J'étais prêt à poursuivre la recherche. Zoe avait mentionné un candidat intéressant au Brésil. Pour vaincre mes réticences, Lena me proposa de visionner l'enregistrement de Nick.

— Si tu as encore des doutes après ça, je t'accompagne à Rio.

Elle cala la vidéo au moment où l'Australien levait son verre à la santé du Comex.

— Rien que ça, c'est très fort. La plupart des personnes filmées craignent la caméra ; lui en fait son alliée.

— N'exagérons rien…

— Note également sa richesse lexicale. Pas la peine de lever les yeux au ciel. Il pioche à volonté dans différents niveaux de langue, depuis le grossier – « me geler les miches en Sibérie » – jusqu'à l'érudit dans son topo sur le plaisir féminin.

— Qu'est-ce que ça prouve ?

— Qu'il sait adapter son discours à ses interlocuteurs. Une qualité plutôt utile pour quelqu'un qui devra traiter avec les médias, la police, des marins et des financiers, non ? Tiens, je n'avais pas remarqué qu'il avait de si beaux yeux ! Et ses cheveux, tu as vu ses cheveux ?

— J'ai vu ses cheveux.

— Il va faire un malheur auprès du public féminin. Tu as noté sa situation de famille ?

— Célibataire, grommelai-je.

— Il faudra lui inventer une petite amie.

— C'est prévu.

— Franchement Sliv, je ne te comprends pas. Que lui reproches-tu ?

Je me posais la question depuis le départ de Carruthers ; mes arguments me semblèrent encore plus ridicules quand je les exprimai à voix haute.

— Il joue un rôle. Celui du surfeur trop cool pour aller à l'Académie, de l'expert en clitoris qui estourbit des requins de la main gauche.

— Si c'est un rôle, il l'incarne à la perfection. De toute façon, n'est-ce pas précisément ce que nous recherchons : un cabot ?

Comme s'il nous avait entendus, Nick décocha un clin d'œil enjôleur à la caméra en plein milieu d'une phrase. Je sursautai.

— Tu l'avais remarqué ?

— Non, répondit Lena. On dirait qu'il a choisi le seul moment où ni toi ni moi ne le regardions. Tu avoueras qu'il a du métier.

J'appelai Nick peu avant minuit pour lui signifier sa sélection. Il décrocha à la sixième sonnerie.

— Carruthers, dit-il d'une voix essoufflée.

— Nick, c'est Sliv. J'ai une bonne nouvelle, nous avons retenu votre candidature.

— Cool. Salut mec.

— Attendez !

— Quoi encore ? demanda-t-il, énervé.

Je discernai en arrière-plan des chuchotements, puis deux rires féminins bien distincts.

— Nous aimerions vous revoir. Que faites-vous demain ?

— Rappelez à neuf heures.

Et il raccrocha.

10

Nous retrouvâmes Carruthers au port de Sydney pour une promenade en mer. Toujours aussi décontracté, il portait un short en toile usé jusqu'à la corde et un tee-shirt rouille constellé de taches d'eau de Javel.

— Bonjour Nick, minauda Lena. Ravie de vous revoir si vite.

Nick s'inclina de façon exagérée. Ses lunettes de soleil, qui pendaient autour de son cou retenues par un lacet, touchèrent presque terre.

— Tout le plaisir est pour moi.

Il me tendit la main :

— Salut vieux.

M'attirant à lui, il me murmura à l'oreille :

— Je t'avais demandé d'appeler plus tôt hier soir.

— Désolé, nous avons pris notre décision très tard.

— À d'autres…

Il se tourna vers un superbe monocoque amarré au quai.

— Bienvenue chez moi.

— Vous habitez à bord ? dis-je, ahuri.

— Depuis dix ans.

— Tu le savais ? demandai-je à Lena.

— Mais oui. Et tu le saurais aussi si tu avais pris la peine de lire le dossier. Nick est domicilié dans le port.

— Et comme je ne suis pas gardien de phare…, dit ce dernier. Mais montez, je vous en prie.

Je m'effaçai devant Lena, moins par galanterie que pour voir comment elle négociait la passerelle dangereusement étroite à mon goût. Je lui emboîtai le pas en posant le pied dans ses traces, sans regarder vers le bas.

— C'est un quarante pieds ? demanda Lena.

— Cinquante. Fabriqué dans le Queensland en 1971 pour un Australien qui l'a étrenné sur la transat anglaise l'année suivante. Il a participé à une dizaine de courses au large, dont deux Routes du Rhum.

— Pas de moteur ?

— Plutôt crever.

— Il semble en bon état, remarquai-je en passant le doigt sur le bastingage rutilant.

— Parce que je le bichonne. Je l'ai entièrement refait à neuf en 98. Les voiles à elles seules m'ont coûté 60 bâtons. Je cire le pont quatre fois par an et je le fais réviser à fond chaque hiver. D'un autre côté, je ne paie ni loyer ni taxes foncières et je peux déménager du jour au lendemain.

Il avait prononcé la dernière phrase à notre intention. Je connaissais assez de marins pour savoir le peu de place que jouaient les considérations économiques dans la décision de vivre sur un bateau.

— Vous nous faites visiter ? dit Lena.

— Ce sera vite vu.

Le cockpit était étonnamment vaste. Il contenait

une kitchenette qui m'aurait suffi pour décongeler mes lasagnes, un coin salon et un poste de pilotage à l'ancienne, sans écrans ni gadgets électroniques. Deux grandes cabines équipées de salles de bains se faisaient face de part et d'autre du séjour.

— Les cinquante pieds ont généralement trois, voire quatre cabines. J'ai préféré donner la priorité au confort, expliqua Nick en poussant la porte de sa chambre.

Et me construire un baisodrome de compétition, pensai-je en jaugeant le lit immense, le minibar et les miroirs au plafond.

— On remonte ? dit Nick. J'aimerais appareiller avant que le soleil ne tape de trop.

— Au contraire, répondit Lena qui était vêtue d'une simple jupette en éponge et d'un haut de maillot de bain, nous sommes venus pour lui.

— Ne vous offrez tout de même pas trop longtemps à ses rayons. Vos peaux de Scandinaves n'y survivraient pas.

Lena sortit un chapeau en paille de son sac et s'allongea dans un transat sur le pont avant tandis que Nick se préparait au départ.

— Je vais voir comment il s'en sort, dis-je.

— Je crois qu'on peut tenir pour acquis qu'il sait manœuvrer dans une rade, répondit Lena en se tartinant de crème solaire. Et en supposant même qu'il commette une erreur, je doute que tu t'en aperçoives.

Je rejoignis Carruthers à l'arrière. Il accomplissait chaque geste avec l'assurance de celui qui l'a exécuté des milliers de fois.

— Conditions idéales, notai-je en compensant la niaiserie de ma remarque par un air blasé.

— En effet, répondit Nick en passant derrière la barre. Tu veux bien larguer les amarres ?

Les choses ne se déroulaient pas comme prévu, pensai-je en détachant tant bien que mal le cordage qui nous reliait à la terre. J'étais venu pour évaluer Carruthers et c'était lui qui me donnait des ordres.

— Tiens, tu es gentil, tu fais un nœud.

— Quel genre de nœud ? demandai-je comme si j'en connaissais des dizaines.

— Un nœud de chaise suffira.

Il me regarda patauger pendant une minute ou deux avant de m'arracher le bout des mains et de l'assujettir expertement autour du taquet.

— Non mais je vous jure. Qu'est-ce qu'on vous apprend à l'Académie ?

Il reprit sa position à la barre. En quelques minutes, nous étions sortis du port.

— Tout va bien ? cria Lena de l'avant.

— Comme sur des roulettes, répondis-je.

Je me tournai vers Nick.

— C'est vrai qu'il commence à faire chaud.

— Je t'avais prévenu, mec. Tiens, viens ici. Je me trompe ou tu n'as jamais barré un bateau ?

— Tu ne te trompes pas.

— C'est très simple.

Il se glissa derrière moi.

— Tu places tes deux mains comme ça et tu maintiens le cap à 20 °C. Après avoir passé l'opéra sur tribord, tu mets le cap à 100 °C. Compris ?

— Oui. Enfin non ! m'écriai-je, paniqué. Qu'est-ce que je fais si je croise un bateau ?

— Tu l'évites, répondit Nick en disparaissant derrière le cockpit.

Je me concentrai vaillamment sur ma tâche, les mains moites et la mâchoire crispée, un œil rivé sur la boussole et l'autre sur les flots émeraude d'où je m'attendais à tout instant à voir jaillir un espadon ou un requin-baleine. Le vent m'apportait des bribes de conversation et des éclats de rire, de Lena pour la plupart.

Un puissant coup de corne me fit sursauter. Un énorme bâtiment se trouvait droit sur notre route. Un deuxième coup de corne, encore plus comminatoire, retentit alors, comme pour m'alerter que j'avais atteint mon seuil d'incompétence.

— Nick, hurlai-je. Nous avons un problème.

Carruthers rappliqua dare-dare.

— Quoi ? Tu as cassé quelque chose ?

Je pointai du doigt la menace qui fondait sur nous.

— Ce paquebot, là-devant. Il va nous couper en deux.

— Ce paquebot, comme tu dis, c'est le ferry de Melbourne. Vu nos vitesses respectives, nous devrions le laisser à deux ou trois milles à bâbord.

— Pas de risque que les remous nous fassent chavirer ?

— Ça devrait aller. Tu sais quoi ? On va bloquer le cap.

Il attrapa deux écoutes et les enroula en un tournemain autour de la barre, de façon à limiter ses mouvements.

— C'est tout ? dis-je. Mais alors à quoi je sers depuis un quart d'heure ?

— À rien. Mais tu l'as très bien fait.

Nous rejoignîmes Lena à l'avant. Elle avait tombé sa jupette, dénoué son haut de maillot de bain et bronzait, allongée sur le ventre.

— Alors les garçons, nous lança-t-elle sans ouvrir les yeux, on a évité le drame ?

— De justesse, répondit Nick en s'asseyant en tailleur sur le pont, face à la poitrine de Lena.

Je me déshabillai à mon tour et m'accoudai au bastingage pour surveiller le ferry. Il fallait bien que quelqu'un monte la garde.

— J'ai réfléchi à votre scénario, dit Nick dans mon dos. J'ai quelques questions.

— Sliv se fera un plaisir d'y répondre, dit Lena d'une voix paresseuse assourdie par le coussin du transat.

— Sur mon parcours professionnel d'abord. Vous avez mentionné plusieurs expéditions infructueuses. Pourquoi des investisseurs miseraient-ils sur un tocard ?

Je me retournai pour faire face à Nick.

— Dans ce métier, 90 % des opérations se soldent par des échecs. Il suffit d'une découverte dans une carrière. L'an dernier, une équipe américaine a remonté un trésor estimé à un demi-milliard de dollars : de quoi relativiser quelques fiascos.

— N'empêche. Je ne pourrais pas avoir trouvé un petit quelque chose ?

— Tu n'aurais plus besoin d'investisseurs.

— Il a pourtant raison, dit Lena en se hissant sur ses coudes. Cela donnerait aux médias quelque chose à se mettre sous la dent.

Je réfléchis. De *Erin Brockovich* à *Jerry Maguire*, le personnage du *serial loser* qui finit par être récompensé de son obstination avait fourni à Hollywood certains de ses plus beaux succès. S'écarter d'une recette qui avait fait ses preuves n'avait de sens que si la mésaventure de Nick lui avait enseigné autre chose.

— OK, dis-je. Il y a quelques années, tu as trouvé un trésor en mer de Chine. Comme tu es bien élevé, tu as signalé ta découverte aux autorités. Une heure plus tard, les douaniers ont débarqué à bord et fait main basse sur toute la marchandise. Tu as porté plainte, remué ciel et terre, en vain : le service des douanes a nié en bloc et a même menacé de te coffrer si tu ne la mettais pas en veilleuse. Cet épisode t'a dégoûté. Tu te méfies depuis comme de la peste des uniformes.

— C'est aussi pour ça que j'ai contacté la presse : j'avais peur de me faire doubler une nouvelle fois.

— Exactement, ta paranoïa s'explique. Mieux, elle se comprend. Qu'en penses-tu Lena ?

— Je n'entrevois pas de difficulté particulière. Nous choisirons un pays assez corrompu pour conforter les allégations de Nick. Et comme nous accuserons les médias locaux d'être à la botte du gouvernement, personne ne s'étonnera que les journaux de l'époque ne contiennent aucune allusion à l'affaire.

— Bien. Très bien même. Question suivante ?

— J'imagine que je vais devoir changer de nom…

— En effet. Je propose que tu gardes ton prénom : il sonne bien et se prononce facilement dans toutes les langues.

— Nicolas est le saint patron des marins.

— Raison de plus. S'agissant de ton nom de famille, il nous faudrait quelque chose de long – deux, voire trois syllabes pour contrebalancer la brièveté du prénom.

— Campbell ? Livermore ? Sullivan ? suggéra Nick que je soupçonnais d'avoir déjà réfléchi à la question.

— Trop quelconque, dit Lena. Cherchons plutôt du côté des acteurs célèbres.

— Eastwood ? suggérai-je. Redford ? Weissmüller ?

— Flynn, lança Nick.

— Comme le Errol de *Robin des Bois* ?

— De *Capitaine Blood* et d'innombrables films de cape et d'épée. Naturalisé américain mais australien de naissance. Originaire de Tasmanie comme bibi et grand séducteur devant l'éternel…

Il se retint d'ajouter « comme moi ».

— C'est une idée, dis-je. Nick Flynn, ça claque comme un coup de fouet. Si un journaliste veut savoir si tu es apparenté à Errol, tu répondras que ta mère le prétendait sans pouvoir en apporter la preuve.

— Justement, parlons de mes parents.

— Morts tous les deux.

— Je suis marié ?

— Surtout pas !

— Une petite amie ?

— Mieux, une fiancée. Nous te fournirons une photo.

— Pas la peine.

Il pointa son téléphone sur le visage de Lena, qui prit obligeamment la pose.

— Voilà typiquement le genre d'enfantillages que je ne veux pas voir sur cette mission, dis-je. Lena, tu penses qu'il a besoin de chirurgie esthétique ?

— Hein ? s'alarma Nick.

— Je lui verrais bien une cicatrice sur la pommette, dit Lena.

— Une cicatrice ? Et d'où viendrait-elle ?

Je haussai les épaules.

— Est-ce que je sais moi ? D'une rixe de matelots ? D'une attaque de poulpes géants ?

— Quatre centimètres, dit Lena. On ne va pas le défigurer non plus.

— Deux, contre-proposa Nick.

— Trois, tranchai-je. La couleur des cheveux nous convient, n'est-ce pas ?

— Oui, dit Lena. Tu veilleras cependant à les laver moins souvent. Je t'indiquerai un shampoing.

— En ce qui concerne les dents…, commençai-je.

— Personne ne touche à mes ratiches ! se braqua Nick.

— Elles sont très bien ses quenottes, dit Lena. Que leur reproches-tu ?

— Personne n'a les dents si parfaitement alignées naturellement. Avoue Nick, tu les as fait redresser ?

— Je t'emmerde, mec.

— Que suggères-tu ? demanda Lena.

— De lui ébrécher une incisive.

— Vous êtes dingues ! brailla Nick.

— On ne pourrait pas juste peindre l'émail en noir comme au cinéma ? dit Lena.

— Non, ça risquerait de se voir. Mieux vaut un petit coup de marteau chez le dentiste.

— C'est fini, oui ?

Nous nous retournâmes vers Nick. Il trépignait comme un taureau, la bave aux lèvres et la narine palpitante. Je crois qu'il se retenait pour ne pas me balancer son poing à la figure.

— Certaines choses sont négociables, énonça-t-il lentement. Mes dents n'en font pas partie.

Lena me fit signe de laisser tomber.

— C'était juste une idée, dit-elle. Je suis sûr que nous pourrons atteindre le même effet par d'autres moyens.

— Le chien par exemple, soufflai-je.

— Vous n'allez pas me coller un clébard dans les pattes ! tempêta Nick.

— La présence d'un animal domestique est indispensable, justifia Lena.

— Alors filez-moi un perroquet !

— On n'est pas dans *Pirates des Caraïbes*, répliquai-je.

— Un serin, un hamster, n'importe quoi mais pas un cabot !

— Certaines choses sont négociables. Le chien n'en fait pas partie, dis-je avec délectation. Ce sera un terre-neuve, une race très affectueuse. Je parie que vous vous entendrez comme larrons en foire.

— Je vous préviens, s'il me lèche la main, je le jette à la baille.

— Les terre-neuve nagent très bien. On les surnomme les saint-bernard des mers. Autre chose ?

— Oui, je veux pouvoir compter sur au moins un homme d'équipage.

— Qu'en penses-tu Sliv ? demanda Lena.

— Ça me paraît raisonnable. Nick aura assez à faire pour ne pas se soucier d'une mutinerie.

— Je le choisirai moi-même, dit l'Australien. J'ai déjà quelques idées.

— Nous aurons le droit de veto sur ton candidat.

— Naturellement.

— Quelle est selon toi la période de l'année la plus propice ?

— Il fait trop chaud l'été. L'automne est exclu en raison des ouragans. Restent le printemps et l'hiver. Je serais partisan d'arriver dans le golfe en février prochain, pour découvrir l'épave en avril. Ça me laisse une petite année pour acheter un bateau, réunir des investisseurs et recruter mon équipage.

— C'est court.

— Mais jouable. Et vous, vous serez prêts ?

— Les codex et les artefacts, oui, répondit Lena. L'épave, c'est moins sûr. Nous explorons encore différentes pistes.

— On aura un ou deux mois de marge, dit Nick, pas davantage. Ou alors on décale d'une année.

Il retourna à la barre, me laissant en tête à tête avec Lena.

— Il va être dur à manier, prédis-je sombrement.

— Il a de la personnalité ? Tant mieux, parce que nous ne pourrons pas tout prévoir.

— Je persiste à penser qu'on devrait lui casser une dent.

— Et moi, je persiste à penser que tu es jaloux de lui.

La voix de Nick s'éleva de l'arrière avant que je ne puisse répondre.

— On va mouiller dans une petite crique, d'accord ?

— Formidable, cria Lena en rajustant son bikini.

Ses anses pittoresques ne constituent pas le moindre des charmes de Sydney. Celle-ci, uniquement accessible par la mer, aurait pu servir d'illustration à une publicité pour la Nouvelle-Galles du Sud. Des ficus géants étendaient leurs branchages jusqu'au-dessus de l'eau. Sous la brise, les vagues léchaient une plage de sable clair rigoureusement déserte.

— Tu jettes l'ancre, mec ? demanda notre skipper quand il eut stabilisé notre voilier au milieu de la baie.

— Laisse, dit Lena, je m'en occupe. Combien de fond, Nick ?

— Six mètres.

— La marée monte ?

— Plus pour longtemps.

Sous mes yeux ahuris, Lena laissa filer la chaîne en plusieurs fois, jusqu'à en avoir immergé une vingtaine de mètres.

— Facile, dit-elle. Tu comptes trois fois la hauteur du haut de la coque jusqu'au fond de l'eau.

— Où as-tu appris ça ?

— Tu ne sais pas encore tout sur moi, répondit-elle, mutine, en plongeant dans l'eau.

Nick attendit que nous ayons les yeux tournés vers lui pour sortir du cockpit, vêtu d'un maillot de surfeur orange vif destiné à faire ressortir son bronzage. Il enjamba le bastingage, bomba son torse de gladiateur et exécuta un saut de l'ange impeccable. Quand il émergea de l'eau après de longues secondes, il jeta nonchalamment sa tignasse en arrière et nous éblouit d'un sourire hollywoodien.

— Quel pied putain ! Ça doit vous changer de Toronto.

— On est d'accord là-dessus, dis-je en m'efforçant de faire passer mes clapotements désordonnés pour une variante de brasse indienne.

Nick ne m'écoutait déjà plus, lancé dans un crawl frénétique dissipant assez d'énergie pour chauffer une ville de taille moyenne.

Après quelques minutes, nous nous retrouvâmes sur la plage, où Nick interrogea Lena sur les mœurs des Chupacs. Rien ne l'y obligeait en théorie. Son rôle consisterait après tout à remonter les artefacts, pas à juger de leur intérêt historique et encore moins à discourir sur la civilisation maya, à laquelle l'humble marin tasmanien qu'il incarnerait n'était pas censé connaître grand-chose. Il écouta pourtant avec intérêt nos explications, assaillant Lena de questions sur le jeu de balle, la journée de la concorde et le commerce du cacao, et louant à tout propos son imagination. Sachant tout ce que le dossier me devait, je bouillais intérieurement, attendant en vain que Lena souligne ma contribution. En l'écoutant se vanter d'idées que nous avions eues à deux, j'eus l'occasion de méditer sur ce qu'elle avait dû ressentir sept ans plus tôt quand j'avais récolté les fruits de son travail au Timor-Oriental.

Mais le plus pénible restait à venir. Lena révéla en riant à Nick que j'avais traîné des pieds pour le sélectionner.

— J'ai tout de suite su que c'était toi, dit-elle en dessinant sur le sable avec un coquillage. Demande à Sliv : j'étais prête à décommander les autres candidats. C'est lui qui a insisté pour les rencontrer. Hier soir encore, il était prêt à poursuivre la recherche !

Je grommelai une phrase confuse sur les vertus d'un protocole strict.

— Sans rancune mec, dit Nick en me bourrant

l'épaule d'un coup de poing. Tu n'es pas le premier à me sous-estimer.

Nous rentrâmes au bateau. Je nageai derrière les autres, rapport à mon épaule.

Nous récapitulâmes le programme avant de nous séparer. Zoe avait décroché à Nick un engagement sur une expédition américaine dans l'océan Indien. Fort de son expérience, il achèterait ensuite un navire et un sous-marin puis monterait son dossier à destination des investisseurs. Lena se procurerait les artefacts et fabriquerait les codex. Quant à moi, il me restait à peaufiner le scénario et à régler deux ou trois bricoles.

Nous reprîmes l'avion pour Toronto le soir même. Épuisée par sa journée en mer, Lena dormit jusqu'à Los Angeles, pendant que je regardais la fin d'*Armageddon* et deux ou trois autres films trop affligeants pour être cités.

Nous passâmes le deuxième vol à discuter de l'épave, qui demeurait la principale faiblesse du dossier. Lena était en contact avec plusieurs intermédiaires sud-américains qui prétendaient pouvoir lui livrer du bois vieux de douze siècles. Trois architectes travaillaient sur les plans du bateau à partir des représentations d'époque et des rares embarcations mayas retrouvées à ce jour. Un chantier naval de Boston, spécialisé dans les reconstitutions de navires historiques, se tenait prêt à démarrer la construction, qui ne recourrait à aucun matériau ou technique modernes.

Autant je faisais confiance aux codex de Lena, partiellement délavés par l'eau de mer, pour résister aux tests des archéologues, autant je doutais qu'une épave de vingt ou trente mètres assemblée à la hâte ne puisse tromper très longtemps les experts. Gorger le bois d'eau salée jusqu'à atteindre un taux d'humidité compatible avec un séjour prolongé au fond de l'océan constituait en soi un défi auquel nos experts n'avaient pas encore trouvé de solution.

Dans un scénario idéal, nous remonterions les artefacts, mais pas l'épave, coincée entre deux rochers ou trop fragile pour être treuillée à la surface. Mais quand bien même le gouvernement mexicain écouterait l'avis de Nick, il consulterait des spécialistes qui jugeraient possible de repêcher l'épave. On en revenait toujours au même problème.

Tandis que nous attendions nos taxis à l'aéroport, Lena me soulagea d'une tâche substantielle.

— Laisse tomber les règles du jeu de balle, dit-elle en montant en voiture. Je vais appeler Gunnar.

11

Yakoub montra moins d'enthousiasme pour la sélection de Nick que je ne l'avais espéré.

— À la bonne heure, dit-il en me désignant une chaise. En attendant, ici les problèmes s'accumulent.

— Le satellite américain ?

— Nous avons pu confirmer les informations de la Nasa en survolant le lieu de l'impact. Selon nos contacts à Houston et à Washington, les Américains semblent sincèrement désolés d'avoir perdu l'OCO. Mais ils peuvent jouer la comédie.

— Parce que tu les soupçonnes d'avoir saboté leur propre satellite ? demandai-je, un peu surpris.

— Je n'exclus aucune piste.

— On en sait plus sur les causes de l'accident ?

— Toujours cette histoire de coiffe récalcitrante qui, en alourdissant le satellite, l'aurait empêché d'atteindre la vitesse orbitale.

J'hésitai à livrer le fond de ma pensée, avant de réaliser que c'était précisément ce que Yakoub attendait de moi.

— Je ne vois rien de suspect là-dedans. Bien sûr, la coïncidence est troublante…

— Troublante ? Nos statisticiens évaluent la probabilité à une sur cent mille !

— J'aimerais voir comment ils font leurs calculs…

Yakoub alla fermer la porte et revint s'asseoir derrière son bureau.

— Ce n'est pas tout, dit-il. J'ai reçu deux nouveaux rapports ce matin. Le premier vient de Beijing. Le moteur de recherche Baidu a inventé dix animaux farfelus pour tourner en dérision les règles de la censure chinoise. Les noms des créatures, qui semblent inoffensifs sur le papier, sonnent comme des grossièretés quand on les lit à haute voix.

— Par exemple ?

— Un calamar franco-croate qui s'appelle Fa Ke You, un poulet dont le nom ressemble à un terme argotique pour « masturbation », un crabe…

— Compris. Quel rapport avec la censure ?

— Comme tu le sais, le gouvernement chinois bloque les recherches sur un certain nombre de mots-clés : noms d'opposants politiques, scandales touchant des membres du Parti et, bien entendu, pornographie. Baidu nargue les autorités en leur demandant s'ils doivent aussi interdire « calamar franco-croate » qui a le malheur de se prononcer Fa Ke You en mandarin. Bougrement retors, non ?

Il me tendit une photo représentant un curieux cheval blanc en peluche.

— Regarde cette créature baptisée Cao Ni Ma.

— Qui veut dire ?

— « Cheval de l'herbe et de la boue ». Mais aussi

– c'est tellement plus drôle – « Nique ta mère ». Je te lis le texte de Baidu : « Les Cao Ni Ma sont originaires du désert de Gobi (qui se prononce comme “le vagin de ta mère”). Ce sont des animaux vifs, intelligents et tenaces, dont l'existence est menacée par les crabes des rivières. »

Je faillis m'étrangler à ces mots.

— Crabes des rivières ? Comme dans le dossier de… ?

— Guo Dan.

En 2005, dans un discours au Congrès du Parti, le président Hu Jintao avait appelé de ses vœux l'avènement d'une société « harmonieuse » (« héxié » dans le texte), un terme devenu synonyme de censure de Chine. Guo Dan, une agente de Canton, s'était avisée qu'en modulant légèrement l'accent tonique, « héxié » pouvait aussi signifier « crabes des rivières ». Elle en avait tiré un plan astucieux dont une version résumée figurait dans la sacoche de Londres. Guo Dan prévoyait d'inonder Internet de témoignages sur les nuisances causées par les crabes des rivières. Après quoi, elle organiserait une marche nationale réclamant leur éradication, fournissant à ses compatriotes une occasion unique de défier Pékin sans craindre des représailles.

— C'est le seul emprunt de Baidu à son dossier, reprit Yakoub, mais tu avoueras qu'il est spectaculaire.

— D'autres que Guo Dan ont pu remarquer l'homophonie entre « harmonie » et « crabes des rivières ».

— En effet, d'autant que Dan avait commencé à poster quelques allusions sur la Toile. C'est le timing qui me dérange : d'abord le satellite OCO puis ça…

— Tu as parlé d'un troisième dossier…

— Oui, encore plus étrange. Tu te souviens du projet de Solveig Ingstad ? AC2 à Oslo ?

— Vaguement, dis-je en regrettant de ne pas disposer de la mémoire de Yakoub. C'était une histoire d'oiseaux, non ?

— Oui. Ingstad, qui défend de longue date les droits des animaux, voulait exposer au grand jour les cruautés infligées aux pigeons… Ne lève pas les yeux au ciel, il paraît que vous autres Européens persécutez ces pauvres bêtes.

— Admettons, dis-je en pensant que la liberté dont jouissaient les agents pour choisir les sujets n'avait pas que des avantages.

— Elle a imaginé de créer un jeu vidéo dans lequel des oiseaux seraient utilisés comme projectiles pour abattre des murs. Même les esprits les plus endurcis ne pourraient qu'être choqués par ces images de volatiles disloqués s'écrasant lamentablement sur le pavé.

— Je dois être particulièrement dévoyé alors car je ne verserais pas une larme.

— Le patron du bureau d'Helsinki a déjeuné tout à l'heure avec un de ses amis, qui dirige un studio de jeux vidéo. Sais-tu sur quoi il travaille en ce moment ?

— Un jeu d'oiseaux ?

— C'est bien plus précis. Le jeu s'appelle « Angry Birds ». Il devrait sortir dans le courant de l'année. Si j'ai bien compris, le joueur utilise une fronde pour catapulter des oiseaux de différentes tailles sur des bâtiments.

— Rassure-moi, le but du studio n'est pas de sensibiliser l'humanité aux malheurs des volatiles ?

— Non, ce serait plutôt de gagner du pognon. N'empêche que nous voilà avec trois dossiers sur les bras et qu'avec la meilleure volonté du monde je ne vois pas comment on pourrait encore parler de coïncidence.

Je repassai mentalement les trois dossiers en revue.

— J'ai tout de même l'impression que chaque cas peut s'expliquer assez facilement. Le satellite américain avait quelques pour cent de chances de s'écraser. Dan n'est sûrement ni la première ni la dernière à avoir remarqué que « harmonie » et « crabes de rivière » se prononcent de la même façon. Quant au jeu vidéo, je remarque que notre agente est basée à Oslo, à un jet de pierre de la Finlande.

— Qu'insinues-tu ? Que son dossier a circulé ?

— Non mais elle a pu parler de son idée autour d'elle. Un ami lui envoie un article sur l'extinction des pigeons dans les centres-villes. « Un jour, lui répond-elle, on les massacrera sur PlayStation. » L'ami n'y prête pas attention. Un mois plus tard, en Finlande, il discute avec un graphiste qui lui montre sa dernière création : un personnage de pigeon rebondi. Repensant au message d'Ingstad, il remarque que l'oiseau est rond comme un boulet de canon. Il n'en faut pas davantage. Les idées circulent, surtout les bonnes. D'ailleurs…

— D'ailleurs ?

— Combien de dossiers Londres refuse-t-elle chaque année ?

Yakoub s'absorba dans de savants calculs.

— À vue de nez, je dirais 300 ou 400.

— Parfait. Rouvrons tous ceux refusés en 2007 et regardons combien se sont réalisés neuf mois plus tard. Si la proportion atteint 5 ou 10 %, cela voudra dire que nous sommes dans les clous.

— Tu risques de comparer des choux avec des carottes. Un dossier ne se « réalisera » jamais à 100 %, pour reprendre ton expression.

— Alors quantifions les similitudes. Sur une échelle de 1 à 5 où 5 équivaudrait à une correspondance absolue, je donnerais 3 à l'OCO, 2 au crabe des rivières et 4 aux pigeons en colère.

Yakoub observa une pause pour considérer mon idée.

— Je vois où tu veux en venir. Nous aurions dû développer cet outil depuis longtemps.

— Je serais curieux d'en découvrir les résultats, dis-je sans mentir.

— Tu en auras bientôt l'occasion : je te charge de compiler les statistiques des cinq dernières années. Londres te transmettra les dossiers retoqués. Fais-toi aider de qui tu veux, de préférence de mathématiciens.

— Tu oublies les Chupacs ! Rien que ce matin, je dois dessiner les routes de commerce du cacao, composer une ode au dieu du maïs et lire les règles des permis d'exploration en eaux mexicaines.

— Délègue à Lena, c'est son projet après tout.

— Elle a du boulot par-dessus la tête, protestai-je en espérant que la bonne mine de la Danoise avait échappé à mon patron.

— Bon sang Sliv, tu le fais exprès ?

Yakoub élevait assez rarement la voix pour que je ne me risque pas à le contredire.

— Nous jouons notre peau, tu comprends ? Les Mayas, c'est bien gentil, mais là on parle de la survie du CFR. C'est clair ?

— Très clair, dis-je froidement. Donne-moi une semaine.

Lena, chez qui j'allai m'épancher, me laissa à peine finir le récit de mes déboires. Elle avait reçu ses premiers artefacts : un jeu d'assiettes en céramique, une broche en jade et un poignard rituel en obsidienne. Trois méthodes de datation différentes avaient établi leur âge entre 1 120 et 1 150 ans, ce qui renvoyait leur fabrication aux trente années ayant précédé l'éruption du San Martin.

— Le trafiquant prétend qu'il peut m'en obtenir deux fois autant, dit-elle avec des étoiles dans les yeux.

— Tu ne préfères pas diversifier tes sources ?

— Pas nécessairement. Priorité à l'unité du fonds.

— Pour qui te fais-tu passer ?

— L'assistante d'un magnat de la Silicon Valley. C'était soit ça soit baronne de la drogue à Miami.

Je songeai avec tristesse à tous ces trésors mayas, cambodgiens ou chinois entassés dans les caves de riches collectionneurs à travers le monde. Savoir que nous en restituerions bientôt quelques-uns à leurs propriétaires légitimes m'aidait à supporter des matinées comme celle-ci.

Lena avait une autre nouvelle sensationnelle à m'annoncer. S'inspirant des techniques des faux-monnayeurs qui vieillissent leurs coupures en les faisant tourner des jours entiers avec du sable dans le tambour d'une machine à laver, les chimistes de la maison avaient enfin réussi à simuler les effets d'un séjour prolongé en eau de mer. Ils plongeaient les artefacts pendant plusieurs semaines dans des bains à très haute concentration saline, avant de les soumettre à d'énormes forces censées reproduire au niveau moléculaire les effets d'une pression de 20 kilopascals pendant mille ans. Ils les recouvraient pour finir de pédoncules et de minuscules fragments de coquillages. D'après Lena, aucun test existant à ce jour ne détecterait la supercherie.

Contre toute attente, la mission que m'avait assignée Yakoub se révéla fascinante. Londres avait refusé 413 dossiers en 2007, pour les motifs habituels (risques excessifs, rapport trop lointain avec les directives du Plan triennal, ambition démesurée au regard des antécédents de l'agent...).

Signe des temps, un quart des dossiers portaient sur l'écologie et, plus précisément, sur le réchauffement climatique. Sans s'être passé le mot, nos agents à Bombay, Santiago ou Canberra faisaient fondre les mêmes glaciers, distordaient les mêmes courbes de température et prédisaient le même destin tragique à des atolls du Pacifique. Deux dossiers seulement prenaient le contre-pied de l'opinion dominante, l'un en faisant des flatulences bovines le principal responsable de la flambée des gaz à effet de serre, l'autre en arguant que la première révolution industrielle s'était accompagnée d'une baisse d'un demi-degré des températures mondiales.

Presque aussi populaires, les exactions des dictateurs inspiraient un dossier sur cinq. Corruption, népotisme, tortures, exécutions sommaires fournissaient la matière à des scénarios spectaculaires, conçus pour souder l'opposition locale et secouer la communauté internationale.

En troisième place arrivaient les falsifications artistiques, un genre auquel je m'étais essayé au début de ma carrière en imaginant un film allemand maudit dont la seule copie avait disparu dans un incendie. Le principe était toujours le même : un agent inventait un chanteur, un peintre ou un romancier, dont il avait produit lui-même quelques œuvres soi-disant représentatives. La notoriété des artistes ainsi créés allait rarement au-delà d'une notice Wikipedia ou d'une mention occasionnelle dans une revue spécialisée. Tous les trois ou quatre ans cependant, l'un d'eux rencontrait un succès inespéré, tel cet Iranien qui avait reçu le principal prix littéraire de son pays ou ce plasticien roumain dont les sculptures s'arrachaient dans les salles de ventes. Dans de tels cas – fort rares, est-il besoin de le préciser –, l'auteur du dossier démissionnait avec la bénédiction de sa hiérarchie et se faisait passer pour sa créature.

Comme je l'avais soupçonné, la réalité ne se conformait jamais tout à fait à nos dossiers, mais elle passait parfois diablement près, comme dans le cas de ce jeune agent qui souhaitait lancer la rumeur que le gouvernement estonien s'apprêtait à déplacer un soldat en bronze commémorant la victoire de la Deuxième Guerre mondiale. « La communauté russe de Tallinnn, écrivait-il, y verra un camouflet, le signe que l'Estonie souhaite tourner la page de l'occupation soviétique. Elle se tournera vers Moscou, dont la rhétorique impérialiste donnera à réfléchir aux chancelleries occidentales. » Trois mois plus tard, de violentes émeutes éclataient dans le centre-ville de Tallinn, faisant un mort et des centaines de blessés. À l'origine des affrontements : les protestations de nostalgiques de l'ère soviétique contre la décision du gouvernement de transférer leur mémorial. Tout aussi incroyable, une agente de Phnom-Penh avait prédit l'abolition de la monarchie népalaise et un Anglais de Bristol avait deviné l'intrigue du septième tome de la saga *Harry Potter*, jusque dans les péripéties du duel final avec Voldemort.

J'entrepris de classifier les similitudes, préalable indispensable à leur comparaison. Certains agents avaient annoncé des événements majeurs sur la base de raisonnements erronés. D'autres, au contraire, qui s'étaient fourvoyés dans les grandes lignes, avaient mis dans le mille sur quelques broutilles. Yakoub m'autorisa à laisser la seconde catégorie de côté pour le moment ; il était normal après tout que dans la foule de détails que contenait un scénario, quelques-uns au moins coïncident avec la réalité. J'adoptai par ailleurs, sur le conseil de Lena, un système de pondération logarithmique ; un dossier de niveau quatre, comme celui du jeu « Angry Birds », présentait en effet une menace supérieure à quatre dossiers de niveau un.

Après deux jours de travail, il devint clair que je ne m'en sortirais jamais seul. La plupart des dossiers étaient vite expédiés : lire le résumé d'un scénario prenait deux ou trois minutes, s'assurer sur Internet qu'il ne s'était pas produit à peine davantage. D'autres demandaient plus de travail. Si par exemple un agent de Jaipur avait proposé de mettre le feu à une usine désaffectée du Bangladesh en faisant croire qu'elle abritait un atelier de confection clandestin, il fallait vérifier – ou plutôt faire vérifier par le bureau de Dacca – que la presse bangladaise n'avait pas rapporté un tel fait divers puis étendre la recherche aux autres pays producteurs de textile. En l'occurrence, un incendie avait ravagé une usine clandestine chinoise de fabrication de chaussures, faisant une trentaine de victimes. Restait alors à dérouler le scénario en le comparant ligne à ligne au rapport – probablement faux – de l'agence de presse chinoise.

Devant l'ampleur de la tâche, je réquisitionnai l'aide de Maga et Youssef, qui arrivèrent accompagnés de trois auxiliaires chacun. Nous nous partageâmes les dossiers en fonction de nos domaines de compétences et des langues que nous parlions. Quatre jours et trois nuits plus tard, harassé mais heureux, je remis un rapport préliminaire à Yakoub. Il se rendit directement à la dernière page.

— « Un an plus tard, lut-il à voix haute, 7 % des dossiers refusés (31 sur 413) s'étaient transposés de façon plus ou moins tangible dans la réalité. »

— Et encore, faute de temps, nous n'avons pas lu les 413 dossiers en entier. Autrement dit, ce chiffre sous-estime le phénomène.

— « Sur les 31 dossiers, aucun n'atteignait le niveau cinq, deux atteignaient le niveau quatre, cinq le niveau trois, dix le niveau deux et quatorze le niveau un. » Qu'en conclus-tu ?

— Qu'avec trois dossiers « réalisés » en neuf mois, nous sommes à peu près dans la plaque.

— Mais un de ces trois dossiers est un niveau quatre, contre seulement deux pour toute l'année 2007, fit remarquer Yakoub. Ça ne t'inquiète pas ?

— Pas vraiment. Notre échantillon n'est pas représentatif. De surcroît, Londres aurait approuvé la majorité des dossiers de la sacoche.

— Que sous-entends-tu ? Que les bons dossiers ont davantage de chances de se matérialiser que les mauvais ?

— Ça ne semblerait pas absurde. Mais encore une fois, nous manquons de données pour pousser l'analyse. Je suggère de remonter cinq ou dix ans en arrière.

Voici une note méthodologique à l'intention de mon successeur.

Yakoub ne laissa pas passer cette remarque.

— Qui te parle d'un successeur ? Tu n'as pas envie de finir ce que tu as commencé ?

— Si, justement. Les Chupacs m'attendent. J'ai parlé à Maga : elle est prête à prendre ma suite.

— Pour nous claquer sa démission au premier scénario machiste qu'elle rencontrera ?

— Pas de danger de ce côté-là, dis-je en souriant. Sarah Palin lui a servi de leçon.

Je retournai aux Mayas avec délice. La fabrication des codex était sur le point de commencer. Lena me chargea de rédiger celui consacré à Chupacan, tandis qu'elle et Gunnar avançaient sur le manuel de jeu de balle. Les linguistes de la maison traduiraient nos textes.

Je m'enfermai chez moi avec mes notes, des dizaines d'ouvrages et les illustrations réalisées par notre département graphique. L'idée consistait à produire un fascicule de référence, entre le bréviaire et l'encyclopédie, regroupant la somme des connaissances des Chupacs sur le dieu qui avait donné son nom à leur cité.

Je créai pour commencer trois classes de prêtres, ayant chacun son mode de désignation, ses attributions, ses coiffes et ses robes d'apparat. Je composai ensuite des prières à Chupacan, un hymne et deux ou trois chants. Le protocole des cérémonies sacrificielles me divertit énormément ; j'expliquai le jour et l'heure où elles se déroulaient, le type de prêtres qui officiaient et l'ordre dans lequel ils tranchaient les différents membres et organes. Mais la pièce de résistance consistait dans la description des célébrations de la journée de la concorde. La « petite concorde » avait lieu tous les 17 février (date de l'anniversaire de Lena). Ce jour-là, les habitants de la cité échangeaient leurs rôles. Un paysan prenait la place d'un tailleur de pierres, qui lui-même devenait juge ou tisseur de coton. Chacun en concevait une empathie et un respect accrus pour son voisin. La « moyenne concorde » revenait à la fin de chaque katun, soit tous les vingt ans environ. Elle durait sept jours, durant lesquels chacun prenait la place de son conjoint, d'un enfant, d'un vieillard, d'un homme, d'une femme, d'un inférieur et d'un supérieur. La semaine se concluait par un tournoi général de jeu de balle où, pour une fois, l'essentiel était vraiment de participer. La « grande concorde » enfin ponctuait chaque baktun de 394 ans. Pendant un mois entier, les Chupacs s'efforçaient de voir le monde à travers les yeux de leurs interlocuteurs. C'était pour eux un entraînement, une sorte de répétition en vue du Jugement dernier, où ils devraient convaincre les dieux qu'ils étaient capables de cohabiter harmonieusement au paradis. Chupac n'avait connu qu'une grande concorde, aux alentours de l'an 830. Par une étrange coïncidence, le baktun en cours s'achèverait le 21 décembre 2012.

La puissance du dossier de Lena m'apparut dans toute sa splendeur pendant cette semaine où je m'ouvris à la spiritualité des Chupacs. Vouloir la concorde, c'était déjà la concorde. Essayer de comprendre l'autre, c'était déjà lui tendre la main. Force m'était de constater que ma relation avec Lena s'était miraculeusement apaisée le jour où je m'étais mis à sa place, où j'avais « échangé mes yeux avec les siens », pour reprendre l'expression des hiérarques chupacs (qui, sur une des planches du codex, joignaient l'acte à la parole dans un grand jaillissement d'hémoglobine).

Pas besoin d'être psychologue pour comprendre ce que le scénario de Lena devait à son parcours personnel. Son père l'avait abandonnée. Sa mère l'avait livrée à la lubricité masculine. Les Watkins, prêts à l'adopter, étaient revenus sur leur parole. Gunnar, qu'elle vénérait comme un père, avait pris ses distances. Et pour finir, le CFR, en qui elle avait espéré trouver une famille, l'avait suspendue pendant six mois pour une faute qu'elle n'avait pas commise. Elle s'était chaque fois relevée et avait réussi à sublimer ses aspirations dans un dossier porteur d'un message universel ; c'était la marque d'un esprit exceptionnel.

L'ingénuité des Chupacs, leur candeur bienveillante me touchaient intimement. J'étais convaincu que mon talent, si j'en avais un, résidait dans ma capacité à m'élever au-dessus de la mêlée. En tant que consultant environnemental, j'avais conduit d'innombrables tables rondes réunissant l'ensemble des parties prenantes à un projet. Je commençais par inviter les participants – promoteurs, élus locaux, riverains, défenseurs de l'environnement – à exprimer leurs souhaits et leurs craintes, les points dont ils étaient prêts à discuter et ceux sur lesquels ils s'arc-bouteraient à tout prix. J'expliquais ensuite pourquoi la plupart de ces demandes étaient parfaitement raisonnables. Le concessionnaire autoroutier ne pouvait aller au-delà d'un certain coût de construction au kilomètre, sous peine de compromettre l'équilibre économique du chantier. Les riverains craignaient à juste titre pour leur patrimoine : les études montraient qu'une maison située à moins de 500 mètres d'un grand axe routier voyait sa valeur chuter de 15 %. Sans la future rocade, la municipalité ne pourrait se lancer dans la rénovation du gymnase et de l'hôpital que lui réclamaient ses administrés. Enfin, il était prouvé qu'une autoroute traversant une forêt réduisait sensiblement la diversité écologique. Je forçais les parties à reconnaître la validité de chaque position, avant de montrer comment toutes s'enchevêtraient : devant le coût du contournement de la forêt, les actionnaires du concessionnaire déclareraient forfait ; sans sa rocade, la municipalité relèverait les impôts locaux payés par les riverains ; et si ces derniers n'étaient pas indemnisés pour leurs désagréments, ils saisiraient le tribunal administratif. Commençait alors la phase la plus délicate : l'élaboration d'un compromis acceptable par tous. « Attention, précisais-je : acceptable par tous ne signifie pas que l'effort sera également réparti. Le rapport de forces entre vous existait avant cette réunion et continuera d'exister après. Votre objectif est de le refléter aussi fidèlement que possible, en dépassant vos contradictions. » À ce stade de la réunion, la plupart des participants se prêtaient au jeu. Ils avaient compris qu'ils ne pouvaient revendiquer leur différence sans admettre celle des autres. L'accord idéal, qui m'était apparu en un éclair, se révélait à eux à mesure qu'ils acceptaient d'écarter leurs œillères. Ils sortaient de la réunion tout étourdis, inquiets d'avoir lâché plus que prévu mais fiers d'avoir démêlé un écheveau qui, il y a peu encore, leur paraissait inextricable.

Comme nombre de mes prédécesseurs, j'avais caressé l'idée de doter le CFR d'un but, d'une mission indiscutable à laquelle nos agents se seraient ralliés avec enthousiasme, indépendamment de leur âge, de leur race ou de leur religion. Djibo m'avait convaincu que c'était impossible. Chaque cause avait ses contempteurs : la science contredisait l'évangile des fondamentalistes, les hindous méprisaient la quête de vie éternelle des Occidentaux, les industriels chinois tournaient l'écologie en ridicule. En mettant le point final au codex de Chupacan, je me fis la réflexion que la concorde était peut-être la seule valeur réellement universelle.

Lena s'apprêtait à faire un sacré cadeau à l'humanité.

12

Lena mettait de son côté la dernière main au codex du jeu de balle. Gunnar lui avait pondu des règles légendaires, qui portaient en germe plusieurs notions essentielles du sport contemporain. Par exemple, le joueur coupable d'une infraction sortait du terrain pendant une durée proportionnelle à la gravité de sa faute ; l'équipe adverse se ruait alors à l'attaque pour capitaliser sur sa supériorité numérique, un phénomène bien connu des amateurs de handball ou de hockey sur glace. Seuls comptaient les points marqués par l'équipe au service, un modèle dont s'étaient inspirés des sports comme le squash ou le volley-ball. Enfin, en cas d'égalité à quinze points partout, les deux équipes se départageaient par un jeu décisif qui rappelait fichtrement le tennis.

Gunnar avait réussi un tour de force. La simplicité du jeu proprement dit le disputait à la sophistication des règles concernant les échanges de joueurs. Il n'existait pas moins de neuf situations dans lesquelles une équipe pouvait – sans jamais y être obligée – réclamer une permutation. Dans six d'entre elles, l'équipe adverse avait la faculté de choisir le joueur qu'elle récupérait ; dans deux autres, celui-ci lui était imposé ; dans la dernière, l'arbitre consultait les dieux. L'asymétrie qui en découlait ne ressemblait à aucune autre discipline, les champions passant leur temps à combler les écarts qu'ils avaient eux-mêmes creusés.

Chaque individu changeait en moyenne de camp à trois reprises durant la partie, un chiffre qui recouvrait de grandes disparités. Le meilleur et le moins bon élément d'une équipe tournaient jusqu'à dix fois, contre une à deux fois seulement pour les joueurs intermédiaires, ni assez habiles pour être demandés (ou « tirés » dans le jargon des Chupacs), ni assez maladroits pour être transférés à l'adversaire (« poussés »). Disputer toute la partie dans le même camp étant considéré comme déshonorant, les joueurs moyens cherchaient tous les moyens de s'illustrer, se jetant comme des morts de faim sur les balles désespérées ou lâchant leurs coups à s'en briser les genoux.

Plusieurs mécanismes, plus ingénieux les uns que les autres, contribuaient à équilibrer les forces en présence. Les Chupacs n'appréciaient rien tant que les matchs âprement disputés, rythmés par des substitutions fréquentes et des renversements spectaculaires. De l'avis général, la plus belle partie remontait à l'an 834 (ou pour être exact à l'an 10.0.4.0.16). Elle avait opposé l'équipe des Jaguars à celle des Cochons et s'était soldée par une courte victoire des seconds au terme d'un jeu décisif qui avait duré deux heures et quart. Plus étonnant encore, les joueurs ayant marqué les trois premiers points du match avaient également marqué les trois derniers, chaque fois dans le camp opposé. Une page du codex retraçait l'évolution du score de cette confrontation mémorable.

Gunnar vint nous présenter son œuvre en personne. L'envie de serrer Lena dans ses bras l'avait semble-t-il emporté sur son aversion du transport aérien. Je le trouvai rajeuni de cinq ans.

— J'en viendrais presque à bénir la crise, dit-il en accrochant son chapeau à mon portemanteau. Sans elle, je serais à la retraite à boursicoter et à tailler mes rosiers.

Il fit le tour du bureau du regard et émit un sifflement d'admiration.

— On dira ce qu'on veut, tu as parcouru un sacré bout de chemin.

— Grâce à vous.

— Ne dis pas de bêtises. Tu as lu mes règles ?

— Elles sont formidables.

— Vraiment ? J'avais peur de compliquer à l'excès.

— Vous avez trouvé l'équilibre parfait.

— Tout concourt à ce que chacun se dépasse afin de produire un spectacle inoubliable.

— Ça ne m'a pas échappé.

Gunnar fit mine de s'absorber dans la contemplation de ma carte du Frisland.

— Tu sais si Lena a lu mon document ? demanda-t-il, faussement désinvolte.

— Mais oui.

— Et… ?

— Elle adore.

Je vis son visage s'illuminer.

— Vraiment ? Ah ça me fait bien plaisir ! C'est que je n'ai jamais réussi à l'intéresser au hockey, tu comprends. Et puis cette balle d'un kilo, ces permutations incessantes, j'avais peur de la barber. C'est son dossier après tout.

— Elle a justement fait appel à vous parce qu'elle savait que vous vous en sortiriez comme un chef.

Il me saisit le bras. Il tremblait.

— Je ne te remercierai jamais assez pour ce que tu as fait, dit-il, les yeux humides.

— Nul besoin de me remercier.

Je me dégageai doucement de son étreinte.

— En parlant de Lena, voulez-vous aller la saluer ?

— Elle est là ?

— Mais oui, à deux pas d'ici.

— Attends.

Il se recoiffa à la hâte devant la fenêtre, rajusta son nœud de cravate et rentra les pans de sa chemise dans son pantalon.

— Prêt ? demandai-je, ému et amusé à la fois.

— Allons-y.

Nous descendîmes le couloir côte à côte. J'entendais presque battre le cœur de Gunnar.

Je frappai à la porte de Lena.

— Oui ?

Je m'effaçai pour livrer passage à Gunnar. Il entra puis s'arrêta, bouche bée, incapable de franchir les derniers mètres qui le séparaient de son ancienne protégée.

— Un visiteur d'Islande, dis-je pour détendre l'ambiance.

Lena se leva. Elle vint à la rencontre de Gunnar et prit ses mains sans mot dire.

— Je vous laisse, dis-je. J'ai du travail.

Ni l'un ni l'autre ne se donnèrent la peine de me répondre. En fermant la porte, je remarquai dans la bibliothèque une photo prise devant la Galerie nationale de Reykjavík. Lunettes de soleil, bras croisés, traits menaçants, Lena et Gunnar se donnaient beaucoup de mal pour ressembler à un tandem de superflics. Le cadre n'était pas là la veille, j'en aurais juré. C'était le premier objet personnel que je voyais à Lena.

Le téléphone sonna alors que j'entrai dans mon bureau.

— Salut mec, dit une voix chaleureuse, c'est Nick.

— Salut mon pote, dis-je, bien décidé à rendre coup pour coup.

— Lena n'est pas là ? Je viens d'appeler son bureau.

— Elle est occupée.

— Je lui ai parlé il y a cinq minutes.

— Quand elle n'était pas encore occupée, dis-je en prenant note de sa contrariété. Mais d'où appelles-tu ? Je te croyais dans un scaphandre au large de Madagascar.

— Problème technique. Nous réparons au Mozambique.

— Quel genre de problème ?

— Coque éventrée. Le capitaine a voulu jouer les marioles dans un banc de récifs pour gagner deux heures. Résultat, on va passer une semaine à quai. Ah, je te jure !

Zoe s'était pourtant vantée d'avoir dégotté à Nick une place au sein de l'équipe la plus réputée dans la profession. Je m'enquis de ses premières impressions.

— Tous des bras cassés ! Le capitaine est fait pour diriger une expédition comme moi un orchestre symphonique, le navigateur tient ses cartes à l'envers et le sous-marinier est du genre à ouvrir les hublots en plongée. Les cabines schlinguent, même la bouffe est dégueulasse ! Mais bon, ce n'est pas pour ça que j'appelais. J'ai sympathisé avec un des équipiers, Niall, un Irlandais qui a pas mal bourlingué. Il a travaillé pour cinq ou six sociétés différentes, dans le Pacifique Sud et dans le golfe du Mexique.

— Tu m'intéresses.

— Il m'a fait un topo complet sur les différents navires : avantages et inconvénients, vitesse, fiabilité, tout le saint-frusquin.

— J'aurais pu te trouver tout ça.

— Sans doute. Sauf que, c'est marrant, j'ai un peu plus confiance en lui. Par exemple, il fait un super nœud de chaise.

— Continue, dis-je en pensant que je ne l'avais pas volé.

— Le bateau sur lequel je me trouve fait 60 mètres. Nous n'avons pas besoin de ça. Vingt, vingt-cinq mètres devraient suffire.

— J'étais arrivé à la même conclusion.

— Comment ? En lisant ton horoscope ? Toujours est-il que Niall m'a signalé un bateau à vendre. Vingt-deux mètres, vitesse maximale huit nœuds. Il est en bon état. Le sous-marin, le robot et les scaphandres sont inclus. Nous aurons besoin de plus de matos mais c'est un bon début.

— Quelle année ? dis-je en me retenant juste à temps de poser la question de la couleur.

— 1971. Pas tout jeune mais cohérent avec mes moyens.

— Combien coûte-t-il ?

— 750 000 dollars. Niall dit qu'on peut le toucher à 700 000.

— Où peut-on le voir? demandai-je.

— Il est à Miami, à 800 nautiques de Veracruz. Ça simplifierait beaucoup les choses. Je suis d'avis qu'on l'achète.

— Entendu. Je m'en occupe.

— Dis à Lena que je la rappellerai.

— Pas besoin, je lui raconterai tout.

— Qui te dit que je veux lui parler de bateaux? répliqua Nick avant de raccrocher.

Et soudain je compris ce qui crevait les yeux : j'étais amoureux de Lena. L'empressement de Nick suscitait en moi une jalousie viscérale que je n'avais jamais ressentie auparavant. L'imaginer tripotant la Danoise dans sa garçonnière flottante me donnait la nausée.

J'étais amoureux de Lena. Assis à mon bureau, la tête dans les mains, je passai en revue les étapes de notre histoire mouvementée afin de comprendre depuis quand je refoulais mes sentiments. Je la désirais évidemment depuis notre première rencontre; quiconque oserait prétendre le contraire serait un fieffé menteur. Mais ce soir-là à Córdoba, je n'avais ressenti aucune connivence entre nous. Lena s'était comportée de façon odieuse, raillant mon cher Gunnar et se réjouissant à demi-mot du cancer de son patron. Pendant les deux années qui avaient suivi, elle m'avait houspillé sans relâche, me donnant plus de motifs de la pousser sous un train que de lui conter fleurette. Puis ç'avait été l'épisode Harkleroad où elle m'avait jeté en pâture aux Opérations spéciales en espérant sauver sa tête.

Nous avions enterré la hache de guerre au Timor, où la gravité de l'enjeu nous avait convaincus de mettre un mouchoir sur nos querelles. Combien de nuits avions-nous passées courbés côte à côte sur nos claviers dans notre penthouse de l'hôtel Central ? Lena, dont je connaissais depuis longtemps le génie pour la falsification, avait enfin reconnu mes qualités de scénariste. Nous avions passé trop peu d'heures dans nos lits cette semaine-là pour songer à la bagatelle mais nos relations avaient pris un tour nouveau. Avec un peu d'adresse, j'aurais peut-être eu une carte à jouer. Hélas, dans ce domaine, l'adresse n'avait jamais été mon fort. Je m'étais attribué tout le mérite de notre succès devant le Comex, alors que Lena y avait pris une part au moins équivalente. Nos rapports s'étaient à nouveau tendus.

Que Lena m'associe à son grand œuvre prouvait qu'elle m'avait pardonné. Mais que ressentait-elle pour moi ? Nous venions de voyager ensemble, sans nous disputer mais sans marivauder non plus. Elle riait à mes plaisanteries mais ne me posait jamais de questions personnelles. Et quand elle m'invitait au restaurant, c'était dans une cantine macrobiotique où l'aliment le plus gras était la noisette de beurre trônant sur des carottes vapeur. Non, elle ne m'aimait pas ou alors elle avait une bien étrange façon de le montrer. Ma seule consolation, c'est qu'elle ne semblait aimer personne d'autre.

Je me méfiais tout de même de Nick, que Lena qualifiait selon les jours de mignon, musclé, spirituel ou charismatique, autant d'épithètes que je ne me souvenais pas l'avoir jamais entendue utiliser à mon endroit. Les intentions de l'Australien ne faisaient aucun doute. Il appelait Lena plusieurs fois par jour et proposait régulièrement de faire un saut à Toronto « pour peaufiner la stratégie opérationnelle ». Si Lena ne l'encourageait pas franchement (en tout cas pas devant moi), elle s'esbaudissait à ses facéties et faisait mine de gober les récits abracadabrants de ses démêlés avec des pirates somaliens et des tribus cannibales.

Pourrait-elle un jour me porter des sentiments ? Il n'y avait, comme disait Nick, qu'une seule façon de le savoir. Je passai à l'offensive le lendemain soir, après avoir remis Gunnar dans l'avion. Lena m'avait demandé de repasser au bureau. Je la trouvai penchée sur mon codex.

— Tu t'es surpassé, dit-elle sans lever la tête.

Encouragé par sa remarque, je plantai une première banderille.

— Veux-tu que je te fasse une confidence ? J'ai eu une épiphanie la semaine dernière en travaillant sur Chupacan. Quel idéal plus noble que la concorde ? L'harmonie entre les peuples, entre deux êtres…

Lena avait posé son stylo. Elle m'écoutait.

— L'entente parfaite au sein d'un couple, continuai-je en poussant mon avantage. L'union de deux destins bâtie sur l'admiration, la complémentarité, le respect…

Voyant que Lena ne réagissait toujours pas, je sortis un peu du bois.

— Un avenir commun sanctifié un jour par la naissance d'un enfant…

— Attends…, m'interrompit Lena.

Je m'arrêtai, soulagé. J'arrivais à court d'arguments.

— Je rêve ou tu es en train de me faire une déclaration ?

— Tu ne rêves pas, dis-je bravement mais sans toutefois regarder Lena dans les yeux.

— Enfin, qu'est-ce qui te prend ? Pourquoi ici ?

Pourquoi maintenant ? Et ne viens pas me parler des Chupacs…

Je bredouillai les premiers mots qui me passèrent par la tête.

— On pourrait faire un bout de chemin toi et moi. On se connaît depuis un bail, on s'entend bien, on n'est plus tout jeunes…

Désormais certaine que j'étais sérieux, Lena s'autorisa à éclater de rire.

— Tu n'y penses pas, voyons. Nous travaillons ensemble…

— Je suis prêt à démissionner.

— Mais moi pas. Tu sais bien que je n'ai que mon job dans la vie. Quand nous verrions-nous ?

— Je ne sais pas. Tu pourrais prendre des vacances.

Lena me dévisagea comme si j'avais proféré une énormité.

— Tu n'es quand même pas amoureux de moi, Sliv ?

— Si, dis-je d'un ton penaud. Enfin, je crois.

— Tu m'en vois désolée. Ce n'est pas réciproque. Je te considère comme un ami, pas davantage.

— À l'avenir peut-être ?

— Honnêtement, j'en doute.

Devant mon air déconfit, elle gloussa à nouveau.

— Tu en fais une tête ! La scène ne s'est pas déroulée comme tu l'avais imaginée ?

Encore sous le coup de la déception, je ne répondis pas tout de suite.

— Tu n'en entendras plus parler, finis-je par déclarer. Sache aussi que tu peux compter sur mon professionnalisme dans le dossier Chupac. Je sais ce qu'il représente pour toi, je ne te laisserai pas tomber.

— Merci, dit Lena d'une voix douce.

Elle semblait réaliser seulement maintenant la profondeur de ma détresse.

— Une dernière chose. À ta place, je me méfierais de Nick. C'est un garçon très… entreprenant.

— Si tu crois que je n'avais pas remarqué…

— Tu ne sais pas tout. Le soir où je l'ai appelé pour lui signifier sa sélection, il était en galante compagnie. En très galante compagnie même, ajoutai-je en montrant deux doigts.

Lena se retint à grand-peine de rire.

— Mon pauvre Sliv… Des lourdauds comme Nick, j'en ai vu des centaines. Ils ne me font pas peur, surtout à 20 000 kilomètres !

13

Deux mois plus tard, Yakoub nous convia à une nouvelle réunion d'urgence. La Russie venait d'annoncer la création d'une Commission présidentielle pour contrer les tentatives de falsification de l'histoire au détriment des intérêts russes. La dépêche de l'agence Itar-Tass n'en disait guère plus, laissant craindre le pire.

Après un rapide tour de table qui révéla notre ignorance à tous, Yakoub se laissa aller à un rare moment de découragement.

— C'est fois, c'est foutu ! Le KGB a trouvé la sacoche.

— Combien des cinquante dossiers concernent la Russie ? demanda Suarez.

— Trois, dis-je. Un sur l'enfance du tsar Alexandre III, un autre sur les purges sous Khrouchtchev et le troisième sur le démantèlement de Ioukos.

— Seul ce dernier peut être considéré comme portant atteinte aux intérêts russes, estima Zoe.

— Qu'en penses-tu Yakoub ?

Notre président présentait le double avantage de

parler russe et d'avoir grandi en Azerbaïdjan, sous le joug soviétique.

— « Intérêts russes » est à prendre dans tous les sens du terme, y compris politique ou historique, affirma-t-il d'un ton catégorique. Poutine ne laissera pas salir la mémoire de ses prédécesseurs, fussent-ils d'un autre bord que le sien.

— Je persiste à penser que, du fait des sommes en jeu et de la personnalité de Khodorkovski, le dossier Ioukos est le plus dangereux dans l'immédiat, s'entêta Zoe.

En 1995, l'État russe avait cédé, pour un prix dérisoire, la compagnie pétrolière Ioukos à un entrepreneur sans scrupule nommé Mikhaïl Khodorkovski. Le nouveau propriétaire avait rationalisé le groupe, responsable d'environ 2 % de la production mondiale, engrangeant au passage des profits considérables. En 2003, lassé des prises de positions politiques de Khodorkovski, le Kremlin avait collé à Ioukos un contrôle fiscal carabiné qui s'était soldé par un redressement juste assez lourd pour mettre la société en faillite. Khodorkovski avait été condamné à neuf ans de réclusion criminelle. Ses avoirs à l'étranger, sur lesquels Moscou ne désespérait pas de mettre la main, se chiffraient de l'avis général en centaines de millions de dollars.

— Quelqu'un peut-il me rappeler la thèse du dossier ? demanda Suarez.

Yakoub m'adressa un signe de la tête.

— Fin 2004, les actifs de Ioukos ont été mis aux enchères afin d'indemniser les créanciers, au premier rang desquels le fisc russe. C'est une entreprise créée quelques jours plus tôt, Baïkalfinansgrup, qui a raflé la mise en mettant 9 milliards de dollars sur la table. Ceux qui spéculaient sur l'identité des acheteurs ont vite été fixés : Baïkalfinansgrup a été racheté dans la foulée par le groupe public Rosneft. En deux tours de passe-passe, Moscou a donc exproprié les actionnaires de Ioukos le plus légalement du monde. Notre agent imagine que les dirigeants de Baïkalfinansgrup ont reçu pour prix de leur coopération le droit de garder deux champs de pétrole en Sibérie. Un pourboire à neuf chiffres en quelque somme…

— Le résumé du dossier révèle-t-il l'identité de ces hommes de paille ? demanda Zoe.

— Non, mais on peut penser qu'il s'agit de proches de Poutine.

Yakoub, qui avait joué nerveusement avec son stylo-bille pendant mon exposé, ajouta :

— Le KGB m'inquiète davantage que le FBI et la CIA réunis. Quand ils frappent, c'est pour tuer.

Suarez, nourri au biberon de l'anticommunisme, hocha vigoureusement la tête. Yakoub poursuivit :

— Cette nouvelle alerte intervient après que six des cinquante scénarios contenus dans la sacoche se sont déjà matérialisés à des degrés divers. Nous ne pouvons pas ignorer plus longtemps cette épée de Damoclès. Je propose de distribuer à chaque agent une capsule de cyanure à utiliser en cas d'urgence.

Je ne fus pas le seul à sursauter. Le démantèlement du CFR était régulièrement évoqué dans cette enceinte mais jamais à ma connaissance les membres du Comex n'avaient été amenés à se prononcer sur une mesure aussi radicale.

— Tu ne crois pas que tu exagères un peu ? demanda Ching, dont c'était la première intervention.

— Crois-moi, dit sombrement Yakoub, si tu avais vu ce dont les tueurs du KGB sont capables, tu demanderais deux capsules plutôt qu'une. Qui soutient ma motion ?

Seul Suarez leva la main.

— Commandons toujours les pilules et laissons chaque agent libre de sa décision, suggérai-je, soucieux d'arrondir les angles.

— Nous allons semer la terreur dans les rangs, prophétisa Zoe.

— Tant mieux, lâcha Yakoub. Ça dissuadera peut-être des imbéciles de sortir des documents confidentiels du bureau.

Seule Zoe vota contre mon idée. Cela ne l'empêcherait pas, je le savais, de la mettre en application. Ching promit d'enquêter sur les intentions de la commission russe ; elle se ferait aider par Youssef.

— Tu as mentionné six scénarios éventés tout à l'heure, enchaîna Sophie Onobanjo. J'en étais restée à cinq.

— J'ai reçu le dernier hier, répondit Yakoub. Le gouvernement malaisien vient de libérer trois dirigeants de l'Hindraf, une coalition d'ONG pro-hindoues. L'un des prisonniers relâchés serait en fait un sosie, chargé par les services secrets de ramener l'ordre parmi les militants.

Ayant examiné ce dossier d'aussi près que les précédents, j'avais informé Yakoub qu'il ne contenait selon moi aucun élément suspect. Je l'avais senti presque déçu. Il aurait préféré, je crois, une bonne descente de police à cette menace diffuse qui empoisonnait nos débats.

Presque au même moment, l'Organisation mondiale de la santé sonna la mobilisation générale contre l'influenza H1N1. Après les premiers cas signalés au Mexique, le virus s'était rapidement propagé dans le reste du monde. Il se transmettait d'humain à humain, sans passer par les animaux. Les victimes se plaignaient de douleurs musculaires, de maux de tête et de vomissements. La plupart se rétablissaient au bout d'une semaine ; 2 à 3 % des malades développaient des complications qui, dans certains cas extrêmes, entraînaient la mort.

Comme l'avait prédit Vargas, le Center for Disease Control d'Atlanta prit l'affaire très au sérieux. Il publiait chaque jour de jolies cartes colorées illustrant la progression du virus. Il érigea la maladie au rang de pandémie en juin 2009. Le président du CDC, qui avait micro ouvert sur CNN, recommandait le plus sérieusement du monde aux téléspectateurs de se laver les mains chaque fois qu'il avait touché une poignée de porte.

La vaccination restait le moyen le plus sûr de tenir la maladie à distance. Une demi-douzaine de groupes pharmaceutiques signèrent de juteux contrats avec les États soucieux de protéger leurs administrés. Échaudé par le précédent du sang contaminé, le gouvernement français commanda quatre-vingt-quatorze millions de doses, payant à lui seul le nouveau jet d'Ignacio Vargas.

Ici et là, des voix accusaient les laboratoires d'avoir orchestré la psychose à des fins mercantiles. Un député allemand, médecin de formation, dénonça « un des plus grands scandales médicaux du siècle ». Le CDC invoqua sa responsabilité envers le public et se défendit d'avoir cédé à la panique. L'OMS, de son côté, reconnut avoir imputé un peu vite au virus H1N1 des cas qui, après examen, relevaient d'une banale grippe saisonnière. Elle promit d'en tirer les leçons.

En dépit des réserves que m'inspiraient ses méthodes, je ne pouvais m'empêcher d'admirer le savoir-faire de Vargas. En trois mois à peine, il avait mis sur pied un canular planétaire générant des milliards de profits pour ses clients. Dans le monde entier, l'influenza s'étalait à la une des journaux, remplissait les hôpitaux et alimentait les débats au Parlement. Le syndrome démiurgique dont souffrait déjà le Colombien avant cet épisode ne risquait pas de s'arranger.

Quand j'étais d'humeur philosophe, je pensais que, pour chaque Vargas concoctant une catastrophe sanitaire, un autre scénariste essayait de nous faire croire que nous étions à l'abri des pandémies. L'équilibre entre leurs histoires contradictoires s'appelait la réalité.

Une semaine plus tard, Youssef nous présenta les résultats de son enquête sur la commission créée par le Kremlin. Il avait fait un saut à Moscou, où plusieurs de ses amis enseignaient à l'université russe de l'amitié des peuples. Selon eux, la Commission pour contrer les tentatives de falsification de l'Histoire visait avant tout à rétablir la vérité sur le rôle joué par l'Union soviétique durant la Deuxième Guerre mondiale.

— Les Républiques issues de l'explosion de l'URSS sont enfin libres de donner leur version des événements, expliqua Youssef. Leurs manuels scolaires présentent Staline comme coresponsable du conflit, à égalité avec Hitler.

— Et alors ? intervint Suarez. Ils avaient bien signé un pacte de non-agression.

— Un pacte qu'Hitler a rompu en envahissant l'URSS en 41. Dix millions de soldats soviétiques sont morts en luttant contre la Wehrmacht – dix fois plus que l'Angleterre et les États-Unis combinés. Pour les Occidentaux, les héros de la guerre sont les GI qui ont débarqué sur les plages de Normandie ; pour les Russes, ce sont les tireurs d'élite embusqués dans les décombres de Stalingrad. Poutine et le Kremlin se sentent victimes d'une injustice : cette guerre qu'ils estiment avoir gagnée, on les accuse de l'avoir déclenchée !

— Où nous situons-nous dans cette querelle ? demanda Zoe.

— Nous avons produit des centaines de dossiers sur la Deuxième Guerre mondiale, dont une quinzaine sur la seule bataille de Stalingrad. L'armée Rouge en prend pour son grade, notamment pour ses massacres de civils et de prisonniers. Nous ne nions jamais pour autant son rôle décisif dans la défaite du Reich.

— Tu es certain qu'il s'agit du seul cheval de bataille de la commission ? demanda Yakoub.

— Quasiment. La liste des membres est révélatrice. On compte cinq historiens, plusieurs militaires, des politiciens mais aucun représentant de la sphère économique.

J'eus une nouvelle fois l'impression que Yakoub aurait préféré des nouvelles plus alarmantes. Il insista sur l'importance de ne pas relâcher notre vigilance et demanda à Youssef de garder un œil sur les travaux de la commission.

Lena nous rejoignit pour parler des Chupacs. Nous avions répété sa présentation la veille. Elle exposa les deux principales modifications apportées au scénario :

le massacre d'une partie de la tribu par les habitants d'une cité voisine et la fondation ultérieure d'une colonie quelque part dans les Caraïbes. Elle fit ensuite circuler quelques artefacts, parmi lesquels un collier en jade qu'elle avait payé plus de 100 000 dollars ainsi qu'une page du codex sur le jeu de balle.

— Remarquable, commenta Zoe en élevant la feuille à la lumière. Quel type de papier as-tu utilisé ?

— De l'amaté. Nous l'avons fabriqué nous-mêmes à partir de bois de ficus, en utilisant des outils d'époque.

— Qui nous dit qu'il résistera aux tests ? demanda Onobanjo.

— Nous avons envoyé un spécimen à trois laboratoires : ils l'ont tous daté du IXe siècle, répondit Lena sans se démonter.

Elle enchaîna sur Nick, dont le curriculum vitae ne fit pas grosse impression.

— Un AC2 pour conduire une opération de cette importance ? Vraiment ? s'étonna Onobanjo.

— Il a refusé l'Académie à plusieurs reprises, expliqua Zoe. Il préfère vivre au bord de la mer.

— Moi aussi j'aime bien la plage, maugréa Suarez. N'empêche que j'habite Toronto.

— Ses qualités de marin nous seront précieuses, intervins-je. Pour travailler avec lui depuis quelques mois, je peux vous assurer qu'il a les épaules assez larges pour cette mission.

Il ne me sembla pas utile de préciser que je parlais au sens propre. En vérité, j'ignorais si Nick se montrerait à la hauteur ; je ne pouvais que l'espérer.

— Pourquoi n'est-il pas ici aujourd'hui ? demanda Suarez.

— Il termine une mission d'entraînement dans l'océan Indien, répondit Lena. Je m'arrangerai pour que vous le rencontriez bientôt.

— Sa couverture… ?

— Est au point. Le moment venu, nous aurons dix personnes prêtes à raconter des anecdotes sur son compte avec des trémolos dans la voix.

Nous en arrivâmes au bateau. Onobanjo s'étrangla deux fois : en en apprenant le prix puis en découvrant la photo.

— 700 000 dollars pour cette vieille carcasse ! Ça ne pouvait pas attendre ?

— Non, répondis-je. Les bateaux équipés pour la récupération d'épaves sont rares. Pour information, nous avons budgété 300 000 dollars de frais supplémentaires.

— Et l'équipage ? demanda Suarez. Qui va le payer ?

— Des investisseurs, dit Lena. Nick va lever un demi-million en Australie.

— Et s'il n'y arrive pas ?

— C'est qu'il n'est pas l'homme de la situation. Autant le savoir avant de lancer la mission.

Le flot des questions se tarit momentanément. Onobanjo examinait le collier maya, à la recherche d'un défaut qui aurait échappé à notre armée d'experts, tandis que Yakoub grattait la surface de la feuille d'amaté avec la pointe d'un trombone.

— Et l'épave ? demanda Suarez. Vous nous avez montré le codex et les artefacts, mais où est l'épave ?

— En cours de construction, dit Lena, mal à l'aise.

— En cours de construction ? Un bateau de mille ans ?

— Nous n'utilisons que des matériaux d'époque.

— Et vous pensez que cela suffira à berner les archéologues ?

— Nous explorons plusieurs pistes, intervins-je. Il est encore trop tôt pour dire laquelle nous retiendrons.

L'ambiguïté de ma formulation n'échappa pas à Onobanjo.

— Laquelle ? Qu'est-ce qui te rend si sûr que vous aurez le choix ?

— Rien, mais nous avons bon espoir.

— Tu comprendras, j'espère, que nous subordonnions notre accord à la résolution de ce problème d'épave ?

— Ça paraît logique, concédai-je du bout des lèvres.

— Sous cette réserve de taille, je vote en faveur du scénario qui nous a été présenté, dit Onobanjo.

— Moi aussi, dit Suarez.

Ching, Yakoub et Zoe se rangèrent au même avis. Je me ralliai à la majorité, la mort dans l'âme, en regardant une Lena désemparée, qui ne savait si elle devait se réjouir de l'accord du Comex ou s'inquiéter de ce nouvel obstacle.

Une chose était sûre : il allait falloir être créatif.

TROISIÈME PARTIE

Veracruz

1

Neuf mois plus tard, je filais cheveux au vent à l'arrière d'un hors-bord sur le golfe du Mexique. Mon pilote, qui semblait avoir reçu pour consigne de me flanquer la nausée, déployait des trésors d'habileté pour emplafonner de front les vagues les plus hautes et nous jeter dans des creux abyssaux. Le cœur au bord des lèvres, je pensais, incrédule, à ce navigateur au long cours qui s'était recousu la langue devant son miroir pendant une tempête.

Mon calvaire s'acheva quand nous nous rangeâmes le long du *Discovery*, le navire dont le CFR avait fait l'acquisition un an plus tôt. Nick, vêtu d'un pantalon cargo et d'un tee-shirt blanc trop petit de deux tailles, me regarda gravir l'échelle avec une feinte commisération.

— Bon voyage monsieur Bergman ? demanda-t-il avec une subtile pointe de sarcasme.

— Excellent, dis-je en me retenant pour ne pas vomir sur mes chaussures. Et appelez-moi Peter s'il vous plaît.

Il s'inclina.

— Comme vous voudrez.

J'enjambai le bastingage d'un air aussi décontracté que possible. Nick me tendit la main.

— Nick Flynn. Bienvenue à bord Peter.

— Enchanté, dis-je. Content de pouvoir enfin mettre un visage sur votre nom. J'ai beaucoup entendu parler de vous.

— En mal j'espère ! dit Nick en partant d'un grand rire qui me fit regretter une fois de plus de ne pas lui avoir ébréché une dent.

— En bien et en mal.

— Je vais vous présenter l'équipage.

Il se tourna vers un petit homme d'une cinquantaine d'années, au visage taillé à la serpe, qui cachait son crâne chauve sous une casquette US Navy.

— Glenn, voici Peter Bergman. Peter est un entrepreneur suédois. Rappelez-moi dans quelle branche vous sévissez Peter…

— Le plastique, dis-je d'un ton modeste suggérant que nous n'étions pas là pour parler de mon empire industriel.

— Peter envisage d'investir chez nous, reprit Nick. Il flaire la bonne affaire.

— Je ne flaire encore rien du tout. Vous allez m'expliquer tout ça. Quel est votre rôle à bord, Glenn ?

— C'est mon second, dit Nick.

— Vous permettez, je m'adresse à Glenn.

— Ben ouais, c'est comme Nick y dit. Chuis le numéro deux, quoi ! Ch'contrôle les opérations et pis ch'surveille l'équipage.

Épuisé par ce long monologue, il se racla la gorge et souffla un énorme glaviot par-dessus bord.

— Ch'peux y aller ? C'est qu'le travail va pas s'faire tout seul.

C'est son accent texan qui m'avait séduit, de même que sa capacité à moduler son niveau de langue à la demande. Après un bref passage dans la Navy, Glenn, de son prénom véritable Norman, était entré au CFR. Il occupait aujourd'hui le poste de directeur adjoint du Bureau de San Antonio. Zoe le tenait pour notre meilleur spécialiste des peintres de la Renaissance.

Nick m'entraîna familièrement par le bras vers le pont avant, où un long suppositoire jaune était affalé au sol.

— Voici *Snooper*, notre sous-marin d'exploration. Un beau bébé d'une tonne huit. Il peut accueillir deux passagers et atteindre une vitesse de deux nœuds à l'heure.

— Seulement ?

— L'important n'est pas tant d'aller vite que de bien ratisser un périmètre donné. *Snooper* dispose de dix-neuf ouvertures différentes afin de maximiser les angles d'observation.

— Comment se propulse-t-il ?

— À l'électricité, grâce à huit batteries. Nous n'allons pas tarder à le mettre à l'eau mais je voulais que vous rencontriez Luis, Eddie et Troy.

Je serrai trois mains supplémentaires. J'avais relu les dossiers de l'équipage avant de partir. Luis était chilien et avait travaillé sur quantité de missions d'océanographie. Eddie et Troy étaient anglais. Ils travaillaient toujours en tandem. Quelques années plus tôt, ils avaient participé au sauvetage de l'épave du *SS Republic* au large de la Géorgie.

— Je vois que vous avez aussi un scaphandre.

— Nous nous en servons le moins possible, dit Nick. À ces profondeurs, les gars passent plus de temps à observer les paliers de décompression qu'à gambader au fond. On continue ?

Je le suivis à l'intérieur du cockpit. Penché sur une carte, un moustachu basané traçait des cercles avec un compas.

— Toby, notre navigateur. Un compatriote à moi. Pas vrai mec ?

— Compatriote mon cul ! répondit Toby. Ma mère m'a appris à ne pas causer aux petzouilles de Tasmanie !

— Ah oui ? Et tu veux savoir ce qu'elle m'a appris ta mère ?

Ils se toisèrent d'un air menaçant, avant d'éclater de rire et de se taper bruyamment dans la main. Puis Nick toucha l'épaule d'un jeune garçon qui, casque sur la tête, scrutait un écran sur lequel de drôles de formes apparaissaient et disparaissaient presque aussitôt.

— Oh, Connor, réveille-toi, dit Nick, on a de la visite.

Le gamin retira son casque. Il avait à peine vingt ans, des épaules étroites et un cou interminable. Il me tendit maladroitement la main en émettant un borborygme inintelligible.

— Connor est irlandais, expliqua Nick. Personne ne comprend un traître mot de ce qu'il dit. Mais, dans son genre, il est champion.

— C'est un radar ? demandai-je en en indiquant le moniteur.

— Un sonar. Le bateau traîne une sonde qui émet des pulsations à intervalles réguliers. Les ondes se reflètent sur les surfaces solides. Connor a écrit un programme qui amplifie les échos, les numérise et les envoie sur son écran.

L'intéressé ajouta quelques précisions qui avaient à voir, je crois, avec l'imagerie de synthèse. Je le remerciai chaleureusement.

Nick frappa à la porte d'une cabine et entra sans attendre la réponse.

— Debout feignants ! cria-t-il en secouant les montants d'un lit superposé.

L'occupant de la couchette du haut jouait sur son téléphone. Son camarade écoutait de la musique en se curant le nez. Ils se levèrent aussitôt.

— Jason est notre cuistot, dit Nick. Il fait tout pour nous empoisonner mais on l'aime bien quand même.

Jason hocha la tête en souriant. Il avait une bonne bouille. Je me souvins qu'il portait un nom français et venait de Louisiane.

— Lui, c'est Ray, notre mécano, dit Nick en désignant le mélomane. Il sait tout réparer – enfin, c'est ce qu'il prétend, on n'est pas encore tombés en panne !

— Peut-être grâce à moi, justement, dit Ray.

Il avait environ quarante-cinq ans, les cheveux filasse et des lunettes rondes à monture métallique. Sans savoir pourquoi, je me défiai immédiatement de lui.

— Qu'avez-vous fait avant ? demandai-je, incapable de me rappeler son dossier.

— J'ai travaillé dans la marine marchande, répondit Ray en me regardant droit dans les yeux comme pour me convaincre que je me trompais sur son compte. Méthaniers, porte-conteneurs, navires frigorifiques, ce genre de gros joujoux.

— Merci messieurs, dit Nick, vous pouvez vous recoucher.

— Nous avons fini ? demandai-je à voix assez haute pour que Toby m'entende.

— Presque. Il ne reste que George, notre directeur des opérations. Je lui ai demandé de se joindre à nous pour…

Une longue plainte l'interrompit, qui semblait venir d'une des cabines. Elle fut bientôt suivie de grattements frénétiques.

— Vous avez un passager clandestin ? demandai-je.

— Un chien, répondit Nick.

— Un chien ? Mais il faut le laisser jouer sur le pont !

— Il préfère rester tranquillement dans ma cabine.

— À d'autres ! répondis-je en ouvrant grande la porte.

Un gigantesque terre-neuve noir bondit hors de la pièce. En trois foulées, il était à l'air libre.

— Comment s'appelle-t-il ? demandai-je.

— Sydney, mais on l'appelle Syd. C'est notre mascotte, quoi !

Après la relative pénombre du cockpit, la lumière me fit cligner des yeux. Nick s'esbaudit.

— Ah, faut s'habituer, hein ! Vous devez pas en voir souvent de la comme ça dans votre usine de plastique de Stockholm !

— Malmö, répondis-je du tac au tac. Nous avons cédé le site de Stockholm en 2003.

Mais Nick ne m'écoutait déjà plus.

— Eh, Georgie Boy, viens rencontrer Peter !

La créature qui s'avança vers nous tenait plus du pachyderme que de l'être humain. Elle marchait en canard, son bide poilu, sanglé dans un polo de golf, débordant de tous les côtés et recouvrant presque entièrement son short.

— Peter, dit George en me tendant une paluche grande comme mon pays natal. Ravi de faire votre connaissance.

— De même. Si nous allions nous asseoir ?

— Une seconde.

Je réalisai alors que le sous-marin était suspendu dans les airs, au bout d'une grue qui pivotait lentement sur elle-même. George se pencha par-dessus bord, au péril de sa vie et de l'équilibre du bateau, et fit signe à Luis d'initier la descente.

— Je suis à vous, dit-il.

Il avait une voix fluette et chantante et un accent que je n'arrivais pas à situer. Nous nous installâmes à l'arrière, sur des banquettes en similicuir décolorées par le sel, Nick et moi d'un côté, George de l'autre. Syd s'allongea à mes pieds.

— Comme je vous l'ai dit au téléphone, commença Nick, nous cherchons à localiser l'épave de la *Nuestra Señora de Valladolid*, un galion espagnol qui a fait naufrage en 1587 dans la baie de Veracruz. Selon nos informations, il contenait 20 000 ducats d'or, dont la valeur actuelle est estimée entre 50 et 200 millions de dollars.

— Quelle précision !

Nick ne prit pas ombrage de ma remarque. Un investisseur se devait après tout de faire preuve d'un certain scepticisme.

— Tout dépendra de l'état de la cargaison, expliqua George. Entre une pièce bien conservée et la même cabossée, les cours varient du simple au décuple.

— Comment avez-vous appris l'existence de ce bateau ?

— Il figure sur les listes de tous les chasseurs de trésors, répondit Nick. Mais nous avons un avantage sur la concurrence. Une employée de la ville de Séville est tombée par hasard sur le journal de bord d'un certain Jorge Gallego qui commandait un autre galion de l'armada. Il raconte avoir assisté au naufrage de la *Nuestra Señora*, dont il fournit l'emplacement approximatif.

— Pourquoi les Espagnols ne sont-ils pas retournés chercher l'épave ?

— Parce que le bateau de Gallego n'est jamais arrivé à destination. Il a disparu au large des côtes du Portugal. En 2002, une société américaine a retrouvé son épave, qu'elle a vidée intégralement avant de signaler sa découverte aux autorités espagnoles. Après plusieurs années de négociations, les Américains ont gardé la moitié de l'or et restitué les objets historiques. Le journal de Gallego a atterri à la bibliothèque de Séville, où notre informatrice est la seule personne à l'avoir lu.

— On peut le voir, ce journal ?

George se tapa sur les cuisses, de l'air de dire « ces investisseurs tous les mêmes ! ».

— L'original se trouve toujours à Séville, dit Nick quand le bateau eut arrêté de tanguer. En voici une copie.

Je reconnus les pleins et déliés majestueux de Lena, ses majuscules géantes et ses tournures de phrases savamment imprégnées de latin. Dans la marge, un croquis représentait le contour de la côte et la position des deux navires au moment du naufrage.

— Nous avons juste un problème d'échelle, poursuivit Nick. La carte est trop grossière pour déterminer à quelle distance des côtes se trouve l'épave. Nous tablons sur dix à quinze milles, sans quoi les gens à terre auraient assisté au naufrage. Le problème, c'est qu'à cette distance un degré d'angle représente 500 mètres.

— Quelle est la profondeur de la baie à cet endroit ? demanda l'homme qui était depuis peu le plus grand spécialiste de la question de l'hémisphère occidental.

— Elle augmente rapidement à mesure qu'on s'éloigne de la côte. Disons entre 60 et 200 mètres.

— Pas de chance que des courants marins aient poussé l'épave ? demandai-je.

— C'est peu probable. La *Nuestra Señora* mesurait 50 mètres, pour 1 600 tonneaux. Elle n'a pas dû bouger beaucoup.

Je fis mine de réfléchir aux données du problème tandis que George se grattait le mollet.

— Je suppose que vous avez divisé le secteur à explorer en parcelles plus petites, dis-je avec la sagacité typique d'un magnat du plastique.

Nick fit un signe à George, qui sortit une carte de la poche arrière de son short et l'étala devant moi. Le papier était humide, et ce n'était pas de l'eau de mer.

— Nous avons défini 60 lots, expliqua George. Ils peuvent théoriquement être explorés en une journée chacun. Nous avons pris un peu de retard au début à cause…

— Peu importent les raisons, le coupa Nick. Il nous reste 28 lots, soit six semaines de travail dans le pire des cas. Une histoire de 100 000 dollars. Or nous arrivons à court de fonds dans une semaine. Tant pis pour nous et tant mieux pour vous.

— Combien avez-vous levé d'argent initialement ?

— 515 000 dollars, répondit Nick que nous avions dû stopper avant qu'il ne tonde tous les dentistes de Sydney.

— Que deviendront ces investisseurs si je vous apporte la somme dont vous avez besoin ?

— Ils seront rincés, sans possibilité de recours.

— Quelle part du trésor m'offrez-vous ?

— 30 %.

— 50.

— Impossible, répondit Nick d'un air las. J'ai déjà promis 20 points au Mexique et 20 points à l'Espagne.

— Où est le problème ? dis-je en rassemblant toute la dureté dont j'étais capable. Il vous reste 10 %.

— Pour nous rémunérer, moi et mes hommes ? J'ai promis des bonus à tout le monde…

— Il ne faut pas faire de promesses qu'on ne peut pas tenir.

— Allons Peter, soyez raisonnable. 100 000 mille dollars pour 30 % d'un trésor estimé à 100 millions, c'est sans précédent dans cette industrie.

— Ce qui est sans précédent, c'est de s'embarquer dans une telle aventure sans un matelas de sécurité.

— 35 %, lâcha Nick.

— 50 %, pas un point de moins.

— 40 %, c'est mon dernier mot. Qu'y a-t-il Luis ?

Le Chilien trépignait à côté de George, hésitant à nous interrompre.

— Eddie et Troy ont déclenché le signal, dit-il d'un ton surexcité. Ils ont vu quelque chose.

— Bon Dieu ! s'écria Nick en se ruant à l'avant.

Je le rejoignis d'un pas égal, afin de montrer que je n'étais pas dupe de son subterfuge. Il était penché par-dessus le bastingage, sondant les flots à la recherche de *Snooper*.

— Quelle profondeur ? demandai-je.

— Quatre-vingt-cinq mètres, répondit Luis.

— Ils auront aperçu un banc de corail…

— Ou un coffre débordant d'or, lança Nick.

— J'en ai assez vu. Je suis à l'hôtel Emporio pendant encore deux jours. Appelez-moi si vous acceptez mes conditions.

— Je crois que nous n'aurons pas besoin de votre argent, Peter. Vous êtes sûr que vous ne voulez pas rester un peu ? Mes gars vont remonter d'une minute à l'autre.

— C'est gentil, merci. Vous savez où me joindre. Chambre 344.

Nous étions convenus avec Nick que je n'attendrais pas le retour du sous-marin. Il devait à ses hommes de me tendre un piège, je devais à mon personnage de ne pas tomber dedans.

Mon pilote, qui m'avait attendu assoupi sous un sombrero, me ramena au port. De retour à l'hôtel, j'appelai Lena pour lui faire part de mes impressions. Nick m'avait semblé bien tenir ses troupes. Il se faisait obéir tout en maintenant une ambiance conviviale. Je n'avais pas de réserves sur l'équipage, à l'exception peut-être du mécanicien sur lequel je priai Lena de se renseigner.

Cette visite à bord constituait la dernière d'une fastidieuse série de vérifications. Sauf contrordre, Nick lancerait l'opération Chupac dans vingt-quatre heures. Lena se demandait s'il ne serait pas plus prudent de différer le coup d'envoi de quelques jours. Ce matin, 14 avril, le volcan Eyjafjallajökull qui faisait des siennes depuis trois semaines venait en effet d'entrer dans une deuxième phase éruptive ; à l'heure où nous parlions, un gigantesque panache de fumée blanche se formait au-dessus de l'Islande. La réussite de notre plan dépendant dans une large part de la coopération des médias, une actualité chargée ne faisait pas nos affaires. De ce point de vue-là, les derniers jours avaient été un peu trop mouvementés à notre goût : le 10 avril, l'avion du président polonais s'était écrasé en Russie, décapitant l'exécutif du pays, et le 13, un tremblement de terre d'une magnitude de 6,9 avait fait des milliers de victimes au Tibet. Les jours à venir s'annonçaient heureusement plus dégagés. Aucune décision de la Cour suprême, aucune élection nationale ou commémoration majeure n'était attendue. Une telle fenêtre ne se représenterait pas avant un moment, fis-je valoir. Eyjafjallajökull risquait de fumer encore plusieurs semaines ; les fonds de Nick seraient taris bien avant. Lena se rangea à mon avis.

« L'ennui avec les impondérables, c'est qu'ils sont difficiles à prévoir », avait coutume de dire Gunnar. Si j'avais su ce que les prochains jours nous réservaient, j'aurais reporté l'opération.

2

Après avoir essayé les principaux établissements de luxe de Veracruz, j'avais jeté mon dévolu sur l'Emporio. Idéalement situé aux confins de la vieille ville, il donnait sur le port, avec une vue imprenable sur un fort construit par les Espagnols au XVIe siècle. Il comptait un peu plus de deux cents chambres et offrait tous les services habituels. Le manager de l'hôtel, qui croyait que je négociais le rachat d'une société mexicaine pour le compte d'un groupe américain, avait mis à notre disposition deux chambres, ainsi qu'une vaste suite qui nous servirait de quartier général. Régler un mois d'avance en liquide m'avait obtenu quelques passe-droits : j'aurais accès au registre de la clientèle ; je serais libre d'installer ma propre parabole sur le balcon ; enfin, le voiturier garderait ma BMW de location prête à démarrer à tout moment.

Le lendemain de notre conversation téléphonique, j'allai chercher Lena à l'aéroport. Je compris tout de suite qu'il s'était passé quelque chose.

— Le mécano, dit-elle en hissant sa valise dans le coffre. Tu avais raison. Il nous a donné un faux nom.

— Quoi ! Comment t'en es-tu rendu compte ?

— Zoe ne trouvait rien sur lui avant 2001. J'ai mené ma propre enquête. Il ne s'appelle pas Jenkins mais Osborne. Il y a dix ans, il a monté une mutinerie à bord d'un supertanker. Il réclamait des primes pour tout l'équipage, faute de quoi il menaçait de saboter les turbines. Devant le refus du commandant, il a changé de tactique en proposant de ramener le calme dans les rangs moyennant une enveloppe de 10 000 dollars. Mais il avait apparemment surestimé sa main : le commandant a fait jeter les mutins aux fers et les a remis aux autorités américaines. Osborne a tiré six mois de prison pour tentative d'extorsion. Après quoi, il a changé de nom et s'est fait engager par une autre compagnie.

— Et depuis ?

— Il a pas mal bougé mais il semble se tenir à carreau. Ses compétences ne font aucun doute. Pour le reste…

Lena s'arrêta. Je ne devinais que trop bien ce qu'elle pensait. Nick et son équipage s'apprêtaient à vivre des moments difficiles ; un félon était la dernière personne dont nous avions besoin à bord.

— Que suggères-tu ? demandai-je.

— Je crois que nous devrions reporter.

— Et puis ? On exfiltre Osborne ? Quelle explication donne-t-on à l'équipage ?

— J'y ai pensé. Sa mère est en maison de retraite à Houston. On pourrait le prévenir par radio qu'elle a fait une attaque. Il demandera à Nick de le déposer à terre.

Je secouai la tête.

— Un, c'est dégueulasse. Deux, nous n'aurons plus de mécano. Et trois, ça ne résout pas le problème.

Quand il apprendra que le *Discovery* a trouvé une épave, Osborne comprendra que nous l'avons berné. Non, nous le contrôlerons mieux à bord.

— Nous devons au moins prévenir Nick.

— Nick est un grand garçon, il se débrouillera bien tout seul.

Lena tourna la tête et passa le reste du trajet à observer le paysage. Je ne l'avais jamais vue aussi agitée. À sa décharge, il y avait longtemps qu'elle n'avait plus mis les pieds sur le terrain. De son bureau à Toronto, tout avait l'air facile. Ici, deux agents risquaient leur vie. Il était bon qu'elle en ait conscience.

Après avoir pris une douche, Lena me rejoignit dans la suite. Elle écarquilla les yeux :

— Dis donc, tu n'as pas fait les choses à moitié !

Un sous-traitant du CFR avait installé une douzaine d'ordinateurs, deux imprimantes, une broyeuse de documents, un poste de radio, des talkies-walkies et un brouilleur de communications. Un écran de télévision géant occupait tout un mur.

— Les agents que j'avais demandés… ?

— Sont arrivés ce matin. Neuf en tout. Afin de ne pas attirer l'attention, ils logent dans des hôtels différents situés dans un rayon d'un kilomètre. Tu les rencontreras demain matin.

Lena s'arrêta, comme frappée par une révélation.

— Ça ne te rappelle rien ?

— Si, notre QG à Dili. Mais le room-service est meilleur, tu verras.

— Tu te souviens de cette nuit où tu es descendu dans les cuisines nous préparer un sandwich et tu t'es enfermé dans la chambre froide ?

— Tu parles. Si tu n'étais pas descendue m'ouvrir, j'y serais encore, congelé entre les crèmes glacées et les escalopes.

Elle éclata de rire, puis redevint sérieuse.

— Ça ne va pas très fort là-bas, n'est-ce pas ?

— L'économie croît de 10 % par an mais elle part de tellement loin… Les gens crèvent encore la faim.

— Nous ferons mieux avec les Chupacs, dit Lena.

Je renonçai à lui faire préciser ce qu'elle entendait par là. Le niveau de vie de Mayas fictifs disparus il y a mille ans figurait assez bas dans ma liste de priorités.

Au moment précis où je consultais ma montre, le poste de radio s'anima. Je coiffai mon casque et prononçai les paroles convenues.

— Ici QG, j'écoute. À vous.

— Ici *Discovery*, répondit la voix de Nick, distinctement audible malgré les interférences. Qui est là ? À vous.

— *Discovery*, je suis avec ma camarade.

— Bonjour Nick, cria Lena en s'approchant du micro. Je lui tendis un deuxième casque en pensant que c'était bien la peine d'utiliser des noms de code.

— Bonjour à tous les deux. Vous serez contents d'apprendre que nous avons localisé l'épave.

— Excellente nouvelle, *Discovery*. À l'emplacement prévu ?

— Pile-poil.

— Vous avez remonté les premiers artefacts ?

— C'est en cours. Tout se déroule comme prévu pour l'instant.

— Nous sommes bien clairs : vous vous limitez à un codex et trois objets.

— Affirmatif.

— Et n'oubliez pas de tout filmer.

— Affirmatif, QG. Je vous rappellerai un peu plus tard. Terminé.

Lena enleva son casque.

— Comment l'as-tu trouvé ? demanda-t-elle.

— Concentré. Il applique les consignes à la lettre.

Nick rappela une demi-heure plus tard.

— QG, ici *Discovery*. J'ai le codex entre les mains.

— Parfait. Je te rappelle la procédure. Tu vas informer les gardes-côtes mexicains de ta découverte. Je crois que nous avons envisagé tous les scénarios possibles. S'ils ne réagissent pas comme prévu, improvise. Je te fais confiance. Et maintenant, je vais raccrocher. N'essaie plus de nous contacter, même en cas d'urgence, car les Mexicains risquent de te mettre sur écoute.

Lena me glissa un papier avec le nom du mécanicien. Je repris l'antenne.

— *Discovery*, méfie-toi du sieur Jenkins. Il a des antécédents de mutinerie.

— Bien reçu, je l'ai à l'œil depuis le début. Autre chose ?

— Non, c'est tout. Bonne chance. À bientôt sur le plancher des vaches.

Il ne répondit pas. Je débranchai la radio. L'opération Chupac était officiellement sur les rails. Je m'abstins de dire à Lena que j'avais trouvé Nick un brin tendu : il n'avait même pas flirté avec elle.

3

À eux neuf, les membres de notre équipe parlaient seize langues différentes. Je les avais choisis pour leur expérience des médias, leur sang-froid et leur endurance. Deux d'entre eux étaient mexicains. Le plus âgé, Fernando de la Peña, était une vieille connaissance. Il avait remporté le troisième prix à Hawaï l'année où mon dossier sur les Bochimans avait été couronné. Après l'Académie, il avait intégré les Opérations spéciales où nous avions fait équipe à plusieurs reprises. Son patriotisme m'avait toujours frappé. Tous ses dossiers ou presque portaient sur des épisodes méconnus de l'histoire mexicaine, comme les raids commanches du début du XIXe siècle ou la polygamie de Pancho Villa qui laissa à sa mort six veuves inconsolables. Fernando avait passé deux ans à Veracruz en début de carrière et connaissait la ville comme sa poche. Pour ne rien gâter, son meilleur ami occupait un poste dans le gouvernement Calderón.

Je fondais aussi de grands espoirs sur Manuela Ocampo, une jeune Espagnole que j'avais rencontrée deux ans plus tôt quand j'avais commencé à m'intéresser aux réseaux sociaux. Élève à Harvard en même temps que

Mark Zuckerberg, elle avait été l'une des premières utilisatrices de Facebook, à l'époque où le site était confiné aux universités. En trois semaines à peine, la moitié de Harvard s'était dotée d'un profil. La communication sur le campus s'en était trouvée radicalement transformée. Les associations sportives et le club de théâtre recrutaient directement en ligne, les pétitions recueillaient des milliers de signatures comme de rien tandis qu'il devenait socialement acceptable de partager des photos de paninis au fromage. Le centre de New York avait recruté Manuela en 2007, alors qu'elle travaillait pour une agence de communication où elle gagnait 150 000 dollars par an pour conseiller des marques de dentifrice sur leur stratégie interactive. Désormais basée à Barcelone, elle formait les agents européens aux ficelles de Facebook, leur apprenant comment réunir 50 000 noms sur une page réclamant la libération d'un touriste autrichien détenu au Cambodge ou faire s'effondrer les ventes d'une marque de laitages en répandant la rumeur qu'on avait trouvé des traces de cyanure dans ses yaourts aux fraises. Elle contrôlait directement 25 000 profils bidon. À raison d'un millier d'amis par tête de pipe, elle pouvait toucher vingt-cinq millions de personnes en un clic, assez pour faire basculer le résultat d'une élection, ruiner la réputation d'une personnalité ou décupler les dons en faveur de la recherche sur une obscure maladie orpheline. Facebook estimait le nombre de faux profils à 5 ou 10 % de sa base d'utilisateurs ; selon Manuela, le chiffre réel frisait les 20 %.

Une Russe, un Japonais, une Chinoise, un Indien, un Américain et une Allemande complétaient la troupe. J'en connaissais certains de réputation ; tous avaient été chaudement recommandés par leur hiérarchie.

Ils arrivèrent vendredi dans la matinée. Après les présentations d'usage, Lena leur expliqua ce que nous attendions d'eux.

— Hier après-midi, à treize milles des côtes mexicaines, le *Discovery* a localisé l'épave d'un bateau maya censé dater du IXe siècle. Une exploration superficielle de la coque a permis de remonter quatre artefacts, dont un codex comme il n'en existe qu'une poignée dans le monde. Nick Flynn, le capitaine du *Discovery* et accessoirement l'un de vos collègues, a contacté hier soir les gardes-côtes mexicains pour leur signaler sa découverte comme la loi l'y oblige… Oui Liang ?

— Avait-il un permis de prospection ? demanda la Chinoise dont Ching m'avait, à juste titre semble-t-il, vanté l'agilité.

— Oui, mais c'est là que les choses se compliquent. Officiellement, le *Discovery* est tombé sur le bateau maya par hasard, en recherchant l'épave de la *Nuestra Señora de Valladolid*, un galion espagnol disparu en 1583 dans la baie de Veracruz. Le permis dont dispose Nick porte uniquement sur le galion et est assorti de l'obligation de restituer 20 % de la cargaison aux douanes mexicaines. Le *Discovery* n'ayant donc en théorie aucun droit sur sa découverte, il est probable que les autorités mexicaines ont déjà intimé l'ordre à Nick de lever l'ancre – ce qu'il n'a, vous l'avez compris, aucune intention de faire.

Bettina, l'Allemande, leva la main comme à l'école.

— Que va-t-il se passer ?

Lena m'autorisa à répondre.

— Des discussions sont certainement en cours. Nous pensons que les Mexicains ne recourront pas à la force avant d'avoir épuisé les autres options. De son côté, Nick fait traîner les pourparlers afin de gagner du temps.

— Dans quel but ? demanda Fernando de la Peña.

— À l'heure où nous parlons, il doit être en train d'envoyer des photos des artefacts aux grandes agences de presse, aux principales chaînes de télévision américaines et à une dizaine de quotidiens internationaux, accompagnées d'un e-mail dans lequel il explique qu'il craint d'être spolié de sa découverte. Nous avons bon espoir que l'histoire sorte dans la presse, ce qui réduira considérablement les options du gouvernement mexicain.

— C'est votre plan ? réagit Fernando. Tordre le bras du gouvernement pour qu'il abandonne ses droits sur l'épave ? Vous rêvez !

Il avait l'air un peu peiné, comme s'il avait espéré mieux de moi. Je le rassurai.

— Nous ne sommes pas si naïfs. Vous comprendrez les ramifications du scénario au fur et à mesure. En attendant, votre mission consiste à parcourir la Toile à la recherche d'informations sur le *Discovery*. Nick a contacté une trentaine de médias. Qui sait où la nouvelle sortira en premier ?

Ils se répartirent les tâches. Chacun surveillerait en priorité les sites de son pays ; Fernando garderait un œil sur les milieux universitaires et les sociétés savantes, tandis que Manuela, qui parlait cinq langues, se concentrerait sur Facebook et Twitter.

Pendant une heure ou deux, seul le crépitement des claviers troubla le silence. Vijay, l'Indien, osa le premier remarquer qu'il ne se passait pas grand-chose.

— Deux attentats-suicides au Pakistan, je ne sais pas ce qu'il te faut, s'offusqua Bettina.

— Whaou, les talibans font la bombe, quel scoop !

— Goldman Sachs accusée de fraude par le régulateur américain, lança Liang.

— Comme chaque semaine ou presque, répliqua Jeremy qui avait consacré plusieurs dossiers aux crapuleries de Wall Street. Ils paieront 20 ou 30 millions de dollars d'amende et inventeront une nouvelle combine pour essorer les gogos.

La Russe Marina se mêla à la conversation.

— En parlant de fraude, deux cigarettiers britanniques ont été condamnés à 160 millions de livres d'amende pour entente illicite sur les prix. C'est une somme tout de même.

— 4 % de leurs profits annuels. Ils s'en remettront, dit Jeremy.

Je surfais moi-même d'un site à l'autre, moins à la recherche d'un entrefilet sur le *Discovery* que pour jauger les autres sujets d'actualité. La concurrence, j'en étais de plus en plus persuadé, ne viendrait ni du Pakistan ni des malversations des géants de la cote, mais de mon propre pays. Au cours des dernières vingt-quatre heures, l'éruption de l'Eyjafjallajökull avait redoublé d'intensité. Des millions de mètres cubes de pyroclastes, ces fragments rocheux arrachés à la cheminée du volcan, pleuvaient à des kilomètres à la ronde. La calotte glaciaire avait fondu sous la chaleur de la lave, rejetant 2 000 à 3 000 mètres cubes d'eau *par seconde* dans un lac attenant. Plus grave, le panache de fumée blanche continuait d'enfler. Haut de plusieurs kilomètres, il présentait un danger réel pour la sécurité aérienne, les cendres pouvant enrayer les réacteurs des avions. Plusieurs pays d'Europe du Nord avaient décidé la veille de suspendre leurs vols en direction des États-Unis. Ce matin, la France et la Russie venaient de prendre des mesures similaires. Les vols annulés se comptaient déjà par milliers. Nul ne pouvait prédire quand le trafic serait rétabli.

Cette éruption m'inquiétait à plus d'un titre. Elle risquait de durer un bon moment, ses répercussions s'étendaient dans le monde entier et, surtout, elle était incroyablement télégénique. Il était difficile de ne pas être sensible à la majesté de cette gerbe cotonneuse qui s'élevait dans le ciel tel un hommage aux dieux. Des images de fontaine de lave ou d'explosion magmatique, d'une beauté à couper le souffle, ouvraient les éditions des journaux télévisés et orneraient bientôt les dépliants des voyagistes. En temps normal, je me serais réjoui de cette publicité pour la nature islandaise ; dans le contexte actuel, elle était tout bonnement catastrophique.

Lena, qui n'était pas du genre à se tourner les pouces, travaillait, indifférente à nos conversations. Elle réunit en quelques heures de quoi renvoyer Jenkins en prison dans le cas où il s'aviserait de nous donner du fil à retordre. Puis, prise d'une inspiration soudaine, elle alluma le poste de radio et tenta d'intercepter les communications des gardes-côtes.

— Ils émettent sur un canal protégé, conclut-elle après avoir balayé le spectre des fréquences.

Nous avions renoncé à installer des mouchards à la capitainerie de Veracruz pour les mêmes raisons qui nous avaient conduits à exclure toute communication avec le *Discovery*. Quoi qu'il arrive, Nick devait pouvoir prétendre avoir agi seul, sans risque d'être contredit.

Comme rien ne venait, j'envoyai en fin d'après-midi une partie de l'équipe se reposer. J'expliquai à Bettina, qui avait du mal à cacher sa déception, que je n'avais jamais espéré des résultats le premier jour. En admettant que l'e-mail de Nick ait éveillé l'intérêt d'un journaliste, les vérifications auxquels celui-ci devrait procéder prendraient du temps. Le registre des permis d'exploration n'était par exemple pas disponible en ligne (j'avais vérifié) et le bureau où on pouvait le consulter n'ouvrait que dans la matinée. De même, établir la réputation de Nick nécessitait d'appeler l'Australie, où il était dix-sept heures de plus qu'à Veracruz. On avait déjà vu des reporters passer outre ces précautions pour prendre leurs concurrents de vitesse ; encore fallait-il que l'enjeu le justifie. Notre histoire d'épave ne revêtant à ce stade aucune importance particulière, un rédacteur en chef préférerait prendre le risque de sortir les photos de Nick après ses confrères que celui de se ridiculiser en se rendant involontairement complice d'un canular.

Nous organisâmes des tours de garde. Lena, Fernando et Marina veillèrent la première partie de la nuit, Jeremy, Liang et moi la seconde.

En rafraîchissant les sites des grands médias à intervalles réguliers, je réalisai une nouvelle fois à quel point l'avènement du digital avait changé notre perception de l'actualité. Dans ma jeunesse, chaque édition chassait la précédente. Les articles glissaient le soir dans des oubliettes qu'on appelait les archives, que seuls les historiens consultaient jamais. Enfermé dans son bureau, le directeur de la rédaction composait religieusement sa une, qui serait l'unique et inaltérable visage du journal pendant vingt-quatre heures. Après avoir raccourci un titre, insufflé de la vigueur à un édito anémique ou clarifié un chapeau, il portait le résultat à la fabrication en croisant les doigts pour qu'aucun événement majeur ne survienne pendant la nuit. Les éditions électroniques, elles, évoluaient sans arrêt, au gré des soubresauts de l'actualité. Les articles étaient amendés en temps réel pour corriger un chiffre, mis à jour pour tenir compte des derniers développements d'une affaire ou étoffés pour satisfaire la curiosité du public. La une était désormais personnalisée en fonction d'innombrables critères : l'âge du lecteur, son sexe, ses revenus, son niveau d'étude, les articles qu'il faisait suivre à ses amis et ceux qu'il n'ouvrait jamais, la vitesse de sa connexion Internet ou s'il envisageait d'acheter une perceuse. La hiérarchie des sujets épousait les goûts changeants du public. Les articles les plus lus, commentés ou partagés grimpaient mécaniquement en haut du sommaire ; un reportage sur un adolescent coréen ayant joué cent trente-six heures d'affilée à « World of Warcraft » pouvait éjecter du podium les nouvelles d'une guerre civile en Lettonie ou d'une épidémie de choléra en Afrique, avant d'être supplanté à son tour par la photo d'un teckel qui avait parcouru 400 kilomètres pour retrouver son propriétaire.

Le samedi, vers onze heures du matin, Jeremy poussa un cri de triomphe.

— « Un navire américain signale la découverte de reliques archéologiques dans le golfe du Mexique. Informations à suivre », lut-il à voix haute.

La dépêche émanait de Reuters. Elle serait bientôt

distribuée aux milliers d'abonnés de l'agence – journaux, stations de télé et de radio, portails d'information – qui évalueraient l'intérêt de cette nouvelle pour leur clientèle.

— Les autres agences vont suivre, pronostiqua Lena. Si l'affaire se développe, elles voudront pouvoir dire qu'elles l'ont détectée dans l'œuf.

Peu après en effet, AP et Bloomberg emboîtèrent le pas à leur rivale. L'Agence France Presse enrichit son compte rendu de quelques détails. « Le capitaine du navire américain *Discovery* annonce avoir trouvé plusieurs artefacts archéologiques à bord d'une épave située à une douzaine de milles des côtes de Veracruz, au Mexique. Les photos des premiers objets remontés sont à l'étude. »

— Je croyais que Nick était australien, remarqua Bettina.

— Il l'est, répondis-je, mais son bateau est immatriculé aux États-Unis. Ils corrigeront vite le tir.

Plus tard dans l'après-midi, la japonaise Kyodo, la russe Itar-Tass et la chinoise Xinhua se fendirent de dépêches succinctes. Comme l'avait prédit Lena, elles ne pouvaient prendre le risque de se laisser distancer.

— Toujours rien du côté de Notimex ? demanda Lena en se référant à l'agence de presse mexicaine.

— Calme plat, répondit Fernando.

— Tant mieux, dis-je. Cela prouve l'embarras du gouvernement.

Jeremy avait demandé à recevoir automatiquement les mises à jour de Reuters. Un nouvel article arriva à 16 h 32 : « Nick Flynn, le capitaine australien du navire américain *Discovery*, a contacté les médias hier pour revendiquer la découverte d'une épave apparemment très ancienne dans la baie de Veracruz. Le *Discovery* est spécialisé dans la recherche de trésors sous-marins. Son équipe a d'ores et déjà remonté quatre artefacts de l'épave (voir photos ci-jointes). D'après Esteban Juarez, professeur en études précolombiennes à l'université de Tucson, Arizona, l'un de ces objets ressemble à s'y méprendre à un codex, ces livres caractéristiques de la civilisation maya dont il n'existe que quatre exemplaires connus. M. Flynn exprime dans son communiqué le souhait de participer aux opérations de sauvetage. »

Esteban Juarez était un ami de la maison. Il avait contacté Reuters à ma demande après la parution de la première dépêche, prétendant vouloir en savoir plus sur une découverte qui touchait à sa spécialité. En apprenant que l'agence était en possession de photos des artefacts, il avait tout naturellement proposé d'y jeter un œil.

— Première réaction à Mexico ! s'écria Fernando.

Il déchiffra l'article à toute allure.

— Fausse alerte, dit-il d'un ton penaud. Le secrétaire de la présidence a refusé de répondre aux questions d'un reporter de la *Jornada*. Il prétend qu'aucun officiel n'est disponible pour un commentaire.

— Excellente nouvelle au contraire, dis-je en me frottant les mains. Le gouvernement met au point sa ligne de défense. Il va bientôt devoir sortir du bois.

En début de soirée, le site du *New York Times* publia un entrefilet accompagné d'une photo du codex, posé à plat sur la table à cartes du *Discovery*. Lena se tourna vers Manuela.

— Combien d'e-mails pour entrer dans la liste des articles les plus envoyés ?

— Une cinquantaine d'expéditeurs différents devraient nous permettre de prendre la tête du classement dans la rubrique scientifique, répondit Manuela.

— Et pour le classement général ?

— À vue de nez, deux cent cinquante à trois cents.

— Feu, dit laconiquement Lena.

— Ne me dis pas que tu as trois cents abonnés du *New York Times* à ta botte ? demanda Fernando, incrédule.

— Mais non. Il suffit d'être enregistré sur le site pour partager un article. Je vais passer une annonce sur un service spécialisé. Tu n'imagines pas le nombre de gens prêts à créer un profil et envoyer un e-mail pour gagner un dollar…

— Et demain, notre article caracolera en tête du hit-parade ?

— Pourquoi demain ? s'amusa Manuela. Donne-moi une heure.

Fernando me chercha des yeux, totalement désemparé. Il avait pris un énorme coup de vieux. Je haussai les épaules en souriant, afin de signifier que la relève était arrivée.

— Prudence sur les réseaux sociaux pour l'instant, poursuivit Lena. Quelques centaines de tweets et de partages histoire de prendre date, mais pas davantage. Gardons nos forces pour demain.

— Des préférences géographiques ? s'enquit Manuela.

Lena me regarda.

— Mexique et Amérique du Nord, dis-je. L'Europe

et l'Asie dorment déjà. Et puis, le sujet les concerne moins pour l'instant.

Pendant que Manuela enrôlait des zombies, deux agences confirmèrent les supputations d'Esteban Juarez. « Contacté à son domicile par Bloomberg, Richard Hernandez, doyen du département archéologique de l'université de Yale, croit reconnaître sur la photo prise par M. Flynn un codex de l'âge d'or maya. "Je ne veux cependant pas m'avancer avant d'avoir eu l'objet entre les mains", ajoute M. Hernandez qui rappelle que le codex Grolier, apparu dans les années 70 dans des circonstances douteuses, n'a toujours pas été formellement authentifié. »

— Je savais qu'ils iraient chercher Hernandez, dit Lena. Dès qu'on exhume une poterie quelque part, c'est lui qu'on interroge.

— Écoute ce qu'écrit l'AFP, dis-je en prenant une feuille que me tendait Bettina. « Guillermo Vasquez, professeur de civilisations comparées à l'université de Santiago, évoque d'ores et déjà une découverte archéologique majeure, la plus importante peut-être depuis celle de la grotte Chauvet. »

— Vasquez ? Que vient-il faire ici ? C'est un spécialiste de l'île de Pâques.

— Ça y est, s'écria Manuela que nous avions un peu oubliée. Nous sommes premiers en sciences et cinquièmes au classement général.

— Quatrièmes à l'instant, dit Jeremy en rafraîchissant la page d'accueil.

— Les abonnés prennent le relais, expliqua Manuela. Un article a entre trois et cinq fois plus de chances d'être ouvert s'il figure sur la liste des plus partagés.

— À présent, dit Lena, il nous faut des commentaires sur le site du *Times*. Jeremy, Vijay, Bettina, Marina, vous allez me produire vingt messages chacun. Voici une liste d'identifiants et de mots de passe. J'ai configuré le routeur de telle façon que vos réactions sembleront provenir des cinquante États. Pour information, le commentaire moyen fait environ 600 signes. Il est clair, courtois et respectueux.

— Tonalité générale ? demanda Marina.

— Enthousiasme, émerveillement, curiosité…, répondis-je. Vous voulez en savoir plus : sur le codex, sur les autres artefacts, sur les Mayas, sur Nick, sur le métier de chasseur de trésors. Nous allons forcer le rédac' chef à explorer tous les angles de cette histoire.

— Nous pourrions peut-être ajouter quelques commentaires en espagnol, dit Fernando. Sur un sujet pareil, ça se comprendrait.

— Excellente idée. Au travail.

Ils chaussèrent leurs casques avec un bel ensemble. Les jeunes agents travaillaient en musique. Encore une différence avec ma génération.

En Islande, le panache d'Eyjafjallajökull atteignait désormais dix kilomètres, l'altitude à laquelle volaient la plupart des longs-courriers. 16 000 vols avaient été annulés ce jour-là, soit environ 70 % du trafic aérien européen. Des caméras retransmettaient l'éruption en direct. J'eus une pensée pour Nina, qui devait être en train de chercher une façon de mettre cet épisode sur le dos de l'industrie pétrolière.

Avec l'accord de Lena, j'emmenai une partie du groupe dîner dans un restaurant de la vieille ville. Pendant une heure ou deux, nous oubliâmes notre mission en échangeant des souvenirs de guerre. Liang me subjuguait par sa vivacité : elle finissait les phrases de tout le monde et éclatait de rire à mes anecdotes dix secondes avant la chute. Rodolfo, le second Mexicain, n'en revenait toujours pas que deux des plus éminents agents du CFR aient choisi son pays comme théâtre d'une mystification planétaire. Manuela écrivait de la poésie et courait le marathon en moins de trois heures. Enfin, Yûichiro, le Japonais, m'annonça fièrement que nous avions occupé, à six ans d'intervalle, la même chambre à l'Académie.

Lena nous accueillit avec une grande nouvelle. Le ministère des Douanes mexicain venait de publier un communiqué, dans lequel il revendiquait la propriété pleine et entière de l'épave. « Nous remercions l'équipage du *Discovery* pour son concours et le prions d'évacuer les lieux afin que la marine mexicaine puisse procéder au repêchage de l'épave. »

— Cette fois, c'est vraiment parti, dit Lena.

4

Vijay me réveilla dimanche à l'aube. CNN venait d'annoncer la découverte de l'épave.

Je pris une douche rapide et rejoignis l'équipe de nuit au QG. Malgré des cernes sous les yeux, Lena exultait de joie.

— Ils ont publié la photo du codex sur leur site vers 5 h 30. La nouvelle a ensuite fait son apparition dans les titres du journal.

— Sous quel angle ? demandai-je en me servant un café.

— Un navire américain a découvert au large de Veracruz une épave contenant des reliques archéologiques d'une valeur inestimable.

— Toujours ce sens de la nuance qui les caractérise, ironisai-je en attrapant un croissant spongieux.

Peu après, le présentateur débita les mêmes phrases, accompagnées de photos du codex et du collier en jade que Lena avait fait circuler un an plus tôt parmi les membres du Comex.

— Pas de nouvelles du gouvernement mexicain ? demandai-je.

— Rien depuis le communiqué d'hier soir. Les chaînes nationales relaient le message officiel : l'épave appartient au Mexique, qui procédera en temps voulu à son repêchage.

Deux groupes audiovisuels, Televisa et TV Azteca, contrôlaient les six chaînes principales du pays. Bien qu'aux mains d'investisseurs privés, ils étaient plus connus pour leurs telenovelas que pour leur indépendance éditoriale.

Je jetai un œil aux manchettes du *New York Times*, du *Yomiuri Shimbun* et du *Times of India*. Eyjafjallajökull dominait encore l'actualité. Les compagnies aériennes s'impatientaient ; chaque jour où les avions restaient cloués au sol leur coûtait 200 millions de dollars. KLM et la Lufthansa avaient pourtant procédé à des vols sans passagers au-dessus du volcan, sans rencontrer de difficultés particulières. À part ça, le pape Benoît XVI esquivait les questions sur le rôle de l'Église dans plusieurs affaires de pédophilie, le Zimbabwe célébrait le trentième anniversaire de son indépendance et les demi-finales de la Ligue indienne de cricket étaient déplacées de Bangalore à Mumbai après la découverte d'explosifs près du stade. L'épave avait droit au mieux à un entrefilet.

En fin de matinée, le présentateur du CNN annonça que, selon les informations de la chaîne, la tension montait entre le gouvernement mexicain et le capitaine du *Discovery*.

— C'est la première fois qu'il emploie l'expression « selon nos informations », fis-je remarquer. Ça sous-entend qu'ils ne s'appuient plus uniquement sur les dépêches des agences.

— Bref, qu'ils font leur travail de journalistes, dit Rodolfo.

— Il faut le dire vite, grinça Jeremy. Regardez plutôt.

À l'écran, le directeur de la New York Society Library racontait que George Washington n'avait jamais rapporté deux volumes qu'il avait empruntés en 1789, peu après son élection à la présidence. À raison de quelques pennies d'amendes par jour et en tenant compte de l'inflation, les arriérés atteignaient la somme astronomique de 300 000 dollars. Quelqu'un à Atlanta avait jugé l'information suffisamment édifiante pour envoyer un cameraman filmer la façade de la bibliothèque, les rayonnages bourrés à craquer et le registre des entrées et sorties qui incriminait le premier dirigeant du Nouveau Monde.

L'après-midi se traîna. Toutes les demi-heures, nous guettions, pleins d'espoir, le journal de CNN. Le *Discovery* glissait tout doucement au sommaire. Quand le présentateur annonça le retour de Plácido Domingo à la Scala de Milan après une longue absence due à un cancer colorectal, je compris que nous étions menacés d'insignifiance.

— Pas de nouveau papier dans le *New York Times* ? demandai-je à Lena.

— Aucun. Celui d'hier est sorti du classement des articles les plus partagés. Il a tenu à peine douze heures.

— Et sur le front des réseaux sociaux ?

— La nouvelle a fait long feu, dit Manuela. Quelques mentions à peine depuis ce matin. Je veux bien lancer une nouvelle vague de messages, mais si les vrais internautes ne prennent pas le relais, ça ne sert à rien.

— Que crains-tu ? me demanda Lena.

— Que nous disparaissions de l'actualité. Les Mexicains y ont intérêt ; c'est à nous d'alimenter la machine.

— Faisons confiance à Nick.

— Nous n'avons guère le choix.

Nous continuâmes à nous affairer chacun dans notre coin. De temps à autre, quelqu'un signalait pour la forme un billet insipide sur un blog brésilien ou un site d'information chinois. Les grands médias ne mettaient plus d'articles en ligne faute de faits nouveaux. Les agences de presse n'avaient rien publié depuis un moment, signe qu'elles n'avaient mis aucun reporter sur l'affaire et se contentaient de réagir aux communiqués des protagonistes.

Pourtant, à notre grande surprise, le *Discovery* fit l'ouverture du journal de CNN de dix-neuf heures.

— Du nouveau dans l'affaire de cette épave localisée par un bateau américain au large des côtes du Mexique, annonça le présentateur. Retrouvons sur place notre envoyée spéciale, Gail Anderson.

L'écran se scinda en deux pour livrer place à une belle blonde d'une quarantaine d'années qui semblait sortir de chez le coiffeur. Micro à la main, elle se tenait debout dans l'obscurité devant un porte-conteneurs, à deux pas de notre hôtel.

— Elle s'est fait refaire le nez, nota Lena avec une bienveillance toute féminine.

— Et les pommettes, ajouta Bettina.

— Bonsoir Frank, dit Gail Anderson avec assurance.

Elle portait un chemisier rouge moulant et un tailleur blanc assorti à ses dents, à faire baver les dockers du port de Veracruz.

— Rappelons d'abord les faits si vous le voulez bien.

Jeudi après-midi, un navire américain, le *Discovery*, a découvert par hasard l'épave d'une embarcation en bois à une douzaine de milles de l'endroit où je me trouve. Les hommes du *Discovery* ont remonté quatre objets, dont un collier de toute beauté et un manuscrit qui ressemble à un codex maya.

Elle s'exprimait avec aisance, d'une voix mélodieuse où perçait une pointe d'accent du Sud. Elle avait prononcé les mots « codex maya » comme s'ils faisaient partie intégrante de son vocabulaire, alors que j'étais prêt à parier que ce matin encore, elle pensait que les Mayas étaient une espèce d'abeilles en voie de disparition.

— Hier soir, poursuivit Gail, le gouvernement mexicain a prié le *Discovery* de quitter les lieux. Nick Flynn, le capitaine australien que nous avons joint par téléphone aujourd'hui, s'y refuse. Il veut vider l'épave lui-même, sans l'aide de qui que ce soit.

— L'épave se trouve-t-elle dans les eaux territoriales mexicaines ? demanda Frank en consultant discrètement ses fiches.

Gail hocha la tête, comme si elle attendait depuis longtemps cette occasion d'éclairer le public nord-américain sur un recoin fascinant du droit international.

— Très bonne question Frank. Selon les conventions des Nations unies, la souveraineté du Mexique s'exerce jusqu'à 12 milles de ses côtes. Le *Discovery* se trouve actuellement à 13 milles des terres, en dehors donc des eaux territoriales, mais les Mexicains soupçonnent Nick Flynn d'avoir déplacé son bateau.

— Vous croyez qu'ils ont raison ?

Gail porta la main à son oreille. Les questions lui

parvenaient avec un léger retard qui lui donnait l'air d'une correspondante de guerre. Elle hocha la tête à nouveau.

— Nick Flynn confirme avoir bougé son bateau afin de ne pas révéler l'emplacement de l'épave. Il se dit prêt à remettre aux autorités mexicaines les objets qu'il a remontés en échange d'une prime pour ses efforts et de la promesse de diriger les opérations de sauvetage. Franchement, je l'ai trouvé très déterminé, imperméable aux menaces…

— Menaces ? l'interrompit Frank qui était programmé pour réagir à certains mots-clés. Quelles menaces ?

— D'après nos contacts au sein de l'administration Calderón, le gouvernement étudie plusieurs pistes. La plus sérieuse consiste semble-t-il à faire jouer une loi de 1972 sur la protection des vestiges archéologiques qui permettrait d'inculper Nick Flynn et ses hommes pour trafic d'objets d'art. Une intervention militaire ne peut non plus être exclue à ce stade.

Elle prononça ces derniers mots d'un air grave, comme pour signifier que, bien que réprouvant personnellement l'usage de la force, elle filmerait le carnage le cas échéant.

— Merci Gail, dit Frank. N'hésitez pas à reprendre l'antenne en cas de nouveaux développements.

— Je n'y manquerai pas Frank. Bonsoir.

Je tombai dans les bras de Lena. Depuis le début de l'opération, nous rêvions de voir CNN y jouer les premiers rôles. La chaîne d'Atlanta, fondée par le magnat Ted Turner en 1980, avait été la première à émettre en continu aux États-Unis. Elle avait retransmis tous les grands événements des trente dernières années, de l'explosion en vol de la navette spatiale *Challenger* à l'élection d'Obama en passant par les deux guerres du Golfe. Elle excellait tout particulièrement dans la couverture d'événements longs et dramatiques tels le procès d'O.J. Simpson ou le sauvetage de Jessica McClure, cette fillette de dix-huit mois qui avait passé trois jours au fond d'un puits en 1987. Pour CNN, le monde était perpétuellement au bord du précipice. Ses journalistes n'avaient pas leur pareil pour radicaliser les positions de leurs interlocuteurs, voyaient dans un banal incident de frontière le début de la troisième guerre mondiale et relayaient sans vergogne les rumeurs les plus extravagantes au nom du droit à l'information.

Malgré son passé glorieux, CNN souffrait d'audiences déclinantes. Elle se vantait d'être reçue dans cent millions de foyers aux États-Unis, oubliant d'ajouter que seuls 300 000 ou 400 000 d'entre eux la regardaient chaque jour. Fox News et MSNBC, qui avaient plagié sa formule, l'avaient d'ailleurs reléguée depuis longtemps à la troisième place des chaînes d'information.

La puissance de CNN résidait ailleurs, dans son vaste réseau international d'abord mais surtout dans le fait qu'elle restait la principale et souvent la seule chaîne allumée dans les salles de rédaction à travers le monde. Son pouvoir de prescription demeurait à ce titre inégalé. Si CNN nous couvrait, les autres médias ne tarderaient pas à lui emboîter le pas.

— Que sait-on sur cette fille ? demandai-je.

— Correspondante de CNN à La Nouvelle-Orléans, dit Liang en parcourant la biographie de Gail Anderson à une vitesse effrayante. Douze ans de maison. Elle a commencé sa carrière sur une chaîne locale dans l'Alabama.

Lena fronça les sourcils.

— La Nouvelle-Orléans ? Je pensais qu'ils nous enverraient quelqu'un de Tampa ou de Miami.

— Elle me botte bien, dis-je. Tu as vu son brushing ? Les drapeaux claquaient au vent et son casque ne bougeait pas d'un pouce.

— On a surtout de la chance que ce soit une fille.

Lena avait raison. Je reconstituais sans mal les événements. Pour une raison quelconque – elle pratiquait la plongée sous-marine ou passait ses vacances à Playa del Carmen –, Gail Anderson s'était intéressée à la découverte de l'épave. Après quelques coups de fil au Mexique, plus probablement d'ailleurs au consulat américain qu'au service de presse du gouvernement Calderón, elle avait appelé Nick sur son téléphone satellite, dont il avait inclus le numéro dans son message à la presse. Le charme de l'Australien avait fait le reste. Gail, flairant l'exclusivité, avait convaincu son patron de la dépêcher à Veracruz, où elle était arrivée en fin d'après-midi, trop tard pour filmer en extérieur.

J'exposai mon raisonnement à l'équipe.

— Si j'ai raison, conclus-je, nous pouvons nous attendre à un reportage dès demain matin.

— Espérons qu'il ne sera pas trop tard, dit Lena qui suivait les mouvements des gardes-côtes mexicains en désignant sur son écran un point lumineux qui filait à vive allure vers le *Discovery*.

5

CNN diffusa une première interview en direct lundi matin, comme je l'avais prévu. N'écoutant que leur courage, Gail Anderson et son cameraman avaient fendu les flots pour aller à la rencontre de Nick et de son équipage. Pour la circonstance, la journaliste avait troqué ses escarpins pour des talons plats et son tailleur pour un débardeur lavande et une veste en lin.

Nick, lui, s'était surpassé. Il portait un short beige et une chemise en jean délavée ouverte jusqu'au plexus qui révélait une toison en bataille. Ses cheveux plaqués en arrière et son front dégagé lui donnaient un air franc et résolu plus convaincant que tous les discours.

— Racontez-nous comment vous avez trouvé cette épave, commença la journaliste en tendant son micro vers le capitaine du *Discovery*. Vous recherchiez une autre épave, n'est-ce pas ?

Nick hocha la tête et se tourna instinctivement vers la caméra.

— Oui, un galion espagnol bourré d'or. Impossible de mettre la main dessus. Nous rentrions au port quand un de mes hommes m'a signalé un truc bizarre à bâbord.

Nous nous sommes approchés et j'ai reconnu la coque d'un bateau.

— Pourquoi vos appareils ne l'avaient-ils pas repérée ?

— Parce qu'elle est en bois. Les magnétomètres ne détectent que le métal.

Je pouvais dire à la façon dont les répliques s'enchaînaient qu'elles avaient été écrites à l'avance. L'accent de Nick était parfait, assez prononcé pour ne laisser aucun doute sur ses origines, sans toutefois entraver la compréhension.

— J'ai envoyé deux gars au fond. Ils sont remontés avec des babioles, un collier, une assiette, et un coffre en bois.

— Vous l'avez ouvert ce coffre ?

— Pardi ! Mettez-vous à notre place : depuis le temps qu'on cherchait un trésor, voilà enfin qu'on tombe sur un coffre ! Bon, je ne vous cache pas qu'on a été un peu déçus. Il ne contenait pas de l'or ou des bijoux mais une sorte de cahier plein de dessins et de hiéroglyphes incompréhensibles.

La caméra pivota pour montrer le codex posé sur une banquette. Je constatai avec soulagement que le séjour au fond de l'eau n'avait nullement altéré l'éclat des couleurs. Gail tourna quelques pages pour le bénéfice des téléspectateurs, sans lâcher son micro.

— Ce cahier, comme vous dites, Nick, est ce qu'on appelle un codex, un livre dans lequel les Mayas consignaient leur savoir et leurs textes sacrés.

— C'est possible, grommela Nick. Pour moi, ça ressemble plutôt à un manuel de base-ball.

Gail se força à rire.

— Allons Nick, les Mayas ne jouaient pas au base-ball. Mais je vois ce que vous voulez dire, certaines illustrations font penser à un sport de balle.

Elle éleva le codex devant la caméra. La planche, d'une finesse admirable, montrait un joueur torse nu renvoyant la balle avec sa hanche sous les yeux de trois adversaires prêts à bondir.

— Selon les experts, reprit Gail, il n'existe que quatre codex dans le monde. Qui sait si ce livre ne vaut pas plus cher que la cargaison de votre galion ? Entre nous, vous n'avez pas été tenté de garder votre découverte pour vous ?

Nick sursauta comme si on lui avait craché au visage.

— Je suis honnête, moi ! La loi m'obligeait à contacter les gardes-côtes mexicains : c'est ce que j'ai fait. Vous pensez qu'ils m'auraient remercié ? Des clous ! La seule chose qu'ils m'ont demandée, c'est si j'avais un permis.

— Et vous en aviez un ?

— Oui, mais pour le galion. Le douanier à qui j'ai parlé m'a expliqué que les permis ne sont valables que pour une épave précise. « Vous allez devoir lever l'ancre, qu'il m'a dit, mais avant, j'ai besoin de connaître votre emplacement exact. » Toi mon coco, j'ai pensé, tu peux toujours courir. On n'obtient rien de Nick Flynn en lui parlant sur ce ton. C'est tout de même insensé : je découvre un trésor national et on me traite comme un vulgaire pillard !

— Que demandez-vous Nick ? relança Gail.

— Des remerciements d'abord. Un peu de respect, quoi ! Et puis de participer au repêchage de l'épave, ce serait la moindre des choses. Nous avons le savoir-faire, l'équipement et nous sommes à pied d'œuvre ! Les Mexicains ne trouveront personne de plus compétent que nous.

— On a aussi parlé d'une prime…

— Ah oui ? Moi j'appelle ça un salaire. Si nous faisons le boulot, il est normal que nous soyons rémunérés, non ? Après, si les douanes veulent rajouter un petit bonus, ça ne sera pas de refus.

— Merci Nick et bonne chance pour la suite.

Gail se retourna vers la caméra.

— Vous l'avez compris Carl, Nick Flynn est engagé dans un terrible bras de fer avec le gouvernement mexicain. Hier soir, une frégate de l'armée a d'ailleurs jeté l'ancre à quelques encablures du *Discovery*.

Elle désigna avec emphase un bâtiment blindé long comme un terrain de football. Deux hélicoptères étaient posés sur le pont. On apercevait distinctement la tourelle mitrailleuse. Gail reprit :

— Les négociations se poursuivent. Nous vous tiendrons au courant en cas d'évolution. À vous les studios.

Nous dressâmes le bilan du reportage avec les présents. On frôlait la perfection. Nick avait réussi à faire passer en trois minutes tous les messages essentiels. Il était un brave type, honnête, qui n'avait aucune idée de l'importance de sa découverte et réussissait l'exploit de réclamer de l'argent tout en paraissant désintéressé. Bien qu'il eût techniquement enfreint la loi, plusieurs éléments plaidaient en sa faveur. Il aurait d'abord pu ne jamais signaler sa découverte et vendre les artefacts à prix d'or à des collectionneurs. En sollicitant un permis d'exploration pour le galion, il avait prouvé qu'il n'était pas un flibustier mais un entrepreneur consciencieux, au fait des codes et usages de la profession. Enfin, cerise sur le gâteau, Gail avait souligné la rareté du codex et la disproportion des forces en présence.

Lena s'introduisit sans trop d'efforts dans les registres du personnel de CNN. Gail Anderson avait quarante-trois ans ; elle avait divorcé en 2007 d'un présentateur météo et habitait avec son fils de treize ans à Metairie, une banlieue cossue de La Nouvelle-Orléans. Son salaire de 105 000 dollars n'avait pas évolué depuis trois ans. Son supérieur s'entêtait à lui refuser ses demandes de promotion, invoquant son incapacité à dénicher des sujets d'envergure nationale.

— Cela explique pourquoi elle s'est jetée sur cette affaire avant ses collègues, remarquai-je. L'océan appartient à tout le monde.

— Au moins, dit Lena, nos intérêts sont alignés. Elle veut de l'action, nous allons lui en donner.

— Une chose m'inquiète, intervint Marina. Qui garde son fils ? Elle a pu le confier à une amie un jour ou deux mais si la situation s'enlise, elle risque de devoir rentrer chez elle.

— Il est sans doute chez son père, dit Lena.

— Qui te dit qu'il habite dans le coin ? insista Marina.

— Il a pu…

— Il est bien chez son père, les coupa Manuela.

Elle lisait la page Facebook de Travis Anderson, le fils de Gail.

— Les parents ont la garde alternée, dit-elle. Apparemment Travis a l'habitude d'aller chez son père quand sa mère part en reportage.

— Parfait, dit Lena, vexée d'avoir été prise en défaut.

L'histoire s'installa dans le paysage au fil de la journée. CNN publia l'interview de Nick sur son site ainsi que sur sa chaîne YouTube. Comme nous l'avions espéré, les grands réseaux américains s'engouffrèrent dans la brèche ouverte par leur consœur d'Atlanta. ABC diffusa l'enregistrement d'une conversation téléphonique avec Nick. CBS compara la bataille qui se jouait à Veracruz à un nouveau duel entre David et Goliath. Quant au présentateur de Fox, il forma des vœux pour que l'envoyé spécial de la chaîne arrive sur les lieux « avant le grand feu d'artifice ». À l'étranger aussi, l'histoire gagnait du terrain. La BBC, l'allemande ZDF, l'espagnole Uno, France 2, la russe Vesti et même la mexicaine Televisa l'évoquèrent dans leurs éditions du soir. Lena calcula sur un coin de table que Nick avait déjà touché plus de quatre-vingts millions de personnes.

Gail fit une seconde apparition sur les ondes dans l'après-midi en direct du port. Vijay se rua dehors dès qu'elle prit l'antenne dans l'espoir d'apercevoir notre nouvelle alliée. Gail raconta avoir joint plusieurs (ce qui en jargon journalistique signifie deux) officiels qui réaffirmaient les droits du Mexique sur l'épave. En effet, quand bien même cette dernière se trouverait à 13 ou 14 milles des côtes, le gouvernement n'hésiterait pas à se prévaloir d'une jurisprudence internationale selon laquelle l'intervalle de 12 milles peut s'entendre à partir du dernier récif émergé. Le directeur adjoint des douanes avait par ailleurs déclaré que les artefacts, dont l'origine maya ne faisait aucun doute, tombaient sous le coup de la loi de 1972 sur la protection des reliques archéologiques. J'adressai un clin d'œil à Lena : c'était mine de rien la première fois qu'un représentant de l'État mexicain prononçait le mot « maya ».

Vijay rentra avec un scoop : Gail Anderson et son cameraman logeaient à l'Emporio. Il avait suivi la journaliste jusqu'à sa chambre au quatrième étage. J'enregistrai l'information à tout hasard.

Nous avions désormais assez de matière pour nous mettre au travail. Dans l'après-midi, plusieurs spécialistes des civilisations précolombiennes commandités par le CFR s'extasièrent en ligne sur la beauté inouïe du codex. Peu importait à ce stade que personne ne lise leurs blogs. Sitôt que leurs envolées auraient été indexées, elles sortiraient dans les premiers résultats quand un journaliste effectuerait une recherche sur « codex maya ». Lena bombarda la chaîne YouTube de CNN de requêtes bidon. En l'espace de quelques heures, l'interview de Nick entra avec 300 000 vues dans le club des vidéos les plus populaires. Les commentaires véritables prirent cette fois-ci le relais des nôtres. Ils affluaient par centaines, des quatre coins du monde. L'un d'eux – « That Aussie is mighty cute. I say: give him what he wants » (« Cet Australien est trop craquant : qu'on lui donne ce qu'il demande ! ») – résumait tous les autres. Le charme de Nick opérait. Moins de 10 % des messages critiquaient ses méthodes ; presque tous émanaient du Mexique.

Les téléacteurs dont la contribution s'était révélée si précieuse durant la campagne Sarah Palin firent exploser le standard de CNN en demandant à en savoir plus sur « l'Australien qui a trouvé un codec (*sic*) ». Une heure plus tard, Bettina surprit une conversation téléphonique dans la salle de gym de l'hôtel. Ahanant sur un rameur, Gail Anderson vendait à son patron un nouveau segment sur Nick, cette fois sous l'angle de sa profession.

Malgré cette avalanche de bonnes nouvelles, Lena semblait contrariée. Elle avait espéré la création d'une page de soutien à Nick sur Facebook. Je la rassurai : le barnum ne faisait que commencer.

Le soir même, les premiers journalistes étrangers débarquèrent à l'Emporio.

6

Notre offensive téléphonique porta ses fruits : CNN éleva l'histoire du *Discovery* au rang de sujet récurrent. Toutes les trente minutes, Frank, Carl ou Tony agrémentaient leur texte bien huilé d'un nouveau détail croustillant : le codex allait permettre aux historiens de comprendre pourquoi les Mayas prévoyaient la fin du monde en 2012 ; les torpilles de la frégate mexicaine *Guadalupe Victoria* pouvaient couper en deux un aviso à dix kilomètres ; en cas d'impact, le *Discovery* coulerait à pic en moins d'un quart d'heure, etc.

CNN diffusa une nouvelle interview de Nick dans l'après-midi. Gail et lui étaient assis sur des fauteuils pliants en teck que je ne me souvenais pas avoir vus sur le bateau. Elle avait dû les apporter sur son zodiac. Comme prévu, les premières questions portèrent sur l'exploration d'épaves.

— Votre métier fait rêver, Nick : chasseur de trésors ! Pouvez-vous expliquer à nos téléspectateurs en quoi il consiste exactement ?

— Bien sûr. Des milliers d'épaves dorment au fond des océans. Certaines contiennent de l'or, des bijoux, des métaux précieux… La difficulté consiste à les localiser, à récupérer leur contenu et surtout à protéger le butin des États.

— Nous y reviendrons, dit Gail. Mais dites-moi, ce genre d'expéditions doit coûter horriblement cher…

En bon patron, Nick ne se fit pas prier pour énumérer ses charges.

— Et comment ! D'abord, vous avez l'équipage. Dix hommes – c'est un minimum – à qui je verse un salaire fixe plus une prime en cas de succès. Le crédit du bateau me coûte 15 000 dollars par mois, auquel il faut ajouter le carburant, l'entretien, la nourriture et l'assurance. J'ai un avocat à Sydney qui gère mes investisseurs et un autre à Miami qui s'occupe des permis d'exploration. Ah, et j'allais oublier les taxes et les cotisations sociales !

— Et malgré toutes ces dépenses, le résultat n'est jamais garanti.

— Jamais. Vous pouvez passer six mois en mer et revenir avec une paire de langoustines.

— Par contre, en cas de succès, c'est le jackpot ! s'exclama Gail, les yeux brillants.

— Ne tombe pas dans le panneau, murmurai-je.

Nick eut un sourire plein de douceur, le même qu'aurait eu Jésus si on lui avait demandé si c'était l'appât du gain qui le poussait à multiplier les pains.

— Quand vous avez la chance de trouver un trésor, Gail, c'est comme un rêve de gosse qui se réalise. Le coffre se dresse devant vous, couvert d'algues et de coquillages, le bois gonflé, les serrures rouillées, et vous pensez aux conquistadors qui laissaient femmes et enfants pour servir leur reine…

— Cela vous est déjà arrivé ?

— Une fois, dit Nick d'un air songeur. Il y a six ans. Grâce à de très vieilles cartes, j'avais localisé un navire naufragé au large de l'Indonésie. Nous avons remonté des milliers de perles, de la porcelaine, des miniatures en ivoire. Oh Gail, si vous aviez vu ça, on se serait cru dans un conte de fées !

Il marqua un temps d'arrêt, les yeux perdus dans le lointain. Gail, qui n'était pas née de la dernière pluie, respecta cette touchante bouffée de nostalgie.

— Là-dessus, reprit Nick, je contacte les gardes-côtes comme m'y obligeait mon permis. Voyez-vous, je m'étais engagé à verser 30 % du butin aux Indonésiens…

— C'est classique ?

— Oui, assez. C'est plus une précaution qu'autre chose, l'assurance que personne ne viendra vous chercher des poux dans la tête. Sauf qu'en l'occurrence c'est le contraire qui s'est produit. Une heure après, une vedette nous arraisonne. Un homme en uniforme, qui se présente comme le sous-directeur des douanes, monte à bord. Il demande à voir les perles. Je lui tends le sac, qu'il confisque, « provisoirement », dit-il, en attendant le partage du butin. Comme je me méfie, il m'établit un reçu et me laisse photographier les perles. Puis il décampe. Je n'ai jamais réussi à savoir qui il était ni pour qui il travaillait. Mais le pire, c'est que quand j'ai raconté mon histoire aux véritables gardes-côtes, ils m'ont accusé d'avoir tout inventé pour ne pas payer les 30 % et ont menacé de me jeter en prison. Qu'auriez-vous fait à ma place ?

— Appelé le consulat ? suggéra Gail avec cette foi

merveilleuse qu'ont les Américains dans la toute-puissance de leur passeport.

Nick partit d'un rire bon enfant.

— Personne ne prend la défense d'un chasseur de trésors ! Non, j'ai négocié. Les Indonésiens ont estimé la valeur des perles d'après ma photo. Ils ont calculé que les artefacts restants couvraient tout juste ce que je leur devais et m'ont relâché sans un sou. Inutile de préciser qu'ils n'ont jamais rendu la découverte publique.

Gail détacha solennellement chaque mot de la question suivante.

— Seriez-vous en train d'insinuer que les gardes-côtes mexicains sont aussi corrompus que leurs homologues indonésiens ?

— Non, pas du tout. Mais vous comprendrez que j'assure mes arrières. C'est pour ça que j'ai envoyé les photos des artefacts aux médias. On ne m'aura pas deux fois.

— Mais – pardonnez-moi de vous poser cette question, Nick – vous n'avez pas de permis pour explorer cette épave ?

— Non, en effet. Mon permis portait sur un autre bateau, un galion espagnol. Mais laissez-moi vous expliquer quelque chose Gail : les États se fichent des épaves – jusqu'à ce qu'on les retrouve. Ils accordent facilement les permis, trop contents que des investisseurs privés ratissent le fond des mers à leur place. Dès que vous localisez l'épave en revanche, c'est une autre histoire. Tous mes collègues vous diront qu'il est plus facile de découvrir un trésor que de le garder hors d'atteinte des rapaces.

Comme s'il n'attendait que cette envolée libertaire,

Syd fit irruption en jappant dans le champ de la caméra. Gail, qui avait sursauté, domina vite sa peur en comprenant le parti qu'elle pouvait tirer de cet intermède.

— Qu'il est beau ! dit-elle en flattant l'encolure du terre-neuve. C'est le vôtre ?

— Absolument. Mon meilleur ami, Sydney – Syd pour les intimes.

— Il sait nager ?

— S'il sait nager ? dit Nick d'un ton grave. Il a sauvé la vie d'un de mes hommes au large de la Papouasie.

Enhardi par le récit de ses exploits, Syd tenta de s'aventurer sous les jupes de Gail.

— Syd, couché ! commanda Nick.

À mon immense soulagement – et à celui de Gail –, le terre-neuve s'allongea docilement aux pieds de son maître. La journaliste lissa sa jupe en se forçant à glousser.

— Ouf, c'était moins deux ! Mais revenons-en à vous, Nick : comment le gouvernement mexicain a-t-il accueilli votre proposition de conduire les opérations de renflouage ?

— Mal. Mes interlocuteurs refusent de discuter tant que je n'aurai pas révélé l'emplacement de l'épave. Ils peuvent toujours courir.

— Que demandez-vous au juste ?

Nick tourna la tête vers la caméra comme pour s'adresser directement au président mexicain.

— Trois choses. Des remerciements officiels, un mandat pour vider l'épave et un dédommagement forfaitaire.

— De quel ordre ?

— Je laisse le gouvernement mexicain en fixer le

montant. Ce que je sais, c'est que j'ai englouti tout ce que j'avais dans cette expédition. J'ai vendu ma voiture, hypothéqué mon bateau, je suis criblé de dettes, je n'ai ni maison ni plan de retraite. Mes investisseurs, eux aussi, ont mis un demi-million sur la table. Si je rentre en Australie les mains vides, ils me retireront à jamais leur confiance.

À chaque argument, Gail hochait la tête sans même s'en rendre compte. Elle désigna la frégate qui semblait s'être encore rapprochée depuis la veille.

— Vous n'avez pas peur que la marine mexicaine ne donne l'assaut ?

— Vous savez Gail, il en faut plus pour effrayer un Aussie. Mais bon, c'est sûr que mes voisins n'ont pas l'air animés des meilleures intentions, dit Nick en décochant à la caméra un sourire assez irrésistible.

— Tu regrettes toujours de ne pas lui avoir ébréché une dent ? ironisa Lena.

Dans l'heure qui suivit, Linda Gibson, une graphiste de Seattle, créa une page de soutien sur Facebook, contenant les vidéos des deux interviews de Nick, la carte de la baie de Veracruz, ainsi que deux photos. La première, qu'elle avait copiée sur le site de CNN, montrait le frêle *Discovery* à côté de l'imposante frégate mexicaine et faisait penser au cliché de cet étudiant désarmé défiant les chars sur la place Tian'anmen. La seconde faisait partie d'une série que nous avions commanditée à une agence et chargée sur la Toile six mois plus tôt. Syd, un bâton entre les dents, gambadait vers son maître sur une plage de sable blanc. Nick, torse nu, avait les mains sur les hanches, dans une posture qui faisait saillir ses pectoraux. « Aimez ma page et partagez-la avec vos amis pour témoigner votre soutien à Gorgeous Nick dans son combat contre les bureaucrates mexicains ! » implorait Linda, une jolie blonde de vingt-sept ans dont la page personnelle précisait qu'après « une histoire pathétique avec un gros naze, con comme un âne mais malheureusement pas outillé en rapport » elle était prête à « repartir de zéro pour vivre le grand amour ».

— J'ouvre les vannes ? demanda Manuela, prête à inscrire ses milliers de profils dans le fan-club de Gorgeous Nick.

— Attends un peu, répondit Lena. Elle a 3 000 amis. Voyons déjà combien mordent à l'hameçon.

— 12, dit Jeremy. Non, 19, 31, 44, 63…

— Trois ont déjà partagé la page sur leur propre mur, ajouta Marina.

— Quatre-vingt-cinq, 110, 129…, reprit Jeremy, qui rafraîchissait la page à intervalles réguliers.

— Elle a aussi mis un lien sur Twitter, lança Rodolfo.

— Retweete-le en traduisant le texte en espagnol, dit Lena.

— Dix personnes l'ont déjà fait, déclara Fernando.

— Elle se débrouille très bien toute seule, estima Manuela. À ce rythme, elle va apparaître dans les sujets les plus populaires.

— Assure-toi juste que nous touchons tous nos marchés, dit Lena.

— J'ai déjà des retours au Japon et en Chine, dit Yûichiro. Il est pourtant cinq heures du matin !

— Idem en Inde, renchérit Vijay. Apparemment, CNN India a retransmis l'interview. La vidéo compte déjà autant de vues que la finale de cricket.

— 1 100, 1 300, 1 600…, débita mécaniquement Jeremy.

— Tu avais déjà vu ça ? demandai-je à Manuela.

— À la mort de Michael Jackson. Le nombre de tweets dépassait 500 par seconde.

— Tu entends Lena ?

— Je vais demander aux chefs de bureau de nous adresser une synthèse de la couverture médiatique dans leur pays, dit Lena sans prendre la peine de répondre. Nous pourrons ainsi affiner la stratégie.

Le train était lancé, il n'y avait momentanément plus grand-chose à faire. Je commandai à dîner et nous nous entassâmes sur les canapés devant la télé. De temps à autre, Jeremy se levait pour jeter un œil au compteur de la page de Linda qui n'en finissait pas de grimper.

Sentant qu'il tenait un sujet en or, le directeur de l'information de CNN avait chamboulé la grille des programmes. Richard Hernandez, le pompeux doyen du département archéologique de Yale, souligna l'importance historique de la découverte de Nick. À leur arrivée au Mexique au XVIe siècle, les Espagnols avaient brûlé des centaines, voire des milliers de codex. L'évêque de sinistre mémoire Diego de Landa avait fait détruire en 1562 tous les livres présents au Yucatán, au motif qu'ils ne contenaient que « superstitions et mensonges du diable », privant les historiens d'archives incomparables pour comprendre la civilisation maya. Quatre textes seulement avaient échappé à l'autodafé. Ils portaient le nom des villes dans lesquelles ils étaient aujourd'hui conservés. L'authenticité des codex de Dresde, Madrid et Paris n'avait jamais fait aucun doute ; celle du codex Grolier avait été établie plus récemment.

Contrairement à eux, l'ouvrage dont Hernandez avait entrevu quelques pages n'était ni un calendrier ni un précis astronomique. Il semblait faire une large place au jeu de balle, le sport national des Mayas dont on avait retrouvé des terrains sur presque tous les sites archéologiques mais dont les règles exactes demeuraient mystérieuses. Sans vouloir se pousser du col, Hernandez était un grand spécialiste du jeu de balle ; il offrit gracieusement ses services au gouvernement, « au nom de l'amitié entre le Mexique et les États-Unis ».

Pressé de gloser sur l'origine du codex, l'éminent professeur se borna à quelques remarques générales. La région n'avait abrité que deux civilisations précolombiennes : les Olmèques, qui s'étaient éteints environ cinq cents ans avant notre ère, et la culture classique de Veracruz, dont les représentants, connus pour leur goût immodéré des sacrifices humains, avaient disparu vers l'an 1000. Ni les uns ni les autres ne maîtrisaient l'écriture. Un peu plus à l'est en revanche, du côté de Palenque ou de Toniná, vivaient les Mayas qui, sans être de grands marins, naviguaient sur les rivières et le long des côtes. « Si je devais faire un pronostic, je dirais que nous sommes en présence d'un codex maya du VIIIe ou IXe siècle », conclut Hernandez.

— Dans le mille, s'exclama Lena. Tu as vu, il a fait le voyage d'Atlanta.

— Il était peut-être dans le coin…

— Non. Ce matin encore, il animait un colloque à Yale. Il est venu exprès, je te dis.

De son bureau, Jeremy lança :

— Il vient de notifier à ses étudiants qu'il serait absent jusqu'à la fin de la semaine.

— CNN a dû l'engager comme consultant spécial. C'est de bon augure.

L'expert qui succéda à Hernandez n'était ni historien ni anthropologue mais scénariste à Hollywood. Il avait participé à plusieurs superproductions, dont le film *Apocalypto* où, « malgré plusieurs idées capitales », Mel Gibson n'avait pas jugé utile de le créditer au générique. Il décrivit avec complaisance les rituels des sacrifices humains. « À ce moment-là, Frank, le prêtre raidissait ses doigts comme la serre d'un aigle. Il plongeait la main dans la cage thoracique du supplicié et en arrachait le cœur, qui – excusez du détail – continuait de palpiter pendant de longues secondes. Un autre prêtre décapitait la victime avec une hache de pierre. » Il ne dit pas un mot des sacrifices animaux, bien plus nombreux, ni des automutilations.

Le directeur de Sotheby's intervint en direct de New York. Bien qu'ayant commencé par dire que les artefacts découverts par Nick ne seraient probablement jamais mis sur le marché, il se laissa aller à spéculer sur la cote qu'ils pourraient atteindre en salle des ventes. Le collier en jade irait sans doute chercher autour de 200 000 ou 300 000 dollars. Le codex était un tout autre animal. À partir d'une certaine rareté, la valeur des documents historiques échappait à toute logique. Un milliardaire américain avait déboursé 21 millions de dollars pour acquérir un des dix-sept exemplaires de la *Magna Carta*, la charte anglaise des libertés individuelles datant du XIIIe siècle. Bill Gates avait mis 30 millions sur la table pour des carnets de Léonard de Vinci. Quant aux originaux des discours d'Abraham Lincoln, ils dépassaient couramment le million de dollars. Si un codex maya arrivait à la vente, qui pouvait dire jusqu'où grimperaient les enchères ? 50 ? 100 millions ? Frank remercia son invité pour ces « éclaircissements fascinants ».

La tonalité était bien différente à la télévision mexicaine où les intervenants s'inquiétaient davantage des intentions de Nick que des torrents de sang qu'avaient fait couler leurs ancêtres. Les politiciens criaient au pillage néocolonial et prônaient la fermeté avec d'autant plus de vigueur qu'ils étaient éloignés du pouvoir. Des consultants discutaient les modalités d'une intervention militaire. Les uns étaient partisans d'envoyer des plongeurs, les autres des parachutistes ; tous redoutaient l'imprévisibilité de Nick, capable, selon l'un d'eux, « de foutre le codex à la flotte si on lui envoyait l'armée ».

En début de soirée, j'allai me dégourdir les jambes dehors. Régnait dans le hall de l'hôtel un tumulte indescriptible. Des montagnes de bagages, de caméras, de projecteurs s'amoncelaient devant la réception où deux malheureuses employées répétaient comme des disques que l'hôtel était complet. Je comptai une vingtaine de chaînes de télévision, une douzaine de radios et quelques titres de la presse écrite. Tous les continents, sans exception, étaient représentés. Je poussai jusqu'à l'hôtel Novo Mar où la même scène m'attendait.

À mon retour, le QG baignait dans l'euphorie. Des pages Facebook de soutien à Nick se créaient dans toutes les langues. Celle de Linda Gibson restait la plus populaire, avec plus de 100 000 abonnés et 800 commentaires.

— Syd fait un tabac, dit Manuela. Avons-nous d'autres photos de lui ?

— Des centaines. Nous commencerons à les mettre en ligne demain matin. D'autres remarques ?

Manuela hésita une fraction de seconde :

— Beaucoup de commentaires grivois. Des deux sexes. Linda supprime les plus gratinés au fur et à mesure.

— On sait d'où vient le trafic ?

Lena, qui avait retiré ses chaussures et grignotait un biscuit à son ordinateur, intervint.

— Oui, j'ai accédé à la page administrateur de Linda Gibson. Facebook fournit pas mal d'informations démographiques sur les visiteurs. Beaucoup plus de femmes que d'hommes, comme on pouvait s'y attendre.

— Combien ?

— 70-30. Les 13-17 ans sont surreprésentés, les plus de 45 ans quasi absents. Compte tenu de l'heure, la répartition géographique est relativement conforme à mes attentes.

— Niveau d'études ? Revenu moyen ?

— Facebook ne fournit pas l'information. Je peux la reconstituer mais ça prendra un peu de temps.

— Ce serait bien.

J'appelai Yakoub sur une ligne cryptée afin de lui transmettre les nouvelles du front. Malgré l'heure tardive, il décrocha à la première sonnerie.

— Tout se passe comme tu veux ? demanda-t-il.

— Plutôt. L'équipe travaille bien, le fan-club de notre ami grossit à vue d'œil, l'hôtel est bourré de journalistes et les Mexicains ont compris qu'ils risquaient de perdre le codex s'ils donnaient l'assaut. De ton côté ?

— Suarez a des états d'âme. Je sais : s'agissant d'un

marine, c'est presque un oxymore. Il a peur que nous ne ridiculisions sa patrie.

— Aucun pays n'a plus à gagner que le Mexique dans cette affaire. Dis-lui…

— Ne perds pas ton temps avec ça, me coupa Yakoub, je m'en occupe. Et puis j'ai des soucis plus pressants.

— La sacoche ?

— Un nouveau scénario s'est matérialisé. Un haut dignitaire iranien a mis les tremblements de terre qui frappent son pays sur le dos des femmes libérées.

— Mais c'est le dossier de Maga ! m'écriai-je.

Ma chère Maga avait décidé de prêter à des mollahs fictifs des propos si aberrants que les dirigeants des pays musulmans seraient forcés de prendre parti publiquement. Son dossier ne mentionnait pas les tremblements de terre mais les quelques projets de déclarations qu'il contenait s'inscrivaient tout à fait dans la veine de celle que venait de me rapporter Yakoub.

— Ça fait quatorze, Sliv, tu te rends compte ? Presque un tiers de nos dossiers sont devenus réalité. C'est bien plus que ce que tu avais prévu.

— En effet, mais nous manquons de recul. Ce dignitaire, on est sûr qu'il existe ?

— Oui. Il conduit la prière du vendredi à Téhéran.

— Franchement Yakoub, je ne sais pas quoi dire. Tu sais comme moi le genre d'énormités que peuvent proférer les mollahs. Je ne crois pas qu'il y ait matière à s'inquiéter.

— Tu dis toujours ça, grommela Yakoub.

— Et jusqu'ici les faits m'ont donné raison.

— C’est vrai. Merci d’avoir appelé. Je vais me coucher.

Je regardai l’heure en raccrochant. Il était 22 h 56 à Toronto.

7

Une nouvelle catastrophique me cueillit au réveil. La plateforme pétrolière Deepwater Horizon, exploitée par la société américaine Transocean pour le compte de la British Petroleum, avait enregistré une puissante explosion au moment précis où je raccrochais avec Yakoub. On déplorait plusieurs victimes parmi les cent vingt-six employés à bord. Autorités et associations écologiques redoutaient des fuites massives de pétrole.

Depuis une semaine, je vivais dans la terreur d'un tel événement. J'avais envisagé toutes sortes de scénarios : un vol spatial nord-coréen, un coup d'État en Égypte et même la mort, raquette à la main, de Rafael Nadal. Qui aurait pu imaginer que le sort frapperait en plein golfe du Mexique, à quelques centaines de kilomètres à peine du *Discovery* ?

Nous avions donné comme instruction à Nick de faire traîner les discussions avec le gouvernement mexicain, de façon à laisser aux journalistes des quatre coins du monde le temps d'affluer à Veracruz. Nous courions désormais le risque que, faute de développements spectaculaires, ceux-ci ne transportent leurs caméras de l'autre côté du golfe où la marée noire leur fournirait des scènes de désolation télégéniques à souhait. L'incendie de la plateforme avait déjà supplanté le *Discovery* sur CNN et Fox News. Les blessés étaient évacués par hélicoptère vers l'hôpital de Mobile, tandis que les rescapés regagnaient la côte à bord de canots de sauvetage. Une nuée de reporters les attendait à terre. Les premiers témoignages seraient vraisemblablement diffusés dans l'après-midi et constitueraient le plat de résistance des éditions du soir.

Lena et moi n'étions pas d'accord sur la marche à suivre. Je préconisai de passer le plus vite possible à la phase suivante du scénario. Elle répugnait à forcer la main à Nick, le seul d'entre nous à disposer de tous les éléments. Nous décidâmes de réévaluer la situation vingt-quatre heures plus tard. Dans l'intervalle, Vijay louerait un bateau et se posterait à portée du *Discovery* avec des jumelles.

La matinée nous apporta aussi quelques rayons de soleil. Fidèle à son habitude, le gouvernement chinois étouffait tranquillement le tremblement de terre qui avait ravagé le district tibétain de Yushu. Surtout, le trafic aérien reprenait un peu partout en Europe. Le panache volcanique, ramené à quatre kilomètres de haut, s'était scindé en deux colonnes, l'une dérivant vers la Sibérie et l'autre vers l'Amérique du Nord.

Les chiffres de Nick poursuivaient leur ascension. Je pris la peine de les examiner dans le détail. La page de Linda Gibson avait franchi le cap du million d'abonnés pendant la nuit et avait été partagée plus de 30 000 fois. Sans grande surprise, les visiteurs australiens étaient surreprésentés, de même que les Japonaises de 18 à 35 ans et les lycéens britanniques. Nick arrivait en deuxième position des sujets les plus populaires sur Twitter et en cinquième des recherches sur Google, tous pays confondus. Syd était une icône en Nouvelle-Zélande et au Pérou ; le prix des terre-neuve sur eBay avait doublé du jour au lendemain. Les internautes dévoraient également tout ce qui concernait la recherche de trésors. Les sites recensant les vaisseaux engloutis étaient pris d'assaut, de même que ceux consacrés aux Mayas. Le trafic de la page Wikipedia sur les codex avait été multiplié par mille. Plusieurs ouvrages sur les civilisations précolombiennes figuraient parmi les meilleures ventes sur Amazon. Enfin, *Apocalypto*, le film de Mel Gibson, faisait la fortune des sites de vidéo à la demande.

En début d'après-midi, Gail Anderson prit l'antenne du port. Après avoir glosé à vide sur l'ambiance à bord du *Discovery* (« Nul doute que Nick Flynn et ses hommes ont eu du mal à trouver le sommeil, Carl »), elle déclara : « Comme on pouvait s'y attendre, le gouvernement indonésien a démenti avec la plus grande fermeté qu'une quelconque découverte ait eu lieu au large de ses côtes en 2004. Il se réserve le droit d'attaquer en justice toute personne qui prétendrait le contraire. » Le « comme on pouvait s'y attendre » me combla d'aise. Si les Indonésiens avaient quelque chose à se reprocher, sous-entendait Gail, ils n'iraient pas le crier sur les toits. La violence des dénégations de Jakarta corroborait d'une certaine façon notre histoire.

Gail interviewa peu après le directeur des douanes mexicaines, un poussah au teint olivâtre et aux bacchantes cosmétiquées. Juan Pablo Bustamante avait soupé des insinuations dont ses services faisaient l'objet. « Si M. Flynn persiste dans son refus de coopérer, déclara-t-il, nous utiliserons les moyens auxquels nous autorisent la Constitution mexicaine et les conventions des Nations unies sur les eaux territoriales et les actes de piraterie. » Il nia l'existence de discussions entre Nick et le gouvernement. « Nous ne négocions pas avec les malfaiteurs », fulmina-t-il, l'œil noir et la moustache menaçante. À mes côtés, Lena buvait du petit-lait. Non seulement Bustamante avait une sale bobine mais il avait commis l'erreur de diaboliser Nick.

Ce dernier s'adonnait de son côté aux joies des relations publiques. Des équipes de télévision du monde entier se succédèrent toute la journée à bord du *Discovery*. Les interviews, limitées à une demi-heure, se déroulaient en anglais ou en espagnol, les deux seules langues que j'avais autorisé Nick à employer. Il s'agissait d'une phase essentielle de notre plan, ce que Vargas avait appelé « la localisation du scénario » : Nick devait s'adapter à la culture de ses interlocuteurs et moduler son discours de façon à toucher le cœur et l'inconscient des téléspectateurs.

Connaissant le goût des Japonais pour le *kawaii* – ce culte du mignon symbolisé par le personnage de Hello Kitty –, Nick gratifia l'équipe de la chaîne NHK d'un numéro de dressage canin. Après chaque tour, Syd penchait gaiement la tête vers la caméra, la langue pendante, en remuant la queue. Nick laissait tomber un sucre dans la gueule du terre-neuve et lui flattait le museau en dressant la liste des vies qu'il avait sauvées à travers les ans. En apprenant que Syd avait un jour sauté à l'eau en voyant le *Discovery* s'éloigner du quai, la reporter nippone poussa un petit cri d'extase et prononça le mot « Hachikô ». Elle expliqua à Nick, qui feignit d'entendre ce récit pour la première fois, que Hachikô était un chien célèbre au Japon pour avoir continué à attendre son maître chaque soir à la gare de Shibuya, des années après la mort de celui-ci.

Aux journalistes de France 2, Nick servit un couplet altermondialiste. Il se vanta d'employer des sans-papiers et un repris de justice « car il fallait bien donner sa chance à tout le monde ». Il faisait le plein au biocarburant « chaque fois que c'était possible, même si c'était plus cher ». La place du codex était dans un musée, « pas dans le coffre-fort d'un milliardaire ». Il érigea son impécuniosité en titre de gloire : la banque menaçait de saisir son bateau, il était endetté jusqu'au cou mais il sauterait un repas plutôt que de payer ses gars un centime de moins que ce qu'ils méritaient. Il se préoccupait de toute façon peu de ses investisseurs, qui « devraient s'estimer heureux s'ils retrouvaient leur mise ». S'ils voulaient faire la culbute, ils avaient « choisi le mauvais bonhomme ».

Fox News, la chaîne conservatrice américaine, eut droit à un argumentaire bien différent. Le métier de chasseur de trésors était étouffé par la réglementation. Nick avait dû demander quatre permis et remplir pas moins de dix-sept formulaires auprès de trois gouvernements pour avoir le droit de quadriller l'océan. Il était assommé de taxes et quand, par extraordinaire, il arrivait à dégager deux sous de profit, Oncle Sam et son pays natal se disputaient pour savoir où il aurait le privilège de régler ses impôts. Les États-Unis, jadis le paradis des entrepreneurs, s'enfonçaient dans le socialisme. C'est bien simple, si Buffalo Bill était encore vivant, il devrait acquitter une patente et se soumettre à un examen psychiatrique avant d'acheter des cartouches.

Nick accorda une heure entière à la chaîne mexicaine Televisa. Fernando resta bouche bée en apprenant qui conduirait l'interview.

— Lolita Ayala ? C'est une star, la première femme à avoir présenté un programme d'information. Elle n'a plus d'émission régulière ; elle n'intervient que dans les grands événements comme la chute du mur de Berlin ou la mort du pape. Le reste du temps, elle se consacre à ses œuvres.

Nick comprit immédiatement à qui il avait affaire. Il renvoya Syd à la cale, reboutonna prestement sa chemise et plaça la discussion sur le terrain culturel, en disant l'émotion qu'il avait ressentie en découvrant le codex. Il suffisait de contempler la pureté des enluminures pour comprendre que les Mayas étaient un grand peuple, déclara-t-il avec un exquis mélange d'enthousiasme et d'humilité. Il insista pour tourner les pages du codex devant la caméra, non sans avoir préalablement enfilé une paire de gants. Lolita Ayala demanda à Nick s'il accepterait de lui confier le livre « en signe de sa bonne foi ». Nick déclina avec élégance, en promettant de lui remettre en main propre l'ensemble des artefacts quand ses hommes et lui auraient été dédommagés de leurs efforts. La journaliste reconnut que Nick avait joué franc jeu en signalant sa découverte ; elle ne pouvait en dire autant du gouvernement qui tentait de pervertir les règles sur les eaux territoriales. Elle espéra en conclusion qu'une issue rapide pourrait être trouvée au conflit « dans l'intérêt du Mexique et des Mexicains ».

Lena et moi suivions ce festival avec admiration. Que les formules de Nick fassent mouche ne me surprenait pas, nous avions suffisamment répété son texte. Je n'avais jamais soupçonné en revanche qu'il se révélerait aussi prodigieux acteur. Il campait un personnage en trois détails minuscules : sa posture, une façon de relever le col de sa chemise ou de passer la main dans ses cheveux, sa manière de s'adresser à ses hommes. Il s'était incliné à 90 °C devant la journaliste japonaise, avait serré la main du Français et topé celle de l'Américain en exécutant une figure compliquée que je croyais réservée aux skateboarders. Il brisait la glace dès les premières secondes de l'entretien grâce à un subtil cocktail d'autodérision, de galanterie et de babillage météorologique. Quiconque visionnerait ces reportages à la suite en aurait le tournis, mais j'étais bien tranquille : chaque pays se contenterait de l'histoire qui lui était destinée.

Peu après que les derniers journalistes eurent remballé leurs affaires, Vijay nous prévint que les gardes-côtes mexicains avaient arraisonné le *Discovery*. Quatre hommes étaient montés à bord. Ils ne semblaient pas armés.

— Ils ont le droit d'aborder ainsi ? demanda Bettina,

— Apparemment, ils le prennent, répondis-je.

— Pourvu qu'ils ne remarquent rien, murmura Lena.

Jeremy poussa un hoquet de stupéfaction.

— Qu'y a-t-il à remarquer ? Je croyais que nous avions déplacé le bateau pour brouiller les pistes !

— Nous ne pouvions pas courir le risque de voir la marine ratisser la baie, expliquai-je. En restant au-dessus de l'épave, Nick et ses hommes peuvent la surveiller jour et nuit.

— Elle se trouve donc bien en dehors des eaux territoriales, dit Liang.

— Oui, mais cela n'a pas d'importance. Nous savions que les Mexicains la revendiqueraient dans tous les cas. Autant prendre le monde à témoin du fait qu'ils ne respectent pas les règles du jeu.

— À quelle profondeur gît l'épave ? demanda Rodolfo.

— Environ 25 mètres. Si l'on sait où regarder, on peut l'apercevoir du pont.

— De jour, précisa Lena.

— Et de nuit ?

— Nous le saurons bientôt, dis-je.

Vijay nous décrivit ce qu'il voyait dans ses jumelles. Deux des quatre gardes-côtes avaient suivi Nick dans le cockpit ; les autres furetaient sur le pont.

— Je parie qu'ils travaillent pour le Gopes, dit Fernando.

— Le Gopes? répéta Bettina.

— Les forces d'intervention mexicaines. Ils se familiarisent avec la topographie du bateau avant de donner l'assaut.

Bettina me regarda d'un air paniqué.

— Du calme, dis-je en m'efforçant de masquer ma nervosité. Nous contrôlons la situation.

Au bout d'une demi-heure, Nick et ses visiteurs émergèrent du cockpit, en grande conversation.

— Je ne vois pas grand-chose, mais les Mexicains ont l'air furieux, commenta Vijay. Ils quittent les lieux.

Yakoub choisit ce moment pour m'appeler sur mon portable. Je l'avais connu plus serein.

— Qu'est-ce que j'apprends ? Les Mexicains perquisitionnent le *Discovery* ?

— Une simple visite de courtoisie, dis-je. Ils viennent de lever le camp.

— Je n'aime pas ça. Il faut précipiter le dénouement.

— Désolé, mais c'est Nick qui tient les commandes. Je ne peux rien faire d'ici.

— Martin dit qu'ils vont envoyer les marines – enfin l'équivalent local.

— Le Gopes, oui, c'est une éventualité. Nous avons tout prévu.

— Content de te l'entendre dire, grommela Yakoub.

8

Les nouvelles n'étaient guère meilleures le lendemain matin. Vijay, qui avait passé la nuit en mer, signalait une activité anormale sur le pont du *Discovery*. Nick paraissait très agité. Il faisait les cent pas, hurlait des instructions et se penchait à tout bout de champ par-dessus le bastingage. Glenn descendit même avec un masque inspecter la coque.

Après trente-six heures d'incendie, la plateforme Deepwater coula dans la matinée. Les chances de retrouver les onze disparus s'amenuisaient d'heure en heure. Un peu plus tard, CNN annonça l'information que nous redoutions tous : selon un garde-côte américain, la tour de forage fuyait au rythme d'environ 8 000 barils par jour. Une vaste flaque de pétrole commençait à se former autour de l'emplacement où se dressait naguère la plateforme. Deux sous-marins téléguidés seraient bientôt envoyés sur place pour tenter de reboucher le puits. BP, de son côté, évaluait la fuite à 1 000 barils par jour, un chiffre grossièrement sous-estimé qui ne trompait personne. Dans un étourdissant numéro d'équilibriste, le président du groupe britannique rejetait la responsabilité de l'accident sur l'opérateur Transocean, tout en assurant les autorités de sa coopération et en affichant sa compassion pour les familles des victimes. Les analystes financiers s'essayaient à chiffrer les dommages en se basant sur les précédentes marées noires. De l'avis général, la facture se chiffrerait en dizaines de milliards si le mazout atteignait les rivages de la Floride.

Les associations écologiques dénonçaient le cynisme de BP, coupable selon elles d'avoir ignoré les signes avant-coureurs de la tragédie. « Les compagnies pétrolières préfèrent budgéter un mort de temps en temps plutôt que d'investir dans la sécurité de leurs employés », déclara le porte-parole d'une association canadienne sur ABC, avant de montrer du doigt les gouvernements qui accordaient les permis d'exploration à la légère : « Quand un désastre écologique d'une telle ampleur survient le Jour de la Terre, c'est qu'il est temps de changer de politique énergétique. »

Ces gesticulations contrariaient nos plans. La US Air Force avait déjà repositionné ses satellites d'observation pour les braquer sur La Nouvelle-Orléans. Transocean, BP, Greenpeace, l'agence de protection environnementale américaine et bien d'autres affrétaient des bateaux et des hélicoptères, qui pour essayer de colmater la fuite, qui pour recueillir des preuves en vue du gigantesque procès qui se préparait. La marée noire risquait surtout de nous voler la vedette. Elle faisait la une de tous les quotidiens. Une poignée de journalistes avaient même quitté l'Emporio.

Mais notre principal motif d'inquiétude résidait ailleurs. Lena craignait que le Gopes ne profite de cette diversion inespérée pour lancer son attaque. Naïvement peut-être, j'avais tendance à penser que le capital de sympathie dont jouissait Nick le préservait de ce danger. J'espérais juste que l'Australien mesurait la gravité de la catastrophe et ses répercussions potentielles sur notre opération.

Alors que nous étions en train de discuter de l'opportunité d'envoyer Lena à bord du *Discovery* en la faisant passer pour une reporter danoise, Gail Anderson prit l'antenne avec une information sensationnelle.

— Nous apprenons à l'instant que devant le refus des autorités mexicaines d'engager le dialogue, Nick Flynn menace de faire sauter l'épave maya qu'il a découverte. Dans un communiqué envoyé il y a quelques minutes et accompagné d'une photo de ce qui ressemble à des pains d'explosifs, le capitaine du *Discovery* réitère ses demandes : des remerciements officiels, un contrat pour terminer l'exploration de l'épave et une rémunération forfaitaire à débattre. Plus d'informations dans une prochaine édition.

— C'était prévu ? demanda timidement Bettina.

— Oui, répondis-je. Mais pas aussi vite.

Nick avait donc choisi d'accélérer le tempo. C'était un vrai risque. Le plan initial prévoyait qu'il construise son image en plusieurs étapes. Je lui avais préparé une réserve de cartouches – une petite amie au pays, d'autres explorations mythiques et même un ancien équipier qui serait venu raconter comment l'Australien l'avait sauvé de la noyade dans les flots déchaînés du cap Horn. Nick devait les tirer au fur et à mesure afin que, le jour où il menacerait de faire sauter l'épave, le public se range derrière lui. Sa cote de popularité avait-elle atteint un niveau suffisant ? Rien n'était moins sûr.

— Les prochaines heures vont être critiques, analysai-je. Elles décideront si Nick est un héros ou un vandale, un idéaliste prêt à mourir pour ses principes ou un maître chanteur sans foi ni loi. À nous d'infléchir la perception du public.

Jeremy et Marina se ruèrent sur Facebook. La page de Linda Gibson comptait désormais cinq millions de membres, qui constituaient a priori nos meilleurs alliés. Certains, qui avaient vu dans Nick un nouveau Gandhi, se disaient déçus et choqués par son geste. À travers une dizaine de pseudonymes, Jeremy leur expliqua comment, de la révolution des Œillets à la guerre d'indépendance des États-Unis, l'usage de la violence pouvait exceptionnellement se justifier. Marina mit en ligne l'interview de Lolita Ayala qui saluait la pureté des intentions de Nick et relançait la polémique sur la définition des eaux territoriales.

Twitter était connu à l'époque pour ses ruptures de charge. Il n'était pas rare, en cas de pics de trafic, de se voir refuser l'accès au site ou de perdre ses derniers messages. Manuela en profita pour supprimer des milliers de tweets négatifs et empêcher temporairement leurs auteurs de se reconnecter.

Lena dirigea son attention vers les sondages en ligne que je considérais personnellement, avec leurs questions simplistes et leur manque de rigueur scientifique, comme des menaces pour la démocratie. Yahoo, le *Asahi Shimbun*, *Libération*, *Bild* et bien d'autres demandaient à leurs lecteurs de juger la conduite de Nick. En bombardant leurs serveurs de milliers de votes, Lena réussit à peser sur les résultats de manière significative. *USA Today* annonça par exemple, sans autre forme de vérification, que 73 % des Américains avaient pris fait et cause pour Nick, quand le vrai résultat – à supposer que nous étions les seuls à trafiquer les chiffres – était plus proche de 55 %.

Je passais quant à moi de l'un à l'autre, soufflant des éléments de langage comme « croisé des temps modernes », « Robin des bois », « Captain Nick », « oppression de l'individu » ou « David contre Goliath ». Ce n'était pas grand-chose mais c'est tout ce que je pouvais faire.

Vers quinze heures, Frank interrompit un reportage passionnant sur les premiers enseignements de la saison de base-ball.

— Place à l'actualité ! tonna-t-il, en coupant le commentateur sportif au moment où celui-ci expliquait sur la première chaîne d'information de la planète que les Colorado Rockies faisaient honneur à leur défunt président. Nous filons à Veracruz retrouver Gail Anderson.

Il se passa quelques secondes avant que la connexion ne s'établisse. Gail était assise dans son fauteuil en teck, face à Nick qui, pour l'occasion, portait un micro HF fixé au col de son tee-shirt blanc. Il avait l'air soucieux mais résolu.

— Bonjour Nick. Avant tout, merci de me recevoir en exclusivité pour CNN.

— Je vous en prie, Gail. À partir de maintenant, vous serez la seule admise sur ce bateau.

La journaliste rosit de plaisir mais choisit intelligemment de ne pas pousser son avantage : le directeur de la station était devant son poste, il n'était nul besoin d'en rajouter.

— Que s'est-il passé ce matin ? Nous voulons des explications !

— Oh, vous allez les avoir. À cinq heures ce matin, mes hommes ont surpris des plongeurs qui venaient de là-bas. (Il désigna la frégate *Guadalupe Victoria*.) Nous les avons mis en fuite avec une carabine à plomb. Ils ont détalé comme des loutres !

— Pensez-vous qu'ils essayaient de prendre le contrôle du bateau ?

— C'est possible. Mais je dois surtout vous faire une révélation : l'épave se trouve sous nos pieds…

— Comment ! Mais je croyais que vous aviez déplacé le *Discovery*…

— Pour laisser l'épave sans surveillance, pas question ! Elle est là depuis le début. Vous voulez la voir ?

— Avec plaisir, répondit Gail en sautant sur ses pieds.

Elle fit signe au cameraman de les suivre côté bâbord.

— Tenez, dit Nick en prenant la journaliste par l'épaule, suivez la rampe de l'échelle. Maintenant descendez. Vous y êtes ?

— Je la vois ! On l'a à l'antenne ?

On ne l'avait pas. Malgré tous ses efforts, le cameraman ne réussit pas à cadrer l'épave.

— Je croyais la baie plus profonde, remarqua Gail en se rasseyant.

— Elle l'est. Nous avons eu beaucoup de chance : l'épave s'est échouée sur le versant d'un mont sous-marin. À quelques mètres près, on ne l'aurait jamais retrouvée.

— Vous pensez que les plongeurs essayaient de vider l'épave en catimini ?

— J'en mettrais ma main à couper. J'ai reçu la visite des gardes-côtes hier. Ils avaient dû repérer l'épave sur leurs radars ou leurs photos satellites et ils sont venus se rendre compte par eux-mêmes. Ils ont fait semblant de discuter le bout de gras, ils m'ont demandé vingt-quatre heures de réflexion et comme par hasard à l'aube, je les trouve à barboter sous ma coque ! Ils pêchaient la moule peut-être ?

— C'est peu probable, dit Gail à qui on avait appris à l'école de journalisme à ne jamais laisser une question en suspens.

— Le gouvernement mexicain se paie ma fiole ! Il sait que j'arrive à court de vivres et que je n'ai plus de quoi payer mes hommes alors il en profite. Je ne demande pourtant pas l'impossible ! Un petit merci et le contrat de sauvetage de l'épave. Tenez, j'ai même préparé un devis.

Il sortit une feuille de sa poche, la déplia et la plaqua sur la caméra. La tache de graisse que Lena avait déposée dans le coin inférieur gauche s'y trouvait encore. Nick reprit la feuille.

— Tenez, je vous le lis. Exploration de l'épave : six jours à 7 500 dollars. Treuillage : deux jours à 9 000 dollars. Convoyage jusqu'à Veracruz : un jour à 6 000 dollars. Location du matériel (sous-marin, scaphandres, robot) : neuf jours à 4 000 dollars. Frais divers : 3 % forfaitaires, comme c'est d'usage. Total : 108 000 dollars. Allez, disons 100 000 dollars pour être commerçant.

Il tâta ses poches à la recherche d'un stylo pour amender sa proposition.

— 100 000 dollars, rebondit Gail, ça ne paraît pas excessif.

— C'est cadeau, oui ! Vous avez vu que je ne facture même pas le déplacement ? Je ne connais pas un confrère qui accepterait le job pour moins de 200 000 dollars.

Il pointa un doigt inquisiteur vers la frégate.

— Les Mexicains ont déjà dépensé une blinde pour me surveiller. Vous savez combien on entasse de zigues dans un joujou comme ça ? Et je ne parle même pas des vedettes et des hélicoptères. Non, ce n'est pas une question d'argent.

— De quoi alors ? De fierté nationale ?

— Bien sûr. Le gouvernement est vexé qu'un péquenot australien lui tienne tête. Il gonfle ses muscles parce que des élections approchent. Mais il y a autre chose…

— Quoi donc ? chuchota Gail en se penchant en avant pour montrer qu'elle s'apprêtait à recueillir une confidence.

— Franchement, vous ne trouvez pas ça suspect, cette insistance à vouloir mener le sauvetage eux-mêmes ?

— Un peu, si. Qu'avez-vous en tête ?

— J'entendais un expert l'autre jour qui disait que le codex pourrait aller chercher dans les 100 millions. Combien gagne un fonctionnaire mexicain ? 400 dollars par mois ? Pas plus de 500 dollars en tout cas…

Gail prit un air sombre comme chaque fois que son métier la confrontait à la noirceur de l'âme humaine.

— Êtes-vous en train d'accuser les gardes-côtes de vouloir faire main basse sur les artefacts ?

— Je n'accuse personne, dit Nick. Mais la corruption est un vrai problème dans ce pays. Vous connaissez l'expression « Plata o plomo » ? « L'argent ou le plomb », voilà le choix des policiers mexicains : ils travaillent pour les cartels ou ils donnent à manger aux petits poissons. Je me suis renseigné depuis une semaine : le trafic d'objets d'art va bon train dans la région. Au Mexique, au Pérou, au Guatemala, des gangs professionnels pillent les sites archéologiques. Comment exportent-ils les artefacts à votre avis ? Ils ont forcément des complices dans les douanes. Encore une fois, je n'attaque personne mais je suis bien placé pour savoir que chaque administration a ses brebis galeuses…

— Vous faites allusion à la mésaventure qui vous est arrivée en 2004 ?

— Oui. La situation n'était pas très différente. J'avais trouvé un trésor que j'étais prêt à partager selon les termes de mon permis. Résultat, une poignée de faisans s'en sont mis plein les poches pendant que bibi restait le bec dans l'eau. Quant aux Indonésiens, vous croyez qu'ils ont vu la couleur de cet argent ? Des quetsches !

— Pardonnez cette question un peu brutale, mais qu'est-ce qui nous garantit que vous n'allez pas conserver certains artefacts par-devers vous ?

Nick se tourna vers la caméra afin d'établir un contact direct avec le peuple mexicain.

— Deux choses. Primo, nous filmons toutes nos opérations sous-marines. Quand un gars trouve un artefact, il le montre à la caméra avant de le mettre dans sa sacoche. Je tiens les images à la disposition du public. Deuxio, nous laisserons la police des frontières fouiller le bateau après chaque plongée. Demandez donc au gouvernement s'il accepterait d'en faire autant…

— Tout de même, Nick, pourquoi menacer de faire sauter l'épave ?

— Pour me faire entendre. J'en ai marre qu'on me traite comme un guignol. À l'heure où je vous parle, deux de mes hommes tapissent la coque de l'épave d'explosifs.

— Des explosifs sous la mer ?

— Nous nous en servons parfois pour faire sauter des rochers. Le détonateur tient dans une poche. Au moindre mouvement suspect, je fais tout péter.

— Y compris le *Discovery* ?

— Y compris le *Discovery*.

— Pourquoi, Nick ? Pourquoi risquer votre vie pour un codex dont vous ne soupçonniez même pas l'existence il y a une semaine ?

Nick réfléchit quelques secondes puis vrilla ses yeux dans ceux de Gail.

— Pourquoi ? Par principe. J'en ai marre de me faire donner des leçons par des bureaucrates qui n'ont jamais levé le cul de leur chaise et m'expliquent que j'avais besoin d'un permis pour découvrir un trésor national. Qu'est-ce qu'ils ont trouvé eux, hein, à part des fautes d'orthographe dans des bordereaux de livraison ? Je leur dégotte une épave de légende et ils ne veulent pas me donner la pièce ? Vous trouvez ça normal, vous ? Et quand j'ai le culot de demander un petit quelque chose, c'est tout de suite les menaces. Notez que j'ai l'habitude : les Indonésiens m'ont jeté en prison ; que vont faire les Mexicains : m'abattre comme un chien ?

Il se leva, ouvrit les bras et tourna le dos à la

Guadalupe Victoria, révélant à la caméra une énorme cible rouge tracée sur son tee-shirt.

— Allez-y les gars ! gueula-t-il à pleins poumons. Comme à l'entraînement !

Au bord du cadre, Gail se laissa doucement glisser au fond de son siège de peur d'écoper d'une balle.

— Non ? Pas d'amateur pour un carton ? lança Nick par-dessus son épaule. Tant pis pour vous, c'était une occasion unique de passer à la télévision !

Il se rassit, débordant d'adrénaline.

— Des gugusses, je vous dis ! Ils flancheront avant moi. Pardonnez-moi Gail, je me suis emporté.

La journaliste, encore sous le choc, peina à reprendre le fil de l'entretien.

— Où en étions-nous ? Ah oui… Vous n'êtes pas seul à bord Nick ; comment vos hommes ont-ils accueilli votre initiative ?

— Bien. Super. Nous sommes sur la même longueur d'ondes.

— Vraiment ? Eux aussi sont prêts à mourir pour un vieux grimoire ?

— Pourquoi ne pas leur demander ? riposta Nick. Les mains en porte-voix, il appela : Glenn, aboule !

Quelques secondes plus tard, celui-ci émergea du cockpit, sa sempiternelle casquette de la Navy vissée sur le crâne.

— Je connais ce type ! s'exclama Manuela. Il m'a corrigé un dossier sur Botticelli.

Le spécialiste de la Renaissance se planta sur le pont, attendant les instructions.

— Glenn, dit Nick, je te présente Gail Anderson, de CNN. Elle voudrait te poser quelques questions.

— Sûr.

— Quelle est votre fonction sur le bateau ? demanda Gail.

— Numéro deux. Ch'contrôle les opérations et pis ch'surveille l'équipage.

— Quel regard portez-vous sur les négociations en cours ?

Glenn tourna des yeux hagards vers son patron.

— Gail voudrait savoir ce que tu penses de tout ça, traduisit Nick.

— Ch'pense que c'est dégueulasse. On s'est fadé tout le boulot et les Sombreros – pardon, les Mexicains – y veulent pas nous payer ce qu'on est dû.

— Ce que vous êtes dus ?

— Ben oui, le devis qu'Nick il a fait. Et puis un petit pourliche aussi.

— Et vos équipiers, Glenn, qu'en pensent-ils ?

— Tout pareil. On est dégoûtés.

— Vous êtes prêts à mourir pour défendre vos principes ?

Glenn eut une demi-seconde d'hésitation.

— Mourir, je sais pas. Mais tout dézinguer, ça oui !

— Merci mec, dit Nick en lui bourrant la cuisse d'un coup de poing.

Il se tourna vers Gail :

— On continue ou vous en avez assez ?

Frank, à Atlanta, ne laissa pas à la journaliste le temps de répondre :

— Merci Gail. Nous allons reprendre l'antenne pour suivre la conférence de presse de BP en direct de Londres.

— Ouf, soupira Lena. Sauvés par le gong ! Tu crois qu'il avait un autre équipier sous la main ?

— Aucune idée, répondis-je. À parier, je dirais qu'il bluffait.

Je lus dans le regard de Lena la même subjugation que chez Gail quelques minutes plus tôt. La prestation de Nick, techniquement impeccable, soulevait pourtant selon moi plusieurs questions préoccupantes. Nous avions élaboré ensemble plusieurs scénarios, entre lesquels il pourrait naviguer en fonction des circonstances. Dans mon préféré, dit « du forcené », une accumulation de tuiles – démêlés avec l'administration, pénurie de vivres, menaces de sédition de son équipage, etc. – venait à bout de la résistance de Nick. Au bout du rouleau, il se retranchait dans le cockpit, d'où il lançait un ultimatum à l'armée mexicaine, un collier de dynamite autour du cou. Le scénario dit « de la corruption » ne constituait que notre troisième ou quatrième option. Nick s'était adressé directement aux Mexicains, en leur expliquant grosso modo que le codex avait plus de chances de finir dans un musée avec lui qu'avec les gardes-côtes. Vos dirigeants piquent dans la caisse ; je suis un brave type ; à qui préférez-vous confier le plus grand trésor archéologique des cent dernières années ? C'était convaincant, mais pas nécessairement émouvant.

Je passai la soirée à me demander ce qui avait pu motiver le revirement de Nick. Les plongeurs du *Guadalupe Victoria* avaient-ils remarqué quelque chose avant d'être mis en fuite par les salves de plomb ? Les gardes-côtes avaient-ils menacé Nick de lui régler son compte s'il refusait de coopérer ? Ou le gouvernement avait-il accédé trop tôt à nos demandes, privant Nick de l'élément dramatique dont il avait besoin en vue de son bouquet final ?

La question de l'équipage me tracassait aussi. Certes, les hommes que nous avions engagés savaient où ils mettaient les pieds. Ils avaient touché une belle somme avant le départ et toucheraient encore bien davantage en cas de réussite de la mission. Sans leur révéler tous les détails de l'opération, nous les avions préparés à une dose de pantomime, mais ils ne s'attendaient sûrement pas à subir l'assaut des forces d'élite mexicaines. Nick les avait-il avertis avant son numéro ou avaient-ils appris en direct qu'ils risquaient de finir ventilés aux quatre coins de la baie de Veracruz ? Dans les deux cas, Osborne le mécano allait sans doute tenter de retourner la situation à son avantage.

Mes dernières pensées allèrent à Syd. Je ne l'avais pas vu sur le pont du *Discovery*. Pourvu qu'il n'ait pas sauté à l'eau pour tailler en pièces les plongeurs mexicains, songeai-je en glissant dans le sommeil.

9

Je reçus le lendemain un e-mail triomphant de Nina. L'actualité confirmait ce qu'elle se tuait à m'expliquer depuis des années : les compagnies pétrolières saignaient la planète, corrompaient l'air que nous respirions et, à présent, souillaient les océans. L'explosion de la plateforme Deepwater n'était que la première d'une série de calamités qui conduiraient l'humanité à sa perte si elle ne renversait pas la dictature des énergies fossiles. Signe de cette prise de conscience, les donations affluaient à Jöro depuis quarante-huit heures. Nina avait embauché deux intérimaires pour répondre au téléphone et me joignait le portrait que venait de lui consacrer *Fréttabladid*. Nulle mention dans son message des onze employés qui avaient perdu la vie, des espèces menacées ou des professionnels du tourisme qui voyaient leurs réservations s'effondrer ; je me demandais parfois si les écologistes ne se réjouissaient pas des catastrophes qu'ils prétendaient combattre.

Je parcourus en diagonale l'article de *Fréttabladid*. Très élogieux, il décrivait le parcours atypique de Nina, qui avait grandi en Afrique du Sud où elle avait

« contracté le virus du militantisme » avant d'émigrer à Reykjavík. Nina avait comme moi perdu son père très jeune. Je me souvenais qu'il avait été tué dans une rixe ; la réalité était en fait plus tragique. Bien qu'originaire d'une riche famille de propriétaires terriens, Brett Schoeman militait pour l'ANC de Nelson Mandela. Il faisait du porte-à-porte dans les bidonvilles de Johannesburg pour raisonner des adolescents ivres de rage et les convaincre de déposer les armes. Avait-il été témoin d'une scène qu'il n'aurait pas dû voir ? Avait-on mis en doute la sincérité de cet Afrikaan qui plaidait pour des réformes dans lesquelles il avait personnellement tout à perdre ? Nul ne le saurait jamais. On avait retrouvé le corps de Brett Schoeman criblé de balles dans un terrain vague. La police n'ouvrit même pas d'enquête, au motif qu'un Blanc pénétrait dans Soweto à ses risques et périls. Tout Nina tenait dans son commentaire : « Papa connaissait les risques mais il ne pouvait pas envisager de rester les bras croisés. C'était simplement au-dessus de ses forces. » Le reste de l'histoire me revenait à présent : Mme Schoeman s'était remariée avec un négociant islandais qui avait élevé Nina et son frère comme ses propres enfants.

De notre côté, Nick était en train de gagner la bataille de l'opinion. La photo le représentant les bras en croix, offrant son dos aux tireurs d'élite de la *Guadalupe Victoria*, faisait la une de tous les quotidiens.

Le ton des articles différait cependant radicalement d'un pays à l'autre. Pour le *Wall Street Journal*, Nick incarnait « la révolte de l'individu face à l'oppression bureaucratique et l'empilement absurde des réglementations ». Plus nuancé, le *New York Times* rappelait que le Mexique avait gagné dix-sept places en un an au classement des pays les plus corrompus du monde, « signe que le discours de fermeté de Felipe Calderón peinait à se traduire dans les faits ». « Les accusations de M. Flynn risquaient de coûter cher au parti du président lors des prochaines élections des gouverneurs », ajoutait le *Times*.

En France, on adulait Nick depuis qu'il avait déclaré agir par principe et non par intérêt. « Dans un monde qui méprise les idées et glorifie la possession, il est rassurant de voir que des hommes sont encore prêts à mourir pour leurs convictions », écrivait *L'Humanité*. Pour *Le Monde*, l'histoire du *Discovery* plaidait pour une harmonisation des législations nationales. « Quel régime social Nick Flynn applique-t-il à ses hommes ? Où cotise-t-il pour leur retraite ? Dans quelle devise les paie-t-il et comment les protège-t-il du risque de change ? Autant de questions dont les Nations unies et le Bureau international du travail seraient bien avisées de se saisir », estimait un éditorialiste.

Au Japon, les lycéennes se pavanaient en tee-shirts à l'effigie de Nick. Un producteur de télévision allait produire une série d'animation autour de Syd le terre-neuve. L'édition anglophone du *Yomiuri Shimbun* saluait dans le capitaine du *Discovery* un « défenseur de la culture, le gardien d'une certaine conception de l'honneur et de la tradition ». La version japonaise, dont Yûichiro nous lut des passages, osait même un parallèle entre la trajectoire de Nick et celle de Mishima, l'écrivain esthète qui s'était fait hara-kiri en 1970 après un coup d'État manqué.

La marée noire occupait le reste de l'actualité.

La gravité de la fuite n'était toujours pas connue avec précision ; les estimations variaient de 1 000 barils par jour selon BP à 100 000 selon des experts indépendants, auxquels il faudrait bientôt ajouter des torrents de Corexit, un produit chimique aux vertus dispersantes. Tony Hayward, le président de BP, avait déclenché un tollé en déclarant qu'« une quantité infime de produits toxiques n'aurait quasiment aucun effet sur un océan aussi vaste », la première d'une succession de gaffes qui finiraient par lui coûter son poste.

Manuela et consorts poursuivaient leur travail de manipulation des réseaux sociaux, privilégiant désormais la qualité à la quantité. L'audience des pages consacrées à Nick, à l'origine majoritairement féminine, se rééquilibrait peu à peu. La promesse d'une pétarade avait réveillé la population masculine. Des vétérans de la guerre du Golfe spéculaient sur la puissance de l'explosion : il était acquis qu'elle pulvériserait le *Discovery* mais serait-elle assez forte pour déchiqueter l'équipage ? Des membres de la NRA se demandaient de quelles armes disposaient les tireurs d'élite du *Guadalupe Victoria* ; ces derniers tenaient-ils compte de la déviation du vent à une si courte distance ? À ma grande contrariété, plusieurs blogueurs prédisaient une mutinerie de l'équipage en invoquant les précédents des *Sentiers de la gloire* et du *Cuirassé Potemkine*.

Pendant ce temps, CNN meublait. Des consultants disséquaient chaque phrase de l'interview de la veille. Chacun voyait midi à sa porte. Là où l'amiral à la retraite saluait dans la superbe de Nick « un acte de panache de nature à galvaniser ses troupes », le psychiatre évoquait

« une pulsion suicidaire, la théâtralisation d'un conflit intérieur ». L'ambassadeur indonésien tomba dans un traquenard ; croyant avoir été invité pour contrecarrer les allégations de Nick, il dut expliquer à la place comment il avait pu acquérir plusieurs immeubles à Jakarta avec sa modeste solde de diplomate.

À midi, Gail prit l'antenne du port pour annoncer qu'« un deuxième navire de guerre faisait route vers le *Discovery* ». Frank se tourna aussitôt vers l'ex-amiral, qui chaussa ses lunettes et identifia sans l'ombre d'un doute un destroyer de la classe Gearing.

— Un bâtiment extrêmement fiable, nota-t-il. Nous l'avons utilisé dans la Navy jusque dans les années 70. 400 pieds, une vitesse de 36 nœuds…

— Il est armé ?

— Bien sûr qu'il est armé ! Qu'est-ce que vous croyez ? Qu'il va aux crevettes ?

— De quel type d'armement parlons-nous ? demanda Frank qui avait l'habitude que ses invités s'essuient les pieds sur lui.

— Eh bien vous avez par exemple l'Oerlikon. C'est un canon automatique de 20 mm, capable de tirer 450 balles par minute à une distance de 5 kilomètres.

— Ah oui, tout de même.

— Mais bon, si vous voulez vraiment faire du dégât, mieux vaut employer le Mark calibre 38 de 5 pouces. Sa hausse est limitée à 35 ° mais il envoie des pruneaux de 25 kilos.

— De quoi causer une sérieuse voie d'eau au *Discovery*.

— De quoi causer un sérieux problème à toute personne se trouvant sur le *Discovery*, corrigea l'amiral qui, à l'heure du cyberterrorisme et de la guerre bactériologique, maintenait visiblement sa confiance à l'armement conventionnel.

Gail tendit son micro à Juan Pablo Bustamante qui n'avait rien perdu de cet échange.

— Monsieur Bustamante, confirmez-vous qu'un destroyer rejoint actuellement la *Guadalupe Victoria* ?

— Oui, dit sobrement le directeur des douanes en lissant sa moustache.

— A-t-il reçu l'ordre de couler le *Discovery* ?

— Je ne répondrai pas à cette question. Tout ce que je peux dire, c'est que le gouvernement mexicain ne négociera pas sous la pression. Nous étudions actuellement toutes les options, y compris les plus drastiques.

— Merci monsieur Bustamante. Vous l'avez entendu, Frank, c'est toujours l'incertitude qui prévaut ici. Je me rendrai tout à l'heure à bord du *Discovery*, en espérant ne pas tomber sous une pluie de balles.

Elle sourit bravement à la caméra. Sa carrière venait de faire un bond colossal.

Lena me fit signe de la suivre sur le palier.

— Je m'inquiète pour Nick, dit-elle. Un destroyer maintenant ? Qu'est-ce que ce sera la prochaine fois ? Un porte-avions ?

— C'est du bluff. Ils essaient d'impressionner l'équipage. S'ils voulaient envoyer le *Discovery* par le fond, une torpille de la frégate suffirait.

— Tu crois ?

— Mais oui, dis-je en forçant mon assurance.

— J'ai peur que la situation ne nous échappe. Ça avait l'air si simple sur le papier.

— Je m'attendais à rencontrer des difficultés. Et Nick aussi. J'ai confiance en lui.

— S'il lui arrivait quelque chose, je ne me le pardonnerais jamais, dit Lena.

— À lui ou à ses neuf équipiers ? ne pus-je m'empêcher de lancer.

Lena me toisa d'un air méprisant et poussa la porte du QG.

À quatorze heures, Frank annonça « un développement imminent dans le bras de fer des Caraïbes (*sic*) ». Un photomontage montrait Nick, chemise ouverte et lunettes de soleil dans les cheveux, face à un monstre de métal hérissé de canons. Une cinquantaine de messages publicitaires plus tard, Gail apparut à l'antenne, vêtue d'un chemisier kaki de circonstance. Accroupi sur le pont, Nick faisait des papouilles à Syd. Il se leva à contrecœur, comme si nous le dérangions dans un rituel sacré. Il portait le même tee-shirt que la veille.

— Bonjour Nick. Vous avez bien dormi ?

— Mais oui Gail, dit Nick en envoyant des baisers à Syd. Du sommeil du juste comme on dit.

— Vous avez un nouveau voisin ?

— Vous avez vu ? C'est du gros bateau, ça. Combien d'hommes à bord à votre avis ? Deux cent cinquante ? Trois cents ?

— Vous n'avez pas peur ?

— Pourquoi aurais-je peur ? Moi aussi, je suis armé.

Il passa une main derrière son dos et en ramena un pistolet en plastique et une tige terminée par une petite ventouse rouge. Joignant le geste à la parole, il dit :

— Vous insérez la cartouche dans le canon, vous chargez et vous visez.

Gail rit de bon cœur.

— Face à des boulets de 25 kilos, ça risque de faire un peu juste !

— Mais non, regardez.

Il pointa son pistolet sur le destroyer et appuya sur la détente. La cartouche plana au-dessus du bastingage avant de disparaître dans l'eau.

— Oups, dit Nick en soufflant sur le canon. Il va falloir que je m'entraîne.

Gail reprit son sérieux.

— Plusieurs riches Mexicains se sont manifestés ce matin pour trouver une issue favorable à la crise. Carlos Slim, le troisième homme le plus riche du monde, vous offre 500 000 dollars à partager avec votre équipage si vous remontez sans encombre le contenu de l'épave.

— C'est extrêmement généreux de la part de M. Slim mais je refuse. C'est le gouvernement qui va retirer les plus gros bénéfices de notre découverte, c'est à lui de payer.

— Vous êtes prêt à laisser 400 000 dollars sur la table pour une question de principe ?

— Mais oui, répondit-il en regardant Syd qui se léchait l'entrejambe. Quand je vous dis que je ne fais pas ça pour l'argent !

— Vous avez entendu Frank ? demanda Gail. Je crois que cela se passe de commentaires.

— Euh, en effet, répondit Frank qui était en train de se gratter le nez.

Dans un effort pour dramatiser l'entretien, Gail lança :

— L'atmosphère à bord du *Discovery* doit être irrespirable…

— Bof, répondit Nick. J'ai vu pire.

— Tout de même ! À quoi occupez-vous vos journées ?

— Les gars jouent aux cartes. 500, rami, poker, tout l'éventail.

— L'enjeu ne les paralyse pas ?

— Vous voulez dire quand ils ont un carré ou une couleur ?

— Mais non, de penser qu'à tout moment un boulet peut les envoyer par le fond ?

— Ça n'a pas l'air de les empêcher de dormir.

— Et vous Nick, que faites-vous pour tromper l'ennui ?

Nick fit semblant d'hésiter.

— Oh, et puis je peux bien vous le dire : je regarde le codex.

— Vraiment ?

— Mais oui. Il est sensass. Ces couleurs, ces dessins, c'est à couper le souffle ! J'espère que le gouvernement l'exposera et que le monde entier pourra l'admirer.

— Avez-vous une idée du contenu du livre ?

— On dirait un manuel d'un sport de balle. Il y aussi des tableaux avec des scores – enfin, ça c'est moi qui spécule – et puis des planches de dieux avec des chauves-souris et des serpents sur la tête. Ah et puis il y a aussi un personnage bizarre qui revient à presque toutes les pages.

— Qu'a-t-il de bizarre ?

— Il a un double visage, comme s'il regardait à la fois devant et derrière.

Si cette description évoqua à Gail la figure du dieu romain Janus, elle se garda bien de le montrer. Elle se tourna vers la caméra.

— Vous l'entendez Frank : Nick Flynn reste sourd aux tentatives d'intimidation du gouvernement mexicain. Il ira jusqu'au bout, pour l'honneur et pour l'amour de l'art.

— Merci Gail, répondit Frank. Espérons que tout ça ne finira pas dans un bain de sang.

— Ou alors pendant mes heures d'antenne, ajouta cyniquement Jeremy.

10

Le lendemain, un deuxième e-mail de Nina plongea notre QG dans la panique. Selon un informateur de Jöro, l'Agence nationale océanique et atmosphérique, la NOAA, s'attendait à ce que le pétrole s'écoulant de la plateforme se scinde en deux flaques. L'une dériverait vers les côtes louisianaises et floridiennes tandis que l'autre filerait vers le Yucatán et la baie de Veracruz. Les Mexicains n'étaient apparemment pas au courant, faute d'un système d'imagerie satellitaire dernier cri.

Nina s'indignait : les Américains ne se souciaient de l'environnement qu'à l'intérieur de leurs frontières ; ils n'étaient même pas fichus d'avertir leurs voisins du péril qui les menaçait. Elle allait sauter dans un avion pour le Mexique afin de révéler au grand jour l'hypocrisie de la Maison Blanche. Elle perdrait certes vingt-quatre heures mais sa conférence de presse aurait plus d'impact que si elle s'exprimait depuis Reykjavík.

Je me précipitai vers Lena qui mangeait une pomme à son bureau.

— Tu as de drôles d'amis, dit-elle après avoir lu le message de Nina.

Je me retins de répondre que, pour avoir de drôles d'amis, il fallait commencer par avoir des amis tout court ; ce n'était pas le moment de m'aliéner Lena.

— Que crains-tu au juste ? demanda-t-elle. Qu'elle te reconnaisse ? Tu ne mets pas le nez dehors.

— Qu'elle nous vole la vedette. Nous avons attiré 400 journalistes à Veracruz, ce n'est pas pour qu'ils nous fassent faux bond au moment où Nick est en passe de gagner son pari. Et puis j'ai peur qu'elle n'ait raison. Que feront les Mexicains si une flaque de pétrole se dirige vers le *Discovery* ?

— Ils se dépêcheront de signer le contrat de Nick.

— Ou ils enverront le Gopes vider l'épave. Dans tous les cas, ils ressortiront les photos satellites de la baie.

— Ils ne verront rien.

— Tu sais comment fonctionnent leurs logiciels toi ? Ce qu'ils arrivent à reconstituer à partir de leurs archives ? Moi, je l'ignore et je n'ai aucune envie de tenter le diable.

— Qu'attends-tu de moi ?

— Que tu empêches Nina de décoller pendant un jour ou deux. Fais-en la fille de Ben Laden, invente-lui un voyage en Afghanistan ou un passage aux Jeunesses communistes, n'importe quoi mais cloue-la au sol !

— Compris, dit Lena.

Je parcourus en vitesse les titres des journaux. La chance nous souriait. L'actualité était étrangement calme. L'association des boy-scouts américains avait accepté de verser 18 millions de dollars à un homme victime de sévices sexuels quand il avait douze ans. Pour le même crime, l'évêque de Bruges s'était contenté de démissionner, soulignant une fois de plus le fossé culturel qui sépare l'Ancien et le Nouveau Monde. Les Arméniens commémoraient dans l'indifférence le 95e anniversaire du génocide de leur peuple, tandis qu'en Ouganda 80 personnes avaient trouvé la mort après avoir bu un gin à la banane frelaté.

Sans trop croire au succès de ma démarche, j'écrivis à Nina qu'elle ferait mieux de rester chez elle. Jöro n'avait rien à gagner à s'immiscer dans les relations américano-mexicaines. Je ne voyais en outre pas comment le pétrole pourrait dériver vers le sud-ouest compte tenu des vents et des courants dans cette région du globe. Nina me répondit par retour d'e-mail que ses administrateurs la soutenaient sans réserve et l'avaient chargée de « capitaliser sur la moindre catastrophe pour recruter de nouveaux donateurs ». Elle avait joint une liste des marées noires ayant atteint des rivages plus lointains que prévu.

Je rêvassais à la coïncidence digne d'un roman de gare qui risquait de nous réunir, Nina et moi, à Veracruz quand Lena s'approcha de mon bureau.

— J'ai peut-être trouvé une solution. Tu es au courant que Keflavik a fermé avant-hier ?

— Oui, j'ai vu ça.

Par un amusant paradoxe, l'aéroport de Reykjavík était resté ouvert quand tous ses homologues européens avaient été contraints de fermer. À présent que ceux-ci rouvraient, Keflavik avait suspendu ses vols, au départ comme à l'arrivée.

— Elle peut toujours partir du pays de Galles, dis-je. J'ai lu qu'Icelandair continue d'opérer depuis Glasgow.

— C'est sa seule chance en effet. Reste à gagner l'Écosse, en prenant un vol à Akureyri.

Le minuscule aérodrome d'Akureyri avait soudain été promu au rang de plaque tournante du trafic nord-atlantique.

— Combien de sièges par jour ? demandai-je en commençant à comprendre où Lena voulait en venir.

— C'est difficile à dire car les compagnies adaptent les appareils à la demande. Probablement autour d'un millier. Mille cinq cents peut-être.

— Elle peut aussi prendre le ferry. C'est plus long mais ça ne l'arrêtera pas.

— La liaison avec l'Écosse ne fonctionne qu'en été. Pousser jusqu'en Norvège lui prendrait trois jours, je pense qu'on peut l'exclure. Pour les îles Féroé, il faut compter dix-neuf heures ; de là, elle pourrait rejoindre Copenhague puis les États-Unis.

— Ce que tu es en train de dire, c'est qu'elle n'a momentanément que deux moyens de quitter l'Islande : en volant vers Glasgow ou en prenant un ferry pour les îles Féroé.

Lena haussa les épaules.

— Elle peut aussi affréter un jet privé ou tenter sa chance en planche à voile mais oui, ce sont les deux seules options raisonnables.

— Tu saurais m'acheter l'ensemble des sièges disponibles pendant, disons, vingt-quatre heures ?

— Rien de plus simple. Tu as un demi-million devant toi ?

J'appelai Yakoub par acquit de conscience. Il me donna son feu vert sans même écouter le détail de notre raisonnement.

— Tu ne dois pas en référer au Comex ? demandai-je.

— Parce qu'on a le temps peut-être ? Fonce, on fera les comptes plus tard.

Lena revint une heure plus tard.

— C'est fait. 780 billets d'avion à 650 dollars, 600 places de ferry à 180 dollars. Pour ne rien laisser au hasard, j'ai aussi acheté tous les sièges de car entre Reykjavík et Akureyri.

— 600 000 dollars pour gagner vingt-quatre heures, ça n'est pas donné, remarquai-je.

— Surtout quand on pense au nombre de gens qui se seraient fait un plaisir de lui casser les genoux pour un centième de cette somme, grinça Lena. En tout cas, tu réalises que c'était un fusil à un coup. Demain, quand les avions décolleront à vide, les compagnies aériennes se pencheront sur leurs systèmes de réservation.

— Venez vite, s'écria Fernando, le gouvernement mexicain va faire une déclaration.

Nous nous massâmes derrière son écran, branché sur la chaîne locale FOROtv. Sur le port, notre vieil ami Bustamante attendait le top départ face à une forêt de micros.

— Quelqu'un voit Gail ? demanda Manuela.

Personne ne lui répondit. Je baissai le son de CNN, qui diffusait un reportage sur un homme ayant avalé une fourchette à la suite d'un pari d'ivrogne. Bustamante prononça en espagnol les quelques phrases qu'il avait préparées. Fernando traduisit au fur et à mesure.

— En reconnaissance de sa contribution à une découverte majeure pour le peuple mexicain, le gouvernement a décidé de confier à la société Discovery LLC le soin de vider l'épave maya échouée dans la baie de Veracruz. Une fois cette opération menée à bien, une entreprise spécialisée qui n'a pas encore été choisie procédera au repêchage puis au remorquage de l'épave. Nous prendrons contact dès cet après-midi avec le *Discovery* pour finaliser les termes du contrat. Le président Calderón a téléphoné tout à l'heure à M. Flynn pour lui exprimer personnellement sa gratitude.

Pour la deuxième fois en autant de semaines, je tombai dans les bras de Lena. Nick n'était pas au bout de ses peines mais nous venions de franchir une étape essentielle. Pendant quelques instants, un vent de folie souffla sur le QG. Manuela battait des mains comme une gosse ; Liang photographiait Vijay qui s'était dessiné une moustache en guidon de vélo ; les yeux humides, Fernando semblait avoir été frappé par la foudre.

— Chut, fit Rodolfo, il va répondre à des questions.

— Pas à toutes j'espère, murmurai-je.

— Monsieur Bustamante, demanda une journaliste d'Azteca 13, hier encore, vous traitiez M. Flynn de malfaiteur et excluiez de négocier avec lui. Pourquoi avoir changé d'avis ?

— Nous n'avons pas changé d'avis, nous avons revu notre position. M. Flynn nous a convaincus qu'il était le mieux placé pour explorer l'épave.

— Comment a-t-il pu vous convaincre si vous ne discutiez pas avec lui ?

Bustamante balaya la remarque d'un revers de main de l'air de dire que la logique aristotélicienne ne s'appliquait pas dans cette affaire.

— Après avoir conduit notre enquête, nous sommes parvenus à la conclusion qu'une poignée de sociétés seulement possédaient les compétences requises. Le

Discovery était non seulement sur place, mais il proposait des tarifs très compétitifs.

— À combien reviendra le sauvetage ? demanda le représentant d'*El Universal*.

— Vous connaissez aussi bien que moi les prix pratiqués par M. Flynn, répondit sèchement Bustamante.

— Lui octroierez-vous un bonus comme il l'avait suggéré ?

— Absolument pas. Je veux être très ferme sur ce point : le gouvernement mexicain ne paiera pas un centime audessus des normes du marché.

Faisant semblant d'ignorer les mains qui se levaient, il conclut :

— Mais assez parlé d'argent. C'est un grand jour pour le Mexique : l'occasion de renouer avec notre histoire et de comprendre comment vivaient nos ancêtres, la réparation d'une injustice aussi si l'on songe que les rares codex intacts sont tous exposés hors de nos frontières. À ce propos, la ministre de la Culture avec qui je m'entretenais tout à l'heure va organiser prochainement une exposition itinérante des artefacts à travers le pays. Merci à tous. Maintenant si vous voulez bien m'excuser…

Il tourna les talons et s'engouffra dans l'immeuble des douanes qui était gardé par deux policiers en armes. Fernando me demanda combien le gouvernement avait payé.

— Je l'ignore, répondis-je. Je ne suis même pas certain qu'ils se soient encore mis d'accord avec Nick. En tout cas, ce qui est sûr, c'est qu'à partir du moment où ils ont claironné le retour du codex, ils n'ont plus aucun levier dans la négociation. Tu ne crois pas Lena ?

Je me tournai vers la Danoise. Elle regardait la télévision, perdue dans ses pensées.

— Je me demande surtout où Gail est passée, dit-elle. CNN qui rate un scoop, ça la fout mal.

La Vénus de La Nouvelle-Orléans fit sa réapparition dans l'après-midi, en direct du *Discovery*. Nick, qui avait troqué son tee-shirt pour une chemise bleu marine, rayonnait de bonheur. Quelques hommes d'équipage s'activaient sur le pont ; Osborne n'en faisait pas partie.

Carl, un des interviewers vedettes de la chaîne, félicita Nick de sa voix mélodieuse, résultat d'années à égrener les scores du base-ball.

— Ah çà Nick, vous pouvez vous vanter de nous avoir causé une belle frayeur !

— Désolé Carl, sourit Nick, ce n'était pas mon intention.

— J'imagine que vous êtes soulagé.

— Oui bien sûr, mais surtout fier de mes gars et d'avoir prouvé que les affaires n'excluaient pas le respect.

— Comment avez-vous bâti votre succès dans cette négociation ?

Nick fronça les sourcils.

— Je vous arrête tout de suite, Carl. Cette négociation, comme vous dites, n'a fait que des gagnants. Le Mexique va récupérer des pièces uniques, mes hommes vont être payés pour leurs efforts et moi je vais sauver mon bateau.

— À la bonne heure, approuva Lena, il a le triomphe modeste.

— Les avocats de la direction des douanes ont-ils déjà pris contact avec vous ? demanda Gail.

— Oui, ils m'ont envoyé un projet de contrat. Nous devrions nous mettre d'accord d'ici à ce soir.

— Si vite ?

— Mais oui. La plupart des clauses sont relativement standards. Le gouvernement tient à s'assurer que nous filmerons l'ensemble des opérations, que nous nous prêterons à des fouilles en règle, rien que de très normal au fond.

— Êtes-vous déçu de ne pas avoir été retenus pour le repêchage de l'épave ?

— Non, pas tant que ça. Nous ne sommes pas vraiment équipés pour. Il s'agit d'une manœuvre bien spécifique que je serai heureux de laisser à de vrais professionnels. Notre métier à nous consiste à remonter les artefacts et, croyez-moi, nous allons faire un job du tonnerre !

— Vous devez vous féliciter que votre message ait été entendu…

— Oui. J'espère que le public a compris que nous ne sommes pas des mercenaires. L'argent n'a jamais été mon moteur. Mon pied, je l'ai pris en étant le premier à tourner les pages de ce codex depuis Dieu sait quand…

— Quatre mois, murmurai-je.

— Trois et demi, soyons précis, rectifia Lena.

— Je crois qu'un de vos hommes aimerait vous parler, fit remarquer Gail.

— Excusez-moi. Qu'y a-t-il Luis ?

Le Chilien, gêné, ignorait où il devait regarder.

— Avec les Angliches, on se disait qu'on pourrait peut-être sortir *Snooper*, histoire de tester la batterie.

— Excellente idée. Luis, Eddie et Troy pilotent notre sous-marin, expliqua Nick. De vrais as.

Luis se sentit obligé d'adresser un petit salut à la caméra.

— Ce sont eux qui vont remonter les artefacts ? demanda Gail.

— Non, Glenn et Toby s'en chargeront.

— Présentez-nous votre équipage. Nous avons le temps Carl ?

— Tout le temps que vous voulez, Gail.

— Vous connaissez presque tout le monde à présent, dit Nick. Glenn, va me chercher Toby, George, Jason et Connor s'il te plaît.

— Et Osborne ? dit Lena. Comment se prénomme-t-il déjà ?

— Ray, répondis-je. Pourvu qu'ils ne l'aient pas jeté à l'eau.

— George est notre directeur des opérations, dit Nick. C'est lui qui a remarqué l'épave. On devrait lui élever une statue, si vous voulez mon avis !

Il se rendit compte de sa boulette. Au cours du bronze, une sculpture grandeur nature de George assécherait irrémédiablement les finances mexicaines.

— Jason est notre cuisinier, encore que ces derniers jours il a surtout fait des pâtes et du riz ! Toby, un compatriote, plongeur et navigateur ; il n'a pas grand-chose à faire en ce moment. Et enfin Connor, le benjamin du bord, notre petit génie de l'informatique.

— Une fine équipe, commenta Gail, histoire de dire quelque chose.

— Sans oublier mon brave Syd grâce à qui je ne porte pas de gilet de sauvetage, dit Nick en donnant sa main à lécher au terre-neuve.

— Pas de mécanicien ? demanda Carl.

— Aïe aïe aïe, gémit Lena.

Nick s'inclina.

— Pour vous servir.

Lena poussa un soupir de soulagement.

— Ils l'ont drogué puis enfermé dans le *Snooper*, dis-je.

— Tu crois ?

— C'est la seule possibilité. Sinon Gail l'aurait croisé.

— Nick, reprit Carl, votre accent australien et – lâchons le mot – votre physique nous ont valu un abondant courrier, notamment de la part de nos téléspectatrices. Permettez-moi de vous poser une question en leur nom : nous savons que vous n'êtes pas marié mais avez-vous une fiancée, une petite amie, un être cher à qui vous souhaiteriez transmettre un message ?

— Enfin ! exultai-je.

J'attendais ce moment depuis une semaine. À cet instant, Nick était censé produire la photo de Gwen, une éleveuse de dauphins de Perth dotée d'une jolie frimousse et du sourire radieux de celle qui a trouvé sa place dans l'univers.

Gail, qui s'était raidie en entendant la question, tendit son micro à Nick.

— Je ne sais pas si c'est bien l'endroit…, dit-il d'un ton modeste.

— Bien sûr que si ! crièrent en chœur Vijay et Manuela.

— Elle s'appelle Emma. Elle est productrice…

— De films ?

— Films, documentaires, spectacle vivant…

— Vous savez qu'elle va vouloir racheter les droits de votre histoire…

— Oh, ça m'étonnerait, répliqua Nick. Des scénarios comme ça, elle en écrit tous les jours.

Prenant soudain un air plus grave, il ajouta :

— Nous devions nous marier si je rentrais avec le trésor, mais à présent, je ne sais pas si elle voudra encore de moi.

Carl, qui versait trois pensions alimentaires, s'autorisa un conseil matrimonial.

— Ma chère Emma, dépêchez-vous de lui passer la bague au doigt !

— Merci Carl. J'espère qu'elle vous entendra.

— Auriez-vous une photo sur vous par hasard ?

— Mais oui, attendez.

— Que va-t-il nous sortir bon Dieu ? murmurai-je.

Nick tira une photo de sa poche et la tourna vers la caméra. Lena éclata de rire en se reconnaissant.

— Mais c'est toi ! hoqueta Jeremy.

— Vous êtes fiancés ? demanda l'ingénue Bettina.

— Pas du tout, répondit Lena entre deux gloussements.

— Sacré Nick ! dis-je pour minimiser l'incident. Toujours aussi espiègle.

Dès que Gail eut rendu l'antenne, j'attrapai Lena par le bras et l'entraînai sur le palier. J'ignorais ce qui m'irritait le plus : la désinvolture de Nick ou sa persévérance.

— Qu'est-ce que c'est que cette histoire ? éclatai-je.

— Je suis aussi surprise que toi.

— Il y a quelque chose entre vous ?

— Je pourrais te répondre que ça ne te regarde pas mais non, strictement rien.

— Tu n'étais pas au courant ?

— Mais non, souviens-toi, il a pris cette photo à Sydney l'an dernier avec son téléphone. Comment pouvais-je savoir qu'il la ferait développer ?

— Que vais-je dire à Yakoub ?

— Qu'après avoir regardé la mort dans le blanc des yeux, Nick s'est permis une pitrerie sans conséquence… Il comprendra.

— Sans conséquence, c'est vite dit.

— Entre nous, à ce stade, le statut sentimental de Nick n'a plus grande importance.

Je savais qu'elle avait raison. Je changeai de sujet.

— La réaction de Gail m'a paru étrange.

— Moi aussi, dit Lena. Tu viens ? J'aimerais vérifier quelque chose.

Je la suivis à l'intérieur.

— CNN a posté l'interview sur son site ? demanda Lena en s'asseyant à son bureau.

— À l'instant, répondit Liang.

Lena positionna la vidéo aux deux tiers.

— … avez-vous une fiancée, une petite amie, un être cher à qui vous souhaiteriez transmettre un message ? demanda Carl pour la deuxième fois.

— Observe les mains de Gail, dit Lena en mettant sur pause. Elles se crispent sur son micro.

— Tu crois qu'elle est amoureuse de Nick ?

— C'est possible.

Elle relança le film.

— Elle s'appelle Emma. Elle est productrice…

— C'est encore plus net, dit Lena. Sa mâchoire s'affaisse, ses narines frémissent : elle est triste.

— Triste ? Elle est en colère, oui !

Nous sursautâmes en même temps.

— Il la saute ! s'exclama Lena.

— Ça ne fait aucun doute. Mais où ? Et quand ?

— Où ? Dans sa cabine ! Et quand : ce matin pendant la conférence de presse de Bustamante.

— Évidemment, tu as raison. Mais pourquoi a-t-il fait ça ?

Lena leva les yeux au ciel, montrant qu'elle avait renoncé depuis longtemps à comprendre les mécanismes de la sexualité masculine.

— Parce qu'il en avait envie ? Parce qu'il espérait en tirer un avantage ? Pour calmer ses hommes ?

— Tu ne crois tout de même pas qu'ils lui sont tous passés dessus ? demandai-je, horrifié.

— Non, répondit Lena. Elle n'aurait pas survécu à George.

11

Dans son e-mail le lendemain, Nina se plaignit de ne pas trouver de billet d'avion. D'après l'employé d'Icelandair à qui elle avait parlé, les vols au départ d'Akureyri s'étaient remplis en quelques minutes. Dans sa frustration, Nina en imputait presque le panache de cendres d'Eyjafjallajökull au complexe pétrochimique, oubliant qu'une éruption similaire s'était produite en 1821. Elle sollicitait aussi mon opinion : devait-elle s'entêter à rallier l'Écosse ou tirer la sonnette d'alarme depuis Reykjavík ? Je lui répondis qu'elle n'était plus à un jour près et qu'à mon avis son appel aurait plus d'impact s'il était lancé d'une plage mexicaine.

Je n'étais pas fier de mon mensonge. Mais, comme avait coutume de dire Nina, la fin justifiait les moyens : j'étais convaincu qu'à long terme les Chupacs feraient plus pour l'équilibre de la planète qu'une flaque de pétrole de plus ou de moins.

L'exploration de l'épave commença en fin de matinée. La rédaction du contrat n'avait pas traîné. J'avais donné pour instruction à Nick de s'en tenir à quelques revendications simples. Il devait notamment se montrer intraitable sur le volet financier : nous étions convenus qu'il réclamerait un million de dollars et transigerait à 750 000 dollars. Les deux tiers de cette somme serviraient à indemniser les dentistes australiens qui avaient financé l'expédition ; Nick partagerait le solde avec l'équipage. Naturellement, les deux parties s'engageaient à garder ces chiffres confidentiels. Le Mexique ne réglerait officiellement qu'une centaine de milliers de dollars, le solde provenant de fonds secrets de la Direction des douanes.

Le chassé-croisé des visiteurs reprit de plus belle. En l'espace de quelques heures, le *Discovery* accueillit des équipes française, brésilienne, chinoise, canadienne et néo-zélandaise. Lolita Ayala, la présentatrice vedette de Televisa, tomba dans les bras de Nick et lui serra longuement les mains en évoquant « un jour de gloire pour le Mexique ». Seule Gail Anderson manquait à l'appel, sans qu'on sût qui d'elle ou de Nick punissait l'autre.

À dix-huit heures, Fox News diffusa une émission spéciale intitulée « La pêche au trésor » en direct du *Discovery*. Tim Bradshaw, promu au rang de « reporter extraordinaire » depuis qu'il avait révélé les résultats de l'autopsie de Michael Jackson vingt minutes avant ses concurrents, arborait un pantalon kaki doté d'un nombre incalculable de poches, dont on s'attendait à tout moment à le voir sortir un couteau suisse ou une paire de jumelles. Il pria Nick de décrire les manœuvres en cours, en feignant d'ignorer que six chaînes de télévision s'étaient relayées sur le pont depuis l'aube.

— C'est très simple, expliqua Nick en désignant deux hommes-grenouilles qui finissaient de se harnacher. Glenn et Toby vont descendre jusqu'à l'épave. Ils passeront une vingtaine de minutes au fond avant de remonter à la surface.

— En respectant des paliers de décompression, dit Bradshaw qui gardait un vague souvenir d'un stage de plongée au Ritz Carlton d'Antigua.

— Je vois que j'ai affaire à un connaisseur. En effet, ils s'arrêteront quelques minutes à quinze, dix, cinq et trois mètres. Certains confrères observent moins de paliers mais je ne prends aucun risque avec la santé de mes hommes.

— C'est tout à votre honneur. Vous utilisez également un sous-marin, n'est-ce pas ?

— Oui, pour filmer les opérations.

— Je me suis laissé dire qu'il porte un petit nom…

— Nous l'appelons *Snooper* parce qu'il est petit et maniable et se faufile partout.

— Pas de robot ou de pince articulée ?

— Pas sur ce chantier, non. Voyez-vous, l'épave repose en équilibre sur une sorte de falaise en pente qui… Mais laissez-moi vous montrer…

Il attrapa un bloc-notes qui traînait sur la banquette.

— Vous avez un crayon, Tim ?

Bradshaw tâta ses poches : aucune ne contenait de quoi écrire. Le fidèle George tendit un stylo à son patron qui traça un croquis et le tourna vers la caméra. La coque, couchée sur le flanc, surplombait une cavité très profonde.

— C'est un miracle que l'épave soit tombée pile à cet endroit. Quelques mètres à gauche et elle dévalait la pente jusqu'au fond, quelques mètres à droite et elle tombait dans cette crevasse. Au risque de paraître vieux jeu, j'ai plus confiance dans les doigts de fées de mes gars que dans un robot.

À ces mots, Glenn et Toby assujettirent leurs masques, s'assirent sur le bastingage et basculèrent en arrière tête la première. Nick consulta sa montre.

— Trois quarts d'heure, dit-il. Voulez-vous admirer le butin de la journée ?

— Avec plaisir. Nous avons un commissaire-priseur en direct avec nous.

Depuis le siège de Fox News à Manhattan, Alistair Pritchard, expert chez Christie's, passa en revue la douzaine d'artefacts que George avait alignés sur une couverture.

— Un collier de pierres vertes ; il semble en bon état. La taille est toutefois assez grossière. Ah, quelque chose de plus intéressant…

La caméra s'était arrêtée sur un disque jaune d'environ dix centimètres de diamètre.

— C'est de l'or ? demanda Bradshaw au comble de l'excitation.

— Plus probablement du tumbaga, un alliage d'or et de cuivre. Je ne distingue pas bien le motif d'ici. Soyez gentil Tim, décrivez-le-moi.

— Il représente un homme torse nu, avec ce qui ressemble à une pastèque sur la cuisse.

— Une scène de jeu de balle donc, résuma Pritchard. Décidément ces Mayas étaient des passionnés de sport !

— Peut-être se rendaient-ils à un match à l'extérieur, lança Bradshaw avec ce sens de l'à-propos qui caractérise les grands journalistes d'investigation.

Sa plaisanterie tomba à plat.

— Qu'avons-nous encore ? poursuivit Pritchard. Un

poignard en obsidienne, un pendentif en jade, une figurine de Chac…

— Chac ?

— Le dieu de la pluie, qui crève les nuages avec sa hache de foudre. Tiens, c'est étrange…

— Oui ? dit Bradshaw en demandant au cameraman de braquer son objectif sur l'artefact suivant.

— Vous voyez cette plaque, Tim ? Les Mayas la portaient à la ceinture dans les grandes occasions. Le motif de celle-ci m'intrigue ; il ressemble à une autre plaque retrouvée dans la tombe du roi Pakal. Cela tendrait à prouver…

— Que la dépouille de Pakal gît sous mes pieds ?

— Mais non puisqu'on l'a retrouvée dans un sarcophage ! Que nos lascars viennent de Palenque, la cité sur laquelle Pakal a régné près de soixante-dix ans.

— Si je puis me permettre, intervint Nick, Palenque ne donne pas sur la mer.

— Très juste. Voyons où sont les cités maritimes les plus proches. Toniná et Pomona se trouvent à l'intérieur des terres, Tulum est trop loin… Serions-nous en présence d'une nouvelle cité, héritière de Palenque ? Pakal s'est éteint en 683 et les habitants ont fui la ville en 799, sans qu'on ait jamais bien su où ils étaient partis…

Pritchard s'échauffait à mesure qu'il connectait les indices que nous avions semés à son intention.

— On jouait à la balle à Palenque ? demanda Nick.

— Comme dans toutes les cités de l'âge classique, mais sans plus. Les habitants se partageaient un seul terrain. À titre de comparaison, El Tajin en comptait 18 et Cantona 24 !

— L'épave ne peut pas venir d'une de ces deux villes ?

— Oh non, elles appartiennent à une autre civilisation qu'on appelle la culture classique de Veracruz. Le codex que vous avez remonté, lui, est clairement d'origine maya.

Nick haussa les épaules pour montrer qu'il avait atteint ses limites et laissait aux historiens le soin de débrouiller le mystère de l'épave.

Pritchard jeta à peine un regard aux derniers artefacts :

— Des bibelots sans intérêt. De facture classique cependant, ça crève les yeux. La datation nous fournira plus de détails.

Après ses deux saillies lamentables, Bradshaw reprit l'initiative :

— À vous entendre, Alistair, le butin de cette première journée est tout de même assez maigre.

— J'espérais mieux en effet. Aucun de ces artefacts n'est unique. Le musée d'anthropologie de Mexico croule sous les colliers en jade et les couteaux en obsidienne. Ce qui serait formidable, ce serait de découvrir un deuxième codex.

À l'arrière-plan, Syd se dressa contre le bastingage en remuant frénétiquement la queue.

— Ils remontent, cria George.

Le cameraman se pencha par-dessus bord, en espérant apercevoir Glenn et Toby.

— Où sont-ils ? demanda Bradshaw.

— Sous la coque, répondit Nick. Ils marquent le dernier palier de décompression. Ils ne devraient pas tarder.

Quelques secondes plus tard, les deux plongeurs apparurent à la surface, mimant avec leurs doigts le V de la victoire.

— Ils ont trouvé quelque chose ! s'emballa Bradshaw.

— Du calme, tempéra Nick, aussi bien ce sont des bigorneaux.

Quand Glenn se fut hissé sur le pont, il tendit une sacoche à son patron.

— Alors ? fit Nick.

— Un très beau collier. Et un autre de ces disques en or…

— Ce n'est même pas de l'or ! le coupa Bradshaw d'un ton mauvais.

— Beau travail les gars, dit Nick sans relever. Vous pouvez tomber la combi, c'est tout pour aujourd'hui.

— Déjà ? s'étonna Bradshaw.

— La nuit est en train de tomber. Et puis ils ont besoin de se reposer. L'épave est fragile, ils doivent surveiller tous leurs gestes.

Nick s'adressa à Glenn :

— Vous avez bien avancé tout de même ?

— À la louche, ch'dirais qu'on a fait la moitié. L'arrière du bateau est couvert d'algues et de saloperies, ça va pas être de la tarte.

— Tu me diras si tu veux prendre Luis avec vous demain.

Nick se tourna vers le journaliste.

— Je vois que vous êtes déçu Tim. Dix ans de ce métier m'ont appris à tenir la bride à mon imagination. Ni vous ni moi n'avons aucun contrôle sur le contenu de cette épave. Alors passons une bonne nuit et voyons ce que la suite nous réserve. Tiens, mais qui voilà ?

Une vedette s'était détachée du *Guadalupe Victoria* et fondait sur le *Discovery*.

— C'est les douanes, patron, dit Glenn. Ils ont prévenu qu'ils passeraient tous les soirs.

Une page de publicité plus tard, deux officiers en uniforme foulèrent le pont.

— Señor Flynn, se présenta le plus gradé, lieutenant Ramirez, police des douanes. Auriez-vous l'obligeance de me remettre les artefacts et le codex ainsi que l'ensemble des enregistrements vidéo réalisés à ce jour ?

— Je peux voir votre ordre de mission, lieutenant Ramirez ? demanda Nick.

Le Mexicain se raidit.

— C'est une plaisanterie ?

— Non. Je n'ai pas pour habitude de confier des trésors nationaux au premier venu.

— J'ai ici ma carte d'identité militaire, dit Ramirez en glissant la main sous sa veste.

— Ce n'est pas votre identité que je mets en doute mais votre accréditation. Appelez vos supérieurs et demandez-leur de vous apporter un ordre de mission en bonne et due forme.

Comprenant qu'il était inutile de discuter, Ramirez s'éloigna pour téléphoner.

— Eh bien dites donc, s'exclama Bradshaw qui n'avait rien perdu de l'échange, vous ne l'avez pas brossé dans le sens du poil !

Nick se retourna brusquement comme s'il avait oublié qu'il était filmé.

— Que voulez-vous Tim, je prends mes responsabilités au sérieux. À ce propos, pouvez-vous demander à votre cameraman de faire un gros plan sur la bobine du lieutenant Ramirez ? Très bien. Et son adjoint aussi, on n'est jamais trop prudent. Comme ça en cas d'entourloupe, nous aurons tout dans la boîte…

— Il est fortiche, s'extasia Lena quand Bradshaw rendit l'antenne.

Demander ses papiers à un militaire à portée de canon d'un destroyer exigeait en effet un sacré culot. Nick s'enhardissait à vue d'œil. En vingt-quatre heures, il avait culbuté une reporter de CNN, déclaré sa flamme à Lena et mouché un gradé, comme s'il entendait nous rappeler qu'en dépit de nos liens hiérarchiques et de nos instructions il restait le seul maître à bord. Je me demandai pour la première fois si notre créature n'était pas en train de nous échapper.

12

En apprenant que les vols du week-end avaient décollé aux trois quarts vides, Nina avait loué une voiture et conduit jusqu'à Akureyri, décidée à sauter dans le premier avion. Elle prévoyait d'arriver à Veracruz demain à l'aube et de donner une conférence de presse dans la foulée.

Je consolai Lena, qui se désolait d'avoir failli à sa tâche, en lui faisant valoir que la seule façon de retarder Nina plus longtemps eût été de payer des figurants pour remplir les avions. D'ailleurs, ajoutai-je, le dénouement approchait. L'émission spéciale de Fox News avait rassemblé six millions de téléspectateurs, quatre à cinq fois plus qu'un dimanche normal. La popularité de Nick sur les réseaux sociaux atteignait des sommets. Quant à Syd le terre-neuve, il arrivait en tête des requêtes Google au Vietnam et en Corée («normal, ils veulent le bouffer», avait commenté Vijay).

Nina prétendait disposer de «preuves irréfutables de la duplicité d'Obama». Je voyais pourtant mal comment ses révélations pourraient nous faire de l'ombre. Les autorités américaines faisaient preuve selon moi d'une louable transparence, n'éludant aucune question et décrivant en détail chacune de leurs tentatives pour boucher la fuite. Les hélicoptères des médias étaient autorisés à survoler la flaque de pétrole, qui atteignait désormais cent kilomètres de large et progressait vers les côtes de la Louisiane. Personne n'évoquait l'existence d'une deuxième flaque.

Après une bonne nuit de sommeil, Glenn et Toby renfilèrent leurs combinaisons de plongée. Sous les caméras des télévisions italienne, mexicaine, russe et japonaise, ils remontèrent quatre nouveaux poignards, des assiettes, deux cuillères, une boucle d'oreille, quelques miniatures en pierre et une dague effilée en obsidienne incrustée de jade. Seule cette dernière pièce retint l'attention d'Alistair Pritchard.

— Zoomez sur le manche Tim, je vous prie. C'est bien ce que je pensais. Vous voyez cette gravure ? Elle représente Buluc Chabtan, le dieu de la mort violente.

— Ah ah ! fit Bradshaw, soudain intéressé.

— Les Mayas, comme vous le savez, sacrifiaient à tout va. Ils immolaient hommes, femmes et animaux à l'appui de leurs prières. Les prisonniers de guerre, en particulier, étaient occis en public. Les grands prêtres en costume d'apparat leur tranchaient les doigts ou les organes génitaux dans des torrents de sang au moyen de lames effroyablement aiguisées…

— Bref, cette dague a servi à exécuter des centaines de femmes et d'enfants…

— Euh, peut-être pas exactement, mais nous sommes bien en présence d'une arme sacrificielle. D'ailleurs, rendez-moi un service Tim : vous voyez ces petits éclats de jade le long du manche ? Auriez-vous la gentillesse de les compter ?

— Bien sûr, répondit Bradshaw en pensant qu'on le prenait vraiment pour un larbin. Un, deux, trois, quatre, cinq, six, sept, huit, zut, je ne sais plus si j'ai compté celui-là.

— Alors recommencez. Partez du bas et montez vers le haut, dit Pritchard comme s'il s'adressait à un demeuré.

— Un, deux, trois, quatre, cinq, six, sept, huit, neuf, dix et onze ! s'exclama triomphalement Bradshaw.

Le visage de Pritchard s'éclaira :

— Merveilleux ! Voyez-vous, les divinités mayas sont souvent associées à des nombres – le onze est celui de Buluc Chabtan. Cela donne beaucoup de valeur à la dague que vous tenez entre les mains.

— Combien ? Un million ? Un million cinq ?

— Comme vous y allez ! dit Pritchard en riant. Non, les enchères atteindraient sans doute autour de 250 000 dollars.

Lena siffla :

— C'est dix fois ce que je l'ai payée !

Le soir, Nick jeta un froid en annonçant qu'il pensait terminer l'exploration le lendemain matin.

— Un voyage, deux maxi et nous passerons le flambeau aux Mexicains, confia-t-il à Bradshaw en caressant Syd, assoupi sur ses genoux.

Le journaliste s'engouffra dans la brèche.

— Avouez Nick : vous êtes déçu. Vous commencez par dénicher un codex unique au monde et depuis, vous ne remontez que des bricoles.

— Encore une fois Tim, vous me prêtez des pouvoirs

que je n'ai pas. L'épave contient ce qu'elle contient. Je me souviens d'une mission au large de Shantou, où nous avions retrouvé un navire marchand chinois du XVe siècle. Les cales étaient immenses et très difficiles d'accès. Je plongeais moi-même à l'époque ; avec les copains, on a bien dû descendre cinquante ou soixante fois. Eh bien, vous me croirez si vous voulez, c'est au dernier tour qu'on a touché le gros lot : un service à thé en porcelaine de la période Ming en parfait état. Les experts l'ont estimé à plusieurs millions.

Nick se retint heureusement de dire ce qu'il était advenu desdites porcelaines. Nous avions assez de soucis pour ne pas y ajouter le spectre d'une enquête de la justice chinoise.

Yakoub m'appela le soir, plus anxieux que jamais.

— Il est temps de porter l'estocade. On ne va pas captiver les médias beaucoup plus longtemps en remontant des poteries et des ustensiles de cuisine.

— Demain, promis-je. On peut faire confiance à Nick. Jusqu'à présent, il a respecté le programme à la lettre.

J'entendis Yakoub s'étrangler au bout du fil.

— Ah oui ? Et son numéro avec Lena, il faisait partie du plan peut-être ?

— Il a eu peur de tomber dans le folklore avec son éleveuse de dauphins. Ça ne lui a pas nui, bien au contraire.

De fait, la presse australienne recherchait activement la mystérieuse Emma. Un multiplex de Melbourne s'était engagé à programmer ses films sans même les avoir vus.

— Et où est passée Gail Anderson ? râla Yakoub. Je

l'aimais bien, moi. Ce clown qu'ils ont mis à la place ne lui arrive pas à la cheville.

— Moi aussi, j'espère qu'elle reviendra.

— Je vais me coucher. Tu devrais en faire autant. Une dure journée nous attend.

Je me retournai longuement dans mon lit sans arriver à trouver le sommeil. À quelques milles de là, j'aurais parié que Nick dormait comme un bébé.

13

Nina atterrit à Veracruz le 27 avril à sept heures du matin, après avoir fait escale à Glasgow, Londres et Mexico. Nous savions grâce à Lena qu'elle avait retenu une chambre dans un bed & breakfast de seconde zone. Elle boudait les chaînes américaines par principe et n'avait pu se résoudre à descendre dans un hôtel de prestige mexicain où la nuit coûtait l'équivalent de son loyer mensuel à Reykjavík.

Le directeur de l'Emporio m'avertit peu après que Nina avait réservé pour quatorze heures une salle de réunion équipée d'un micro et projecteur. Elle n'avait pas perdu de temps. La connaissant, elle allait maintenant tenter de rameuter une partie des centaines de journalistes entassés dans les établissements de la ville. Bettina et Yûichiro se dévouèrent pour assister à la conférence de presse.

À dix heures, CNN annonça à grand renfort de publicité la retransmission à midi de la dernière plongée du *Discovery*.

— Ton amie devrait décaler sa conférence de presse, remarqua Lena.

— Pour bien faire, elle devrait l'avancer. Car à quatorze heures, il n'y aura plus un journaliste à Veracruz pour s'intéresser à ce qu'elle a à dire.

À midi pétant, l'ineffable Carl passa l'antenne à Gail Anderson. Rayonnante dans un tailleur rouge assorti à ses lèvres pulpeuses, la journaliste serrait le bras de Nick comme pour l'empêcher de s'enfuir.

— On dirait que les tourtereaux se sont rabibochés, remarquai-je.

— En effet, un peu plus et elle aurait la main dans son slip, répondit Lena aussi sobrement que si elle lisait les horaires des marées.

Je changeai prudemment de sujet.

— Tu as vu ? Ils ont deux cameramen aujourd'hui.

— Pour mieux surveiller Nick, sans doute.

— Quels sont les enjeux de cette dernière descente ? demanda Carl. On dit les Mexicains très déçus du contenu de l'épave.

Gail porta la main à son oreille comme elle l'avait vu faire à Dan Rather et Katie Couric et se lança dans une tirade bien préparée.

— En effet, Carl. Les officiels qui ont accepté de répondre à mes questions regrettent d'avoir cédé aux menaces de Nick Flynn. « 100 000 dollars, c'est cher payé pour un jeu de couteaux à steak », m'a déclaré l'un d'eux. Il oublie de préciser que le codex remonté par l'équipage du *Discovery* vaut à lui seul des centaines de fois cette somme. Hier, l'université Yale, dont le doyen du département d'archéologie est intervenu plusieurs fois sur cette antenne, a offert 5 millions de dollars au gouvernement mexicain pour le droit d'expertiser le codex en priorité.

Loin de m'effrayer, cette nouvelle me ravissait. Après un demi-siècle d'examens, les spécialistes de Yale croyaient encore dur comme fer en l'authenticité de la carte du Vinland, un faux réalisé par le CFR. En criant à l'imposture, ils deviendraient la risée de leurs confrères et relanceraient au passage le débat sur les frais de scolarité exorbitants des universités américaines.

— Les photos du codex diffusées sur Internet ont piqué la curiosité des linguistes, qui n'ont pu reconnaître une partie des hiéroglyphes utilisés. On connaît encore mal l'écriture maya. Il n'existe en effet que quatre codex en circulation, les autres ayant été détruits par la barbarie des conquistadors espagnols.

Gail oubliait de dire qu'à la même époque Christophe Colomb et ses hommes torturaient allègrement à Hispaniola. Mais le savait-elle seulement ?

— Il est aussi acquis que plusieurs planches du codex représentent des scènes de jeu de balle, le sport favori des Mayas. En gros, les équipes s'affrontent en se renvoyant un lourd ballon en caoutchouc. Les joueurs perdants étaient souvent exécutés, ce qui vaut à la discipline le surnom de « jeu de la vie et de la mort ».

— Vous imaginez ça au Super Bowl ? interrompit Carl. Peyton Manning décapité devant 80 000 personnes !

— Lui qui fait de la pub pour Gillette ! renchérit Gail. Sérieusement, Carl, les spécialistes espèrent enfin reconstituer les règles de ce jeu fascinant, considéré comme une allégorie de la cosmogonie maya.

— Depuis quand emploie-t-elle des mots de quatre syllabes ? dit Lena.

— Dernier motif d'intérêt du codex, le personnage à

double visage dont l'effigie orne quasiment toutes les pages et qui ne correspond à aucune divinité existante. S'agit-il d'un dieu méconnu ? D'un roi ? D'un champion mythique, une sorte de Roger Federer du jeu de balle ? D'après les hiéroglyphes qui accompagnent la plupart des portraits, ce personnage se nommerait Chupacan.

— Tu savais qu'ils avaient déchiffré son nom ? demandai-je à Lena.

— Non, mais tant mieux.

— La portée de la découverte de Nick Flynn s'étend bien au-delà du codex, poursuivit Gail qui semblait réciter un article Wikipedia. Palenque et Toniná étaient jusqu'à présent considérés comme les sites les plus à l'ouest de l'Empire maya. Les historiens n'excluent désormais plus que les Mayas aient poussé jusqu'à Veracruz. Les spéculations sur l'année du naufrage vont également bon train. Les experts que j'ai interrogés évoquent une fourchette comprise entre 750 et 900. Le professeur Esteban Juarez, de l'université de Tucson, notait hier que le volcan San Martin, proche d'ici, était entré en éruption autour de l'an 890. Cela pourrait expliquer, selon lui, pourquoi le bateau se serait à ce point éloigné des côtes. « Les Mayas ne sont pas un peuple de marins, m'a-t-il confié. Seul un grand danger a pu les jeter sur l'océan. »

— Esteban n'aura pas volé son chèque, nota Lena.

— En parlant de danger, le codex explique-t-il pourquoi les Mayas prédisaient la fin du monde pour le 21 décembre 2012 ?

— Non Carl. Curieusement, la question n'a pas l'air de préoccuper beaucoup les scientifiques, répondit Gail, sérieuse comme un pape.

— Ah bon ? C'est dommage. J'aurais voulu savoir si je pouvais arrêter de surveiller mon cholestérol.

Gail se tourna vers Nick qui avait réussi à conserver un air captivé pendant la durée de cet échange édifiant.

— Nick, vos hommes ont effectué une première descente ce matin. Qu'ont-ils trouvé ?

— Une coiffe et un bouclier. Ah oui, et aussi un très joli bol.

— Hum, estima Carl. Pas de quoi faire taire les mauvais coucheurs…

— Mais vos hommes ont repéré un coffre, n'est-ce pas ? insista Gail.

Nick prit un air gêné, comme s'il répugnait à susciter de faux espoirs.

— Oui, en effet. Ils étaient trop chargés pour le remonter cette fois-ci. (Il consulta sa montre.) Ils ne devraient pas tarder d'ailleurs.

— Est-il vrai que ce coffre ressemble à celui qui contenait le premier codex ?

Nick paraissait de plus en mal à l'aise.

— Oui, plutôt, mais ça ne veut rien dire. En tout cas, c'est le dernier. Les gars ont inspecté le moindre centimètre carré de l'épave.

Carl, qui aurait préféré manquer l'attentat de Kennedy que d'oublier de lancer une page de pub, interrompit la conversation :

— Restez à l'écoute. Nous retournons très vite à Veracruz où l'équipage du *Discovery* s'apprête à remonter un deuxième codex en exclusivité mondiale pour CNN.

— L'imbécile, siffla Lena entre ses dents.

Nick esquissa un geste de protestation avant d'être

remplacé à l'écran par un message pour un traitement miracle contre le ronflement. Je profitai de l'intermède pour prendre des nouvelles de la flaque de pétrole. Désormais large de 150 kilomètres, elle n'était plus qu'à quelques encablures de la Louisiane. Sur quelles informations pouvait bien se baser Nina ? me demandai-je une nouvelle fois en contemplant la carte du golfe du Mexique.

— Ça reprend ! cria Lena.

Gail Anderson resta quelques secondes immobile, micro à la main, avant de comprendre qu'elle était à l'antenne.

— Les événements s'accélèrent. Comme vous le voyez derrière moi, c'est le branle-bas de combat sur le *Discovery*. Glenn Truscott et Toby King, les deux plongeurs, observent actuellement leur dernier palier de décompression à trois mètres de profondeur. Ils vont émerger d'une minute à l'autre, avec dans les bras un coffre qui contient peut-être les clés de certaines des plus grandes énigmes de l'humanité.

À l'arrière-plan en effet, George et Luis scrutaient la surface tandis que Nick s'entretenait par radio avec le *Snooper*. Sensible à l'excitation ambiante, Syd gambadait dans les coins.

Nick se pencha par-dessus bord et fit signe à Gail d'approcher. Le cameraman arriva juste à temps pour filmer Toby crevant la surface. L'Australien releva son masque et tourna son pouce vers le haut.

— Ils ont le coffre ! exulta George.

Quelques secondes plus tard en effet, Glenn apparut à son tour, serrant contre sa poitrine un coffre en bois couvert d'algues brunes. Gail tendit son micro au capitaine du *Discovery*. La deuxième caméra resta sur Glenn, offrant une alternance de plans digne d'une superproduction.

— Nick, une première réaction s'il vous plaît. Vous devez être très ému…

Nick passa les mains dans ses cheveux en secouant la tête. Il avait l'air sonné, comme si la réalité le rattrapait enfin.

— Ému… Bien sûr, je suis très ému, balbutia-t-il. Je voudrais remercier mes hommes – Glenn, George, Toby, Luis, Eddie, Troy, Connor et Jason. Et Syd bien sûr, mon vieux complice. Je m'étais engagé à vider l'épave sans encombre ; j'ai tenu parole. Je sors de cette expédition la tête haute…

— Justement, et si nous l'ouvrions ce coffre, suggéra la reporter.

— Je ne sais pas… Nous devrions peut-être attendre les Mexicains.

— Allons Nick, vous n'êtes pas curieux de savoir ce que contient le coffre ?

— Si, bien sûr mais…

— Allons, la cause est entendue, trancha Gail. Une petite page de pub avant cela, Carl ?

— Vos désirs sont des ordres ma chère, glissa le maître de cérémonie avant qu'une publicité pour une assurance automobile n'envahisse l'écran.

Nous restâmes silencieux, Lena et moi, pensant aux années de travail et aux intrigues compliquées qui allaient se dénouer dans les prochaines minutes.

— C'est le grand moment, dis-je enfin. Nous y sommes arrivés.

— Pas à tout à fait.

— Si. Nous espérions que Nick ouvrirait le deuxième coffre sous les yeux du monde entier ; c'est réussi. Ce qui adviendra maintenant ne dépend plus de nous.

— Je trouve ça dur à accepter…

— Pourquoi ? Nous ne façonnons pas vraiment la réalité, nous ne faisons que mettre en mouvement des forces qui nous dépassent. Je suis certain que les Chupacs trouveront leur place dans l'Histoire aux côtés des autres grandes civilisations. Pas à cause de Nick ou de Gail Anderson, mais parce qu'ils portent un message essentiel.

— C'est gentil à toi de dire ça. Tu sais, il m'arrive de penser qu'ils ont vraiment existé, qu'on découvrira un jour des terrains de jeu de balle sur les flancs du San Martin.

Les paroles de Lena me firent penser aux dossiers de la sacoche qui se matérialisaient ici et là. Le CFR avait toujours imité la réalité ; et si celle-ci en retour plagiait nos meilleures idées ? Les bons scénarios appartiennent à tout le monde, au hasard comme à Hollywood, à la providence comme aux petits malins de notre espèce.

La voix de Lena me ramena à la réalité.

— Quoi qu'il arrive Sliv, je te remercie pour ton aide. Je n'y serais jamais arrivée sans toi.

— Mais si, mentis-je.

— Non. L'histoire des Chupacs n'a plus rien à voir avec la version de départ. Et je ne parle même pas de ta façon d'orchestrer la découverte des codex… Personne d'autre n'aurait pu imaginer un tel dispositif. D'ailleurs, je te considère comme coauteur du dossier.

— Vraiment, tu n'es pas obligée, protestai-je, la gorge nouée.

Lena me pressa longuement contre elle. Elle sentait la lavande ou la mûre – je n'ai jamais su reconnaître les parfums.

— Oh, les amoureux, lança Jeremy, ça recommence !

Je me détachai à contrecœur de Lena. Ses yeux étaient aussi humides que les miens.

— Bon, on l'ouvre cette boîte ? dit-elle en souriant.

Cette boîte, comme disait Lena, nous avait coûté 60 000 dollars au marché noir. Elle mesurait 70 centimètres de long sur 40 de large et était en cocobolo, une essence rouge réputée pour sa durabilité. Elle n'avait ni serrure ni mécanisme de fermeture, ce qui ne l'empêcha pas de faire de la résistance.

— Je n'arrive pas à l'ouvrir, dit Nick. Il est moins bien conservé que le premier. Le bois a dû gonfler.

— Nan, c'est ces saloperies de coquillages, fit Glenn.

Nick tourna le coffre vers la caméra et désigna la zone au bord du couvercle.

— Il a raison, des crustacés se sont fixés sur le pourtour.

— Ça et les algues, renchérit Glenn. Saloperies d'algues !

— Langage Glenn, dit machinalement Nick.

— Pardon patron.

— On ne peut pas forcer un peu ? demanda Gail dont l'ancêtre avait jadis cassé les bras de la *Vénus de Milo*.

Nick coula un regard inquiet du côté de la *Guadalupe Victoria*.

— Je crois vraiment qu'on devrait attendre les officiers des douanes.

Sentant que son scoop risquait de lui échapper, Carl haussa le ton :

— Allons Nick, trêve de minauderies, glissez une lame de couteau sous le couvercle et qu'on en finisse !

— Vous avez raison Carl. Glenn, donne-moi ton opinel.

Nick roula les manches de sa chemise et força son chemin entre les cirripèdes. Il progressait lentement, soucieux de ne pas endommager le coffre.

— Je sens que ça vient, dit-il d'un ton guilleret.

— La télévision mexicaine a interrompu ses programmes pour retransmettre les images du *Discovery*, lança Fernando.

— Comment font-ils ? demanda Lena. Ils n'ont pas de caméras sur place.

— Apparemment, ils piratent le signal de CNN.

— Idem en Australie et en Angleterre, dit Jeremy.

— En Europe occidentale, ajouta Bettina.

— Et dans la moitié de l'Asie, compléta Yûichiro.

Pendant ce temps, Gail meublait le silence en pensant au bonus à six chiffres qu'elle réclamerait bientôt à la direction de la chaîne.

— Je rappelle pour les téléspectateurs qui nous rejoignent en cours d'émission que Nick Flynn, le capitaine du *Discovery*, s'apprête à ouvrir un coffre vieux de plus de dix siècles ayant appartenu à une mystérieuse tribu maya. Une consécration pour cet Australien qui depuis vingt ans sillonne les océans à la recherche de trésors oubliés…

Nick posa le couteau, entrouvrit le couvercle et jeta un œil à l'intérieur. Son visage s'éclaira et il ouvrit le coffre en grand, dans l'axe de la caméra.

— Un deuxième codex ! s'écria Gail sous les applaudissements et les hourras de l'équipage.

— Nick, prenez-le en main et décrivez-le-nous, demanda Carl.

L'Australien s'exécuta docilement.

— Il semble en excellent état, dit-il en feuilletant le codex. Le coffre l'a protégé de l'eau de mer. Il fait une vingtaine... non, une trentaine de pages...

— Ressemble-t-il à l'autre ?

— Non, pas vraiment. Le premier contenait de nombreux dessins de jeu de balle, celui-ci n'en comporte aucun. Pour tout dire, il a l'air consacré à ce personnage à double visage...

— Chupa Chups, dit Carl.

— Chupacan, corrigea Nick. Regardez.

Il tourna le codex vers la caméra pour montrer une planche aux couleurs flamboyantes représentant Chupacan flottant au-dessus d'une cité stylisée.

— Selon l'expert de la télé mexicaine, dit Fernando qui suivait la retransmission en espagnol sur son ordinateur, Chupacan est un dieu, la pièce manquante dans la cosmogonie maya qui pourrait expliquer la signification profonde du jeu de balle.

— Mille tweets par seconde, nota Manuela.

Cachée derrière son ordinateur, Lena ne parvenait plus à dissimuler son émotion. Des larmes ruisselaient sur ses joues.

— Merci à tous, déclarai-je. Et maintenant silence. Le meilleur reste à venir.

Depuis un moment, j'observais Nick. Il se comportait bizarrement. Il était censé exulter de fierté et remercier le gouvernement mexicain pour sa coopération. Au lieu de quoi, il tournait mécaniquement les pages du codex, l'air hagard, comme en proie à une expérience mystique.

— Pourvu qu'il n'oublie pas son rôle, murmura Lena qui avait noté la même chose que moi.

— Bon sang, il ne remarque pas les signes de Glenn !

À l'arrière-plan, le second du *Discovery*, casque radio sur la tête, tentait en effet d'attirer l'attention de son patron. Par chance, Carl vint à notre rescousse :

— Nick, je crois qu'un de vos hommes vous demande.

Nick écarquilla les yeux et regarda autour de lui, comme s'il se réveillait d'un songe.

— Mais qu'est-ce qu'il fout, bon Dieu ? gueulai-je, presque assez fort pour qu'il m'entende. Il a bu ou quoi ?

— Pas de panique, fit Lena. Il se lève.

Privée de sa vedette, Gail entreprit de recueillir les réactions des autres membres d'équipage.

— Alors Toby, vous pouvez bien nous le dire à présent : quel était votre plan en cas d'attaque de l'armée mexicaine ?

Fixant l'arrière-plan sans écouter la réponse de Toby, je vis Nick échanger quelques paroles avec Glenn. Il changea de couleur et coiffa précipitamment le casque.

— Pardonnez-moi de vous interrompre Gail, dit Carl qui avait suivi la scène, je crois qu'il se passe quelque chose.

Nick, voyant approcher la reporter, lui tourna le dos et plaça la main en cornet autour de sa bouche de façon à ce qu'on n'entende pas ses paroles. Le micro enregistra tout de même quelques mots isolés : accident… tomber… précipice…

Flairant le scoop, Carl prit un ton dramatique.

— Que se passe-t-il Gail ? Nick est suspendu à

sa radio comme s'il venait d'apprendre une terrible nouvelle…

La journaliste se prêta volontiers au jeu :

— En effet Carl. L'ambiance a changé du tout au tout sur le pont du *Discovery*. Nick Flynn est en contact radio avec son sous-marin. Je crois avoir surpris le mot « accident ». Qu'a-t-il bien pu se produire ? Nous en sommes pour l'instant réduits aux spéculations. Le *Snooper* a-t-il essuyé une torpille de la marine mexicaine ? Ses hommes sont-ils en train de périr d'asphyxie ?

— Une mort affreuse, bien plus lente qu'on ne croit, commenta Carl.

— Ou ont-ils endommagé l'épave, ce qui constituerait un désastre archéologique majeur ? Ah, attendez, Carl, le second du *Discovery* me rejoint. Glenn, pouvez-vous nous dire ce qui se passe ?

— C'est le *Snooper*, dit Glenn en regardant la caméra. Ils ont merdé. En remontant, ils ont percuté l'épave…

— J'imagine que les dégâts sont considérables…

— Ben, c'est surtout que l'épave, elle était en équilibre sur un rocher. Alors elle s'est fait la paire et elle est tombée à pic dans un grand trou.

— Enfin, c'est insensé ! s'exclama Carl. Comment des pilotes expérimentés ont-ils pu commettre une telle bourde ?

Gail traduisit à l'usage de Glenn :

— Comment ont-ils pu faire une si grosse bêtise ?

— Ben c'est-à-dire que pour la dernière sortie, Connor, il avait demandé la permission d'aller dans le sous-marin.

— Connor, le jeune informaticien ? Il sait aussi piloter ?

— Ben non, c'est ça le truc. Il avait envie d'essayer.

— Et vous lui avez confié les manettes ? s'étrangla Carl.

— C'est ma faute, avoua penaudement Glenn. Nick, il en savait rien.

Il secoua la tête, accablé par le poids de sa faute. On n'arrivait même pas à lui en vouloir.

— J'comprends pas, gémit-il. Le gamin devait pas conduire. Si ça s'trouve, Luis l'a laissé essayer une manœuvre et pis, patatras…

Il détourna le regard afin de cacher ses larmes. Gail asséna :

— C'est un homme brisé que vous entendez là. Un homme qui va devoir apprendre à vivre avec ses remords et ne pourra jamais rembourser sa dette à l'humanité…

À cet instant, Nick, qui était toujours en grande discussion avec le *Snooper*, expédia, de colère, un violent coup de poing dans une cloison. Gail se retourna en sursaut. La paroi du cockpit était défoncée ; Nick, malgré sa main en sang, fulmina encore quelques instants, avant de raccrocher et d'envoyer rageusement valser ses écouteurs.

— Faites attention Gail, il n'est pas dans son état normal, lança Carl qui se souciait moins de protéger sa collègue que de voir Atlanta interrompre la retransmission en cas de pugilat.

Nick fit signe à Gail de lui accorder quelques instants. Il enroula un mouchoir autour de sa main puis se livra, dos à la caméra, à des exercices de respiration. Quand il eut retrouvé un semblant de calme, il vint de lui-même répondre aux questions.

— Que s'est-il passé Nick ?

— Les gars ont fait une fausse manœuvre. En quittant le site, ils ont viré trop court et tamponné la proue de l'épave. La coque a vacillé et elle est tombée dans une crevasse…

— De quelle profondeur ?

Nick haussa les épaules, fataliste. Du sang s'écoulait de son bandage et gouttait sur le pont.

— Impossible à dire. Cent cinquante ? Deux cents mètres ? Le problème, c'est surtout que la fissure est trop étroite pour envisager une mission de sauvetage – enfin, à mon avis : je ne suis pas un professionnel.

— Qui était à bord ?

— Luis et Connor, mais là n'est pas la question. Je les ai choisis, je suis responsable de leurs actes.

— Tout de même, était-il prévu que Connor accompagne Luis ? D'après nos informations, il n'était jamais monté dans un sous-marin.

Nick esquissa un signe de la main signifiant qu'il refusait de s'engager dans cette voie.

— Non, ce n'était pas prévu mais ne comptez pas sur moi pour désigner des boucs émissaires. Luis et Connor sont des mecs en or. Je suis le seul responsable de cette tragédie.

— Pas si le pilote a commis une fausse manœuvre…, objecta Carl.

— Ça, il faudra voir les images…

— Les images ? reprirent en chœur Carl, Gail et quelques membres de mon équipe.

— Mais oui, fit Nick. Le *Snooper* a tout filmé. C'était une des conditions du contrat.

14

Les images de Nick ouvrant le coffre des Chupacs firent le tour du monde. La retransmission réunit 120 millions de téléspectateurs et moitié autant d'internautes. Luis et Connor épuisèrent tout l'oxygène du *Snooper* avant d'oser remonter à la surface. Nick les accueillit pourtant avec magnanimité, sans rien laisser paraître de son courroux ni de sa douleur (il avait la main cassée).

Le lieutenant Hernandez prit livraison du codex en fin d'après-midi. Il était accompagné par la ministre de la Culture, qui félicita chaudement l'équipage du *Discovery* et tenta de consoler son capitaine en laissant entendre que l'épave n'avait au fond qu'une valeur marginale. J'y vis le signe que le gouvernement n'accablerait pas Nick et désirait s'en faire un allié plutôt qu'un adversaire. Quelques minutes plus tard, un communiqué de la présidence me confirma que j'avais raison. Felipe Calderón évoquait « un jour de fête et de deuil à la fois » et remerciait « les pionniers sans qui ces trésors inestimables seraient restés encore des siècles au fond des mers ».

Le convoyage des artefacts de Veracruz à Mexico City donna lieu à des scènes de liesse inédites depuis la Coupe du monde de 1986. Le fourgon blindé escorté par douze motards remonta le Paseo de la Reforma sous les vivats. Il s'arrêta devant le musée d'Anthropologie où étaient massés depuis l'aube des milliers de patriotes qui espéraient apercevoir les caissons ignifuges contenant les codex.

Une commission ad hoc présidée par Juan Pablo Bustamante conclut à l'impossibilité de remonter l'épave, tombée dans une crevasse à la fois trop étroite et trop profonde. Les images du *Snooper* corroborèrent la version de Nick. On y voit distinctement Glenn extirper le coffre d'un enchevêtrement d'algues et lever le pouce en direction de Toby. Le sous-marin suit les plongeurs pendant leur remontée, avant de redescendre auprès de l'épave pour une ultime inspection filmée destinée à prouver au gouvernement mexicain qu'aucun artefact n'a été oublié. De fait, les deux ou trois minutes d'enregistrement que la commission mit en ligne après les avoir visionnées établissent de manière indiscutable que l'équipe du *Discovery* s'est parfaitement acquittée de sa mission.

On connaît la suite. Après un dernier examen de la coque, le *Snooper* vire à droite pour contourner l'épave. Soudain, l'image saute – la queue du sous-marin a heurté la proue du bateau. Le *Snooper* pivote prestement sur lui-même et braque son projecteur sur l'épave. Illuminée comme en plein jour, celle-ci oscille quelques secondes puis verse sur le flanc et dévale cinq à six mètres. Le terrain rocheux freine sa progression, mais pas suffisamment : l'embarcation bascule dans l'abîme, tête la première, dans un silence irréel. Le *Snooper* se transporte au-dessus de la faille d'où s'élève un tourbillon de sable brun. Quand les remous se dissipent, la crevasse offre à l'objectif sa gueule insondable. L'enregistrement s'arrête peu après.

Luis jura ses grands dieux qu'il n'avait pas confié les commandes à Connor. Il avait juste voulu faire plaisir au gosse en l'emmenant pour un tour. Il admit avoir commis une erreur de pilotage, comme tout sous-marinier en commettait à l'occasion. La sienne avait eu des conséquences tragiques ; il implora le pardon de la Vierge et présenta ses excuses « à tous ceux qu'il avait déçus ». Connor insista pour donner sa version des faits. Ses quinze minutes de célébrité en durèrent à peine deux ; Gail abrégea l'interview : elle ne comprenait pas un mot de ce que disait l'Irlandais.

Le retentissement de l'expédition du *Discovery* dépassa toutes nos attentes. Dans les mois qui suivirent, il n'est pas un magazine d'information dans le monde qui ne lui consacrât au moins une fois sa une ou un numéro spécial reproduisant les planches des codex. L'engouement touchait tous les âges et toutes les couches de la société. La naissance de l'écriture et les civilisations précolombiennes s'invitèrent dans les programmes du primaire. Les instituteurs organisèrent des débats sur le poids des racines et l'héritage culturel des nations. Un sondage réalisé en juillet 2010 révéla que 23 % des petits Australiens rêvaient de devenir chasseur de trésors. La popularité de Nick atteignait des sommets auprès des adolescents, subjugués par la façon dont il avait tenu tête à l'armée mexicaine. Encore aujourd'hui, il m'arrive de croiser à Shanghai ou Moscou des jeunes avec des tee-shirts frappés d'une cible rouge.

Les artistes, constamment à l'affût de nouvelles sources d'inspiration, s'emparèrent eux aussi de l'histoire du *Discovery*. Nick et Chupacan supplantèrent Barack Obama et Marilyn Monroe au nombre de portraits exposés à la Biennale de Venise de 2011. L'Anglais Damian Hirst réalisa une sculpture de Chupacan couverte d'éclats de jade et d'obsidienne, sur le modèle de son célébrissime crâne en diamants. Au terme d'enchères échevelées, un milliardaire mexicain s'adjugea l'objet pour 18 millions de dollars.

Plus ésotérique, l'installation *Sens dessus dessous* du vidéaste Jeffrey Stoltenberg repose sur une série de parallèles : entre l'épave coulant à pic et l'effondrement de la civilisation maya ; entre la flore sous-marine qui recouvre peu à peu la coque et les limbes de l'oubli ; entre la mission de sauvetage du *Discovery* et le pouvoir résurrecteur du souvenir. Riche en trouvailles visuelles, cette œuvre monumentale visible au musée d'Art moderne de San Diego met par exemple en scène un Chupac coincé dans l'épave qui s'incise les bras à l'aide d'une lame en obsidienne, attirant une bande de requins qui le mettent en pièces. La curée, filmée sous huit angles différents, a nécessité une semaine de tournage et deux mois de montage. Dans un autre genre, la séquence accélérée 5 000 fois montrant la fixation des cirripèdes sur les parois du coffre est très appréciée des groupes scolaires.

Le Mexique, qui laissait fleurir ces innocentes initiatives, montra les dents quand le studio américain Electronic Arts annonça la sortie d'un jeu vidéo intitulé

« Chupac : El Sacrificio ». Rappelant qu'un cinéaste a besoin d'une autorisation préalable pour filmer la tour Eiffel, les magistrats de la cour de Veracruz accordèrent au gouvernement un « droit de regard sur l'exploitation du patrimoine à des fins commerciales », notion qui a fait depuis jurisprudence dans les pays de tradition romaine. Le Parlement vota dans la foulée une loi interdisant aux fabricants de yaourts, loueurs de voitures et autres voyagistes de se revendiquer de Chupacan, Quetzalcoatl ou Teotihuacan. Les entreprises de plus de deux ans dont la raison sociale contenait les termes « Aztèque », « Inca » ou « Maya » furent dispensées de changer de nom, sous la pression de Ricardo Salinas, le richissime propriétaire du groupe audiovisuel TV Azteca.

Devant la ferveur nationale suscitée par les Chupacs, le gouvernement mexicain prit une série d'initiatives réunies sous la bannière « Recuperar nuestra historia » (« Nous réapproprier notre histoire »), dédiant notamment des montants formidables à l'ouverture de musées et à la restauration de sites précolombiens. Le milliardaire Carlos Slim, qui avait proposé un demi-million de dollars à Nick, débloqua une somme cent fois supérieure pour financer de nouvelles fouilles archéologiques.

Le Yucatán, le Honduras et le Guatemala enregistrèrent un afflux de touristes sans précédent. Sur les six premiers mois de 2011, le nombre de nuitées dans l'État de Veracruz progressa de 87 % ; seul le manque de capacités hôtelières contenait temporairement la demande. Pour se faire pardonner la rugosité de ses douaniers, Felipe Calderón offrit aux équipiers du *Discovery* de les faire citoyens d'honneur du Mexique. Cinq d'entre eux acceptèrent, dont Nick qui reçut, très ému, son passeport des mains de Lolita Ayala. Il profita de l'occasion pour déclarer qu'il commençait une collection de passeports et accepterait toutes les propositions émanant de pays démocratiques à condition qu'on ne lui demande pas de renoncer à ses autres nationalités. Aux dernières nouvelles, il est citoyen de dix-sept États différents.

Malgré cette effervescence, on savait encore bien peu de chose sur les Chupacs. Les fouilles ne débuteraient pas avant 2012. Comme je m'y attendais, le gouvernement mexicain avait décliné la proposition de Yale et confié l'expertise des codex à des sommités locales. Si l'une d'elles avait émis des doutes sur l'authenticité des documents, les Mexicains n'en avaient rien laissé filtrer. Le décryptage des textes progressait lentement du fait de l'incroyable richesse des hiéroglyphes.

Quelques éléments étaient cependant connus avec certitude. Le premier codex était intégralement consacré au sport roi des Chupacs. Il se divisait en quatre volets : un précis des règles, une compilation de phases de jeu mémorables, les scores des matchs officiels des vingt dernières années, ainsi que des notes et directives à l'usage du clergé. Au vu de la fréquence des rencontres et du nombre de joueurs impliqués (jusqu'à quarante par match en comptant les remplaçants), les historiens ne furent pas longs à reconnaître la place centrale qu'occupait le jeu de balle dans la vie des Chupacs. À la fois joute sportive et divertissement, tableau vivant et célébration religieuse, il incarnait l'idéal de la cité, un moment de communion où joueurs et spectateurs tentaient de se montrer dignes de leur idole.

Le second codex, justement, levait le voile sur cette divinité dont l'existence avait jusqu'alors échappé aux spécialistes de la Mésoamérique. Chupacan était « le prince de la concorde » – terme qui s'imposa à celui d'abord avancé de « dieu de la coopération ». Comme le suggérait son effigie douée d'une vision circulaire, il embrassait simultanément tous les points de vue et les synthétisait en un éclair. Pour suivre son exemple, les Chupacs changeaient de place une fois par an avec leurs voisins ou leurs proches. Ce rituel, connu sous le nom de « journée de la concorde », se tenait le 17 février et servait de répétition en vue du premier mois du baktun durant lequel la légende voulait que chaque homme possédât la faculté de comprendre les motifs de tous les autres. Par une incroyable coïncidence, remarqua l'historien Esteban Juarez, le prochain baktun débuterait le 21 décembre 2012. « Quelle ironie que cette date que les cassandres nous annoncent comme celle de l'Apocalypse glorifie en fait la vie en communauté », écrivit Juarez dans un éditorial pour le *New York Times*.

En croisant l'emplacement de l'épave avec les indices fournis par les artefacts, les experts reconstituèrent les grandes lignes de l'histoire des Chupacs. Quelque part au cours de la première moitié du VIIe siècle, des anciens de Palenque avaient dû s'installer à l'intérieur du cratère du San Martin. Fuyaient-ils une menace ? Entendaient-ils fonder un nouveau culte ? Développer une variante du jeu de balle ? Il était encore impossible de répondre à ces questions. Seule certitude, la cité avait prospéré jusqu'à atteindre 5 000 habitants – ce qui la plaçait loin derrière des métropoles comme Cobá ou Tikal mais devant un site réputé comme Tulum. L'essor de la population s'expliquait par une forte natalité, des sacrifices humains moins fréquents que dans les cités voisines et un solde migratoire positif. Les Chupacs étaient un peuple pacifique ; ils ne cherchaient pas à étendre leur territoire et l'implantation incongrue qu'ils s'étaient choisie décourageait les assaillants. Ils se nourrissaient essentiellement de maïs qui poussait comme du chiendent sur ces terres fertilisées par les projections volcaniques, mais chassaient aussi le singe et le pécari. L'océan leur fournissait poissons, crevettes, homards et crustacés. Les Chupacs possédaient quelques bateaux dont ils se servaient pour pêcher et pour se fournir en vanille et en miel auprès de la cité d'El Tajin. Deux fois par an, des marchands se rendaient à pied à Palenque ou Bonampak, afin d'échanger des accessoires de jeu de balle – fleuron de l'artisanat chupac – contre des sacs de fèves de cacao dont leurs compatriotes faisaient une consommation phénoménale.

Un collège composé des descendants des premiers colons assurait la gestion des affaires de la ville. Les activités récréatives engloutissaient un quart du budget. La municipalité rémunérait un bataillon d'employés chargés de l'entretien des douze terrains de jeu de balle ainsi qu'une poignée d'arbitres à plein temps. Les impôts, relativement modérés, s'appliquaient de façon uniforme à tous les gains. La fraude fiscale était considérée comme un crime abominable, plus répréhensible encore que le viol ou le meurtre. Les coupables étaient promenés en laisse dans les rues, où chaque citoyen avait le droit de leur porter un coup. La mort s'ensuivait presque automatiquement ; les joueurs de balle s'essuyaient les pieds sur les dépouilles des fraudeurs avant d'entrer sur le terrain.

Plusieurs éléments permettaient de situer l'extinction

des Chupacs autour de la fin du IXe siècle. Les scores du codex s'arrêtaient au 21 décembre 889 (10.3.0.11.17 en notation maya). Les artefacts dataient tous du IXe siècle, l'année de fabrication du plus récent (la dague de Buluc Chabtan) étant estimée entre 870 et 885. Enfin – et ce dernier argument était jugé le plus convaincant –, le San Martin avait connu une éruption vers 890, avec une marge d'erreur de quarante ans. Comment imaginer que les habitants du cratère aient pu survivre à une explosion ayant soulevé des roches de plusieurs tonnes comme du gravier ? Selon le consensus, les Chupacs avaient dévalé les pentes du San Martin aux premiers grondements puis s'étaient égaillés dans la jungle. Les premiers arrivés à la mer avaient grimpé dans les bateaux pour se mettre à l'abri de la fureur du volcan et – qui sait ? – d'autres tribus hostiles. S'étaient-ils entassés trop nombreux ? Avaient-ils éventré, faute d'expérience, leurs coques sur des récifs (les images du *Snooper* montraient distinctivement une brèche côté tribord, sans qu'on pût dire s'il s'agissait de la cause ou d'une conséquence du naufrage) ? Avaient-ils essuyé une tempête ? Si toutes ces hypothèses se valaient, aucune n'expliquait ce qu'étaient devenus les autres villageois. Même à raison de 20 bateaux et de 40 personnes par bateau, 4000 Chupacs au moins étaient restés à terre. Il était exclu qu'ils soient retournés au San Martin. Avaient-ils trouvé asile auprès d'une autre cité ? S'étaient-ils fait massacrer ? Ou avaient-ils posé leur paquetage quelque part dans la jungle et survécu des dizaines, voire des centaines d'années ?

Autant de questions qui passionnaient l'opinion. Le niveau de certaines contributions dans les forums me laissait pantois. Leurs auteurs, souvent autodidactes, passaient au crible les différentes théories en se plaçant sur un pied d'égalité avec des spécialistes de renommée mondiale. Wikipedia leur avait appris juste assez de volcanologie et de mythologie maya pour qu'ils se sentent autorisés à ferrailler avec des Prix Nobel. Ils s'essayaient à traduire des glyphes qui donnaient du fil à retordre aux cryptologues de la NSA. Certains en appelaient à la générosité des internautes pour financer leurs recherches.

Les studios de Hollywood se livraient une guerre féroce autour de l'histoire du *Discovery*. James Cameron avait acquis auprès du gouvernement mexicain les droits sur les images tournées par le *Snooper*. Il avait proposé le rôle de Nick à Leonardo di Caprio, qui l'avait décliné, se jugeant incapable d'éclipser l'original. Ignacio Vargas avait pondu un premier traitement, dans lequel il scindait le film en deux époques afin de maximiser les bénéfices. Si le premier film dépassait la barre du milliard de recettes, il se faisait même fort de dédoubler le second volet, et ainsi de suite jusqu'à l'extinction du filon. Nick fit savoir qu'il n'accepterait de jouer son propre rôle qu'à condition qu'on le laisse piloter le sous-marin dans la scène finale. Il s'estimait en effet responsable de l'accident du *Snooper*. « Je voulais ouvrir le coffre devant les caméras, déclara-t-il dans une interview à la RAI. C'est un péché d'orgueil que je ne me pardonnerai jamais. »

Son nouveau statut de star planétaire ne semblait pas lui déplaire. Il sélectionnait les demandes d'interviewes en fonction de la proximité d'un spot de surf. Les journalistes qui gagnaient le droit de l'interroger étaient souvent des femmes et rarement les plus vilaines. Sa cote sur le marché des causeries d'entreprise approchait celle de Bill Clinton ; il touchait 250 000 dollars pour partager ses recettes de leadership avec des grands dirigeants qui se chamaillaient comme des gosses pour être photographiés à ses côtés.

J'attendis moi-même plus d'un mois que Nick trouve un moment à me consacrer. N'ayant pas pris la mesure de sa célébrité, je commis l'erreur de lui donner rendez-vous dans un lieu public, un restaurant londonien branché où nous fûmes constamment interrompus : par le serveur qui remplissait mon verre d'eau minérale chaque fois que j'avais le malheur d'en boire une gorgée et par les admiratrices prêtes à tout pour que Nick appose sa signature sur une serviette en papier, la paume de leur main, leur avant-bras ou pire encore.

Même en tenant compte des circonstances, je trouvai Nick bizarre ce soir-là. Il n'arrivait pas à sortir de son personnage. Il m'expliqua sans une once de recul comment il avait jeté son mécano aux fers quand celui-ci avait essayé de lui extorquer une rallonge. « Tu te rends compte, me dit-il d'un air outré : je lui offre une chance de participer au sauvetage d'un galion espagnol et monsieur me menace d'ameuter les gardes-côtes ? Je n'ai fait ni une ni deux : un bon coup sur la calebasse, une dose de somnifère à assommer une orque et je te l'ai collé dans le *Snooper* ! » Quand je remarquai, surpris, que le galion espagnol n'avait jamais constitué qu'un paravent pour justifier la découverte de l'épave, Nick me fit une réponse vaseuse qui prouvait qu'il s'embrouillait un peu dans la séquence des événements.

J'en profitai tout de même pour lui poser quelques

questions qui me turlupinaient. Il me raconta que pendant une semaine, les gardes-côtes l'avaient menacé d'amendes, d'incarcération et même, en termes à peine voilés, d'exécution. « Connor en tremblait dans son slip, dit Nick. Il n'arrêtait pas de chialer en irlandais. » Aux intimidations avaient succédé les promesses : d'argent (les douaniers mexicains disposant apparemment d'un trésor de guerre colossal, fruit de leurs saisies de cash et de drogue) et de femmes (la provenance de ces dernières demeurant en revanche un mystère). Nick avait réussi à tenir ses hommes sans que les tensions transparaissent à l'antenne, preuve que ses honoraires de conférencier n'étaient pas entièrement usurpés. Il avait cependant dû lâcher du lest, en doublant, puis en triplant la prime de succès. Quand je lui demandai ce qui le rendait si sûr que le CFR paierait, il me répondit qu'il n'avait pas réfléchi si loin. « C'était ça ou les gars m'enfermaient dans le *Snooper* avec Osborne. » Il avait pour finir obtenu un million de dollars en liquide du gouvernement (« le président m'a appelé avant même qu'on ait signé le contrat. Tu parles d'un négociateur ! »). Il avait divisé le magot entre ses hommes, en donnant sa part en cachette à Osborne « afin d'éviter les embrouilles ».

Il avait bien carambolé Gail, « deux fois, ou peut-être trois, je ne sais plus », dans sa cabine. Après la première séance, Toby s'était ménagé un judas dans la cloison. « Je n'ai pas eu le choix mec, elle était chaude comme un braison. Elle me pelotait dans les coins, me fourrait ses doudounes sous le nez, une vraie escaladeuse de braguette. Je me suis dit que j'aurais plus vite fait de la sauter. » Il eut le bon goût de ne pas chercher à se faire plaindre pour son sacrifice.

Chose plus surprenante, il avait définitivement adopté Syd. Le déclic avait eu lieu cette fameuse nuit où les hommes-grenouilles du *Guadalupe Victoria* étaient venus fourrager sous le *Discovery*. Le terre-neuve, dressé contre le bastingage, avait donné l'alerte en aboyant. Glenn, de garde, somnolait sur la banquette. Il s'était réveillé en sursaut et avait déchargé son pistolet à grenaille en direction des plongeurs. « Sans lui, mec, les Mexicains auraient découvert le pot aux roses, déclara Nick. Les dernières saucisses du bord, c'est lui qui les a eues. »

Il resta évasif sur son avenir. Il croulait sous les propositions. L'éditeur américain Doubleday lui offrait 10 millions de dollars pour écrire ses Mémoires. L'Unesco voulait l'enrôler comme ambassadeur et le Parti libéral australien lui garantissait un siège au Parlement. Bien que le CFR continuât à lui verser son salaire, j'étais prêt à parier que Nick ne reviendrait jamais à la falsification – en tout cas plus sous la forme qu'il avait connue et qui devait désormais lui sembler bien artisanale. Il me dit vouloir « faire du surf et vivre en accord avec les préceptes des Chupacs ». Pas une fois il ne fit allusion à Lena.

Gail Anderson rentra à La Nouvelle-Orléans auréolée de ses audiences. Son plantureux bonus fit le bonheur de son chirurgien esthétique et d'un concessionnaire Mercedes. Elle s'est mis dans la tête de participer à la prochaine expédition du *Discovery*, à la façon de ces reporters de guerre embarqués au sein d'une unité militaire. Le rédacteur en chef de la station a donné son accord, Nick s'annonce plus difficile à convaincre.

Nina, quant à elle, recentra l'action de Jöro sur l'Islande. Sa conférence de presse à l'Emporio était passée totalement inaperçue. Seuls trois journalistes se présentèrent à l'heure dite, alors que le monde entier bruissait de l'incroyable accident du *Snooper*. Sans se dégonfler, Nina balança ses prétendues révélations : selon ses sources à la NOAA, une deuxième flaque de pétrole frapperait bientôt les côtes de Veracruz. Ses pièces à conviction se limitaient en fait à des conjectures. Pendant quelques minutes dans la nuit du 21 au 22 avril, aucune chaîne de télévision n'avait diffusé d'images de la flaque ; c'était le signe – elle n'osait dire la preuve – que celle-ci s'était séparée en deux. Le gouvernement mexicain n'avait-il d'ailleurs pas repositionné au même moment les satellites habituellement braqués sur le nord du golfe ? Yûichiro, qui était assis au fond de la salle, ne put s'empêcher de lui expliquer que les Mexicains préféraient surveiller le *Discovery* qu'une zone déjà quadrillée par toutes les organisations écologiques du monde. Nina ne voulut pas démordre de son histoire. Elle annonça qu'elle resterait à Veracruz jusqu'à l'arrivée de la marée noire ; on pouvait la trouver au bed & breakfast des Magnolias.

Elle leva le camp en catimini cinq jours plus tard, quand son informateur avoua s'être trompé. « Il craignait tellement que les Américains ne cherchent à minimiser la catastrophe qu'il en a inconsciemment exagéré la gravité », m'écrivit-elle à son retour en Islande. Elle se fit un point d'honneur de rembourser Jöro de tous ses frais.

15

Je profitai de mon pèlerinage annuel en Islande pour aller saluer Gunnar que je n'avais pas vu depuis bientôt deux ans. J'eus du mal à le reconnaître tant il avait minci. Il avait presque retrouvé sa ligne de jeune homme ; à croire que travailler sur le jeu de balle comptait pour de l'exercice.

— Je pète la forme, fanfaronna-t-il en me faisant entrer dans son bureau. Je surveille mon alimentation, je me couche plus tôt et je fais du sport…

Devant mon air interloqué, il précisa :

— Enfin, je marche, quoi. Le week-end, on se balade à Heidmork avec Margrét. Bon, on ne fait pas des kilomètres, non plus…

— Je vois, dis-je en imaginant Gunnar armé de bâtons de ski, peinant à suivre le train d'enfer imposé par son épouse.

— Tu as entendu ? Toronto a suspendu l'alerte rouge.

Gunnar oubliait parfois que je prenais part à toutes les grandes décisions qui émanaient du siège.

— Il y a plus de deux ans que la sacoche a disparu,

dis-je en m'asseyant. Si quelqu'un voulait l'utiliser contre nous, il se serait manifesté depuis longtemps.

— Comment expliques-tu alors que des scénarios continuent à se matérialiser ? Tiens, encore la semaine passée les Samoa qui changent de fuseau horaire… C'est quoi ? Le vingtième sur cinquante ?

Je me retins, malgré ma curiosité, de demander à Gunnar où il s'était procuré la liste des dossiers de la sacoche. J'avais assez souvent bénéficié de son réseau pour ne pas lui reprocher de cultiver ses sources.

— Le vingt-troisième, répondis-je. Nous avons pris la peine de rouvrir tous les dossiers recalés depuis dix ans. La moitié se sont réalisés à un degré ou à un autre.

— La moitié ? Mais qu'est-ce que ça veut dire ? Que nous ne faisons qu'anticiper l'actualité ?

— C'est possible… N'oublions pas quand même que ces scénarios ont été retoqués, peut-être justement parce qu'ils manquaient d'imagination. Pourquoi ferions-nous advenir des événements dont nous pensons qu'ils arriveront de toute façon ?

Je gardai pour moi l'hypothèse loufoque qui m'était venue à Veracruz, à savoir que la réalité, à court d'inspiration, pillait parfois nos meilleures idées. Quand je l'avais exposée au Comex, Yakoub et Ching m'avaient ri au nez ; Martin m'avait expliqué comme à un demeuré que, faute de conscience, la réalité ne pouvait élaborer de scénarios et encore moins plagier ceux des autres ; quant à Sophie, elle s'était cabrée, croyant que je remettais en cause les procédures de l'Inspection générale. Seule Zoe m'avait dévisagé d'un air rêveur, comme si elle découvrait une facette inattendue de ma personnalité.

— Vous me servez un thé ? demandai-je pour chasser ce mauvais souvenir.

— Bien sûr. J'ai reçu un arrivage du Yunnan. Tu devrais m'en dire des nouvelles.

J'avais toujours admiré la faculté des œnologues ou des parfumeurs à verbaliser leurs expériences sensorielles. Djibo pouvait discourir des heures sur la couleur d'un malbec ou le bouquet d'un pétrus. Craignant que Gunnar ne prenne mon manque d'éloquence pour de l'indifférence, je m'arrangeais pour lire à l'avance les descriptions des thés qu'il me servait.

— Quelle variété exactement ? demandai-je d'un air détaché.

— Le Pure Gold. Zut, plus d'eau !

Il alla remplir sa bouilloire. J'en profitai pour sortir mon téléphone et parcourir en vitesse quelques avis sur le thé en question, en me concentrant sur les épithètes qui établiraient de façon indiscutable ma réputation de connaisseur.

— En tout cas, c'est gentil d'être passé, dit Gunnar en rentrant.

— J'ai un service à vous demander.

— Ah, je me disais aussi !

Il brancha la bouilloire et s'assit dans le fauteuil voisin du mien.

— Je t'écoute.

— Voilà, comme vous le savez, le jeu de balle connaît un succès considérable…

— J'ai vu ça. La semaine dernière, la fédération française de pelote basque a organisé une partie dans les arènes de Nîmes devant 10 000 spectateurs.

— Pas mal. Encore qu'on est loin des audiences réalisées au Mexique, où le jeu de balle comptait déjà un noyau de fanatiques. Des équipes se montent un peu partout dans le pays, à Veracruz, à Mexico, à Merida, à Acapulco. On commence à évoquer la création d'un championnat ; TV Azteca propose 10 millions de dollars pour les droits exclusifs sur trois ans mais souhaite modifier les règles afin de rendre les matchs plus compétitifs…

— Les imbéciles !

— C'est en substance ce que leur ont répondu les joueurs. Pas question pour eux de s'écarter des règles du codex. Aux États-Unis, les fédérations de base-ball et de hockey ont proposé de prendre le jeu de balle sous leur aile. Elles veulent construire une vingtaine de stades de 50 000 places…

— Et forcer les joueurs à disputer cent matchs par an pour rentabiliser leur investissement, comme dans la NHL ? Très peu pour moi !

— Que suggérez-vous ?

— Aux États-Unis ? De démarrer par les universités. On touchera les jeunes qui, avec un peu de chance, continueront à le pratiquer toute leur vie. Et puis le jeu de balle doit rester un sport amateur, comme il l'était chez les Chupacs.

— Le niveau risque d'en souffrir…

— Et quand bien même ? N'oublie pas qu'un joueur médiocre ne handicape pas son équipe puisqu'il passe la moitié de la partie dans le camp adverse.

La bouilloire siffla. Gunnar se leva d'un bond. Il avait vraiment repris du poil de la bête.

— Qu'attends-tu de moi ? demanda-t-il en nous versant deux tasses.

— Que vous retardiez encore votre retraite d'un an ou deux. Lena et moi avons commencé à travailler sur la suite de la saga des Chupacs. Un bateau a accosté quelque part dans les Caraïbes, à Cuba ou en Jamaïque. Les survivants fondent une nouvelle colonie, qu'ils baptisent la Nouvelle-Chupac ou Chupaquita, la Petite-Chupac. La population grimpe rapidement à quelques centaines, le nombre minimal pour organiser des parties dignes de ce nom…

— Et dont les scores sont, j'imagine, consignés dans un codex, termina Gunnar en me tendant ma tasse.

— Évidemment. Mais ce codex ne pourra se contenter d'être une copie du premier. Nous aimerions qu'il inclue davantage de considérations tactiques sur les remplacements ainsi que des figures aux noms pittoresques que pourront reproduire les joueurs du dimanche.

— Comme le saut du pécari ou le chant du maïs ?

— Voilà. En puisant peut-être un peu plus dans la cosmogonie maya.

— La manœuvre de Kukulkan ? Le baiser de Vucub Caquix ?

— C'est déjà mieux. Alors qu'en pensez-vous ?

— J'en pense que tu peux compter sur moi !

— Vous voulez peut-être en parler avec Margrét ?

— Si tu crois qu'elle est pressée de me voir à la retraite ! C'est une affaire entendue, te dis-je.

Une ombre passa soudain sur son visage.

— Lena est au courant bien sûr ? demanda-t-il.

— Mais oui.

Gunnar avait encore du mal à croire que ses relations avec Lena s'étaient normalisées. Il ne l'avait pas vue depuis deux ans mais je savais qu'ils se téléphonaient régulièrement.

— Comment la trouves-tu ? me demanda-t-il.

— Bien. Très bien même. Le Comex l'a rétablie dans tous ses privilèges. Yakoub lui a laissé entendre qu'elle pourrait siéger à nos côtés quand Zoe ou Ching prendront leur retraite mais elle a refusé.

— Dommage, regretta Gunnar. Deux anciens de Reykjavík dans le saint des saints, ça aurait eu une certaine gueule.

— C'est ce que j'ai essayé de lui expliquer, mais ni le pouvoir ni les honneurs ne l'intéressent.

— Qu'est-ce qui l'intéresse ?

— Les Chupacs. Elle n'aura de cesse qu'ils rejoignent Rome ou Athènes au panthéon des civilisations antiques.

— Ils en ont le potentiel à ton avis ?

— Je crois oui. Notre époque a soif de conciliation.

Il était trop tôt pour prédire l'impact qu'auraient les Chupacs sur l'humanité. Celui qu'ils avaient sur Lena ne faisait en revanche aucun doute. La Danoise n'arrêtait plus de sourire. Elle avait fait la paix avec son passé. Elle travaillait moins et frayait même à l'occasion avec ses collègues. Yakoub l'avait chargée de former les nouvelles générations au piratage informatique. Elle se rendait plusieurs fois par an à Krasnoïarsk pour animer un séminaire auquel les autres instructeurs se battaient pour assister. Elle rentrait rarement de l'Académie sans une ou deux demandes en mariage. Nos rapports s'étaient définitivement apaisés, sans prendre pour autant le tour que j'aurais souhaité. Je ne désespérais pas que Lena finisse par succomber un jour à mon charme, mais les mois passaient sans progrès plus tangibles qu'une sortie au restaurant ou une boutade sur nos nuits blanches à Dili ou Veracruz.

— Goûte ton thé, dit Gunnar en me tirant de ma rêverie.

Le moment de vérité était venu. Je soufflai sur ma tasse, encore très chaude, en examinant le breuvage. Il était orange, plutôt que doré comme le décrivait la critique que j'avais lue. Je pris une gorgée, en la faisant rouler dans ma bouche comme les grands sommeliers.

— Alors ? me demanda anxieusement Gunnar quand j'eus dégluti.

— Hmm, délicieux. Doux et subtil à la fois.

— Tu sens le malt ?

— Le malt, le miel, l'abricot. Et très long en bouche. Il est tellement fort qu'il pourrait supporter quelques gouttes de lait.

— Ça ne m'étonne pas. Les thés du Yunnan ont cette réputation.

— Vous ne le goûtez pas ?

— Mais si. Je voulais d'abord avoir ton avis.

Il prit sa tasse et fronça les sourcils.

— Drôle de couleur.

— N'est-ce pas ? dis-je en repoussant les limites de la forfanterie. On s'attendrait à une robe plus dorée.

Gunnar humecta ses lèvres puis but une gorgée.

— Je ne sens pas le malt. Qu'as-tu reconnu aussi ?

— Du miel et de l'abricot, dis-je en perdant un peu de mon aplomb.

— Bizarre. Je ne sens ni l'un ni l'autre. Du citron, de l'orange, ça oui, mais du miel sûrement pas.

— Ça dépend peut-être des feuilles.

— Ne dis pas de bêtises.

Il se leva et retourna à son bureau.

— Tout s'explique. Je me suis trompé de boîte.

— Un autre Yunnan ? demandai-je en croisant les doigts.

— Pas du tout. (Il lut le descriptif du fabricant :) « Un mélange de thés noirs de Chine et du Sri Lanka, parfumé à la bergamote, au citron et à la fleur d'oranger. »

— Ça explique la couleur, dis-je en pensant que c'était bien la seule chose que ça expliquait.

Gunnar me regarda de biais. Il soupçonnait quelque chose, sans arriver à reconstituer la séquence des événements.

— Continue à écrire des scénarios, dit-il enfin, car tu n'as aucun avenir dans la critique gastronomique.

— C'était mon intention.

Gunnar se rassit.

— On ne s'est pas vus depuis Veracruz.

— Ça vous a plu ? demandai-je, pas mécontent de changer de sujet.

— Si ça m'a plu ? J'avais beau connaître les grandes lignes du scénario, j'étais rivé à mon poste. Et ce Nick, quelle performance ! Il est de la maison ?

— Mais oui. AC2 à Sydney, encore que je doute qu'il remette les pieds dans un bureau.

— Il a improvisé tout du long ?

— Plus ou moins. Même en ayant envisagé des dizaines de scénarios – selon la réaction des gardes-côtes, la couverture des médias, la dynamique au sein de l'équipage –, nous savions que la réalité trouverait toujours à nous surprendre. D'où l'importance de travailler sur la personnalité de Nick, de définir qui il était et d'où il venait. Je lui avais aussi écrit quelques répliques chocs, à caser à tout prix. Malgré ces mois de préparation, il a réussi à m'épater. Son timing notamment a été impeccable. Nous ignorions combien de temps les Mexicains toléreraient ses gesticulations. Nick a fait traîner les premiers contacts afin de gagner en popularité, pour mieux accélérer le tempo après l'explosion de la plateforme et nous livrer exactement ce qu'il avait promis : l'ouverture du coffre en direct sur toutes les chaînes du monde.

— Que va-t-il devenir selon toi ?

Je racontai à Gunnar mon dîner londonien avec Nick.

— Il ne fait plus qu'un avec son personnage. C'est tout juste s'il se rappelle que nous l'avons engagé pour jouer un rôle.

— Hmm. Le nom d'Archibald Belaney te dit-il quelque chose ? Non ? C'était un Anglais qui émigra au Canada au début du siècle dernier à l'âge de dix-huit ans. Après un passage à Toronto, il s'établit dans le nord de l'Ontario, où il apprit les métiers de trappeur et de garde-forestier. Il commença à se faire appeler Grey Owl puis s'inventa carrément une identité indienne. Il prétendait que son père était écossais et sa mère apache, et qu'il avait émigré des États-Unis pour rejoindre la tribu Ojibwé, dont il disait partager les valeurs ancestrales. En l'espace de deux ou trois ans, il apprit la langue des Ojibwés, s'initia à leurs techniques de chasse et d'agriculture et épousa une de leurs filles. Il s'engagea dans l'armée canadienne pendant la Première Guerre mondiale en se faisant passer pour indien. Avec sa peau mate et sa chevelure de jais, il donnait aisément le change. Blessé au pied, il fut évacué en Angleterre où il retrouva une amie d'enfance qu'il épousa.

— Attendez ! Je croyais qu'il était marié à une Ojibwé.

— Il n'était apparemment pas à un mensonge près. Il rentra au Canada après la guerre. À l'âge de trente-sept ans, il rencontra une Iroquoise qui en avait dix-neuf. Sur les conseils de cette dernière, il coucha ses idées sur la nature et la préservation de l'environnement dans un ouvrage intitulé *The Men of the Last Frontier*, dans lequel il plaide pour l'abandon de la chasse au castor et la protection de la forêt. Devant le succès du livre, l'agence gouvernementale Parcs Canada tourna un film autour de Grey Owl et de son castor fétiche, Jelly Roll. Je défie quiconque voit ces images de douter que le héros a du sang indien dans les veines.

— Qu'est-il devenu ?

— Il a été emporté à cinquante ans par une pneumonie. Il était rentré alcoolique de la guerre. Ah, j'allais oublier, il s'était marié une troisième fois !

— Quand l'a-t-on démasqué ?

— Plusieurs personnes qui nourrissaient des doutes sont sorties du bois à sa mort. Les éditeurs de ses livres ont changé le nom de l'auteur sur les couvertures mais ont continué à les vendre.

Je sirotai mon thé en silence pendant quelques instants.

— C'est une belle histoire, dis-je enfin. Pourquoi me la raconter ?

— Parce que je soupçonne ton Nick d'être une sorte d'Archibald Belaney. Son caractère profond trouve mieux à s'exprimer dans son identité d'emprunt que dans l'originale. Selon ses proches, Grey Owl avait oublié qu'il était né anglais. Il avait chassé les souvenirs de son enfance et les avait remplacés par d'autres sortis de son imagination… Bref, il s'était construit la vie dont il rêvait. On dirait que Nick prend le même chemin.

— C'est bien possible. À Londres, il m'a raconté comment, dans sa jeunesse, Syd nageait avec les dauphins…

— Tu vois ? Remarque, je ne le plains pas. Il aurait pu plus mal tomber.

Il se leva.

— Tu veux goûter mon Yunnan pendant que je te pose quelques questions sur Veracruz ?

— Bien sûr, répondis-je en admirant la façon dont il avait combiné les deux requêtes.

— Explique-moi d'abord comment t'est venue l'idée de l'épave, dit-il en remplissant ma tasse.

— Il était clair depuis le début que nous ne pourrions pas nous contenter de raconter l'histoire des Chupacs ; nous avions besoin de preuves et pas seulement de poignards en obsidienne. Lena se faisait fort de fabriquer des codex plus vrais que nature. Je craignais pour ma part que nous ne soyons rattrapés un jour par de nouvelles techniques de datation, comme cet Anglais, Charles Dawson, qui fit la une des journaux en 1908 en prétendant avoir découvert les fragments d'un crâne humain dont la taille était comprise entre le singe et l'*Homo sapiens*. Un demi-siècle plus tard, on réalisa que le crâne appartenait à un orang-outang dont Dawson avait limé les dents pour imiter l'usure humaine. Les scientifiques se méfient des artefacts providentiels – et ils ont raison. Regardez la suspicion qui entoure le codex Grolier : quarante ans après son apparition, il se trouve encore des mayanistes pour contester son authenticité. J'ai donc commencé à réfléchir à un scénario dans lequel les autorités se rangeraient a priori de notre côté, où les experts chargés d'examiner les codex chercheraient des raisons de crier au miracle plutôt qu'à la supercherie. Plusieurs idées se sont imposées immédiatement : Nick était un chasseur de trésors, les codex devaient être placés dans des coffres…

— Je croyais que c'était pour les protéger de l'eau de mer.

— Aussi, oui, mais l'association d'idées m'intéressait davantage : quand vous voyez un chasseur de trésors ouvrir un coffre, vous admettez inconsciemment que le contenu du coffre est un trésor. Idem quand Nick affirme vouloir juste couvrir ses frais : il sous-entend que l'épave n'est pas une marchandise. J'aimais enfin l'image de ces artefacts qui sortent purifiés de l'eau : l'émersion comme une deuxième naissance.

— Tu n'as jamais eu peur que les Mexicains ne voient les ficelles ?

— Au contraire. Toute l'astuce consistait à les mouiller jusqu'au point où ils ne pourraient plus revenir en arrière. Je m'explique. J'avais d'abord pensé placer l'épave en dehors des eaux territoriales ; j'ai vite compris que, sans ennemis, Nick ne parviendrait pas à susciter l'intérêt des médias. Comme dit Vargas : « *No conflict, no movie.* » J'ai alors rapproché l'épave des côtes, pour me rendre compte que mon scénario ne fonctionnait pas davantage : si les Mexicains avaient le droit pour eux, Nick risquait de passer pour un vulgaire mercenaire.

D'où l'idée de placer l'épave à treize milles des côtes, juste assez loin pour disculper Nick et juste assez près pour que les gardes-côtes invoquent une jurisprudence inique. L'affrontement n'en paraît que plus déséquilibré : non seulement Nick est seul, mais ses adversaires emploient les stratagèmes les plus vils. À l'arrivée, les Mexicains se sont battus tout seuls. Si vous reprenez les faits, vous constaterez que c'est Bustamante qui a le premier déclaré que l'origine maya des artefacts ne faisait aucun doute. Idem quand Calderón parle de jour à marquer d'une pierre blanche pour le peuple mexicain. Nous n'avons jamais qualifié les codex de « reliques inestimables » ou de « fenêtre sur l'âge d'or maya » : les Mexicains s'en sont chargés à notre place. Ils ont désormais encore plus intérêt que nous à ce que le monde croie dans l'histoire des Chupacs. Imaginez les risées qui s'abattraient sur eux si l'on apprenait qu'ils ont été bernés, l'enquête parlementaire que réclamerait l'opposition…

— L'humiliation pour Calderón, l'effondrement du tourisme, poursuivit Gunnar. Oui, je commence à comprendre…

— Vous aurez remarqué que les experts gouvernementaux ont déjà rendu leur rapport sur les artefacts. On attend toujours en revanche celui sur les codex. Le directeur du musée de Mexico à qui l'on posait la question la semaine dernière a déclaré sans rire que « l'exposition prolongée à l'eau de mer faussait l'étalonnage des instruments de datation », alors même que les coffres étaient hermétiques et les codex complètement secs !

Gunnar sirota son thé pendant un moment. Je voyais qu'il cherchait une faille à mon raisonnement.

— Tout de même, dit-il, vous auriez été bien embêtés si l'épave n'était pas tombée dans la fosse…

Je souris. C'était la question que j'attendais depuis le début. Ni Maga ni Youssef n'avaient songé à me la poser. Gunnar, en vieux renard, avait immédiatement mis le doigt sur le point faible de notre dossier.

— Le plan de départ consistait à assembler un bateau maya à partir d'épaves vikings. Cela s'est révélé impossible, pour toutes sortes de raisons : nous ne disposions que d'un stock de bois limité, les essences, les attaches, les taux de salinité étaient trop différents… Nos architectes ont donc construit une réplique d'épave, selon les techniques mayas mais en employant des matériaux modernes. Le résultat était suffisamment ressemblant pour donner le change à la caméra mais n'aurait pas trompé un expert deux minutes.

— Je comprends pourquoi elle ne pouvait pas tomber entre les mains des Mexicains mais tu ne m'ôteras pas de l'idée que vous avez pris un sacré risque. Qu'auriez-vous fait si le sous-marin n'avait pas réussi à pousser l'épave dans la fosse ?

Je me délectais tant de cette conversation que je m'offris le luxe de me resservir une tasse de thé du Yunnan. Il me semblait bien sentir du malt et du miel à présent. Mais peut-être mon cerveau me jouait-il des tours.

— Il n'a jamais vraiment été question de transporter l'épave dans le golfe du Mexique, expliquai-je. Les risques étaient trop nombreux : nous aurions pu ne pas réussir à installer l'épave en équilibre sur la falaise ; des courants sous-marins ou un requin auraient pu la déloger avant l'arrivée du *Discovery* ; les Mexicains auraient pu envoyer des hommes-grenouilles…

— Mais ils l'ont fait ! Comment ont-ils pu manquer l'épave ?

— Vous ne comprenez pas ce que j'essaie de vous dire, Gunnar : il n'y a jamais eu d'épave dans le golfe. Toutes les scènes ont été tournées en studio à Hollywood chez des amis de Vargas. Les images que Nick a remises aux autorités mexicaines étaient dans la boîte depuis six mois.

— Mais la journaliste de CNN a vu la coque !

— Elle a cru la voir, nuance. Le cameraman, lui, n'a pas réussi à la filmer.

— Où se trouvaient les artefacts dans ce cas ?

— Dans un filet fixé sous le fond du bateau. Les plongeurs descendaient pendant une heure ou deux et prenaient un artefact dans le filet avant de remonter à la surface.

Gunnar reposa sa tasse comme s'il craignait de se laisser aller à des gestes incontrôlés.

— Oh, que c'est beau ! s'exclama-t-il. Mais alors l'équipage était dans la confidence ?

— Nick leur avait expliqué qu'ils travaillaient pour un trafiquant d'objets d'art qui était entré en possession des codex de manière illicite. Ne pouvant les vendre à visage découvert et ne trouvant pas de collectionneur privé prêt à lui payer le prix qu'il en demandait, il s'était résolu à les céder au gouvernement mexicain. Comme il n'était pas légalement propriétaire des codex, il avait conçu ce plan de la fausse épave afin de prendre l'opinion publique à témoin. Les hommes de Nick étaient persuadés que celui-ci négociait en sous-main avec le gouvernement et qu'en s'extasiant publiquement sur la beauté du codex il ne cherchait qu'à en faire grimper le prix. Quand les Mexicains ont enfin capitulé, Nick a sabré le champagne. Il s'est vanté auprès de ses gars d'avoir décroché le jackpot et leur a versé les primes convenues majorées d'un généreux supplément. Il a également annoncé que son client verserait 2 500 dollars par mois à chacun d'entre eux jusqu'à sa mort. À la première fuite, les paiements s'arrêteraient pour tout le monde.

Gunnar prit une nouvelle fois le temps de digérer ces informations.

— Si je comprends bien, dit-il, admiratif, chacun croyait une histoire différente.

J'esquissai un sourire.

— Un peu plus de thé ? demandai-je en tendant la main vers la bouilloire.

POSTFACE

À LA 23e ÉDITION DES *PRODUCTEURS*

(juin 2026)

On a longtemps su peu de chose sur les circonstances dans lesquelles Anna-Line Thorman a écrit la trilogie des *Falsificateurs*, publiée entre 2007 et 2015 dans une relative indifférence. Même si certains lecteurs avaient noté que les prénoms Lena et Nina forment une anagramme d'Anna-Line ou que Thorman résulte de l'agrégation de Thorsen (le patronyme de Lena) et de Schoeman (celui de Nina), ils en avaient conclu que l'auteur n'avait pu résister à la tentation qui frappe tant de jeunes auteurs de s'incarner dans leurs personnages.

Il a fallu une interview donnée l'an dernier par Thorman à l'occasion de sa nomination au poste de secrétaire générale des Nations unies pour faire la lumière sur le caractère profondément autobiographique de ces trois romans.

Thorman est née comme on le sait à Wellington (Nouvelle-Zélande) en 1972 d'une mère professeur d'histoire et de père inconnu. Fille unique, la jeune Anna-Line spécule toute son enfance sur l'identité de son géniteur, élaborant des scénarios dont la diversité témoigne de son ambiguïté vis-à-vis de l'absent. Elle l'imagine tour à tour poète ou dictateur, trafiquant d'armes ou astronaute retenu contre son gré à bord d'une station orbitale. On retrouve ce grand écart dans les créations hautes en couleur des pères des deux héroïnes des *Falsificateurs*. Celui de Nina est un saint (militant anti-apartheid en dépit de ses origines afrikaners, il est abattu alors qu'il visitait un bidonville), celui de Lena un salaud (il quitte le domicile conjugal sans crier gare et ne reprend jamais contact avec sa fille).

La mère d'Anna-Line se remarie en 1983 avec Björn Olgeirsson, un marchand d'art islandais ; la famille s'installe à Reykjavík l'année suivante. De l'avis général, Olgeirsson (décédé en 2017) était un gentleman qui éleva Anna-Line comme sa fille. Élève brillante, celle-ci étudie les relations internationales à l'université de Reykjavík puis l'aide au développement à Cambridge. On retrouve là encore des éléments de la biographie d'Anna-Line dans les parcours de ses deux personnages. Nina tombe sur un beau-père formidable qui finance ses études de géographie. Mme Thorsen, elle, se remet en ménage avec un porc alcoolique qui pousse sa fille à la fugue. Lena vit ballottée d'une famille à l'autre pendant quelques années avant de décrocher une bourse à Cambridge.

Au-delà des coïncidences factuelles, il semblerait qu'Anna-Line se soit dédoublée dans ses créations pour explorer à travers elles les multiples facettes de sa personnalité. Nina est enjouée, optimiste et tournée vers les autres. Lena est froide et renfermée ; trop souvent déçue, elle accorde difficilement sa confiance. Et pourtant, comme Anna-Line, comme Nina, c'est une idéaliste qui finit par trouver la paix en créant une civilisation fondée sur l'harmonie et la concorde.

En 1999, alors directrice de programme au sein de l'association londonienne Survival International, Anna-Line rencontre Sliv Hermannson chez un ami commun. Plus âgé de quelques années, diplômé de l'université de Reykjavík comme elle, il travaille pour le cabinet de conseil environnemental Kormák, Pethrus & Bergsson. L'ironie du jeune homme, sa vivacité, son éclectisme ravissent Anna-Line. La conversation roule sur les Bochimans du Kalahari, cette peuplade millénaire menacée d'extinction. Selon Sliv, l'association d'Anna-Line se fourvoie en plaçant la survie des Bochimans sur le terrain des principes ; elle obtiendrait de meilleurs résultats en les présentant comme les victimes d'un complot. « Vous devriez raconter que l'entreprise diamantaire De Beers a soudoyé le président botswanais pour qu'il déloge les Bochimans du territoire de leurs ancêtres. Quand De Beers démentira, vous produirez un gamin famélique qui expliquera dans sa langue si pittoresque comment il a vu un méchant monsieur blanc frapper son grand-père qui refusait de lui révéler où déterrer des diamants. De Beers engagera une agence de relations publiques, ce que vous interpréterez comme le signe qu'ils n'ont pas la conscience tranquille, et le monde entier se rangera derrière vos protégés. » Anna-Line admire l'audace du plan mais répugne à mentir. Sliv se moque gentiment d'elle : tout autour d'elle n'est que mensonge, à commencer par l'image qu'elle a d'elle-même.

Les jeunes gens se revoient, pour constater que tout ou presque les oppose. Anna-Line aspire à changer le monde, Sliv à devenir associé dans son cabinet. Elle a baroudé dans toute l'Asie, il passe ses vacances aux Baléares. Elle ne met pas un sou de côté, il diversifie son portefeuille. Mais les voies de l'amour sont impénétrables : Anna-Line se déclare le soir du réveillon de l'an 2000. Elle se fait éconduire.

On a beaucoup spéculé ces derniers mois sur les raisons ayant poussé Thorman – qui n'avait encore rien publié – à se lancer dans la rédaction d'une saga de 1 500 pages. Anna-Line, qui refuse de répondre aux questions sur sa vie privée, a probablement vu dans l'écriture un moyen de surmonter sa déception amoureuse en se mettant en scène dans de savoureux morceaux d'autodérision, comme cette scène truculente où Nina et un quarteron de guignols refont la politique forestière indonésienne autour d'une limonade. On ne peut non plus exclure qu'Anna-Line ait cherché à gommer sur le papier les défauts de l'élu de son cœur, faisant du héros des *Falsificateurs* une version idéale, voire fantasmatique, de Sliv Hermannson. Celui-ci se mue en effet sous la plume de l'auteur en un infatigable globe-trotter lancé à la recherche du sens de la vie, quand, d'après ceux qui le connaissent, son goût du boursicotage et son caractère casanier le rapprochent davantage du personnage de Gunnar Eriksson.

Thorman ne cache pas s'être servie de son œuvre romanesque pour tester *in vitro* ses idées sur le monde associatif. De fait, certains des problèmes rencontrés par les héros des *Falsificateurs*, notamment Youssef, ressemblent à des cas pratiques de manuel d'action militante. Peut-on mentir au nom de l'intérêt collectif? se demande par exemple le Soudanais dans le premier tome. Nos bonnes intentions nous exonèrent-elles de toute responsabilité ? s'interroge à son tour Sliv à la suite du fiasco de la création d'Al-Qaida. C'est en tentant de répondre à ces questions et à beaucoup d'autres que Thorman dit s'être forgé les convictions qui ont guidé son parcours. La façon dont Nina recentre l'activité de Jöro sur la protection de la nature islandaise préfigure par exemple sa décision de réduire drastiquement le champ d'intervention de Greenpeace, dont elle prend la tête en 2015, l'année où paraissent *Les producteurs*.

À compter de cette date, Thorman n'a plus besoin de la béquille de la fiction. Elle consigne ses réflexions dans des précis théoriques aux titres éloquents : *La fin justifie les moyens* (2017), *Qui trop embrasse mal étreint* (2020) et surtout *Au-dessus de la mêlée* (2023). Ce dernier titre connaît un succès planétaire. Barack Obama l'offre à tous ses visiteurs. Le pape et plusieurs chefs d'État se font photographier un exemplaire à la main. Leaders syndicaux, dirigeants d'ONG, élus locaux, chefs d'entreprise du monde entier découvrent la puissance du précepte fondamental des Chupacs : « Vouloir se mettre à la place de l'autre, c'est déjà être à sa place. »

Thorman démissionne de Greenpeace en 2021 pour se consacrer à la médiation de conflits. Elle excelle tout particulièrement dans les situations complexes, mettant aux prises quatre, cinq ou six parties aux intérêts en apparence opposés. Associations, gouvernements, multinationales s'arrachent ses services. Elle sélectionne les dossiers les plus épineux, comme la fixation des dommages après une marée noire, le contrôle des internautes sur les données transmises aux annonceurs ou la séparation de la Wallonie.

Elle lance en parallèle, avec l'aide d'un éditeur anglais, une série de manuels qui exposent l'histoire du monde à travers le prisme d'un groupe particulier : l'histoire vue par les femmes, les Noirs, les Indiens d'Amérique, les homosexuels, les handicapés, etc. L'acheteur d'un livre s'en voit automatiquement offrir un second, tiré au hasard.

Nommée à la tête des Nations unies en 2025, elle déclare aux journalistes massés devant son perron vouloir placer son mandat sous le signe de la compréhension de l'autre. Son mari, Sliv Hermannson, et leurs deux fillettes se tiennent à ses côtés. Rien ne résiste à la littérature.

DU MÊME AUTEUR

Aux Éditions Gallimard

LES FUNAMBULES, 1996, prix littéraire de la Vocation Marcel Bleustein-Blanchet (Folio nº 4980, dont GO GANYMÈDE ! repris en Folio 2 € nº 5165)

Voir aussi Collectif, RECLUS, in *La Nouvelle Revue française*, nº 518, mars 1996

ÉLOGE DE LA PIÈCE MANQUANTE, 1998, coll. « La Noire » (Folio nº 4769)

LES FALSIFICATEURS, 2007 (Folio nº 4727 et en coffret avec *Les éclaireurs*, édition limitée)

LES ÉCLAIREURS, 2009, prix France Culture - *Télérama* (Folio nº 5106 et en coffret avec *Les falsificateurs*, édition limitée)

ENQUÊTE SUR LA DISPARITION D'ÉMILIE BRUNET, 2010 (Folio nº 5402)

MATEO, 2013 (Folio nº 5744)

ROMAN AMÉRICAIN, 2014 (Folio nº 6026)

LES PRODUCTEURS, 2015 (Folio nº 6167)

ADA, 2016

Chez d'autres éditeurs

MANIKIN 100, *Éditions Le Monde/La Découverte*, 1993

EN FUITE, *Nouvelle Nuits*, nº 7, 1994

ONZE, « L'ACTUALITÉ », nouvelle, *Grasset*, 1999

Composition Dominique Guillaumin
Impression Maury Imprimeur
45330 Malesherbes
le 12 février 2017.
Dépôt légal : février 2017.
1er dépôt légal dans la collection : juillet 2016.
Numéro d'imprimeur : 215136.

ISBN 978-2-07-079345-7. / Imprimé en France.

318808